Joanna Bourne

Joanna Watkins Bourne est une autrice américaine de romances historiques ayant pour cadre l'Angleterre et la France durant les guerres napoléoniennes. Elle a reçu de nombreuses récompenses, y compris le prestigieux RITA Award 2009 de la meilleure romance historique pour *Le maître du passé*.

Le maître du passé

DE LA MÊME AUTRICE AUX ÉDITIONS J'AI LU

Le maître du jeu
Le maître de mon cœur
Le maître du secret
Le maître du passé
Le maître de la vérité

Belle comme la nuit

JOANNA

BOURNE

Le maître du passé

Traduit de l'anglais (États-Unis)
par Agnès Girard

J'AI LU

J'AI LU
POUR elle

Si vous souhaitez être informée en avant-première
de nos parutions et tout savoir sur vos autrices préférées,
retrouvez-nous ici :

www.jailu.com

Abonnez-vous à notre newsletter
et rejoignez-nous sur Facebook !

Titre original
THE BLACK HAWK

Éditeur original
A Berkley Sensation book, published by the The Berkley
Publishing Group, a division of Penguin Group (USA) Inc.

À Karen

1

1818, Londres

Le passé la rattrapa sous la pluie, à Braddy Square. À six cents mètres de Meeks Street.

Elle avait traversé Londres avec la méfiance d'un moineau. Et n'avait entendu aucun pas suspect derrière elle. Personne ne lui avait manifesté la moindre attention. Pourtant, quelqu'un la suivait, elle en était certaine. L'espionne qu'elle avait été le lui soufflait.

Avec cette humidité, son pistolet ne lui servirait à rien. Sous sa cape, elle serrait son couteau dans son poing, prête à frapper.

Mais celui-ci ne lui fut d'aucune utilité. Sur la place se mêlaient bonnes regagnant leur foyer à la hâte et employés de bureau courbés sous leur parapluie, tous grommelant contre les intempéries. Ils jaillissaient de droite et de gauche, la frôlaient et disparaissaient dans la grisaille. Un jeune coursier approcha en courant, sa veste tirée par-dessus sa tête, une casquette lui cachant le visage.

Elle comprit ses intentions au dernier moment, pivota, frappa, le toucha à travers sa veste et l'entendit accuser le coup. Elle encaissa le choc quand il la heurta de plein fouet, entrevit son visage. Le couteau du gamin ripa sur sa poitrine, manquant le cœur de peu, déchirant sa robe. Une douleur froide irradia son bras.

Aussitôt le coup porté, il la repoussa et continua sa course, dérapant dans les graviers. Frapper et fuir, c'était la marque d'un assassin.

Elle lâcha son couteau, palpa la blessure sous sa cape. Sapristi, sa main était pleine de sang. Elle l'offrit à la pluie qui le dilua, le faisant disparaître.

Je saigne... Elle pressa son bras contre ses côtes. La lame avait lacéré la manche de sa robe avant de s'enfoncer dans son bras. Une seule entaille, nette, profonde. Qui avait dû toucher une artère, car le sang coulait abondamment.

La vie quittait son corps. C'était si facile. Presque indolore. Il y avait juste la mort. Rien que la mort.

Alors elle hâta le pas. Sa cape glissa de ses épaules, elle ne la ramassa pas, comprima sa blessure pour grappiller quelques minutes de plus. Mais son heure était proche.

Meeks Street se trouvait un peu plus au nord. Le Service avait choisi une rue tranquille, dans laquelle on ne s'aventurait pas à moins d'avoir quelque chose de précis à y faire. Le numéro 7 était sis à mi-chemin. Elle avança en titubant sans essayer de se protéger de la pluie ni de passer inaperçue, et sans plus se soucier d'ennemis potentiels. En tâchant juste de franchir les cent derniers mètres.

Elle s'était attendue à quelque chose de plus spectaculaire. Avait imaginé que la mort la cueillerait à l'issue d'une longue partie. Le dernier dé roulerait encore sur la piste, les autres joueurs la fixeraient, retenant leur souffle. Elle s'était vue arrêtée, puis exécutée, par une armée ou une autre. La fin la plus probable pour quelqu'un comme elle.

La simplicité du peloton d'exécution. Quelque chose de clair et net. Au lieu de quoi, elle se vidait de son sang dans une rue anglaise sinistre, et elle ignorait pourquoi.

Elle ne le saurait jamais. Cette question passait de toute façon au second plan, concentrée qu'elle était sur son objectif : mettre un pied devant l'autre.

Sous les bourrasques, des rideaux de pluie balayaient la rue. Deux hommes la doublèrent en courant, manquant la renverser. Des gentlemen anglais, qui ne voyaient rien ni personne en dehors d'eux-mêmes. En arrivant chez eux, ils trouveraient des taches de sang sur leur manteau et se plaindraient de leur vêtement sali sans jamais savoir ce qui était arrivé.

Son sang rouge sur ces sang bleu. Elle trouva cela drôle.

Personne ne vit qu'elle était en train de mourir. Toutes les portes étaient closes. Tous les rideaux, tirés.

Elle longea un muret, ponctué de poteaux en pierre, jusqu'au numéro 7. Elle connaissait le chemin, même si elle n'y voyait plus beaucoup. La porte était verte. Le heurtoir en bronze figurait une rose. Elle y posa sa main ensanglantée et l'actionna énergiquement, avant de presser de nouveau sa blessure.

C'est bizarre, songea-t-elle, je n'ai pas mal. J'ai souffert tant de fois. Et là, c'est la dernière, et je n'ai pas mal...

À vrai dire, elle n'était pas prête à mourir. Elle avait encore plein de choses à faire.

La porte s'ouvrit. Elle n'eut plus rien pour la soutenir, et le sol vint à sa rencontre. Le tapis irrita sa joue, elle le trouva étonnamment dur. On la fit rouler sur le dos. Elle vit une femme, très jeune, à peine sortie de l'enfance. Ce visage ne lui disait rien.

Des mains écartèrent la sienne et se posèrent sur son bras, autour de sa blessure. Quelqu'un cria. Des cris chargés d'urgence. Lointains. De plus en plus.

Lorsqu'elle rouvrit les yeux, il était là. Cheveux de jais et visage taillé à la serpe, aussi sombre qu'un bohémien.

— Bonjour, Hawker, dit-elle avec son accent français.

— Bonjour, Justine, répondit Hawker.

2

Elle ne mourut pas sur le pas de la porte. Plusieurs fois déjà, elle avait échappé à la mort. Peut-être, aujourd'hui encore, son dernier souffle attendrait-il.

Elle ouvrit les yeux. Comprit, au bout d'un moment, qu'elle était allongée sur la table de la salle à manger de Meeks Street, et fixait les circonvolutions d'un lustre en argent dont les bougeoirs accueillaient des chandelles à demi consumées. Le plafond, au-dessus, était un fouillis de motifs décoratifs en stuc blanc que reliaient des guirlandes de feuilles.

— Elle va s'en sortir ?

Elle reconnut la voix de Hawker.

— Que voulez-vous que j'en sache ? répondit un homme peu amène et impatient – à coup sûr, le chirurgien. Écartez-vous de la lumière.

Cette réponse avait-elle rassuré Hawker ? Elle n'aurait su le dire, mais elle la rassura, elle. Les chirurgiens étaient des bouchers honnêtes. Elle ne faisait pas confiance aux médecins polis, avec leur boniment bourré de latin et leurs mains trop douces.

La table était dure sous son dos. Elle n'avait pas senti que l'on découpait ses vêtements, mais elle était nue. Plusieurs personnes la maintenaient en place. Hawker s'occupait de son épaule gauche et la regardait.

Les ténèbres s'abattirent sur elle. Elle avait mal. Il fallait qu'elle échappe à la douleur. Coûte que coûte. Elle se débattit.

— Empêchez-la de bouger, bon Dieu ! s'emporta le chirurgien.

— Reste avec moi, ma chérie, dit Hawker. Regarde-moi. Je suis là.

La lumière revint. Il était au-dessus d'elle, penchait sur elle son beau visage grave et intelligent. Une mèche de cheveux tomba sur ses yeux. Ce regard dur. Cynique et las depuis l'enfance.

— Regarde-moi. Voilà, comme ça. Ne bouge pas. Tu es avec moi.

— Je ne voulais pas venir ici, dit-elle.

— Je sais. Ne dis plus rien, maintenant. Regarde-moi.

— Je ne te déteste pas.

Avait-elle réellement dit cela ? C'était trop d'effort.

— Elle a perdu conscience, fit quelqu'un. C'est mieux comme ça.

Elle n'avait pas perdu conscience. Elle distinguait des ombres, entendait leurs voix, sentait la douleur. Ça oui, pour la sentir, elle la sentait. Mais c'était comme si quelqu'un d'autre souffrait à sa place, à quelques mètres de là.

Un homme parla. Hawker lui répondit.

— ... avant que le sang soit nettoyé par la pluie. Découvre ce qui s'est passé, Pax. Je veux que tu...

— Voyez si quelqu'un d'autre a besoin de mes services, là-dehors, dit le chirurgien. Chaque fois que vous autres vous...

Il s'interrompit, s'adressa à quelqu'un d'autre.

— Tenez-moi ça.

— Je n'ai pas été assez rapide, murmura-t-elle. Il faut que je te dise. Les papiers...

— Plus tard, fit Hawker. Tu me le diras plus tard.

Donc, elle n'allait pas mourir. C'était certain. Si elle avait été agonisante, Hawker l'aurait secouée et sortie de sa torpeur pour la forcer à parler. Avec une efficacité brutale, il lui aurait arraché ses dernières paroles. On pouvait compter sur lui pour ce genre de choses.

— Pas de danger autour de la maison, déclara une voix.

Le visage d'un homme, mal rasé et balafré, se pencha sur elle, puis disparut. William Doyle.

Hawker ordonna que l'on frappe à toutes les portes de la rue pour savoir si quelqu'un avait vu quelque chose.

Derrière tout cela, elle entendit le chirurgien grommeler.

— Ne t'avise pas de me filer entre les doigts, espèce de… Ah ! La voilà, la petite vicelarde qui nous pose tous ces problèmes. Une petite artère de rien qui saigne tout ce qu'elle peut. Il faut que je… Bon sang de bonsoir, vous allez me faire tenir cette femme tranquille ?

Elle eut très mal, puis un peu moins. Le chirurgien la sutura, tout en se parlant à lui-même. Elle sentait chaque piqûre de l'aiguille, puis le fil tiré. Elle compta. Mit un nombre sur chaque seconde. Passa d'une seconde à une autre. Elle pouvait tenir dix secondes. Puis recommencer. Dix autres.

— Elle est athlétique. En pleine santé, pas un gramme de graisse. Je suppose qu'elle est des vôtres.

C'était la voix du chirurgien.

— Oui. Faites en sorte qu'elle vive, répondit Hawker.

— Doyle est… dit quelqu'un.

Il y eut un murmure après cela, puis quelqu'un d'autre annonça :

— Il tombe des cordes… Trouvé sous…

— J'y jetterai un œil plus tard, fit Hawker.

D'autres voix. Elle n'écoutait plus. Une obscurité confortable l'enveloppait lentement, à la manière d'épais coussins noirs. Elle avait dormi dans un lit garni de coussins de velours noir, à Vienne.

Une douleur fulgurante lui traversa le bras quand on la souleva. Autour d'elle, la pièce se mit à tourner.

— Vous savez comment faire, dit le chirurgien. Il faut la surveiller, vous assurer que la blessure ne se remette pas à saigner. Mettez-la au lit, et qu'elle n'en bouge pas.

— J'y veillerai personnellement, promit Hawker.

— Barbares. Je suis nue. Faites quelque chose.

Elle ne les avait pas traités de crétins, ni d'imbéciles maladroits, parce qu'elle savait faire preuve de tact et de retenue.

On la porta jusqu'au premier étage. Elle vit passer le grand miroir de l'entrée, la série de cartes géographiques encadrées. Malgré les années, nombreuses, les bras de Hawker étaient toujours aussi réconfortants que le pain et le lait. Aussi familiers que le grondement du tonnerre.

Je n'ai jamais oublié...

Il n'était ni grand, ni massif. N'avait rien du monolithe menaçant que pouvait être Doyle. Hawker, c'était la menace d'une lame fine et coupante. Il cachait sa force dans les fibres les plus profondes de son corps. Dans chaque muscle, dans chaque tendon, dans chaque os de son squelette se nichait la dureté de l'acier.

Derrière eux, au pied de l'escalier, elle entendit William Doyle dire à quelqu'un :

— Elle est trop vieille, mon petit gars. À douze ans, déjà, elle était trop vieille pour les types comme toi.

Sa nudité n'avait pas laissé de marbre l'un des jeunes hommes vivant dans cette maison. Juste avant de sombrer, ce qui lui restait de conscience trouva cela amusant.

3

Sir Adrian Hawkhurst, chevalier de l'ordre de Bath, ancien pickpocket en chef des bas-fonds de Saint Giles, chef du service de renseignements britannique, se tenait à côté du lit de Justine et la regardait respirer. Il savait emprisonner l'air dans une bulle, le souffler par une tige de roseau, l'agiter avec un éventail. Mais il était incapable de l'insuffler dans ses poumons. Incapable de faire quoi que ce soit pour la maintenir en vie.

— Es-tu seulement allé dans la boutique qu'elle tient, pour lui parler ? demanda Doyle.

— Non.

— Je me demandais juste.

— Après l'abdication de Napoléon, elle ne représentait plus une menace. Le Service n'avait aucune raison de la surveiller.

— Mais tu as gardé un œil sur elle. Et sur sa boutique.

— Oui.

Justine était nue entre les draps, pâle et vulnérable. Des briques, chauffées au four et enveloppées dans de la flanelle, avaient été glissées dans le lit pour chasser le froid. Elle n'avait pas bougé lorsqu'il avait ramené la couverture sur elle.

Quand elle serait guérie, elle aurait une nouvelle cicatrice. Ce qui porterait leur nombre à cinq. Il connaissait l'histoire de chacune. Il avait posé les lèvres sur les quatre premières.

Elle avait toujours été aussi pâle que la lune. Diaphane. Allongé auprès d'elle, à la lumière de la chandelle, il avait souvent suivi du bout du doigt la veine qui remontait le long de son bras pour aller pulser dans son cou avant de redescendre sur l'arrondi de son sein. D'autres fois, il avait tracé le chemin de celle qui remontait l'intérieur de sa jambe jusqu'au nid soyeux dans lequel il ne se lassait pas de jouer. Mais ce soir, elle était opaque, comme si la lumière en elle s'était retirée jusqu'au tréfonds de son être et attendait là, repoussant le froid, gardant farouchement la chaleur vitale.

Le destin était cruel. Remettre Justine dans son lit, Hawker en avait rêvé. Elle y était aujourd'hui, mais à quel prix ?

Doyle s'approcha de lui.

— Luke dit qu'elle devrait s'en sortir.

— C'est son boulot, de dire ça.

— Il a trop à faire pour mentir.

— Les amis trouvent toujours le temps de te mentir. Une pensée réconfortante dans ce monde de cyniques.

Il posa le dos de la main sur la joue de Justine. Sa peau était aussi lisse que l'eau, aussi fluide que l'air. Il perçut, lointaine, la pulsation de son sang.

Malgré les années passées, il lui arrivait encore de se réveiller en pleine nuit avec une érection monumentale parce qu'il avait rêvé d'elle. Jamais il n'avait cessé de désirer cette femme.

— Je voulais la retrouver, et la voilà. Le destin est tellement pervers...

— Toujours.

Doyle glissa une main sous le drap, la posa sur l'épaule de Justine pour contrôler sa température.

— Elle va s'en sortir, dit-il. C'est une dure à cuire.

— Beaucoup s'en sont déjà aperçus.

Ses cheveux recouvraient l'oreiller. Châtain clair, avec des reflets couleur miel, un doré presque appétissant. Hawker se souvint de la sensation éprouvée quand il y glissait les doigts. Se souvint de la façon dont ses seins tenaient parfaitement au creux de ses paumes. Se souvint de la forme et de la puissance de ses cuisses lorsqu'elles l'attiraient en elle.

Il y avait très longtemps de cela, elle avait tiré sur lui. Ils avaient été amis, puis amants, puis ennemis. Des espions, au service de deux camps différents. Deux camps en guerre.

La guerre était terminée depuis presque deux ans. Il lui arrivait de passer devant la boutique qu'elle tenait et de jeter un œil à l'intérieur. Parfois, il l'observait un moment, juste pour voir à quoi elle ressemblait.

La dernière fois qu'ils avaient échangé quelques mots, elle avait promis de le tuer. Il ne s'était pas attendu à la trouver sur le pas de sa porte, mourante, fuyant un ennemi connu d'elle seule.

La femme la plus dangereuse de Londres est dans mon lit...

En bas, la porte d'entrée s'ouvrit et se ferma. Il n'entendit pas ce que disaient ses hommes, juste le claquement du battant et le crépitement de la pluie, trépidant, impatient. Impérieux.

— Pax a remonté sa trace jusqu'à Braddy Square. C'est là qu'elle a été poignardée, annonça Doyle en tirant de sa poche intérieure un couteau qu'il tendit à Hawker. Il a trouvé ça dans une mare de sang.

Un couteau au manche noir sculpté pour permettre une bonne prise en main. Parfaitement équilibré pour le lancer. Et parfaitement aiguisé, bien sûr. Justine savait respecter ses lames.

— C'est celui de Justine. C'est moi qui le lui ai offert. Et il lui a servi aujourd'hui. Il a fait couler le sang.

Il quitta la lame des yeux, regarda Justine.

— Tu l'as planté, Chouette. C'est du bon travail.

Il se revit le poser dans la main de Justine en disant : « Tu ne devrais pas te déplacer sans poignard... »

Seigneur. Ils n'étaient encore que des gamins l'un et l'autre, à l'époque.

— Elle se déplace avec depuis un moment, on dirait, remarqua Doyle.

— Depuis très longtemps.

L'acier était patiné par les années passées contre sa peau. Pourquoi l'avait-elle gardé ?

— Il ne reste plus qu'à retrouver un Londonien qui se balade avec une belle entaille.

— Ce qui fait encore pas mal de monde, j'en ai peur. Et ce n'est pas forcément un Anglais. Les Prussiens et les Autrichiens lui en veulent peut-être encore, grommela Doyle en se frottant une joue que sa barbe naissante rendait râpeuse. Ou les Français.

— Étant donné la diversité et la longueur de sa carrière, je ne serais pas surpris que les Suédois et les cannibales des mers du Sud lui en veuillent aussi.

Elle avait gardé cette arme pendant toutes ces années.

Il glissa le poignard de Justine sous l'oreiller, plaçant le manche du côté gauche. C'était ainsi qu'elle le mettait chaque soir, à une époque. Peut-être le cherchait-elle dans son sommeil, peut-être serait-elle rassurée de le sentir là. Peut-être s'en servait-elle dans ses rêves pour repousser la mort.

Elle hoqueta, émit un souffle rauque. Puis ce fut le silence. Il se figea. Le temps s'arrêta... jusqu'à ce qu'elle inspire profondément, et que son souffle reprenne un rythme régulier.

— Je n'aime pas le bruit qu'elle fait.

— Elle souffre, fit Doyle. Quand la douleur est trop forte, cela altère le souffle. Mais ça ne veut rien dire.

Un ami sait mentir, quand il le faut.

Elle marmonna quelque chose d'inaudible, puis secoua la tête et se mit à trembler de tout son être, comme si la douleur, emprisonnée en elle, cherchait à s'enfuir.

— Elle ne dort pas, là, dit Hawker.

— Non.

— Autrefois, quand nous étions très proches, il m'arrivait de la regarder dormir.

Après avoir fait l'amour avec elle, il se levait, allait raviver le feu dans la cheminée. Debout, nu dans le froid, il la regardait, se disait qu'elle était parfaite. Et n'arrivait pas à le croire.

— Quand elle dort, elle se détend complètement. C'est le seul moment où elle n'est pas sur le qui-vive. Et puis soudain elle ouvre les yeux et c'est terminé, elle est réveillée, comme un chat. Elle doit compter des chats parmi ses ancêtres. Ces vieilles familles de l'aristocratie française...

— On ne sait jamais, avec les Français. Ce sont des gens inventifs. Et elle continue à se déplacer armée jusqu'aux dents alors que la paix a été signée. Nous avons trouvé un pistolet dans la poche de son manteau. Chargé. Mais pas utilisé récemment.

— Je n'arrête pas de lui dire...

Il se reprit, d'une voix plus assurée :

— Enfin, je lui disais toujours que la poudre, sous la pluie...

— C'est peut-être pour cette raison qu'elle tenait ce couteau plutôt que le pistolet, et qu'elle n'est pas morte. Elle avait également cela sur elle.

Doyle sortit un mouchoir, qu'il ouvrit délicatement. Il contenait une liasse détrempée, plusieurs épaisseurs de papier journal rosi par le sang dilué.

— Des coupures de journaux. Qu'il est impossible de lire, pour l'instant.

Ce devait être fragile. Hawker n'y toucha pas.

— Il s'agit sans doute des papiers dont elle parlait. Pour certains, visiblement, les entrefilets de la presse populaire méritent que l'on s'entretue.

— C'est peut-être le *Times*. Ou l'*Observer*. La liasse est malheureusement tombée dans le caniveau. Il va falloir la sécher feuille par feuille pour voir de quoi il s'agit. Il y en a pour quelques heures, dit Doyle en repliant le mouchoir.

— Elle nous le dira à son réveil. Qui ne devrait pas tarder.

Doyle hocha la tête, regarda longuement Chouette, puis se dirigea vers la fenêtre. Il était habillé en ouvrier, aujourd'hui... une brute à la carrure imposante et à l'air peu avenant. Ses cheveux étaient mouillés, et l'on ne distinguait plus ses mèches grises. La balafre qui lui barrait la joue était fausse. La puissance imperturbable qu'il dégageait, en revanche, ne l'était pas.

— Ça continue à tomber comme vache qui pisse. J'espère que le sous-sol ne sera pas inondé.

Le temps idéal pour tuer. Personne n'avait dû voir Justine, ni l'ombre qui l'avait suivie. À l'époque où Hawker pratiquait la chasse à l'homme, c'était le genre de jour qu'il aurait choisi.

— J'ai envoyé un mot à Sévie. Elle voudra être auprès de sa sœur.

Doyle entreprit de tirer les rideaux.

— Laisse. Il fait encore jour. Elle aime la lumière.

Il y eut un silence, puis :

— Elle frissonne.

— Il fait pourtant assez chaud dans la pièce. Elle a froid à l'intérieur.

Toutefois, Doyle alla pousser du bout du pied les bûches dans l'âtre, provoquant une volée d'étincelles.

Des pas étouffés dans l'escalier devinrent cliquetis dans le couloir. Muffin avait jeté son dévolu sur l'un des agents et lui tenait compagnie, empêchant le pauvre homme de passer aussi inaperçu qu'il l'aurait voulu.

Quelques instants plus tard, Pax entra, un plateau entre les mains, Muffin sur ses talons. Muffin était un chien de la taille d'un petit poney, au pelage gris un peu négligé qui, en cet instant, dégoulinait de pluie.

— C'est du bouillon. Luke dit de le lui donner à la cuillère, si elle arrive à avaler.

— Pose ça là.

Doyle retira son manteau trempé et le jeta sur un dossier de chaise, puis il remonta les manches de sa chemise, comme s'il s'apprêtait à distribuer quelques coups de poing.

— Fletcher et ses gars essaient de retrouver la piste qu'elle suivait. On pense qu'elle venait tout droit de sa boutique. Stillwater ratisse Braddy Square avec une demi-douzaine d'hommes. Tous les autres sont dans le bureau et dégoulinent sur les tapis en se réchauffant avec une tasse de thé.

Les hommes et les femmes qui formaient l'équipe de Hawker battaient le rappel. Ils voudraient savoir comment il prenait cet incident. Ils attendaient des ordres.

— Je descends dans une minute.

Muffin s'approcha, inquiet, fourra sa truffe sous un coude pour laisser tomber sa grosse tête près de l'oreiller et renifler les cheveux de Justine. Son odeur lui plut, manifestement. Pas celle du sang et de l'antiseptique du pansement, en revanche. Ici et là, il souleva encore les couvertures avec son museau puis, satisfait, traversa la pièce pour rejoindre Doyle.

Celui-ci était penché au-dessus du feu et y déposait du charbon, morceau par morceau, comme si sa main ne sentait pas les flammes. Lorsqu'il eut terminé, il se redressa, et Muffin prit sa place pour s'affaler, occupant toute la largeur de l'âtre. Il posa la tête sur ses pattes et ramena sa longue queue touffue autour de lui.

Pax plaça le bol et la cuillère sur la table de nuit.

— J'ai apporté le poignard. D'après Luke, il correspond à la blessure.

— Montre, dit Doyle avec un mouvement de tête.

Pax l'avait mis sur le même plateau que le bol et la cuillère. Il le fit passer, manche en avant.

— Fletcher l'a trouvé sous un rebord de fenêtre, à trois mètres de la flaque de sang. Jeté là délibérément, on dirait. Ne touche pas la lame.

Il s'agissait d'un poignard plat à lame noire légèrement courbe, aussi élégante qu'une serre de corbeau.

Hawker connaissait cette arme, bien sûr.

— Encore un de mes bébés qui retrouve le chemin de sa maison. Mes poignards sont décidément bien élevés.

Son poids, son équilibre, tout lui était familier. Il le fit tourner dans sa main.

— Et regarde. Quelqu'un l'a fait graver pour moi. Les initiales *A* et *H,* pour Adrian Hawkhurst.

— Il est à toi ? Tu en es sûr ? demanda Doyle.

— Certain. Tu vois le petit bourrelet métallique, là ? Il était censé limiter la vrille de l'arme au lancement. Mais ça ne marchait pas, alors je n'en ai fabriqué que douze. Et j'en ai donné un à Justine. Tu en as un aussi, ajouta-t-il à l'intention de Pax. Fletcher en a un. J'en ai offert un à Annique, qui l'a aussitôt égaré, négligente comme elle est. J'en ai perdu deux en France, en les plantant dans des ennemis. Et j'en ai laissé trois dans mes bagages lors de ma fuite de... voyons voir... de Socchieve, en Italie.

— Donc, tu en as semé à peu près partout en Europe, conclut Doyle.

— Cela fait neuf, précisa Pax, qui n'était jamais aussi content que lorsque les comptes étaient ronds.

— Il y en a trois dans un tiroir en bas, dans l'atelier.

Doyle glissa un doigt dans la poche de son gilet et en tira une petite loupe.

— La lame n'est pas abîmée, malgré le temps. Quelques marques, probablement dues à sa chute aujourd'hui. Il y a beaucoup de sang, qui commence tout juste à virer au marron. Je dirais qu'il a été versé il y a une heure tout au plus. Et...

Une pellicule blanche couvrait en partie la lame, comme si elle avait été plongée dans du lait, puis avait séché sans avoir été nettoyée. Cela dit, qui aurait mis du lait sur une lame ?

— ... la lame est sale. C'est du poison.

— Luke pense la même chose, dit Pax. Mais il ne sait pas lequel.

Bon sang. Du poison.

Hawker gagna le lit, retira brusquement les couvertures. Il fallait rouvrir la plaie. Il n'était pas trop tard pour...

Pax l'arrêta en lui saisissant le poignet.

— Laisse, Hawker. La blessure est propre. Elle a perdu beaucoup de sang. Quoi qu'il y ait eu là-dedans, le saignement l'aura emporté. Il ne doit plus guère rester de poison en elle, conclut-il en le relâchant lentement.

Toutefois, il n'en fallait pas beaucoup pour tuer.

— Oublie les Borgia, dit Doyle en ramenant les couvertures sur Chouette. Cela fait plus d'une heure. Ses pupilles sont normales, elle ne transpire pas, son bras n'est pas enflé, sa bouche pas sèche. Et si son pouls est rapide, c'est à cause de la douleur.

Quand on savait où aller, il était possible de se procurer jusqu'à cinq cents poisons différents à Londres. Des rapides, des lents.

— Je n'utilise jamais le poison, commenta Hawker. C'est une arme qui encourage le laisser-aller.

— Même pendant la guerre, peu de gens ont été empoisonnés, dit Pax. Cela réduit les possibilités.

La guerre était terminée. Les colombes de la paix agitaient leurs ailes un peu partout. Mais quelqu'un avait refait surface pour s'en prendre violemment à Justine.

— Ils se sont servis de l'un de mes poignards, maugréa Hawker en se baissant pour le ramasser.

Avoir cette arme en main lui rappelait les sensations éprouvées lors de sa fabrication. La première fois qu'il avait affûté sa lame sur la pierre. Il lui avait fallu des heures pour obtenir un résultat parfait.

Certains poignards s'éveillent. Ils prennent vie, d'une certaine manière. Ce poignard-là était en colère, déterminé. C'était un tueur.

Hawker le fit sauter dans sa main et le lança vers la porte. La lame s'enfonça de deux bons centimètres, avec un bruit sourd. Muffin, qui s'était assoupi, sursauta et fila se cacher derrière un fauteuil.

Hawker retira le poignard et le posa sur le manteau de la cheminée, où il ne risquerait pas de blesser quiconque.

— Ils ne savent plus où se mettre, en bas, tellement ils sont nombreux, dit Doyle. Ils attendent les ordres, et la nuit va bientôt tomber.

N'obtenant aucune réponse, il ajouta :

— Je ne la laisserai pas mourir en ton absence, promis.

Puis :

— Venir jusqu'ici a dû beaucoup lui coûter. Ne méprise pas cet effort.

Justine aurait été la première à mettre Hawker dehors. À l'envoyer faire son boulot. Il l'entendait presque lui ordonner de se mettre au travail.

Il se pencha sur elle et lui murmura à l'oreille :

— Reste en vie pour moi, Chouette. Souviens-toi. Tu as promis de me trancher la gorge dans mon sommeil. Nous n'en avons pas fini, tous les deux.

Elle lui opposait un visage agité, le front plissé, soucieux, les lèvres pincées sur des mots qui ne sortaient pas. Elle respirait. Elle vivait. La lame avait raté son cœur parce qu'elle avait réagi, en diablesse qu'elle était.

— Je tuerai celui qui a fait ça, dit Hawker en se redressant.

— Je sais, répondit Doyle.

Pax voulut suivre Adrian, mais ne fut pas assez rapide.

— Reste ici, ordonna Doyle.

— Il faut que je...

— Ça attendra cinq minutes. Viens ici et aide-moi à la redresser. On va essayer de lui faire boire un peu de ce bouillon.

— Je vais faire monter Felicity.

— Justine ne la connaît pas. Toi, elle te connaît. Même à demi conscient, on sait quand c'est un inconnu qui nous touche.

— Elle ne me connaît pas assez pour avoir envie que je m'occupe d'elle – nue, en plus. Et elle est à Hawker.

Cependant, il se pencha et la souleva délicatement, essayant de ne pas faire bouger le bras bandé et prenant soin de ne pas laisser glisser le drap afin de ne pas toucher sa peau.

— Elle ne t'en voudra pas. À dire vrai, elle ne s'en souviendra même pas. Et nous ne dirons rien à Hawker.

Doyle prit la cuillère, la plongea dans le bouillon.

— Allez, bois, dit-il d'un ton plus dur en la présentant à Justine.

Elle n'ouvrit pas les yeux, mais avala.

— Vous possédez bien des talents, dit Pax, que le fait de tenir la femme de Hawker dans ses bras mettait mal à l'aise.

— Quatre mioches, et Maggie qui recueille toutes les brebis égarées d'Angleterre.

Une certaine fierté s'entendait dans la voix de Doyle lorsqu'il parlait de sa femme.

Une nouvelle cuillerée. Justine reprenait lentement connaissance, et se mit à boire goulûment lorsqu'il présenta le bol à ses lèvres. Puis elle reposa la tête contre Pax et se rendormit. Ce dernier attendit une minute avant de se dégager prudemment pour la rallonger dans le lit.

— Parfait, dit Doyle en prenant une chaise qu'il plaça à côté du lit, calant ses pieds bottés sur le montant en bois. Je prends la suite. Dis à Felicity de me faire monter du thé.

— Dois-je ranger le poignard ? Celui de Hawker ?

— Non, laisse-le. Je crois qu'il a prévu quelque chose avec.

— Vous voyez ce que ça signifie, n'est-ce pas ? Que l'on se soit servi de l'un de ses poignards ?

Doyle hocha la tête.

— Je vois très bien.

— Moi, je ne pense pas que Hawker s'en rende compte. Pas pour l'instant. Il a autre chose en tête, dit Pax en regardant Justine.

— Il s'en rendra compte lorsqu'il aura les idées plus claires.

— Les poignards d'Adrian Hawkhurst sont connus dans toute l'Europe. Les poignards du Faucon noir. Quelqu'un cherche à faire croire que c'est lui qui voulait la tuer.

— En gros, c'est l'idée, oui.

4

Rares étaient les lieux où quatre traîtres pouvaient se retrouver. Leur passé commun, la durée de leur collaboration étaient autant de secrets soigneusement gardés. Au début parce que c'était un ordre de celui qui les avait fait venir en Angleterre, des années plus tôt. Après sa mort – son assassinat –, ils avaient continué, parce que la méfiance faisait partie de leur vie. Aujourd'hui, c'était juste par habitude.

— Il a presque six ans, non ? Il est grand pour son âge, dit l'homme déguisé en bourreau.

— Suffisamment pour avoir son propre poney, bien sûr, répondit l'une des femmes dont la tenue extravagante, avec loup assorti, n'aurait pas déparé au carnaval de Venise. Mais j'espérais un poney… qui ressemble un peu plus à un poney.

Deux hommes et deux femmes se tenaient dans l'alcôve fermée par des rideaux, à côté de la salle de bal. Ils formaient à eux quatre un petit carré d'herbes folles françaises au milieu des pelouses anglaises.

De la salle de bal leur parvenait le son des violons, des flûtes et du violoncelle. Des fées, des pirates, des bergères et des rois anglais sautillaient et saluaient sur un air écossais.

— Je le gâte trop, dit la femme en tenue de carnaval, pliant et dépliant son éventail. On gâte toujours trop le plus jeune. Il a l'air tellement petit, sur ce gros poney.

La femme déguisée en Cléopâtre regarda ailleurs d'un air las. Elle n'avait pas d'enfant.

— Il s'appelle Palissade. C'est quand même un drôle de nom pour un poney, non ? Une palissade, c'est un genre de mur, n'est-ce pas ?

— C'est un mur dressé pour défendre un fort. Un beau nom. Plein de puissance.

L'homme qui venait de parler était massif, trapu, et portait le tabard et l'armure d'un templier. Ainsi déguisé, il ressemblait au soldat qu'il avait été.

Le bal masqué des Humphrey se tenait toujours la première semaine de mai. C'était l'une des traditions de la saison mondaine. Mais sir George n'était que baron, et le père de lady Humphrey avait fait fortune dans le commerce maritime, aussi leur bal attirait-il une foule un peu plus disparate que les Humphrey ne l'auraient voulu. Les invités étaient moins sélects, l'atmosphère moins feutrée, les manières un tantinet moins raffinées qu'ailleurs. De jeunes propriétaires terriens débarqués du Yorkshire paradaient aux abords de la salle de bal, persuadés d'être séduisants en diable. Des mères y amenaient leurs empotées de filles qui ne feraient leurs débuts que l'année suivante, afin qu'elles gaffent dans l'anonymat. Un galop d'essai, en quelque sorte.

Et des espions français se retrouvaient derrière les palmiers en pots.

— Je n'ai rien à faire d'un poney puissant, rétorqua la dame Carnaval. J'en veux un docile. Celui-là ne fait que manger. Il a le regard sournois, parfois.

Les quatre comparses poursuivirent leur conversation. Ils parlèrent de scandales divers, de politique, et d'un poney qui n'arrêtait pas de manger dans une écurie des environs de Hampstead. Ils sirotèrent du punch. Et lorsqu'il fut évident que personne ne cherchait à écouter leur conversation, ils se turent.

Cléopâtre rompit le silence en premier.

— Le chirurgien est parti à cinq heures. Ils ont envoyé un gamin chez l'apothicaire. Elle doit être encore vivante.

— C'est du travail bâclé, persifla dame Carnaval.

— Et d'une bêtise… Nous avons de la chance qu'il ne se soit pas fait prendre, ajouta Cléopâtre. Ou qu'*elle* ne se soit pas fait prendre.

Son visage disparaissait derrière un masque de plumes et d'or martelé. Elle portait une perruque brune. À ses bras tintaient des bracelets en or.

— Poignardée en plein milieu de Braddy Square, bon Dieu. Ça ne peut pas venir de chez nous. Personne ne prendrait un risque pareil, murmura le templier.

— Et pourtant, il a réussi, dit Cléopâtre. Un coup de génie, d'une certaine manière. Grâce à la pluie, personne n'a rien vu. Il a frappé à quelques mètres de Meeks Street et il a réussi à s'échapper. Moi, je dirais qu'il a fait preuve d'audace, pas de bêtise.

— Il nous a tous condamnés, avec son geste, fit remarquer le bourreau. Le service britannique ne pardonnera pas un coup pareil.

— Ce n'est peut-être qu'une stupide coïncidence, grommela le templier. La ville grouille de voleurs à la tire. Si ça se trouve…

— J'ai été convoquée par la police, moi aussi, l'interrompit Cléopâtre.

Elle attendit que la nouvelle produise l'effet désiré, puis poursuivit :

— Nous avons tous donné la même description. Nous avons incriminé le même homme. Nous suivons les ordres.

— L'un d'entre nous tenait ce poignard, ajouta le bourreau. Si elle meurt, cet assassinat est de notre fait.

Dame Carnaval serrait son éventail comme une arme.

— Mais un seul d'entre nous est coupable. Un seul.

Les bracelets de Cléopâtre tintèrent comme elle levait son verre.

— Un seul coupable, mais tous les autres prêts à mentir et à envoyer un homme à la potence. Les flammes de l'enfer sont-elles plus brûlantes pour les assassins ? Me garderas-tu une place près du feu, Amy ?

— Je n'ai tué personne.

— Tu dirais ça même si tu cachais le poignard dans ton corset. Allons-nous clamer notre innocence chacun à notre tour ?

— Je jure que je n'ai...

— Nous excellons tous dans le mensonge, coupa Cléopâtre. Jure, si cela peut te faire du bien, mais...

Le templier leva la main, exigeant le silence. Il portait un heaume. Son haubert était fait de milliers d'anneaux de fer entrelacés qui lui donnaient la souplesse et l'éclat d'un manteau d'écailles. Lorsqu'il bougeait, le métal cliquetait, évoquant un mouvement d'horloge.

— Que savons-nous, exactement ?

Cléopâtre baissa son verre, contemplant le contenu d'un air songeur. Elle était la plus discrète des demimondaines de haut vol. Un de ses habitués occupait un poste important au Renseignement militaire.

— Le Renseignement n'a rien vu. Leur homme chargé de surveiller Meeks Street était allé se mettre à l'abri de la pluie dans une taverne. Ils n'ont que des rumeurs à se mettre sous la dent. Personne n'a encore fait le lien entre Meeks Street et les deux meurtres. Connaissez-vous l'homme que nous avons accusé ?

— Arrête, l'interrompit sèchement le templier. Bien sûr que nous le connaissons. Nous le connaissons tous.

— C'est le chef du service de renseignements britannique. Le Faucon noir.

Le bourreau s'appuya sur sa hache à double tranchant.

— Et c'est pour cela que nous allons tomber. Justine du Motier et le Faucon noir ont été amants, autrefois. Si elle meurt, il nous poursuivra sans relâche, jusqu'au bout.

Il leva les yeux et regarda ses trois compagnons, l'un après l'autre.

— Et peut-être aura-t-il raison. Gravois et Patelin méritaient leur sort. Mais pas du Motier.

— Elle était de la police secrète à une époque, comme eux, dit Cléopâtre en haussant les épaules.

— Comme nous.

Derrière son masque, sous son heaume, le templier serra les lèvres.

— C'était un soldat qui croyait en son combat. Elle ne méritait pas cette mort.

Dame Carnaval suivit des yeux une silhouette dans la salle de bal. Sa fille aînée.

— Nous pensons que nous n'avons pas le choix. La vérité, c'est qu'ils ont gagné. Nous sommes devenus le monstre qu'ils voulaient faire de nous. Nous...

Un Henri VIII s'arrêta devant l'alcôve et scruta l'intérieur. Cléopâtre était vêtue d'un voile plissé qui ne laissait rien ignorer de son anatomie et de ses pointes de seins dorées. Elle était devenue riche en vendant cette beauté. Henri VIII la considéra longuement, avec un sourire appréciateur.

Le bourreau leva sa hache, en caressa le fil. Henri VIII décida de poursuivre son chemin.

— C'est trop tard, de toute façon, dit Cléopâtre après son départ. C'est toujours trop tard. Que pouvons-nous faire ?

— Nous pouvons arrêter, suggéra le bourreau tout bas.

Ils échangèrent de longs regards, qui en disaient davantage que bien des conversations. Quatre espions français qui se faisaient passer pour le petit-fils d'un comte, la veuve d'un baron, un militaire de bonne famille et une courtisane notoire.

— J'arrête. Ici. Maintenant, dit le bourreau. Pour moi, c'est terminé. Quand la prochaine convocation arrivera, je l'ignorerai.

— Un point final, renchérit dame Carnaval, qui suivait à nouveau sa fille des yeux. Quelles qu'en soient les conséquences.

Le templier baissa la tête.

— Justine du Motier sera la dernière à mourir.

— Si elle meurt, fit Amy.

— Nous avons été bien entraînés, dit Cléopâtre. Ce poignard aura forcément été empoisonné. Elle ne passera pas la nuit.

— Je n'arrive pas à croire que l'un d'entre nous ait fait cela.

— Cela ne m'étonne pas, au contraire, répliqua Cléopâtre. Nous avons tous tué. Même toi, douce Amy. Et tu as toujours utilisé un poignard…

5

Vingt-quatre ans plus tôt. Juillet 1794, Paris

Justine avait demandé au garçon de la retrouver devant la guillotine. Elle n'avait aucun goût particulier pour les exécutions, au contraire, mais c'était l'endroit idéal pour passer inaperçu.

Elle s'était habillée en bonne – robe de serge bleue un peu austère, tablier blanc, fichu. Ainsi, elle se fondait parfaitement dans la foule. Son panier contre elle, elle s'adossa au mur qui marquait la limite entre la place de la Révolution et les Tuileries.

À treize ans, on la prendrait pour une bonne. Une bonne, c'était la première personne à qui pensait une femme respectable lorsqu'elle avait un rendez-vous galant au jardin des Tuileries. Une bonne, ça se laissait à un coin de la place, tandis que sa maîtresse allait jeter son bonnet par-dessus les moulins. Ou, plus précisément, ses vœux nuptiaux dans le caniveau.

Donc la bonne attendait, affichant l'expression appropriée d'ennui mêlé de résignation. Hawker la trouverait facilement : elle était immobile là où tout n'était que mouvement.

Cet endroit était idéal pour la rencontre de deux espions ennemis. Hawker pourrait voir à cent mètres toute la place de la Révolution et s'assurer qu'elle était seule. Un peu plus loin, sur sa droite, le chaos grouillant qu'étaient les arcades de la rue de Rivoli représentait pour un homme en fuite le lieu rêvé pour damner le pion à d'éventuels poursuivants. Même pour un espion anglais de peu d'expérience, il serait évident qu'elle se présentait au rendez-vous tout à fait bien intentionnée.

Ou pas.

Elle continua à le chercher du regard.

Au centre de la place de la Révolution s'élevait la guillotine. Les planches de l'échafaud étaient d'un brun mat. À droite, les pierres étaient d'un noir épais, repoussant. C'était là que roulaient les corps avant d'être chargés sur des charrettes. Mais chaque matin à l'aube, des hommes nettoyaient l'instrument et affûtaient la lame suspendue au-dessus du billot. Le fil du rasoir national étincelait.

Il n'y aurait pas de travail pour la machine de mort aujourd'hui. Pour la première fois depuis des mois, pas une seule tête ne roulerait dans le panier. Robespierre était mort depuis trois jours et tout avait changé. Peut-être était-ce la fin de la Terreur.

Les Parisiens, endurcis par les horreurs dont ils avaient été témoins, arrivaient par dizaines, traversaient la place pour venir s'ébahir devant l'échafaud, tourner autour en pointant la machine du doigt. Les hommes portaient les jeunes enfants sur leurs épaules. Lorsqu'ils passaient devant elle, elle les entendait dire :

— Regarde, fiston. C'est ici qu'est mort Robespierre le tyran. Je l'ai vu de mes yeux. Il avait un pansement sanguinolent sur la joue, et il a hurlé quand on le lui a arraché.

Elle se fichait bien de savoir qu'il s'agissait là d'un grand moment de l'histoire. Sa sœur n'avait pas encore quatre ans – l'âge de ceux à qui l'on montrait « l'histoire » – et pour rien au monde elle n'aurait emmené Séverine dans un endroit pareil.

Hawker s'appuya au mur juste à côté d'elle, les bras croisés, les yeux sur la guillotine.

— C'est donc ici qu'ils lui ont réglé son compte. À Robespierre.

Ce type avait des manières de chat. Il n'était pas là… et l'instant d'après, il était si près qu'elle aurait pu le toucher. Elle ne l'avait pas entendu approcher, et cela l'énerva. S'il avait appartenu à la police secrète, comme elle, elle lui aurait demandé de lui apprendre à faire pareil. De lui montrer comment il faisait pour se fondre dans la foule, devenir invisible. Mais il n'appartenait pas à la police secrète. Pas encore.

Elle essaierait de le recruter, bientôt. Il était jeune – il avait le même âge qu'elle, probablement – donc influençable.

— Tu n'es pas venu voir mourir le grand homme ? demanda-t-elle. Quel manque de curiosité, citoyen Hawker.

Elle prononçait son nom à la française, sans aspirer le « h ». Mais il ne le lui reprocha pas. C'était plutôt mignon.

— Doyle a fait en sorte que je sois occupé. Je ne sais pas pourquoi il a tenu à me préserver. C'est pas comme si je n'avais jamais vu mourir un homme.

Madame avait fait la même chose, lui donnant suffisamment à faire pour qu'elle n'ait pas le temps d'aller place de la Révolution.

— Désolée que tu aies raté le spectacle.

Les bras toujours croisés, il se pencha vers elle, et lorsqu'il haussa les épaules, ce fut comme si son corps tout entier se soulevait.

— Il y en aura d'autres. On ne manque pas de condamnés par ici, ces derniers temps.

— Comme tu dis.

Son front avait disparu derrière un rideau de cheveux raides et noirs comme l'encre. Il écartait toujours ces mèches d'un mouvement naturel, sans y penser, tel un animal qui secouerait sa crinière. Ce garçon était beau, d'une beauté sombre, exotique.

— Je suppose que tu as de quoi faire, en ce moment.

Référence détournée à ses nombreuses activités.

— Effectivement.

— Comment va la mouflette ?

Impliquée comme elle l'était avec les services secrets britanniques, ces derniers savaient beaucoup plus de choses sur elle qu'elle ne l'aurait voulu. Hawker était le mieux renseigné de tous. Il avait rencontré Séverine.

— Elle va très bien. Tu ne devrais pas porter ce gilet.

— Je l'aime bien, répondit-il en faisant la moue.

— Je m'en doute, puisque tu le portes, mais il ne va pas avec ce que tu prétends être : un fils de commerçant. À moins que l'objectif soit de passer pour un type qui n'a aucun goût.

— Qui sait ?

Il y eut un silence, puis Hawker demanda :

— Pas de rayures, alors ?

— Pas de cette couleur, en tout cas. C'est vulgaire.

— Merci de me l'avoir fait remarquer. Quand je discute avec toi, je comprends soudain pourquoi certaines personnes connaissent une fin tragique.

Ils s'étaient rencontrés une semaine plus tôt. Hawker était l'espion le moins expérimenté du service de renseignements britannique, un gamin futé qui apprenait à une vitesse effrayante. Dans le système de classes anglais, il venait de tout en bas. Il n'avait aucune patience. Elle ne l'avait jamais vu manifester de peur. Il maîtrisait une bonne dizaine de compétences, dont elle avait cruellement besoin pour certaines. Voilà ce qu'elle savait de lui.

Dans le même temps, elle avait veillé à ce qu'il en découvre le moins possible sur elle. Il savait qu'elle était un maillon important du réseau secret chargé de faire passer en Angleterre des réfugiés français, les sauvant ainsi de la guillotine. Il ne savait peut-être pas qu'elle appartenait aussi à la police secrète française.

Des pigeons se promenaient sur l'échafaud, avec l'air suffisant de sentinelles. Quelques gamins frondeurs montaient et dévalaient les marches qu'avaient gravies Robespierre, Danton, Desmoulins, Lavoisier, Herbert et, avant eux, le roi et la reine. À intervalles réguliers, un soldat désœuvré chassait les uns et les autres. Quelques instants plus tard, tous revenaient.

— J'ai eu ton petit mot, dit Hawker. Je dois être idiot. Je suis là.

Elle avait laissé des messages dans un café que fréquentait Hawker et à une échoppe, rue Saint-Denis, où elle l'avait vu acheter un journal. Le citoyen Doyle, qui était le formateur de Hawker et un agent anglais d'excellente réputation, ne serait pas retourné sur ces lieux. Hawker n'était pas aussi sage.

— C'est gentil d'être venu. Surtout sans savoir pourquoi.

Elle ne le lui avait pas dit, bien sûr. Le voir une fois avait suffi pour qu'elle découvre son point faible. Il était incapable de résister à un mystère. Et elle n'était pas née, la Française digne de ce nom qui aurait été incapable de se parer de mystère.

Elle n'avait que treize ans, mais le rôle de la femme française, elle le connaissait par cœur. En fait, sur ce coup-là, Hawker avait perdu d'avance.

— Je sais pourquoi. Tu attends quelque chose de moi…

Il plissa les yeux, la fixa un instant, puis détourna le regard.

— … et tu m'expliqueras de quoi il s'agit dans un moment.

Elle ne le contredit pas. Côte à côte, ils observèrent la place, à la recherche d'individus qui les auraient observés en retour. Il y avait une certaine camaraderie entre eux.

— Tu as déjà vu quelqu'un se faire raccourcir, là-haut ? demanda-t-il en indiquant la guillotine d'un mouvement de tête.

— Une fois. J'avais onze ans.

Ce jour-là, elle était venue seule sur la place de la Révolution. Il tombait une pluie glaciale, mais le froid qui l'habitait était bien plus glacial encore.

Hawker scruta son visage.

— Quelqu'un que tu connaissais ?

— Un ennemi.

Ils avaient traîné Grenet hors de la charrette, troisième d'une série de quinze condamnés. De l'abject personnage qui l'avait souillée tant de fois sans la moindre honte, ne restait plus qu'un vieillard blême et tremblant que deux soldats tenaient debout. Elle avait éprouvé un plaisir féroce à le voir ainsi diminué.

Trop petite, elle n'avait pu se frayer un chemin jusqu'à l'échafaud. La foule était dense et mouvante entre elle et la guillotine. Elle n'avait pas tout vu. Avait entendu le gémissement fébrile du couperet qui tombe. Le bruit mat de la lame sur le billot. Puis elle avait entraperçu le corps que l'on faisait rouler sur le côté comme un ballot de foin, et c'était tout.

— C'est moi qui l'ai envoyé à la guillotine.

De l'autre côté de la place, une nuée de pigeons s'envola, chassés par un enfant qui courait.

Hawker hocha la tête.

— Et tu n'avais que onze ans. Pas facile comme gamine, dis donc. Mais qu'il meure n'a rien résolu, je me trompe ?

— Non.

Cette mort n'avait pas éteint la fureur. N'avait pas fait disparaître le froid qui l'habitait.

Grenet était un ami de son père. Le jour de la mort des parents de Justine et Séverine, il était venu les chercher chez elles. Il avait une femme et des enfants de son côté, et n'aurait pu lui imposer chez lui toutes les horreurs qu'il lui réservait. Alors il l'avait emmenée dans un bordel, où les hommes pervers abusaient des enfants. Cela avait duré des mois. Il faisait partie de ces hommes qui exigeaient qu'elle sourie et dise qu'elle aimait ce qu'il lui faisait.

— J'aurais voulu en tuer une bonne cinquantaine comme lui, dit-elle. Et sa mort a été trop rapide.

— On n'a pas toujours le choix. Tu veux bien qu'on marche un peu ? Je n'aime pas rester à découvert comme ça. Je me demande tout le temps qui d'autre tu as pu convier à notre rendez-vous.

— Tu es bien cynique, pour quelqu'un d'aussi jeune. Si je voulais te trahir – et je ne vois pas pourquoi je me compliquerais la vie pour un élément aussi négligeable que toi –, je procéderais dans une ruelle sombre, avec plusieurs complices. Mais d'accord, éloignons-nous de cet endroit. On m'a conseillé d'éviter les lieux publics, au cas où des troubles éclateraient.

— La moitié de la ville se promène en espérant qu'une émeute se déclenchera.

Il repéra un groupe d'ouvriers qui avançaient en se poussant à travers la foule.

— Ceux-là, par exemple. On voit qu'ils sont en train d'y penser.

Il avait raison. Derrière chaque voix, chaque rire, derrière cette atmosphère de fête, tout le monde était sur le qui-vive.

— Personne ne sait vraiment quoi faire, maintenant. C'était plus simple quand nous avions peur de Robespierre. Aujourd'hui, cinquante démons peuvent prendre sa place. Comment savoir à quoi nous attendre ?

— Allons l'attendre ailleurs, en tout cas. Je n'aime pas l'odeur du sang quand ce n'est pas moi qui tranche les gorges.

Qu'il dise une chose pareille avait quelque chose de glaçant. À bien des égards, Hawker était comme un beau pistolet. Au repos, de belle facture, efficace, élégant même. Mais armez le chien, et l'arme devient mortelle. Ce garçon à l'allure élégante, aux traits parfaits, froid comme le cristal taillé, était assez effrayant.

— On ne tranche pas de gorges sur une place publique.

De fait, elle n'avait jamais tranché de gorge, mais il était hors de question qu'elle l'admette devant Hawker. L'espion autorisé à tuer, c'était lui, pas elle. Quelque part, elle l'enviait.

Il marcha à côté d'elle d'un pas tranquille, balayant la foule d'un regard amusé et un peu las. Mensonge que tout cela. L'énergie qu'il dégageait vibrait entre eux. Il était en alerte permanente, plus vivant que tous les êtres qu'elle avait croisés jusqu'ici. C'était comme si un mécanisme invisible et puissant tournait en lui. Elle sentait son propre corps frémir en retour. Ce garçon n'était pas un être paisible : un feu meurtrier brûlait en lui, et elle allait s'en servir.

Elle balança son panier au bout de son bras d'un air léger.

— Suis-moi. J'ai quelque chose à te montrer.

6

Quand on suit une fille dans une allée, c'est en général pour la trousser vite fait, et risquer ensuite un coup sur la tête avec le bonjour de son protecteur. Mais suivre Chouette, cela voulait dire tout autre chose.

Elle l'emmena jusqu'à une petite église, si vieille qu'elle était noire de suie. Le vent avait plaqué vieux papiers et paille contre le bas de la grille en fer qui fermait l'entrée. On lui avait fait apprendre par cœur la carte de Paris, donc Hawker savait où il se trouvait, mais il ignorait le nom de cette église. Soit il l'avait oublié, soit il n'avait pas figuré sur la carte apprise à Londres.

« Église Saint-Cheval » aurait été tout à fait pertinent. Trois gros percherons étaient attachés dans le jardin, devant. Ils ramassaient du bout des lèvres le foin jeté par terre à leur intention, tapissant les lieux de crottin et attirant des nuées de mouches.

Après avoir chassé les prêtres et fermé les églises, les Français s'en servaient désormais d'écuries et de granges à foin. Une rampe d'accès en bois avait été construite devant la grande porte à double battant pour permettre aux chevaux d'entrer à l'intérieur.

Une petite porte, sur le côté, était fermée à clé. Chouette tira de son panier un trousseau de crochets et s'agenouilla devant. Il resta debout en se grattant les parties – un moyen très sûr pour repousser les regards et la protéger des curieux.

Différents signes pouvaient indiquer que l'on avait basculé du côté des gens malhonnêtes. Posséder des crochets en faisait partie. D'un autre côté, Chouette mettait tellement de temps à crocheter cette serrure qu'elle faisait peut-être encore partie des gens honnêtes.

— Je ne vais pas te proposer de t'aider, dit-il. Cela t'énerverait.

— Si tu ne veux pas m'énerver, ferme-la. J'aimerais rester discrète.

Il aurait dit la même chose à sa place, songea-t-il.

Elle avait de jolis cheveux – brillants, châtain clair, comme une bonne bière. Quand il ne surveillait pas les alentours, il les regardait s'échapper du bonnet qu'elle portait. Chaque fois qu'elle ramenait quelques mèches derrière son oreille, d'autres reprenaient leur liberté et volaient dans le vent.

Enfin, elle vint à bout de la serrure, ramassa son panier et entra.

Il faisait plus frais à l'intérieur, plus sombre aussi. Et ça sentait le cheval. Deux fenêtres, une au fond, la seconde donnant sur la rue, avaient encore leurs vitraux, que l'on aurait dit faits de rubis et de saphirs. Les autres fenêtres avaient été condamnées à l'aide de planches. Briser les vitres, c'était bien beau, mais après, il fallait trouver une solution contre les courants d'air…

Pour un cheval, le confort était néanmoins au rendez-vous. Le sol de pierre avait été couvert de paille, des planches avaient été dressées pour former des stalles. Il devait y avoir une bonne vingtaine de canassons là-dedans. Deux d'entre eux tournèrent la tête en les entendant.

En matière de chevaux, Hawker ne savait pas grand-chose, sinon qu'ils mordaient à la première occasion, donnaient un coup de sabot si l'on s'approchait trop et, dans la rue, se ruaient sur vous sans crier gare.

Deux garçons d'écurie s'affairaient au fond de l'église. L'un était chargé d'un seau, l'autre pansait un cheval.

Chouette émit un très léger sifflement. On aurait dit le vent passant dans un trou de serrure.

— Reste pas planté là comme un navet. Suis-moi.

Il obtempéra, passant au large d'un cheval seul dans une stalle.

La porte vers laquelle elle se dirigea s'ouvrit facilement. Ce qui n'était pas plus mal, étant donné le temps qu'il lui avait fallu pour crocheter la première. Ils se glissèrent dans une pièce tapissée de placards, au fond de laquelle s'élevait un escalier. Il n'eut que quelques secondes pour entrevoir tout cela, car Chouette referma vite derrière eux, les plongeant dans le noir.

L'obscurité n'était pas un problème – c'était même plutôt son domaine de prédilection – mais s'il avait su qu'ils devraient se cogner un peu partout pendant un moment, il aurait apporté une chandelle.

— Par ici.

La voix de Chouette venait de l'autre bout de la pièce, et il fut surpris. On aurait dit qu'elle l'avait fait exprès.

Très bien. Il posa la main sur le bois des placards, l'autre sur son poignard. Une des caractéristiques de l'obscurité, c'est qu'elle est peuplée de gens qui vous veulent du mal. Du moins était-ce l'expérience qu'il en avait.

On disait qu'avant la Révolution les églises étaient riches. Les religieux avaient laissé derrière eux des fortunes. Coupes en or, bijoux, argent. S'il avait été seul, il en aurait profité pour examiner le contenu de ces placards, au cas où une babiole aurait été oubliée.

Il fit dix pas, et sentit les placards s'arrêter sous sa main. Ne restait que le mur de pierre. Son pied buta contre une marche – robuste, en bois. Un courant d'air descendait sur lui, porteur du vent venu de l'extérieur, et d'un parfum légèrement citronné et fleuri. L'odeur de Chouette. Cette fille avait du mordant, à tous les points de vue. Il n'avait pas entendu ses pas : elle se déplaçait avec discrétion et légèreté.

Bien. Il fallait donc monter. Il compta les marches, pour le cas où il lui faudrait battre en retraite avec précipitation.

La bonne nouvelle, c'est qu'elle ne l'avait sans doute pas entraîné jusqu'ici pour l'éventrer. Si elle avait voulu sa mort, elle aurait frappé dans la rue, c'était plus logique. Elle était compliquée, mais pas perverse.

Il gravit les marches deux par deux, en conséquence de quoi il la heurta parce qu'elle s'était immobilisée pour l'attendre. Si le choc ne fut pas violent, elle sursauta comme s'il l'avait tâtée avec un bâton.

Il sentit qu'elle se raidissait, prête à se battre ou à fuir, et recula aussitôt. Mais la tension continua de faire vibrer l'air autour d'elle.

— Désolé, dit-il.

— C'est rien.

Le ton était sec, la voix tendue, comme si elle avait eu du mal à sortir de sa gorge.

Elle n'aimait pas beaucoup les hommes. Il l'avait deviné dès l'instant où il avait posé le regard sur elle. Il avait vu tous les signes disant qu'un homme, un jour, avait eu pour dessein de la faire souffrir et y était parvenu. D'où il venait, Hawker avait rencontré beaucoup de femmes comme elle.

— On y voit un peu mieux, après, dit-elle. Si tu veux bien te retenir de me rentrer dedans, en attendant...

Il aurait pu répondre que ce n'était pas lui qui avait pilé au milieu du chemin, mais il se tut.

Les marches amorcèrent un tournant, et la lumière filtra bientôt, venant du sommet. Ils en grimpèrent encore cent six avant de déboucher sur une trappe ouverte. Chouette se hissa sur la plateforme du clocher. Il fit de même, ébloui par le soleil. Des hirondelles nichant sous les rebords du toit volèrent entre les poutres de la charpente, manifestant leur désaccord.

Il n'était jamais monté dans un clocher, essentiellement parce qu'il n'y avait rien à y dérober. Mais là... c'était grandiose. On voyait tout, de la Seine jusqu'à la colline de Montmartre avec ses moulins. Notre-Dame était vraiment sur une île. Il avait une carte à ses pieds.

Le clocher était ouvert sur les quatre côtés. Au-dessus d'eux, une énorme poutre le traversait en diagonale. C'était là qu'autrefois pendait la cloche. On voyait encore les rainures dans lesquelles elle s'emboîtait et, sur le plancher, les traces qu'elle avait laissées lorsqu'on l'avait traînée. Sans doute avait-elle été décrochée pour être fondue, pour faire des canons. Un trou carré, dans le plancher, avait dû servir au passage de la corde. Quelqu'un avait jeté trois planches en travers – un homme aurait aisément pu y tomber.

Chouette posa son panier sur le rebord de pierre et se pencha, offrant à son regard un joli petit derrière bien rond. Il tâcha de ne pas s'attarder sur ce détail, dans la mesure où c'était un agent français et qu'elle n'aimait pas qu'on la touche. Mais d'ici quelques années, l'âge adulte venu, elle rendrait un homme fou, assurément.

Du doigt, elle indiqua le sud-est.

— Ils sont dehors. Tu vas les voir. Tiens, prends ça.

Elle piocha dans son panier, en tira des jumelles qu'elle lui tendit. Il s'agissait de jumelles robustes, de belle facture, très courantes dans l'armée anglaise. Comment les Français avaient-ils mis la main sur autant de matériel britannique ? Mystère et boule de gomme.

L'espace de quelques secondes, il imagina tout l'argent que l'on pouvait gagner avec un tel trafic, puis se reprit. Il était espion désormais, il n'appartenait plus au milieu criminel, donc inutile de se monter le bourrichon avec ces histoires. D'un mouvement de tête, il chassa la mèche qui lui tombait sur le front.

— Qu'est-ce que je dois regarder ?

— Cette rue. Le long mur, là, tu le vois ? Le portail est vert.

Il était doué pour mémoriser les cartes.

— La rue de la Planche.

— C'est ça. Regarde.

Il régla l'écartement des jumelles, posa les coudes sur le rebord de pierre pour plus de stabilité, passa trop vite sur l'objectif, revint en arrière, trouva ce qu'il cherchait. Régla la focale. Là. Il y était.

Encore un exercice que Doyle lui avait fait répéter de nombreuses fois – se servir de jumelles comme celles-ci et trouver sa cible à la vitesse de l'éclair.

— Une maison. Volets verts. Barreaux devant les fenêtres. Quel plaisir de voir combien certains s'appliquent à protéger leurs biens !

— Reviens au portail.

À force d'ouvertures et de fermetures, le grand portail à double battant, au centre du mur d'enceinte, avait creusé des quarts de lune un peu plus clairs dans la pierre. Pour l'heure, il était clos.

— Dans la cour, derrière le mur.

Elle avait pris d'autres jumelles et se tenait à côté de lui, concentrée. Il remarqua que, dans le panier, il y avait encore un petit pistolet à crosse blanche.

D'une main, elle abrita ses jumelles du soleil.

— Parfait. Ils sont tous là.

« Faites de l'ombre à vos jumelles et elles ne renverront pas la lumière, ne trahiront pas votre position. » Doyle lui avait appris cela. Et il trouva un peu troublant que Chouette, qui travaillait probablement pour la police secrète française, connaisse le même truc.

— Qu'est-ce que tu vois ? demanda-t-elle.

La cour était un quadrillage gris et marron. Des pavés et de la terre. Des caisses et des malles étaient empilées un peu partout. Un petit chariot. Deux charrettes à bras. Une meule de foin. Pas de chevaux. Il y avait quatorze… quinze personnes.

Deux hommes s'attaquèrent à un gamin qui faisait la moitié de leur taille. Ils cherchaient à l'atteindre à grands coups de canne, sous l'œil indifférent des autres. Le gamin esquiva, se déroba comme un chien des rues, évitant le pire. Mais de justesse.

Hawker ajusta encore la focale, se fixa sur le gamin, essayant de voir son visage.

Tiens, ce n'était pas un garçon mais une fille. Elle portait un pantalon et une large chemise, et n'avait pas de poitrine. Lorsqu'elle pivota pour éviter un coup, de longues tresses larguèrent leurs amarres pour aller danser dans son dos, blondes comme les blés. Elle devait avoir douze ans tout au plus.

Un des hommes la toucha au dos. L'autre voulut faire de même mais elle s'échappa, renversant plusieurs malles au passage. Ils la poursuivirent. Elle trébucha, tomba en avant et ne roula pas assez vite sur le côté pour éviter un coup dans le ventre.

Les autres ne faisaient rien… Hawker plissa les yeux. Il y avait des garçons et des filles.

Cinq minutes s'écoulèrent. Dix. Enfin, la poursuite s'arrêta. Les deux hommes reculèrent, la fille se releva avec peine et se pencha en avant, les mains sur les cuisses, ses tresses balayant ses bras.

Les deux hommes firent signe à un autre gamin et recommencèrent cet exercice consistant à le battre comme plâtre dans un but purement instructif, sans doute. La fille rejoignit le groupe en boitillant. Il avait mal pour elle.

— Certains hommes trouvent leur plaisir de bien étrange manière, dit-il à Chouette. C'est ce que tu voulais que je constate ?

— Oui. Qu'est-ce que tu en penses ?

Elle tendit la main pour récupérer les jumelles, qu'elle enveloppa dans un tissu à carreaux avant de les replacer délicatement dans le panier, avec les autres et le pistolet.

J'en pense que certains individus valent mieux morts que vifs, songea-t-il.

— Plutôt agile, la gamine, répondit-il à la place.

— Elle s'entraîne depuis déjà quelques années, je dirais. Elle sait se battre. La leçon du jour, c'est que l'on peut prendre des coups, encore et encore, et continuer malgré tout. C'est utile à savoir, sur le terrain. Ces hommes, les Tuteurs, dirigent cet endroit, et répètent l'exercice très souvent. Allons-nous-en. Quelqu'un pourrait lever les yeux et nous voir.

— Qui sont ces gens ?

Il s'était planté devant elle, lui bloquant le passage. Aucun contact. Toucher Chouette de manière inconsidérée, c'était s'exposer à de graves représailles.

Elle détourna le regard.

— On les appelle les Cachés. Ils sont formés pour être envoyés en Angleterre.

Sur ces derniers mots, elle le contourna et s'engagea dans l'escalier, comme si tout ce qu'il fallait dire avait été dit.

Il n'insista pas. Prenant son temps, il descendit derrière elle, comptant les marches pour ne pas trébucher à l'arrivée. En bas de l'escalier, il distingua le contour de la porte. Chouette masquait une partie de la lumière qui filtrait par en dessous.

Il passa devant elle pour plaquer la main sur la porte avant qu'elle ne l'ouvre.

— Qu'est-ce que tu attends de moi ?

— On en parlera dehors, répondit-elle à mi-voix. Je…

— On en parle ici. Maintenant. Tu m'expliques, ou je sors et je m'en vais.

Elle fit un geste, qu'il sentit grâce à l'air qu'elle déplaça.

— Tu bluffes. Après ce que tu as vu, tu ne t'en iras pas. Tu n'as pas d'autre choix que de m'écouter.

— Tu serais étonnée de connaître tous les choix que j'ai, au contraire.

Il entrouvrit la porte. Elle effleura son bras.

— Attends.

À la faveur de quelques centimètres de lumière, il examina son joli visage, qui n'était plus celui d'une enfant. Vit son regard déterminé, suggérant qu'il était préférable de ne pas la contredire. Un regard qui ne trahissait rien de ce qu'elle découvrait en le regardant, lui.

Elle resta ainsi un moment, face à lui, le souffle contre son épaule. Puis elle se mit à parler, d'une voix grave.

— Cet endroit s'appelle l'Atelier des Coches. Autrefois, il y a longtemps, on y fabriquait des diligences et toutes sortes de voitures, dans le bâtiment qui se trouve au fond de la cour. Aujourd'hui, dans la maison où vivait le maître voiturier, il y a une école.

— Une école sacrément bizarre, à mon avis.

— Si on pense à son objectif, pas tant que ça.

— On va continuer à jouer aux devinettes longtemps ? Crache le morceau, ou avale-le.

— J'hésite à tout te raconter.

Elle se tut un instant, puis expliqua :

— Je prends un grand risque. À Paris, il ne reste pas plus d'une dizaine de personnes qui connaissent l'existence de l'Atelier des Coches et savent ce qu'il s'y passe.

— Et je n'en fais pas encore partie.

— C'est parce que tu es un imbécile qui m'interrompt sans arrêt.

Nouveau silence.

— Ces enfants, dit-elle enfin, sont des orphelins. Un homme de la police secrète est chargé de trouver des orphelins possédant certaines qualités. Les orphelins, ce n'est pas ce qui manque, depuis la Révolution.

— Oui, le marché est saturé. Pire que les poux.

Les rues de toutes les villes regorgeaient de gamins criant famine. Il était bien placé pour le savoir : il en avait été un.

— Ces enfants-là ne sont pas comme les autres. Ils sont intelligents. La beauté de certains fait mal aux yeux. Ils arrivent ici vers l'âge de huit, neuf ou dix ans. Dans cette maison, on ne parle qu'anglais. Ils mangent de la nourriture anglaise, apprennent les leçons et les jeux que l'on enseigne aux petits écoliers anglais. Personne n'imaginerait qu'ils sont nés français. On leur inculque une loyauté sans faille pour la France et la

Révolution, puis on les envoie en Angleterre. Comme espions.

Intéressant.

— Des enfants aussi jeunes ? Ça m'étonnerait qu'ils servent à grand-chose.

— Tu dis cela, toi, alors que tu es plus jeune que certains d'entre eux ? Si j'avais le loisir de rire, je trouverais cela drôle. Non mais réfléchis, Hawker ! Un jour, ces gamins ne seront plus des enfants. Ce seront des hommes et des femmes qui se seront frayé un chemin jusque dans les cercles les plus influents.

— C'est du très long terme, ça.

— On parle de la police secrète. Pour elle, vingt ans, ce n'est rien. Les gouvernements se font et se défont, mais la police secrète, elle, est toujours là.

— C'est un vrai cauchemar que tu me décris.

— Ne me prends pas de haut. Je te parle d'une situation critique. Je ne plaisante pas.

— Et je t'écoute.

— Je n'en suis pas sûre, mais je vais continuer quand même.

Elle baissa la tête et poursuivit dans un murmure :

— À l'Atelier, ces enfants sont tous faits sur le même modèle. C'est comme une nouvelle naissance. Les Tuteurs leur retirent tout ce qu'ils ont, même leur nom. Quand on leur a trouvé une place, ils sont envoyés en Angleterre, où ils passent pour des orphelins ou des enfants perdus. Ils sont si jeunes que personne ne se demande s'ils sont bien ce qu'ils prétendent être.

Ça, c'était du renseignement ! Doyle allait être content. Des gamins implantés en Angleterre, attendant le jour où l'on aurait besoin d'eux. Des espions en dormance.

— Tu as l'air bien renseignée sur le sujet.

— En savoir beaucoup sur beaucoup de choses fait partie de mon charme.

Elle lui donna un coup de coude.

— Pousse-toi. Je préfère sortir à découvert pour te raconter la suite.

Il ne bougea pas.

— Pourquoi m'avoir fait venir ici ?

— Parce que nous allons mettre un terme à tout cela. Toi et moi. Ce soir.

Il lâcha quelques mots en français, qu'il venait d'apprendre. Leur sens précis lui échappait, mais pas leur grossièreté.

— Ne me dis pas que les gens pour qui tu travailles n'auraient pas pu s'en occuper. N'importe quand. Si vous vous préoccupiez un tant soit peu de...

Elle l'attrapa par le col de sa veste et le tint ainsi, le fixant d'un air furieux.

— On ne savait pas.

— Toi, tu savais.

— Écoute-moi bien, citoyen Hawker. Tu es un espion né de la dernière pluie. Tu te promènes avec ton insouciance et ton poignard, mais tu ne comprends rien à rien. C'est le combat de l'ombre que nous livrons à Paris. Il existe des centaines de factions. Des secrets que la police secrète elle-même ignore. Des hommes trop puissants pour être menacés.

Elle le lâcha, le poussa en arrière.

— Les Tuteurs qui dirigent l'Atelier faisaient partie de ces hommes. Ils étaient intouchables.

Elle avait le souffle court, serrait les dents. S'il restait tranquille, il aurait le fin mot de l'histoire.

Et effectivement...

— Il y a trois jours, reprit-elle, le directeur de l'Atelier des Coches a suivi Robespierre sur l'échafaud. Aujourd'hui, ses secrets remontent à la surface. On parle ouvertement des actes monstrueux commis par les Tuteurs de l'Atelier.

— Qu'est-ce que cela signifie exactement, avec des mots plus simples ? Le mal, ça me connaît, et à ce titre je m'intéresse à la perversion sous toutes ses formes...

— Ne joue pas les imbéciles, lâcha-t-elle, glaciale. Tu n'es pas le seul à t'y connaître dans ce domaine, figure-toi. Alors fais confiance à mon jugement. Les hommes qui ont placé ces enfants en Angleterre étaient des monstres. Ils ont commis des abominations. Même les agents de la police secrète étaient horrifiés quand ils l'ont découvert.

— Quelles abominations ?

Comme elle ne répondait pas, il insista :

— Vas-y. Décris-les. Impressionne-moi.

Elle posa le poing contre le mur et resta ainsi, sans bouger.

— La plupart des Cachés sont devenus des êtres fabriqués de toutes pièces. Faux noms, histoires inventées. Des enfants anglais qui n'avaient jamais existé. Parfois, les Tuteurs échangeaient un enfant contre un autre.

Elle donna soudain un coup de poing dans le mur.

Elle a dû se faire mal, songea Hawker.

— Laisse-moi passer. Je dois sortir d'ici. Je n'en peux plus de l'obscurité.

Lorsqu'il la suivit dehors, elle l'attendait près du portillon qui séparait l'église de la rue. Elle en serrait un barreau et regardait par terre.

— Maintenant, dis-moi ce que cela signifie. Un enfant contre un enfant ? C'est quoi ?

Elle inspira profondément. Deux fois.

— Parfois, les Cachés sont devenus de vrais enfants anglais. Des orphelins sans famille proche, que l'on envoyait vivre chez des parents éloignés. À ton avis, comment trouve-t-on autant d'orphelins ? Accompagne-moi. Je dois t'expliquer ce que nous allons faire ce soir.

— Diable. Tu veux dire que...

— Je ne dis plus rien. Allez, suis-moi.

Elle s'engagea dans la rue d'un pas décidé, son panier au bras, avec l'air occupé d'une domestique pressée. Plus vraie que nature.

— Les Tuteurs doivent fermer l'Atelier s'ils veulent éviter d'avoir à répondre de leurs actes. Ils doivent placer les derniers enfants en Angleterre, et vite. Par la force, si nécessaire. Je ne les laisserai pas faire.

— Parce que tu t'inquiètes trop pour l'Angleterre.

Il avait allongé le pas pour rester à sa hauteur.

— Parce qu'ils iront au plus facile. Aucune identité nouvelle n'attendra les enfants à leur arrivée. On les emmènera dans des bordels londoniens et on les vendra à des hommes importants.

Il n'aurait pas dû éprouver un tel choc. Dans le quartier de Saint Giles, des enfants se vendaient tous les jours pour pouvoir manger et dormir sous un toit. Parmi les filles avec lesquelles il avait grandi, un grand nombre avaient fini prostituées. Certains garçons aussi. Il avait échappé de peu au même destin, et n'aimait pas y repenser.

Il ralentit délibérément l'allure, la forçant à faire de même.

— Et pour une raison que j'ignore, tu penses que cela me concerne.

— J'ai fait en sorte que cela te touche, oui, répliqua-t-elle. Tu ne peux plus oublier ce que tu as vu.

Elle l'avait emmené dans ce clocher pour qu'il voie cette gamine famélique avec ses tresses essayer d'éviter les coups par tous les moyens. Et maintenant, il allait penser à cette fillette envoyée dans une maison close.

Chouette se faisait des idées. Cela ne changeait rien pour lui.

— Je ne vois pas ce que je peux y faire, de toute façon. Alors…

— Tu peux faire quelque chose. Nous pouvons. Ce soir. J'ai un plan, et tout est prêt. Tu vas m'aider, ou pas. Mais ne dis pas que tu ne peux rien faire.

— Je refuse de t'aider.

Elle s'arrêta, se retourna, lui fit face. Cet air innocent, bon Dieu… Son visage évoquait une fleur rose pâle. De fines mèches lui barraient le front, tombaient devant ses yeux et prenaient la lumière du soleil.

— Ce soir, à la tombée du jour, je serai à la librairie de la rue des Lombards. Si tu y es aussi, nous irons ensemble voler quelque chose chez un homme important de la police secrète.

Elle sourit, charmante, avenante. Il n'y avait pas d'entourloupe, elle ne cherchait pas à le berner.

— Ce serait courageux, et drôlement osé, de priver les Français d'un si grand nombre d'agents d'un seul coup, non ?

— Ce serait une excellente occasion de me faire tuer, grommela-t-il.

— Alors reste chez toi ce soir, et remonte bien les couvertures par-dessus ta tête. Comme ça, tu seras peut-être en sécurité.

Elle l'observa un instant, puis changea son panier de bras.

— Je t'attends au coucher du soleil. Mets quelque chose de plus... discret. Au revoir.

Et elle s'éloigna d'un pas léger. Qui aurait dit que dans son panier, il n'y avait pas du pain et des pommes mais un pistolet, des jumelles, des crochets de serrurier et Dieu sait quoi d'autre ?

7

Justine n'entra pas dans la maison close par la porte principale, mais par l'entrée de service, qui donnait sur la cuisine.

Les hommes venaient ici pour les femmes et restaient pour la bonne chère. Babette, qui régnait sur la cuisine d'une cuillère de fer, valait plusieurs fois son poids en filles. Plusieurs membres éminents de la police secrète avaient déjà cherché à la convaincre de rejoindre leurs cuisines.

René, un agent d'une grande intelligence malgré son jeune âge, était assis à une extrémité de la table en compagnie de son cousin Yves, une nouvelle recrue. Jean le Gros, Petitjean et Hugo, les garçons d'écurie chargés de s'occuper des chevaux et de balayer la cour, étaient avachis à l'autre bout de la table, devant la fenêtre.

Ils l'interpellèrent au passage.

— Justine ! Ça va, petite ?

— Quoi de neuf, fillette ?

— Par ici, ma belle. Je t'ai gardé une place au chaud !

Leurs sabots raclèrent le sol tandis qu'ils se décalaient pour qu'elle s'installe. L'assiette de fromage fut poussée vers elle pour la tenter. Jean le Gros tapota le banc à côté de lui et sourit de sa bouche édentée.

Elle avait glissé des journaux dans son panier. Avoir l'air innocent lorsque l'on transportait un pistolet, c'était important. Elle lança un exemplaire du

Journal de Paris à René pour qu'il le lise à voix haute. Les employés aimaient bien en découvrir un peu plus sur les hommes qui fréquentaient la maison close. Les débats politiques, dans la cuisine de Babette, étaient les plus animés et les plus constructifs de Paris.

Il n'était pas rare que d'éminents clients de l'établissement échangent des informations intéressantes au moment de reprendre leur monture, certains que, dans l'écurie, leurs propos étaient à l'abri d'oreilles indiscrètes, puisqu'il n'y avait là que des chevaux et un garçon d'écurie idiot. Jean le Gros et ses collègues s'empressaient ensuite de raconter ce qu'ils avaient entendu.

Il faisait chaud, là-dedans. Dans l'âtre, les braises rougeoyaient sous une casserole en cuivre dans laquelle frémissait du bouillon de poule. Babette se tenait devant la table à pétrir, de la farine jusqu'aux coudes, la pâte souple entre les mains. Séverine était à côté d'elle, hissée sur une chaise, enveloppée dans un tablier beaucoup trop large pour elle, le visage et les bras saupoudrés de farine, tenant un pâton.

Quel plaisir d'être enfin chez soi ! Un après-midi ordinaire dans un environnement familier lui ferait du bien, avant de se lancer dans cette entreprise dangereuse. Quand on sait que les lendemains peuvent être difficiles, on apprécie les menus plaisirs de la vie.

Séverine ouvrit de grands yeux ravis.

— Justine, Justine ! J'ai fait des petits pains et on les a mangés au petit déjeuner ! Madame en a mangé un, et Babette, et Belle-Marie, et moi aussi ! Quatre petits pains ! dit-elle en écartant les cinq doigts de sa main blanchie par la farine. Et je t'en ai gardé un ! ajouta-t-elle en montrant une étagère.

Effectivement, à côté de la boîte à sel et des mortiers, posé sur une soucoupe à motifs bleus se trouvait un pain de forme bizarre. S'il était impossible de prévoir quel chemin allait emprunter la vie de sa cadette, une chose, en revanche, était à peu près sûre : Séverine ne serait pas cuisinière.

— C'est tellement gentil à toi d'y avoir pensé ! Et ce petit pain est magnifique ! Je vais le monter dans ma chambre.

Avec un peu de chance, les hirondelles qui nichaient sous le toit, en face de sa fenêtre, en voudraient. Et si Séverine insistait pour monter avec elle, elle le mangerait en se régalant haut et fort de chaque morceau, si dur soit-il. C'était ce qu'avaient fait les autres. Même Belle-Marie, la plus difficile.

— Babette me laisse faire une tarte aux pommes avec elle. Tu vois, ensuite on va éplucher les pommes. J'y arrive presque toute seule. Tu seras là au dîner, Justine ? Il y a des vol-au-vent au poulet, en haut, et du ragoût de queue de bœuf à la cuisine, même s'il fait très chaud aujourd'hui. Madame dit que tout le monde a besoin de bien manger, en ces temps de bouleversements. Babette m'a laissée couper les carottes. Et aussi, on a acheté du persil, et j'ai aidé à le laver.

Depuis trois jours... quatre, peut-être plus, Justine n'avait pas eu de temps à consacrer à Séverine. La chute de Robespierre – dans laquelle elle avait joué un rôle modeste, mais un rôle tout de même – était une bien piètre excuse pour négliger sa petite sœur. Et aujourd'hui, il y avait les Cachés à sauver. Elle serait occupée toute la nuit.

Il y avait toujours tant à faire. L'espionnage vous volait votre vie, si on le laissait faire.

Elle se pencha par-dessus la table à pétrir pour embrasser Séverine sur le front, gardant son panier à l'abri. Nettoyer une arme à feu pleine de farine relevait de l'exploit.

— Il est drôlement joli, ton ruban, dit-elle en remarquant le ruban rouge qui maintenait la tresse de Séverine d'un élégant nœud. C'est Babette qui te l'a donné ?

— C'est le monsieur, dans l'escalier, qui voulait m'emmener faire une promenade avec lui. Il te connaissait. Il a dit qu'il espérait me voir grandir et devenir aussi belle que toi. Je l'ai pas trouvé gentil, mais Babette m'a dit d'être polie et de porter le ruban jusqu'à son départ, précisa-t-elle en baissant la voix.

Séverine savait déjà que certaines choses ne se disaient pas haut et fort.

— C'était Leblanc, intervint Babette avant d'ajouter prestement : Je suis intervenue immédiatement. Il avait une affaire à conclure et voulait qu'une femme et un enfant l'accompagnent, pour lui servir de couverture. J'ai refusé.

Elle avait baissé la voix, elle aussi.

Leblanc avait osé s'approcher de Séverine. La fureur de Justine était glaciale, et aussi sombre que la nuit. Elle n'avait jamais compris pourquoi les gens parlaient du « feu » de la colère.

— Merci, dit-elle à Babette, qui comprendrait tout ce qu'elle mettait dans ce simple mot.

Posant son panier par terre, elle rejoignit Séverine et tira calmement sur le nœud du ruban.

— Je vais le ranger pour ne pas qu'il s'abîme, dit-elle en le retirant.

Je le donnerai à la vieille femme qui balaye la rue, songea-t-elle.

Si Leblanc posait un doigt sur Séverine, elle le tuerait.

— Il n'a passé qu'un moment avec elle ?

Babette trancha son pâton en deux.

— Moins que cela. Je l'ai aussitôt prise avec moi, et elle ne m'a plus quittée. Je n'ai pas à obéir aux ordres de cette canaille. Et puis, Madame est rentrée plus tôt qu'il ne l'attendait, et ses plans sont tombés à l'eau. Il est avec elle, maintenant.

Peut-être le tuerait-elle de toute façon. Elle savait que Madame ne le supportait pas non plus, et cette époque troublée était le moment idéal pour se débarrasser de ses ennemis.

Séverine avait de la farine sur la joue. Justine l'essuya avec un coin de son tablier et prit sa sœur dans ses bras pour l'embrasser. Ensemble, elles admirèrent le petit pain qui lui était destiné, puis elle le glissa dans sa poche.

— Je le mangerai ce soir avec mon dîner, avant de sortir.

D'un regard à Babette, elle fit comprendre qu'elle rentrerait tard. La cuisinière répondit d'un hochement de tête. Elle s'occuperait de Séverine.

Demain, Justine passerait la journée avec sa sœur. Elles iraient peut-être dans un parc, et Séverine pourrait courir après les pigeons.

Le salon de Madame se trouvait au premier étage. Les couloirs étaient silencieux : les filles qui travaillaient ici se reposaient dans leur chambre ou papotaient dans le grand salon. Certaines étaient sorties pour flâner jusqu'au jardin le plus proche, s'asseoir sur un banc à l'ombre et sourire aux messieurs.

Justine avait laissé sa tenue de petite bonne pour passer une jolie robe de ce style nouveau, plus confortable, avec la taille haute et le corsage en drapé. Une robe qui la vieillissait un peu, tout en étant absolument dernier cri.

Elle gratta discrètement à la porte de Madame et entra. Ses pas ne faisaient aucun bruit sur l'épais tapis qui garnissait le salon. Madame, qui n'avait pas besoin d'entendre pour savoir ce qui se passait autour d'elle, leva les yeux et sourit. Leblanc fit comme s'il ne la voyait pas.

Il occupait le plus grand fauteuil du salon et avait posé ses pieds bottés sur le tabouret brodé. Ses vêtements étaient de qualité, mais laids. Venant d'une famille d'éleveurs de porcs en province, il était toujours suivi – ou précédé – de cette puanteur doucereuse caractéristique des cochons. Il avait dans le regard, par ailleurs, quelque chose de leur intelligence affairée et de leur égoïsme.

Leblanc était l'un des nouveaux acteurs de la Révolution, violent et malin. Il avait gravi rapidement les échelons de la police secrète, était devenu puissant. Même Madame faisait attention à ce qu'elle disait en sa présence.

— Madame, dit Justine en faisant la révérence.

Ces derniers temps, faire la révérence valait déclaration politique. Cela vous rangeait aux côtés des girondins et des modérés, contre les partisans de Robespierre. Une situation plus confortable à l'heure où le sang du tyran était encore frais sur la guillotine.

Le menton haut, elle plia juste ce qu'il fallait son genou pour saluer l'éleveur de porcs parvenu. Leblanc avait été proche de Robespierre. Lui rappeler la faiblesse de sa position ne faisait de mal à personne.

Si Leblanc était fait de rancœur et de fumier, Madame, elle, était une femme d'acier. Le décolleté de sa robe bleu lavande était si profond qu'il laissait presque voir sa poitrine, mais une telle dignité se dégageait d'elle que cela n'avait rien d'indécent. Un peu comme les créatures des temps païens, quand la nudité n'était pas synonyme de honte. Ses cheveux d'ébène, maintenus en arrière par des peignes en argent, tombaient librement dans son dos. Elle ne portait aucun bijou. Pas le moindre anneau, ni le moindre colifichet.

Madame se tenait devant le secrétaire en palissandre, une lettre entre les mains. Elle nota toutes les nuances de cette révérence et, d'un regard, approuva.

— Bonjour, ma chérie. Ça s'est bien passé ?

— Oui. Tout est prêt.

— Parfait. Nous discuterons de tout cela dans un moment. Quand Jacques aura pris congé.

Ainsi, elle remettait Leblanc à sa place.

— Il m'apporte une lettre que j'attendais, reprit-elle. Tu la liras tout à l'heure.

— Est-ce bien nécessaire ? demanda Leblanc, contrarié.

— Il est toujours intéressant d'entendre votre avis concernant la gestion des agents, Jacques. Je vais y réfléchir, et je vous répondrai. Je dois d'abord consulter Soulier.

Elle replia la lettre et la laissa tomber à côté du sous-main.

Leblanc suivit son geste d'un regard froid.

— Ce soir, donc.

— Non, pas ce soir. Mais ne vous inquiétez pas. Si vous le souhaitez, vous pouvez retourner vous distraire dans le grand salon. Mes filles s'occuperont de vous.

Il se leva, frotta ses manches comme s'il cherchait à se débarrasser du regard méprisant que Madame avait posé sur lui.

— Je ne suis pas là pour me distraire. Je ne joue pas avec des prostituées quand la République est en danger. Je suis venu prendre la température de la ville. Des personnages importants fréquentent votre maison.

— Pour jouer avec mes filles. C'est sordide, n'est-ce pas ? On en tremble pour l'avenir d'un gouvernement raisonnable. Pour Justine, je vais répéter ce que j'ai déjà dit : personne, dans ma maison, n'est à votre disposition dans l'exercice de vos fonctions. Ni la femme de ménage, ni le chat de l'écurie. Personne.

— Vous faites bien des histoires pour une affaire sans importance, répondit Leblanc en haussant les épaules. Je vous aurais ramené cette enfant une heure plus tard, deux tout au plus. Maintenant, je suis dans l'obligation de détacher des agents expérimentés occupés à d'autres tâches, pour faire ce que j'avais à faire. Vous dérangez beaucoup de monde avec vos états d'âme…

— Ne vous approchez pas des membres de mon foyer, Jacques. Si je vous surprends à tenter quoi que ce soit dans mon dos dans ma propre maison, ma porte vous sera fermée à jamais.

— Mille excuses si j'ai empiété sur vos prérogatives, dit-il en écartant les mains, sans dissimuler un sourire.

Il ne quittait pas Madame des yeux, la scrutait, à la recherche d'une esquisse de réaction. Mais il en fallait plus pour faire perdre sa contenance à Madame.

— Vous perturbez le bon fonctionnement de ma maison avec vos intrigues. Je ne veux pas que mes gens soient importunés.

On aurait dit qu'elle s'adressait à un commerçant ayant livré des produits de qualité médiocre.

— Je ne vis que pour vous satisfaire, Lucille.

Leblanc n'était pas aussi doué qu'il le croyait pour le sarcasme.

— Puissiez-vous continuer dans cette voie.

Voilà comment des ennemis mortels s'adressaient la parole dans la police secrète. Une menace en appelait une autre.

Au moment de se retirer, Leblanc prit la main de Madame, s'inclina, puis prit celle de Justine, profitant de l'occasion qui lui était offerte de la toucher.

— Mes compliments à votre jeune sœur. Elle est délicieuse.

Que répondre à cela ?

Elle resta près de la porte, pour s'assurer qu'il descendait bien et n'allait pas rôder dans la maison, puis revint vers Madame.

Celle-ci examinait à la loupe le sceau de la lettre.

— Tu ne l'as pas laissé te faire peur.

— Cet homme me hérisse. Je ne veux pas qu'il s'approche de Séverine.

Madame reposa la loupe.

— Cela n'arrivera plus. Et Babette s'est immédiatement interposée. Il a beaucoup de défauts, mais il ne maltraite pas les enfants. Sa préférence va aux jeunes filles déjà femmes. Comme toi.

— Je sais. Cependant, pour se venger, parce qu'il ne peut pas m'avoir, il est capable de s'en prendre à elle.

Les souvenirs lui revinrent, douloureux. L'espace d'un instant, elle sentit les hommes assouvir sur son corps leur désir animal, sentit leur odeur l'étouffer, leur langue visqueuse forcer le passage de ses lèvres. Sa haine était si forte que le souffle lui manquait, tout à coup.

Madame se leva et secoua ses jupes, la ramenant au présent, au soleil, à ce petit salon accueillant. À la sécurité.

— Il trouvera un gamin des rues pour sa combine et une fille aux abords du Palais-Royal pour satisfaire ses besoins. C'était son intention dès le départ. Il ne s'en est pris à Séverine que pour te tourmenter.

— Et pour vous défier. Je suis étonnée qu'il ose. Beaucoup de gens ont disparu sans laisser de trace, ces derniers jours.

— Pour la plus grande satisfaction de tous. Mais je t'interdis de te lancer dans une telle entreprise, petite.

Avec la mort de Robespierre, la lutte pour le pouvoir au sein de la police secrète faisait rage. Cela faisait trois soirs que Madame sortait seule dans la nuit pour ne rentrer qu'au petit jour, avec une expression de victoire tranquille. Une fois, elle était revenue couverte de sang. Parmi les récents disparus, on comptait plusieurs de ses ennemis jurés.

— Je ferais très attention si je devais me débarrasser de lui, Madame. Je sais me servir de mon arme.

— Tu es merveilleusement douée, toutefois il est hors de question que je t'accorde cette faveur, répondit Madame, gentiment mais fermement. Viens voir ici, plutôt.

Elle étudia la lettre et ajouta :

— Elle a été ouverte. Tu vois comme le sceau a été très légèrement décalé ? Leblanc se montre délibérément insolent.

— Pourquoi ne voulez-vous pas que je l'élimine pour vous ? J'observe depuis assez longtemps. Je peux passer à l'action.

— Alors écoute bien ce que je veux que tu fasses. Tu es une fille intelligente. Tu sais percer à jour les esprits et les cœurs, et c'est là une arme précieuse. Laisse le poison et le poignard aux amateurs.

Un petit rire lui échappa soudain.

— Tu verras, reprit-elle. Ridiculiser les hommes et révéler leurs petits secrets est beaucoup plus gratifiant que de tuer. Il est impossible, hélas, de débarrasser le monde de tous les Leblanc.

— J'aimerais essayer. Il me regarde et passe la langue sur ses lèvres. Ça me rend malade.

— Et le savoir lui procure une satisfaction immense.

Il n'y avait pas plus perspicace que Madame.

— Vous voulez dire que je dois travailler à dissimuler mes sentiments ?

— Tu le laisses décider de ce que tu vas ressentir. Tu lui fais plaisir en manifestant ta colère. C'est ce que tu souhaites ?

— Non.

Combien de fois Madame lui avait recommandé de laisser de côté l'émotion dans ses relations avec les hommes ?

— Leblanc est un ennemi affiché. Néanmoins il est moins dangereux que la plupart de ceux qui pourraient le remplacer.

— Je le hais.

Madame se dirigea vers la fenêtre, regarda dans la cour.

— Si tu la laisses faire, ta haine te dévorera. Elle te videra de l'intérieur. Et ce n'est pas bon, d'être creux. Ah, il s'en va ! Viens, regarde le cafard qu'est cet homme.

La cour qui séparait la Pomme d'Or de la rue était ceinte de hauts murs en pierre d'une belle couleur dorée. Les pavés étaient gris, balafrés de boue là où étaient passées les roues des voitures. Une dizaine d'arbustes dans d'énormes bacs blancs étaient alignés à intervalles réguliers le long du mur, leur feuillage d'un vert brillant renvoyant des éclats argentés sous le soleil. Leblanc marchait d'un pas pressé en remettant ses gants. C'était un plaisir que de le voir ainsi, petit, battant en retraite.

— Il devient chauve, c'est amusant, commenta Madame en laissant retomber le rideau. Bien, réfléchissons, toi et moi. Pour quelle raison Leblanc vient-il ici jouer à ce petit jeu agaçant avec mes filles ? Une chose est sûre, ce n'était pas pour me donner cette lettre.

Voilà ce qu'elle m'apprend, songea Justine. À ne pas écouter mes émotions. À voir cet homme comme une énigme à résoudre. Comme un problème de logique.

— Il vous teste. Il veut savoir s'il peut se servir de moi pour vous faire souffrir. Il est venu pour savoir s'il pouvait se servir de Séverine pour obtenir quelque chose de vous. Ou de moi.

— Et maintenant, il sait.

C'était une leçon difficile que Madame venait de lui enseigner là. Elle sentit sa gorge se serrer.

— Mon attitude lui a prouvé que j'étais vulnérable. À cause de cela, j'ai mis Séverine en danger.

— Je crois bien que oui, dit Madame d'un ton grave.

Sa propre fille grandissait cachée à la campagne, où personne ne pouvait se servir d'elle pour la menacer ou la faire chanter.

— Elle serait plus en sécurité ailleurs qu'à Paris, là où Leblanc et ses semblables ne peuvent pas l'atteindre. Tu sais que vous seriez les bienvenues toutes les deux chez mes amis de Dresde, qui tiennent une école. Et tu serais avec des jeunes filles de ton âge.

Madame proposait de l'envoyer jouer les jeunes filles innocentes dans une école respectable de Dresde, vivre au milieu de gamines qui gloussaient, faire semblant d'être insouciante et naïve. Que dire, sinon la vérité ?

— Cela fait trop longtemps que je n'ai pas été une jeune fille de mon âge.

— Mon enfant…

— Il y a des rôles que même moi, je ne peux pas tenir.

Madame soupira.

— Nous en reparlerons. Es-tu prête pour ce soir ?

Revenir à des choses concrètes fut un soulagement.

— Tout est prêt. Dans le moindre détail.

Son pistolet était nettoyé et chargé, ses vêtements posés sur son lit. Elle avait mis au point les derniers éléments de son plan.

— Je vais libérer les enfants, annonça-t-elle. La Flèche a promis de prendre le relais. Nous emprunterons la péniche du Jardin des Plantes pour nous laisser dériver sur la Seine, à l'aube. Les Cachés seront sur la côte avant une semaine.

— Voilà qui est bien organisé.

— Ce sera la dernière opération de La Flèche, je crois, puisque Marguerite quitte la France. Elle était le cerveau de l'organisation. Je ne pense pas que les autres continueront sans elle.

La Flèche était la plus efficace des organisations clandestines qui aidaient les fugitifs à quitter la France. Des centaines de pauvres hères fuyant la guillotine lui devaient leur salut. Justine en connaissait bien les acteurs, pour les avoir souvent épiés et avoir rapporté leurs stratagèmes à Madame. Pour la police secrète, une organisation faisant passer clandestinement des gens en Angleterre présentait de nombreux avantages.

— Ça va me manquer, de les épier. Marguerite de Florignac se jette littéralement dans les bras de l'Anglais Doyle. Ces histoires d'amour, franchement, quelle bêtise…

— Je pense qu'elle sera heureuse en Angleterre, aux côtés de son espion anglais. Tout en restant utile pour la France. Elle offrira un refuge aux Cachés que tu vas libérer, une fois qu'ils auront traversé la Manche.

— C'est certain. Elle prendrait tous les enfants de la Terre dans son giron, si elle le pouvait. Elle doit quitter Paris très bientôt. Demain, peut-être. Le citoyen Doyle s'en occupe.

— Ces époux modernes… fit Madame en souriant.

— Il est très protecteur.

Doyle, l'espion anglais, était un ennemi impressionnant, mais ceux qu'il décidait de protéger étaient en sécurité pour toujours.

— Il l'appelle Maggie, vous le saviez ? Je suppose qu'elle finira par s'y faire.

— Et le jeune Hawker ?

Justine ne put s'empêcher de sourire.

— Il est à moi.

Madame pencha la tête, moqueuse.

— Je te félicite. Même les Anglais ne sont pas sûrs qu'il soit de leur côté.

— Pour une nuit, il sera du mien.

S'entendre dire cela éveilla un certain trouble en elle, et de l'amusement, aussi.

— J'ai joué les Machiavel, vous auriez été fière de moi. Je ne me suis pas emportée. Je lui ai montré la barbarie de cet endroit et lui ai exposé le sort réservé aux enfants. Il ne laissera pas faire une chose pareille.

— Tu es sûre de toi ? Il a déjà tué, mon enfant. De sang-froid, à ce qu'on raconte.

— Cette réputation est méritée. Mais il a un point faible, comme tous les hommes. Je l'ai bien observé. C'est la curiosité qui le pousse à agir. Et il n'aime pas que l'on fasse du mal aux femmes. Je me suis débrouillée pour qu'il voie une des fillettes être maltraitée par ses maîtres, dans la cour. Et maintenant, il est attaché à ma cause.

— Astucieux.

Le compliment la remplit d'aise.

— On suspend beaucoup d'espoir au petit crochet de la justice, commenta la jeune fille.

— N'oublie pas que c'est un ennemi, Justine.

— Un ennemi qui peut se révéler très utile.

Nulle part en France, elle n'aurait pu trouver un tel associé. Il y avait encore de l'honneur en lui, même s'il se refusait probablement à l'admettre. Une fois engagé, il ne ferait pas marche arrière.

Elle repensa à son plan.

— Si on nous arrête, je ferai en sorte que ce soit lui et les Anglais qu'on accuse. J'ai tout prévu.

8

Quand Justine regagna la cuisine, Séverine avait disparu.

— Elle est allée jouer, expliqua Babette en indiquant d'un geste la fenêtre de la cuisine et, au-delà, l'écurie et la remise, juste derrière.

À l'aide d'un petit pinceau de plumes, elle étalait du jaune d'œuf sur des fonds de tarte cannelés.

Justine n'avait pas mangé. Elle chipa une pomme dans le grand compotier et fuit les remontrances de Babette par la porte de service.

La cour était parfaitement entretenue. Madame, qui avait l'esprit pratique, disait toujours que les clients, en découvrant une cour propre, en déduisaient que les filles l'étaient aussi. Jean le Gros se tenait devant la porte de l'écurie. Il étrillait un des chevaux de la voiture, mais avait l'œil sur tout.

— La petite est par là, dit-il lorsque Justine passa en mangeant sa pomme. Et l'étron à tête de porc est parti.

Tant que Jean monterait la garde, il n'arriverait rien à Séverine.

La remise, attenante à l'écurie, abritait toute sorte d'objets. Des choses qui avaient beaucoup servi sans être pour autant devenues inutiles au point d'être jetées. Le grenier, au-dessus, était un endroit secret, où des hommes et des femmes à l'air toujours grave venaient chercher le repos pour une nuit ou deux avant de disparaître, chargés de messages. Certains appartenaient à la police secrète. D'autres travaillaient exclusivement pour Madame. Beaucoup étaient envoyés par La Flèche.

Justine avait travaillé pour La Flèche, avait caché des candidats à l'exil forcés de quitter la France. Sous les ordres de Madame, elle était devenue un membre à part entière de cette grande organisation, chargée de faire traverser les frontières en toute discrétion. C'était une tâche noble, bien sûr. Avoir un agent au sein de ces groupes était aussi un atout pour la police secrète.

Lorsqu'il n'était pas occupé par des clandestins, le grenier était le terrain de jeu favori de Séverine.

La porte de la remise était toujours ouverte. Justine se fraya un chemin entre les sacs d'avoine et les cageots en bois. Une échelle, installée sous la trappe, menait au grenier. Elle mordit dans sa pomme, la tint entre ses dents et grimpa.

En haut, un passage avait été ménagé sur toute la longueur du bâtiment, de la petite fenêtre à la grande. Bois de charpente, meubles cassés, étagères couvertes de vieille vaisselle, caisses, tonneaux et piles de couvertures trouées par les mites s'entassaient de part et d'autre.

Dans un espace presque dégagé sous la fenêtre, où les fugitifs pouvaient dormir, Séverine avait invité sa poupée préférée et une poupée de fortune à déjeuner sur un mouchoir posé à même le sol. Morceaux de pain, gravillons et feuilles de marronnier étaient au menu, servis sur des assiettes fêlées.

— Ah, tu es venue, Justine ! Je suis très contente. Nous dînons, Belle-Marie, son amie et moi. Viens, dit-elle en tapotant le plancher à côté d'elle. Je vais partager mon pain avec toi.

— Je vois que j'arrive juste à temps, fit Justine. J'ai une faim de loup.

Elle s'assit à côté de sa sœur, arrangea ses jupes autour d'elle et fit mine de manger le croûton poussiéreux que celle-ci lui tendait.

— Mmm. C'est délicieux. Tu peux finir ma pomme, si tu veux. Je l'ai chipée à Babette.

— Et si on disait que Babette était une géante et que tu avais volé cette pomme dans son château ?

— Mais c'est exactement ce que j'ai fait ! Les géantes ne sont pas bien futées, j'arrive toujours à dérober leurs trésors.

— Tu es tellement courageuse !

Séverine mordit dans la pomme puis la tendit à Belle-Marie, qui en mangea probablement aussi.

— Belle-Marie est très élégante aujourd'hui, dis donc.

La poupée portait un petit bonnet bordé de vraie dentelle. Une des employées de la maison était experte en travaux d'aiguille et lui avait fait ce bonnet, ainsi que le tablier et la robe bleue. Justine prit la pomme que lui proposait Séverine, mordit dedans et la lui rendit.

— On va en proposer à Théodore, dit Séverine.

Théodore avait été taillé dans un morceau de bois et enveloppé dans un tissu rouge. Ses membres étaient cloués et mobiles.

— Peut-être qu'il n'aime pas les pommes, commenta Justine.

— Oh si, il aime ça ! pouffa Séverine. C'est Jean le Gros qui l'a fabriqué pour moi.

Sans doute était-ce là une raison suffisante. Le visage de Théodore n'était pas très fin. Sous son nez, une grosse moustache avait été peinte à l'encre.

— C'est un soldat, expliqua Séverine. Et c'est l'ami particulier de Belle-Marie.

Théodore mangea donc un quartier de pomme, et Séverine avala le reste. Les poupées, après tout, avaient encore leur assiette pleine de petits graviers.

Séverine avait ouvert les deux fenêtres. Il ne faisait pas frais à proprement parler, mais une brise légère parcourait le grenier de temps à autre. Et puis, la remise était à l'ombre de l'écurie. C'était un endroit aussi confortable qu'un autre pour passer l'après-midi.

Malgré le désordre et la poussière, délibérément entretenus, cet endroit était un refuge. On pouvait y trouver le repos… et Justine était épuisée. Depuis une semaine, ses journées étaient bien remplies : stratagèmes à mettre au point, plans à échafauder, missions à remplir… Robespierre était mort, le gouvernement avait changé, ici et là des émeutes avaient éclaté. Elle avait été trempée par la pluie non pas une mais deux fois, avait traversé Paris à de multiples reprises pour résoudre une multitude de petits problèmes pouvant avoir d'énormes conséquences. À quand remontait sa dernière nuit de sommeil ? Elle ne s'en souvenait même pas.

— Je dois travailler ce soir, je suis désolée, dit-elle.

— C'est pas grave. Babette me laisse dormir dans sa chambre, tu sais. Et elle m'apprend à tricoter. Je vais faire un châle pour Madame, mais c'est un secret : faut le dire à personne.

— Je serai aussi muette qu'une soupe.

— T'es bête ! Une soupe, ça parle pas, ça…

Et Séverine émit un borborygme sonore.

— Bon. Je serai muette comme une pomme de terre, alors. La pomme de terre est le légume le plus silencieux qui soit.

Les festivités continuèrent sur la nappe de fortune. Séverine discuta du temps qu'il faisait avec Belle-Marie et Théodore.

Justine s'adossa à une chaise en piteux état et prit quelques couvertures pour se caler plus confortablement. Dans un moment, elle irait dans sa chambre, mais là, elle voulait profiter de Séverine, qui avait abandonné son repas et faisait marcher ses poupées sur un tonneau.

— Qu'est-ce qu'ils font, maintenant ? demanda-t-elle à sa jeune sœur.

— Ils vont chez le notaire.

— Très bien.

— Théodore va verser une rente à Belle-Marie. Il est très gentil.

Justine plissa les yeux.

— Quoi ?

— Il va l'emmener vivre au faubourg Saint-Germain, dans un grand appartement, et il lui achètera de beaux vêtements. Il l'a promis.

— Ah bon.

Justine se redressa. Elle n'avait pas envie de parler de cela, ne savait pas comment aborder la question.

— Elle va lui donner sa jeunesse, ajouta Séverine. C'est comme Virginie, qui donne sa jeunesse au citoyen Barbier. Il lui a acheté un bracelet drôlement joli. Elle me l'a montré. Il a des pierres rouges.

Belle-Marie et Théodore décidèrent finalement d'aller se promener au parc. Ils sautèrent de caisse en caisse pour s'y rendre. Puis Séverine tira un cageot sous la fenêtre et monta dessus pour faire signe à Jean le Gros.

— Tiens, dit-elle en se penchant, Jeanne a ramené un nouveau monsieur. J'espère qu'il n'a pas de maladie. Virginie dit qu'on finira toutes par attraper des maladies parce que Jeanne a une cervelle de moineau et ramène à la maison tous les hommes qu'elle croise au parc. Tu crois qu'on va attraper des maladies ?

— Non.

Elle ne peut pas rester ici, songea Justine désespérément. Que vais-je faire ?

9

— Tu as été suivi ?

La vieille pie était assise et buvait du café en fixant Hawker d'un regard mauvais.

Ce n'était pas juste une vieille pie. C'était Carruthers, la patronne des services secrets britanniques en France. Elle pouvait ordonner son exécution aussi facilement qu'elle mettait du sucre dans son café. Plus facilement, même, parce qu'elle aimait le sucre et n'aimait pas Hawker.

Autant essayer de raisonner une porte hérissée de pointes quand il s'agissait de discuter avec elle.

— On ne me suit jamais, répondit Hawker.

— Vraiment ?

Carruthers, c'était le scepticisme incarné. À se demander si elle faisait confiance à qui que ce soit.

— J'ai rebroussé chemin une bonne dizaine de fois, traversé la Seine à deux reprises. J'ai marché jusqu'à la Sorbonne, il m'a fallu une heure en tout. Personne ne m'a suivi.

— Il est doué pour ça, dit Doyle, qui remontait son pistolet pièce par pièce. Et puis, c'est son cou qui prendra si les Français déboulent ici.

— Si quelqu'un remonte sa trace jusqu'ici, les Français n'auront pas le temps de lui faire la peau, c'est moi qui te le dis, grommela la vieille pie avant de poser sa cuillère pour prendre sa tasse et boire une gorgée. Je t'écoute. Raconte ce qu'a dit la fille.

Il commença par le commencement – son rendez-vous avec Chouette sur la place de la Révolution.

— Elle m'a demandé tout de suite si j'avais vu mourir Robespierre. Elle a dit « le grand homme ». Mais en plaisantant, hein... Alors j'ai répondu...

Il savait faire un rapport. Il en faisait pour Lazare, à l'époque où il appartenait au roi des Voleurs. Quand Lazare voulait des renseignements, on les lui fournissait le plus vite possible, sans faire de longues phrases et sans raconter n'importe quoi.

Travailler pour Carruthers n'était pas si différent de ce que le gredin impitoyable qui régnait sur les bas-fonds de Londres demandait à ses larbins, à ceci près qu'aujourd'hui il mentait et volait pour l'Angleterre et risquait d'être abattu par les Français, plutôt que de se balancer au bout d'une corde.

Il fit un récit aussi précis que possible de sa rencontre avec Chouette. Doyle continua de nettoyer son pistolet. Deux autres agents arrivèrent, s'installèrent pour l'écouter. Althea – l'autre agent féminin du groupe, beaucoup plus raisonnable que la dame de fer – apporta des œufs et du pain grillé, qu'elle posa devant lui.

Maggie était assise sur un tabouret dans un coin de la cuisine, sous la fenêtre. Elle était mariée depuis cinq jours. Mariée à Doyle. Ils ne se quittaient pas, dans la mesure du possible. C'était leur lune de miel et elle n'avait pas une minute à elle, mais pas pour les raisons qu'on imagine. Enfin, pas seulement. Devant elle, sur un tonnelet, étaient empilés au moins deux cents louis d'or. Elle les comptait, les glissait dans des bourses, rédigeait des notes, des recommandations pour toutes les actions de La Flèche qu'elle ne pourrait superviser elle-même. Son départ pour l'Angleterre était prévu le lendemain.

Maggie non plus ne laisserait pas cette vieille pie de Carruthers s'en prendre à lui.

— ... dit qu'elle m'attendait au coucher du soleil, et que je devais mettre quelque chose de moins voyant.

Il avait terminé son rapport. Personne ne bougea, tous l'observaient.

Doyle passa la main sur sa joue.

— Donc, d'après elle, ils seraient sur le point de mettre un terme à leur petite combine de l'Atelier des Coches. Et tu dois y aller ce soir. Ça ne te laisse pas beaucoup de temps pour réfléchir.

— Ce qui, à mon avis, n'a rien de fortuit. Tu as vu une dizaine de gamins, c'est bien ça ?

Carruthers avait une façon de vous regarder qui finissait toujours par vous faire douter de vous-même.

— Ils étaient treize en tout. Si Chouette dit vrai...

— Justine du Motier, rectifia la vieille pie.

— Si elle dit vrai, ils passeront sans problème pour de petits Anglais.

Carruthers le fixa longuement, puis se tourna vers Doyle.

— Tu y crois, toi ?

— Si c'est un mensonge, il est sacrément élaboré.

— Le gamin n'est pas recherché par les Français. Mais toi, oui. Est-ce qu'ils voudraient te coincer ?

Quand Althea se leva pour servir du café, elle en offrit aussi à Hawker. La tasse en porcelaine était fine comme du papier, d'un bleu précieux, décorée de guirlandes à la feuille d'or. Le genre d'objet qu'il volait autrefois. Boire dedans lui semblait déplacé.

Tout le monde s'était mis à discuter. Il en profita pour manger en paix.

— Si la fille vient de la Pomme d'Or, c'est que Soulier est derrière tout ça.

— ... de même que Mme Lucille. Une finaude, celle-là. Tous les deux sont de vieux ennemis des partisans de Robespierre, en particulier de Patelin. Cette histoire pourrait servir à le discréditer.

— ... cuisine interne de la police secrète. La Du Motier est manipulée par ces gens, c'est certain.

— Si le gamin se fait prendre, on croira à une opération britannique. Cela affaiblira Patelin, sans montrer du doigt qui tu sais.

— C'est ce qu'ils ont en tête. Nous faire porter le chapeau.

— ... l'occasion de découvrir pour quel camp Soulier marchera demain...

Toutes ces intrigues, tous ces complots... on ne savait plus dans quel sens se tourner... Hawker étala de la confiture sur le pain, ajouta les œufs et roula le tout bien serré pour pouvoir le manger. Il en avait dévoré plus de la moitié lorsqu'il comprit qu'il ne faisait pas comme il faut. La vieille pie le regardait avec une moue de dégoût.

Ne pas manger avec les mains. Toutes ces choses que l'on ne devait pas faire, c'était sans fin ! Il se lécha les doigts. S'interrompit. Visiblement, il ne fallait pas faire cela non plus. Il n'allait quand même pas s'essuyer sur son pantalon !

— La serviette, lui souffla Doyle.

Il l'avait posée sur ses genoux, comme le voulait la règle, puis l'avait complètement oubliée. Il s'essuya la bouche et la remit à sa place.

— Je sais ce qu'on va faire, dit-il ensuite. On arrête de chercher à savoir qui prépare quoi. Je retrouve Chouette ce soir, et on sera fixés.

Althea s'assit au bout de la table.

— Le problème avec ce plan, Hawker, c'est que ça sent le piège à une lieue.

— Et que je ne tiens pas à ce que mon rat se fasse prendre dans un piège français, renchérit la vieille pie. Je vais envoyer un homme surveiller la Du Motier. Toi, tu resteras à la maison.

— Vous vous trompez.

Il avait dit cela sans réfléchir. Quel idiot.

La réaction ne fut pas immédiate. Doyle replaça le bouchon d'une fiole de lubrifiant pour armes à feu, l'enfonçant avec le pouce. Indifférent.

— Explique-toi, dit Carruthers d'une voix hérissée de piques rouillées.

— Vous allez devoir extraire un sacré paquet de Cachés déjà implantés en Angleterre. Ça va vous prendre des mois, et il en passera forcément entre les mailles. En une seule nuit, je peux en amener treize, que vous n'aurez donc plus à chercher. C'est toujours ça, non ?

Il regarda autour de lui. Les visages étaient impassibles.

— Je serai prudent, assura-t-il. Si ça ne marche pas, je m'éclipserai.

Comme personne ne réagissait, il ajouta :

— Vous ne risquez pas grand-chose. Juste moi.

Doyle posa son arme.

— Il devrait y aller.

— Très bien, lâcha Carruthers, mécontente. Alors envoyons-le en plein milieu d'un conflit interne à la police secrète, où il ne me servira à rien.

Et voilà. Il avait eu gain de cause, sans vraiment se fatiguer.

— Envoyez quelqu'un avec lui, suggéra Althea.

— La fille se méfierait, protesta la vieille pie. Et je risquerais de perdre deux agents.

Deux agents. Carruthers avait dit « deux agents ». Et l'un des deux, c'était lui. C'était si surprenant qu'il ne prêta pas attention à la suite de la conversation.

— ... et plus expérimenté, disait l'un des hommes.

— On enverra Paxton, fit Althea. Il est suffisamment jeune, ils ne se méfieront pas.

Paxton. Le chouchou de l'équipe. L'agent idéal. Paxton pensait sûrement à sa serviette, lui. Paxton ne faisait pas de bruit quand il buvait son thé. Et ne servait probablement à rien sur le terrain.

Mais la vieille pie trouva l'idée excellente.

— Pax lui évitera les ennuis. Quant à toi, ajouta-t-elle en se tournant vers Hawker, tu marches sur des œufs. Un agent peut me contredire trois fois dans sa carrière, au maximum. Tu n'as déjà plus que deux chances. J'attends ton rapport écrit sur tout ce que tu as vu et entendu ce matin.

— Je ne...

— L'encre et le papier sont dans l'armoire. Installe-toi à cette table. J'en veux deux exemplaires.

Alors là, c'était le pompon !

10

Justine, en chemise et pantalon, était collée à Hawker dans ce tout petit espace. Son genou lui rentrait dans le dos, elle enfonçait son coude dans son ventre. Et il semblait indifférent à un point que c'en était injurieux. Comme s'il était gêné par un grand chien ou un sac de blé.

— Tu m'écrases, dit-il en touchant son derrière comme s'il palpait deux melons sur un étal de marché. Pousse-toi.

— Il n'y a pas de place pour deux personnes, ici. Franchement, je n'ai pas besoin...

— Et parle moins fort.

— À côté de toi, je suis plus muette qu'une tombe.

— Ben voyons.

Un mur de brique assez mince les séparait de la maison des Cachés. Les Tuteurs devaient être en bas, occupés à lire ou à jouer aux cartes, mais en ces temps troublés, ils étaient forcément sur leurs gardes.

— C'est mon opération, et je...

— On va passer toute la nuit à discuter, ou tu vas te décider à bouger ton cul de mes genoux ?

Celui qui posait problème, ici, était Hawker. Il était tout en angles et en muscles qui ne bougeaient pas d'un pouce quand elle tentait de les repousser. Ce type était aussi lourd et peu coopératif qu'un fût.

Toutefois, il avait raison sur un point : ils n'avaient pas de temps à perdre.

— Je vais gratter autour des dernières briques. Ne les retire pas tout de suite. Ne fais rien, d'ailleurs, c'est mieux.

— On est tous les deux ici pour travailler.

Elle reprit le ciseau et s'écarta de Hawker jusqu'à coller son dos contre le bois rugueux d'une poutre.

— Alors sois attentif.

— C'est pas la première fois que je fais ça.

La chandelle de la lanterne éclairait un espace réduit. Dans ce halo, on distinguait le plancher et les poutres. Au-delà, un océan d'obscurité. Ils ne pouvaient pas se permettre d'avoir une lanterne plus puissante. Des fissures dans l'avant-toit auraient laissé filtrer la lumière, visible depuis la cour.

À l'autre bout du grenier, l'ami de Hawker, agenouillé dans l'obscurité, surveillait la rue. Il s'appelait Pax. Elle l'avait déjà rencontré une fois, même s'il n'avait pas semblé s'en souvenir. Ce soir, il s'était imposé dans cette opération. Les espions de la couronne d'Angleterre n'avaient apparemment aucune confiance en elle.

Le citoyen Pax était la première d'une longue série de difficultés imprévues. Mais elle trouverait peut-être comment se servir de lui.

Elle essuya ses mains moites sur son pantalon. Elle avait rampé dans bien des greniers et des sous-sols dans cette tenue : c'était plus pratique qu'une jupe, et plus chaud aussi.

Le ciseau dans une main, elle tapa doucement de l'autre sur le manche. En faisant le moins de bruit possible.

Le mur auquel elle s'attaquait donnait sur la maison où vivaient autrefois le maître voiturier et les apprentis.

Dès l'instant où Madame avait découvert ce que l'on faisait à l'Atelier, Justine avait décidé de libérer les Cachés. C'était la seconde nuit qu'elle passait dans cet endroit confiné, à retirer le mortier qui maintenait les briques.

Ce soir, le mur ne tenait plus que par une fine épaisseur de plâtre. Le mortier était de mauvaise qualité, il s'émiettait facilement. Chaque fois qu'elle libérait une brique, elle plaçait un petit morceau de bois pour tout maintenir en place.

La situation était pour le moins précaire. Un seul malheureux coup et le mur s'effondrerait, projetant un monceau de plâtre dans le couloir du premier étage.

Hawker était, il fallait le reconnaître, assez habile. Il se pencha, posa le front contre le mur. Ses cheveux étaient attachés par un ruban noir, son visage était couvert de poussière blanche. Les traits crispés, concentrés, il entreprit de gratter entre les briques de la pointe de son couteau.

— Tu vas abîmer la lame.

— J'ai plusieurs couteaux.

Elle le regarda travailler un moment, troublée par la beauté anguleuse de ses traits. Il ressemblait à l'un de ces esprits celtes qui vivaient au fond des bois dans la province d'où elle venait. Ils apparaissaient au crépuscule, au plus fort de l'été, et tentaient d'attirer les filles dans leur couche. Sa nourrice lui avait raconté si souvent ces histoires… Viendrait le jour, pas si lointain, où Hawker séduirait lui aussi les jeunes filles naïves, elle en était certaine.

— Tu feras passer les Cachés par ici. Pas par l'escalier, d'accord ? Tu as compris ?

— Oui.

Ils avaient déjà discuté de cela, mais répéter les instructions ne pouvait pas faire de mal.

— Ensuite, tu les fais sortir dans la rue. Tu traverses et tu vas jusqu'au coin. Là, quelqu'un t'attendra. C'est la fin de ta mission. Mes amis s'occuperont du reste.

— Où les emmèneront-ils ?

— En sécurité. Je ne prendrais pas autant de risques si c'était pour lâcher l'affaire en fin de parcours.

— Je finirai par le savoir, alors autant me le dire maintenant.

— Tu n'as pas besoin de le savoir.

Tout était prévu. Les Cachés devaient quitter Paris dans les cuves d'une péniche amarrée près du Jardin des Plantes. Une péniche qui avait déjà transporté des clandestins hors de Paris.

Ils travaillèrent en silence pendant quelques minutes. Il faisait une chaleur étouffante. Les résidus de sciure datant de l'époque où l'on fabriquait ici des voitures lui bouchaient le nez et collaient à sa langue. Et la flamme de la lanterne ajoutait à l'impression de suffocation.

Des gouttes de sueur coulèrent du front de Hawker sur le bras de Justine. Il avait un genou plié contre son côté, position qui devait être aussi inconfortable que la sienne. Mais il travaillait consciencieusement malgré la chaleur, malgré le manque de place. De toute évidence, il avait de l'expérience en la matière. Même si cela n'avait rien d'admirable, en cet instant, ce détail la rassurait. Elle avait fait le bon choix.

— C'est la dernière rangée, murmura Hawker. On les sort en partant du haut.

Évidemment, il voulait prendre les choses en main.

— Et tu gardes le silence, s'il te plaît, marmonna-t-elle.

— Attends.

Il retint la main de Justine. La lâcha. Ouvrit et referma la lanterne, masquant la lumière puis la révélant.

Son ami se matérialisa sans un bruit, tout habillé de noir, les cheveux et le visage noircis. Peut-être avaient-ils imaginé qu'elle ne le reconnaîtrait pas.

— On t'écoute, dit Hawker à Justine. Répète encore une fois. Là, on débouche dans le couloir, à l'étage.

— Si mes calculs sont bons. Vous y trouverez la porte du grenier. C'est là que dorment les Cachés, sous le toit. Je les ai vus regarder par la lucarne le soir.

— Et la porte est sur la droite.

— Je crois. Plusieurs fois, quand je travaillais ici, dit-elle en montrant les rangées de briques descellées, je les ai entendus passer. Dans cette direction. La porte sera probablement fermée à clé de l'extérieur. J'ai de quoi la crocheter.

— Moi aussi.

— Ça ne m'étonne pas. Ton ami et toi…

— Ce n'est pas mon ami, l'interrompit sèchement Hawker.

Elle dévisagea l'espion britannique qui lui avait été imposé.

— Ton collègue et toi, vous devrez convaincre les Cachés de fuir. C'est votre objectif : les faire sortir de cette maison. Le mien est de faire en sorte que vous y parveniez sans encombre. Je serai en bas.

— Les hommes que j'ai vus – les Tuteurs –, ils sont en bas ?

— Ces deux-là au moins. Il y en a peut-être d'autres.

— Et tu vas les retenir.

— Si nécessaire. J'ai une arme à feu. Et un poignard.

Un silence pesant se fit dans la soupente. Ce fut Hawker qui le brisa.

— T'es-tu seulement déjà battue ?

— Cela ne te regarde pas.

— Au contraire. Si tu dois assurer ma sécurité, cela me regarde beaucoup.

— J'ai déjà tué. Et je sais me battre. J'ai été formée par un homme qui venait de l'armée.

Elle ne précisa pas qu'elle n'avait pas tué de ses propres mains.

— Tu as pris des cours ? Je suis impressionné.

— Les choses étant ce qu'elles sont, je suggère que tu fasses avec.

Hawker répondit d'un simple mot, très grossier.

— Nous suivrons le plan que j'ai prévu, se contenta de répliquer Justine.

Elle attendit une réponse. En face d'elle, Hawker n'était que ténèbres. Jusqu'à la lame de son poignard, qui ne reflétait aucune lumière.

Enfin, il se tourna vers le mur, posa la main en son centre et fit sauter la dernière couche de mortier.

— Allons-y.

À l'aide d'un crochet, il pratiqua le premier trou et posa son œil tout contre.

— Parfait. Personne ne danse le menuet, là derrière. Il fait sombre et il n'y a pas un bruit.

Ils retirèrent les briques. Le camarade taciturne de Hawker se rendit utile, allant les entasser de l'autre côté de la soupente afin qu'elles ne gênent pas le passage.

11

Il y a plusieurs façons d'entrer dans une maison. On peut toquer à la porte, se présenter poliment et convaincre l'occupant de vous laisser entrer. On peut enfoncer la porte à coups de masse et franchir le seuil, une bande de malfrats sur les talons. Ou bien on peut ramper silencieusement dans la poussière, desceller des briques et se faire un chemin à la manière d'un rat. Hawker préférait la dernière solution à celle qui recourait à la force, raison pour laquelle il était devenu voleur plutôt que soldat.

Le trou qu'ils avaient fait dans le mur donnait sur un couloir désert – Chouette avait vu juste là-dessus – à environ deux mètres du sol. S'accrocher au mur pour descendre risquant de provoquer un éboulement général, il fallait sauter. Mais comment se réceptionner sans bruit, de cette hauteur ?

Il se lança en premier, ignorant les gesticulations de Chouette. Les théories de ses partenaires sur la méthode à employer pour être le plus silencieux possible le laissaient indifférent. Il avait confiance en ses capacités, voilà tout. Il atterrit tout en souplesse et effectua un roulé-boulé. Sans un bruit.

Dans le couloir, toutes les portes étaient fermées. Pas un son ne filtrait, ce qui semblait indiquer que les pièces étaient vides. Par le trou qu'ils avaient fait passait un peu de lumière. Il se plaqua contre le mur et fit signe à Chouette de descendre. Elle posa les pieds sur ses épaules, puis sur ses paumes. Pax emprunta le même chemin, mais il était plus lourd. Rien de tel qu'entrer par effraction dans une maison pour en apprendre un peu plus sur ses complices.

Chouette portait la tenue appropriée. En noir de la tête aux pieds, pantalon d'homme, cheveux tirés en arrière et tressés, recouverts d'un foulard noir. Elle avait laissé ses vêtements de fille dans un ballot, dehors. De près, il aurait fallu être aveugle pour ne pas voir que c'était une fille, mais ainsi vêtue, elle avait la liberté de ses mouvements. Et, de toute manière, tout le monde se fichait de son apparence.

Pax tenait une chandelle allumée à la main. Il avait laissé la lanterne dans la soupente, où elle serait plus utile quand ils sortiraient par ce chemin. C'était faire preuve d'un minimum de bon sens. Le maître de Hawker, celui qui avait fait de lui un monte-en-l'air, répétait souvent :

« Prenez la peine de bien préparer votre sortie. Ce n'est jamais du temps perdu. »

Chouette prit sur la gauche. Elle alla de porte en porte, regardant à l'intérieur, laissant tout ouvert derrière elle. Des chambres. Des vêtements d'hommes. Beaucoup de livres et de papiers. Ces pièces seraient autant d'endroits où se cacher et se placer en embuscade si on les prenait en chasse dans le couloir. Pax procéda de même à droite, avançant sans un bruit. Ils n'avaient pas eu besoin d'échanger un mot, c'était plutôt bon signe.

Cet endroit ressemblait à un baraquement militaire. Pas de tapis dans le couloir. Pas de meubles. Pas d'endroit où se pelotonner pour un chat. Aux murs, une série d'abécédaires au point de croix. Comme si personne n'habitait ici. Comme si ce n'était pas un endroit où grandissaient des enfants.

La porte menant au grenier était l'avant-dernière sur la droite, Hawker en était pratiquement sûr. Il avait une grande connaissance de la façon dont étaient bâties les maisons – et il avait de la chance, aussi. Il y alla directement, espérant impressionner ses complices. Derrière la porte, il trouva un escalier. Qui menait au grenier.

Chouette, elle, avait atteint l'escalier qui descendait vers le rez-de-chaussée. Elle s'arrêta un instant, respirant doucement, se préparant à ce qui allait suivre. Puis elle sortit un pistolet du sac qu'elle portait sous sa chemise.

Il la rejoignit en quelques pas sans faire de bruit et lui fit signe de ne pas bouger. Elle obtempéra, d'un air buté.

Il tendit la main, et elle lui donna le pistolet pour qu'il puisse y jeter un œil. Bien que petit, ce n'était pas un jouet. C'était un vrai pistolet, bien entretenu. Une arme en état de marche.

Quand il le lui rendit, elle le tint comme il convenait, le coude légèrement plié, à hauteur de la hanche, le pouce sur le chien. Elle avait été bien entraînée. En situation réelle de combat, elle tiendrait peut-être une minute et demie.

— Bonne chance, articula-t-il en espérant sincèrement qu'elle n'en aurait pas besoin.

Pax, de son côté, poursuivait l'inspection des chambres. Hawker retourna vers le grenier, s'engagea dans l'escalier. Gravir les marches lui fit l'effet d'une ascension dans la gorge d'un géant. Doyle aurait qualifié la noirceur qui régnait de « stygienne » – allez savoir ce qu'il voulait dire par là. C'était amusant de constater à quel point sa première profession – voleur – et l'actuelle – espion – impliquaient toutes deux beaucoup de tâtonnements dans le noir.

La quatrième marche grinça. Il avait pourtant pris soin de se plaquer au mur pour éviter un tel incident. Certains propriétaires étaient vraiment négligents, n'effectuaient jamais les menus travaux nécessaires au bon entretien de leur maison. C'était une honte.

En haut de l'escalier, il passa les mains autour de l'encadrement de la porte. Celle-ci n'était pas seulement fermée à clé. Une épaisse planche de bois était calée en travers, maintenue par des supports métalliques. À croire qu'ils gardaient des bandits de grand chemin, là derrière. Une chose était sûre en tout cas : on cherchait à empêcher quelqu'un de sortir, pas d'entrer.

Il posa l'oreille contre la porte. À l'intérieur, tout était silencieux. Cela voulait probablement dire qu'à la seconde où il entrerait quelqu'un lui sauterait dessus. Il avait, à un moment, envisagé d'embrasser une carrière de receleur. Il n'était pas mauvais avec les chiffres et s'y connaissait plutôt en marchandises volées. Il se demandait s'il n'aurait pas mieux fait de poursuivre dans cette voie.

Il retira la planche, la posa sur le côté. Ensuite, il y avait le cadenas. Un beau spécimen, massif. Froid. Lourd. Coûteux. Il sortit ses crochets, sans un bruit parce qu'il prenait toujours soin de les emballer dans un chiffon. Il ne connaissait pas sentiment plus agréable que celui d'une paire de crochets entre les doigts.

À part, peut-être, les seins d'une fille. Et la fleur qu'elle avait entre les jambes. Ça, c'était bien le jouet le plus délicieux de la Terre. Mais les crochets arrivaient juste derrière.

Penser aux filles en plein travail, ce n'était pas bon. Doyle lui aurait fait une remarque sarcastique, et il se serait senti complètement idiot.

Il vit Pax avant de l'entendre, parce que ce dernier avait la chandelle et faisait aussi peu de bruit qu'un fantôme de souris. D'ailleurs, la quatrième marche ne craqua pas sous son pied. Arrivé à sa hauteur, il inclina la chandelle juste comme il fallait devant le cadenas.

Il fallait le reconnaître, Pax connaissait son boulot. Hawker ne l'aimait pas pour autant.

Le cadenas s'ouvrit. Pax arrondit sa main autour de la flamme pour qu'elle ne s'éteigne pas, au cas où l'ouverture de la porte provoquerait un courant d'air.

Celle-ci pivota lentement, sans un bruit, révélant une pièce étroite et sombre.

Un groupe d'enfants se tenait tout au fond, en chemise de nuit blanche. Garçons et filles, ils portaient tous la même. Il compta rapidement, arriva à treize. La fillette aux tresses blondes, celle qu'il avait vue la veille, était devant. À sa droite se tenait un garçon, de la même taille.

Tous étaient absolument immobiles.

— Nous sommes des amis, murmura-t-il. Ne criez pas, je vais vous expliquer.

Il regarda autour de lui. L'endroit n'était pas grand pour coucher une douzaine de gamins. C'était une soupente : on ne pouvait se tenir debout qu'au milieu de la pièce. Tout au bout, la petite fenêtre n'offrait aucun reflet. Il n'y avait pas de vitre, juste des barreaux. Même un enfant mal nourri n'aurait pas pu passer par là.

Pas de lits. Pas de meubles. Des couvertures étaient réparties de chaque côté. Voilà comment ils dormaient. Une couverture dessous, une couverture dessus. Pas d'oreiller, pas de matelas, pas de draps. Des vêtements étaient soigneusement pliés et empilés sur chaque couverture. Une paire de chaussures rangée juste à côté.

Il faisait plus chaud ici que dehors. Il connaissait ce genre de taudis. On y rôtissait l'été, on y gelait l'hiver.

Les chambres qu'il avait vues en bas, en revanche, étaient confortables.

Tous les enfants avaient les traits creusés par la faim. Il n'y en avait pas un seul de potelé. Il sentit Pax derrière lui, qui restait silencieux.

— Qui êtes-vous ? demanda la blonde. Qu'est-ce que vous voulez ?

Donc, c'était la chef de bande. Cela se voyait à la façon dont les autres la regardaient et se groupaient autour d'elle. Les petits voleurs à la tire du quartier Saint Giles se déplaçaient en bandes comme celle-ci et, souvent, leur chef était une fille.

— Je veux vous sortir de là, dit-il.

— Pourquoi ? demanda le garçon devant.

— Est-ce que cela a une importance ?

Pas un ne cilla.

— Vous a-t-on dit que Robespierre était mort ?

— Oui.

— Alors vous devez savoir que tout a changé. Cet endroit, ici, ce...

Il ne cracha pas sur le sol pour ponctuer son propos. Doyle disait qu'un gentleman ne crachait pas. Du coup, il ne savait plus comment exprimer son sentiment avec l'éloquence qu'il méritait.

— ... cet endroit va fermer. Vous êtes les derniers.

Il fit un pas en avant, vit la fille se mettre en position d'attaque et décida de ne pas insister pour l'instant.

— Ce qu'ils ne vous ont pas dit, c'est qu'il n'y a pas de place pour vous en Angleterre, continua-t-il. Rien n'a été prévu. Il n'y a plus personne pour s'occuper de vous. Vous ne serez pas envoyés dans des familles ou des pensionnats. Vous irez dans des bordels.

— En quoi ça vous concerne ? demanda la fille, le regard imperturbable.

Alors là, bonne question. Doyle les aurait aidés. C'était ce qu'aurait fait un gentleman, aussi.

— Vous pouvez rester, ou vous tirer de ce chenil. Vous avez trois minutes pour décider.

— Ils nous mettent à l'épreuve, dit un gamin.

Un autre hocha la tête.

— C'est des Anglais.

— Ils vont nous couper la gorge, fit une petite avec une voix douce.

— Nous servons la France, déclara la blonde. Nous ferons ce que l'on attend de nous.

— Nous sommes fidèles à la Révolution, ajouta le garçon à côté d'elle.

Des murmures se répandirent dans le groupe, mentionnant loyauté, idéaux révolutionnaires et résistance.

Hawker n'avait pas toute la nuit devant lui.

La lumière se promena dans la chambrée, sur les visages des enfants.

— Il y a quelqu'un dans l'escalier ? demanda Pax en s'arrêtant.

On n'entendait aucun bruit. Et aucune lumière ne venait de l'escalier. Pax était un peu nerveux, voilà tout.

Hawker se tourna et le vit passer la chandelle de la main gauche à la main droite, puis remuer ses doigts ankylosés en regardant chaque enfant, l'un après l'autre.

— Peu importe que vous me croyiez ou pas, dit-il d'une voix totalement dénuée d'émotion. Vous venez avec nous, ou vous restez et vous acceptez votre sort. Ce n'est pas une mise à l'épreuve, ni une ruse.

Une dizaine de secondes s'écoulèrent. Puis la fille aux longues tresses prit la parole.

— On n'est pas des lâches, dit-elle en balayant le petit groupe d'un regard plein d'autorité, plein de dignité malgré sa chemise de nuit trop courte. C'est le moment d'arrêter de faire comme si on était des lâches. Choisissez. Restez, ou partez. Ceux qui partent, habillez-vous. Prenez vos chaussures à la main.

Trois décidèrent de ne pas partir. Pax et Hawker essayèrent de les convaincre encore un moment, en vain.

12

En matière d'espionnage, Justine n'était pas née de la dernière pluie. Elle était appréciée par la police secrète, travaillait pour Madame et le grand espion Soulier. Pour eux, elle avait endossé le rôle de la petite bonne invisible qui traîne partout, entend tout, note murmures et rumeurs. Pour eux, elle avait gagné la confiance des contrebandiers parisiens, connaissait leurs passages secrets. Elle était devenue un membre à part entière de La Flèche, avait évité la guillotine à bien des gens. Depuis deux ans, elle était espionne.

C'était la première opération qu'elle planifiait seule. Cette fois, elle n'avait personne vers qui se tourner pour demander conseil. En descendant cet escalier, elle ne pouvait compter que sur elle-même, et la peur lui nouait le ventre.

Sur le mur étaient accrochés des petits travaux au point de croix effectués par les Cachés. La lumière venant d'en bas était suffisante pour lire les maximes brodées : *Je vis pour servir la France. Mourir pour la France, tel est mon devoir.*

Elle tenait son arme comme quelqu'un qui aurait abattu des centaines d'hommes. Jouer les espions expérimentés lui donnait de l'aplomb, et tant pis si personne n'était dupe.

Hawker s'était introduit dans l'Atelier avec un brio qui trahissait un passé de monte-en-l'air. Elle n'avait pas cette assurance. Mais il fallait bien commencer.

Le décor était planté, le rideau allait se lever. Les Tuteurs de l'Atelier, Hawker et son camarade Pax, les Cachés… tous avaient un rôle dans la pièce qu'elle avait écrite. Elle en jouait un aussi. Il n'était plus possible de faire machine arrière.

La mission de Hawker était de convaincre les Cachés de fuir. Il serait impatient, sarcastique et insensible. Méprisant, quoi. Les Cachés le croiraient, parce que la rudesse est toujours convaincante. Les gens qui vous veulent du mal sont tout miel, en général.

Elle était leur dernière défense. S'ils étaient découverts, en haut, elle retarderait les poursuivants pour leur laisser le temps de s'enfuir.

Elle était arrivée au pied de l'escalier, où la rampe s'arrêtait en une courbe douce, lissée par le passage de nombreuses mains. Son cœur cognait dans sa poitrine, mais son esprit était en éveil, à l'affût du moindre détail inquiétant.

La peur la tenaillait. Mais une partie d'elle-même, en tout point rationnelle, lui murmurait : « Je ne laisserai pas la peur me contrôler. Si je cède à la peur, je ne suis plus rien. Je ne céderai pas. Je ne céderai plus. Jamais. »

Alors elle devenait capable de repousser cette peur, de la reléguer dans un coin où elle pouvait l'ignorer. Elle avait appris à faire cela dans des moments de grand danger. Et si Madame avait fait d'elle sa protégée, c'était parce qu'elle avait reconnu cette capacité en elle.

Sur la droite, à une dizaine de mètres, le halo jaune d'une applique transformait en ombres oblongues les portes qui ouvraient de part et d'autre du couloir. Sur la gauche, un miroir, juste à côté de la porte d'entrée, reflétait la lumière de l'applique, petite étoile lointaine. Le miroir n'avait pas été accroché là pour rajuster un ruban dans les cheveux ou se recoiffer. Il offrait une vue sur les deux couloirs, celui du haut et celui du bas. Ainsi, on pouvait surveiller le moindre mouvement dans la maison. Dans les entrées de la Pomme d'Or, les miroirs servaient à la même chose.

Elle avait son pistolet bien en main. Cela, grâce à des heures d'entraînement.

Je vais peut-être tuer, ce soir. J'avais dit à Madame qu'elle pouvait me demander de le faire. Je suis prête.

Elle était jeune. Treize ans. Mais un jour, elle serait comme cette femme qui marche dans le noir, armée, et qui fait de grandes choses. Un jour, elle n'aurait plus peur.

Elle s'avança. Dans le miroir, le reflet disparut, puis reparut lorsqu'elle traversa l'entrée.

Rien ne gênait l'accès à la porte. Pas de vitrines, pas de fauteuils, pas même une chaise. Pas de statue gracieuse ou de vase de Chine sur une console.

Elle la déverrouilla, puis souleva le loquet. Le battant s'ouvrit sans un bruit, sur des gonds parfaitement huilés. La nuit se fraya un chemin à l'intérieur.

La porte ouverte devait servir de leurre. Les Tuteurs iraient d'abord voir dans la cour, avant de se ruer à l'étage et découvrir le trou dans le mur. Ainsi, elle gagnerait trois minutes au moins pour couvrir leur fuite. Trois minutes, rien qu'avec une porte ouverte. Et, dans le pire des cas, elle pourrait s'enfuir par là.

Revenant vers le couloir, elle alla se placer à côté de la porte du salon, dos au mur, le pistolet armé entre ses mains, canon vers le haut. Elle était trempée de sueur. Et pourtant, elle avait froid.

Hawker s'acquittait apparemment de sa mission avec grande application. Pas un bruit ne provenait d'en haut, pas un rai de lumière ne filtrait. Il n'y avait que la veilleuse derrière elle, flamme vacillante dans l'immensité obscure, et son pendant infinitésimal dans le miroir.

Elle posa l'oreille contre le mur. On discutait, dans le salon. Un échange régulier, tranquille. Des voix masculines, indistinctes. Elle ignorait combien de Tuteurs étaient encore à Paris – Madame n'avait pas été en mesure de vérifier les informations qui circulaient. Mais Gravois et Patelin, les Tuteurs qui supervisaient le fonctionnement de l'Atelier au quotidien, étaient forcément ici. Et sans doute seraient-ils à cran ce soir.

À en croire le ton de leur conversation, ils parlaient de choses sérieuses. Peut-être préparaient-ils leur fuite. Il y avait, dans la façon dont ils échangeaient, une détermination particulière.

Elle était attentive à chaque pause dans la discussion. Un silence trop long voudrait dire qu'ils avaient entendu quelque chose.

Son doigt reposait légèrement sur la détente de l'arme. Elle pourrait aisément tuer le premier homme qui sortirait. Ensuite, il ne lui resterait plus que son couteau. Elle n'était pas naïve. Dans un combat au couteau contre les assassins aguerris de l'Atelier, elle n'avait aucune chance. Tous faisaient deux fois sa taille, avaient trois fois son âge et mille fois plus d'expérience qu'elle.

Elle imagina sa mort sous les coups de couteau, les coups de feu, les coups de botte. Son sang répandu partout dans ce couloir, sur le plancher bien récuré, sur les murs blanchis à la chaux, sur les sentences au point de croix.

Bien vite, elle écarta cette pensée. Elle ne devait songer qu'à sa mission. S'ils sortaient du salon, elle tirerait, lâcherait son arme et fuirait. Le plus direct, c'était de traverser la cour et d'escalader le mur. Elle disparaîtrait dans les rues, laissant ses poursuivants hurler derrière elle sans comprendre.

Elle avait appris à rester de longues heures sans bouger, en relâchant tous ses muscles excepté ceux dont elle avait besoin pour tenir le pistolet. Ainsi, elle ne dépensait pas trop d'énergie.

À onze ans, après avoir perdu ses parents et échoué dans une maison close, elle avait appris à rester parfaitement immobile. Une des particularités de cette maison était que les enfants y jouaient les nymphes et les faunes. On les obligeait à rester à côté de la table pendant les dîners, des guirlandes de fleurs pour tout vêtement, une lampe ou un plateau entre les mains. Parfois, on les couvrait d'une poudre blanche, afin qu'ils ressemblent à des statues. Et ils restaient immobiles, comme des marbres, durant des heures.

Lorsqu'elle tremblait de fatigue et échouait à ce jeu, elle n'était pas battue. Ils fouettaient Séverine à la place. Alors elle ne tremblait jamais.

Dans cette maison aussi, les enfants étaient battus quand ils ne satisfaisaient pas à toutes les exigences de leurs maîtres. Ce serait un plaisir que de tuer les citoyens Patelin ou Gravois, ou qui que ce soit qui franchirait en premier le seuil de cette pièce.

Ils n'avaient pas affaire à l'innocente fille de la noble maison de Cabrillac. Cette enfant avait disparu pour toujours. Ils avaient en face d'eux Justine du Motier, agent de la police secrète. Elle n'avait pas été détruite. Elle ne laisserait jamais ce plaisir à ses ennemis.

Dehors, le vent tourna et s'engouffra dans l'entrée dans un souffle presque humain. Elle se concentra sur l'instant, et sur le suivant, ne pensa plus à la mort ni à l'échec.

« Puissante est l'armée de tous les possibles. Ne t'épuise pas à la combattre », disait Madame.

Le temps passa.

Ses yeux s'étaient accoutumés à l'obscurité au point qu'elle distingua immédiatement la faible lumière qui apparut en haut de l'escalier. Elle entendit des pas légers. Un frottement contre le mur. Les Cachés s'échappaient par la voie qu'ils avaient ouverte. Parfait.

Les minutes s'écoulèrent encore, interminables, pesantes.

Dans le salon, une chaise bougea sur le plancher. Les voix se turent.

Ils avaient entendu quelque chose. La gorge de Justine se serra. Elle se prépara à bondir et à tirer dès que la porte s'ouvrirait.

Des pensées terribles l'assaillirent. Sa mort, celle de Hawker, et le prix que paieraient les Cachés. Madame en disgrâce. Séverine seule.

Ma faute. Tout est ma faute...

Et là, soudain, elle comprit vraiment ce qu'être responsable signifiait.

N'y pense plus. Le moment est venu. Tiens-toi prête.

Elle posa son doigt sur la détente. L'arme était parfaitement statique entre ses mains. Elle écouta. Bientôt, la porte s'ouvrirait, Justine s'avancerait et tirerait.

Je n'ai pas peur.

Ensuite, elle courrait, et ils la poursuivraient dans la rue. Hawker et son comparse pouvaient en tuer au moins un autre, elle en était certaine. Peut-être deux.

Le sang cognait à ses tempes. Elle retint son souffle, tendit l'oreille.

Dans le salon, la conversation reprit.

Donc, ils n'avaient rien entendu. Le funeste dénouement n'était pas pour tout de suite. Elle écarta son doigt de la détente. Ce sursis, c'était pire que tout. Elle avait la nausée, tremblait de froid, peinait à maîtriser son souffle. Un psaume de la Bible lui revenait sans cesse à l'esprit, solennel, écrasant. *Je ne crains aucun mal. Je ne crains aucun mal.* Elle s'accrochait à ces mots. Elle qui avait renoncé à croire en Dieu depuis longtemps.

Elle aperçut soudain Hawker dans l'escalier, projetant une ombre grise. Il descendait sans le moindre bruit, et fut près d'elle en un éclair tant il se déplaçait vite.

Il posa la main sur son pistolet pour lui faire comprendre qu'elle devait le baisser, puis, d'un geste, indiqua qu'en haut ils avaient terminé, qu'elle avait fait du bon travail et qu'ils pouvaient s'en aller.

Elle baissa son pistolet, le désarma et le remit dans son sac, sous sa chemise. Les Cachés étaient en route. Mission accomplie.

Dehors, une lumière scintilla.

Hawker se retourna en même temps qu'elle. La lumière passa devant la fenêtre, se glissa par la porte entrouverte. Quelqu'un était dans la cour avec une lanterne et se dirigeait d'un pas rapide vers la maison !

Justine eut juste le temps de traverser l'entrée en courant pour aller se plaquer d'un côté de la porte, tandis que Hawker faisait de même de l'autre côté.

La lumière baigna l'entrée. Un homme apparut sur le seuil.

13

Elle vit le visage de l'homme, le reconnut et éprouva une jubilation féroce. Elle n'aurait pas su dire quand elle avait sorti son couteau, mais elle l'avait en main lorsqu'elle attaqua.

L'instant resta en suspens. Le temps s'arrêta.

Drieu portait une valise de la main gauche, la lanterne de la droite. Il avait retiré sa veste et déboutonné son gilet à cause de la chaleur. Sa chemise blanche transperçait l'obscurité.

Tenant le couteau à deux mains, elle le planta dans cette panse blanche, du bas vers le haut, juste sous le sternum. Un cri de victoire faillit lui échapper.

Elle avait appris le maniement du couteau aux Halles, plantant son arme encore et encore dans d'énormes carcasses de bœufs suspendues à des crochets. Son ventre est plus mou que le flanc d'un bœuf, songea-t-elle.

Une intimité écœurante l'unit à Antoine Drieu. Il hoqueta et tressauta contre elle. C'était aussi répugnant qu'une copulation – brûlant et bestial. Ses vêtements humides de transpiration et son souffle brûlant et fétide balayèrent son visage.

Hawker était à côté d'elle, et fit exactement ce qu'il fallait faire. Il bâillonna l'homme de la main, assourdissant son cri. Sa cuisse et son pied amortirent la valise lorsqu'elle tomba, puis étouffèrent la lanterne sur la veste fripée.

Justine ne lâcha pas son couteau, sentit le sang chaud et poisseux couler sur ses mains.

Ils maintinrent le corps droit tant qu'il se débattait, jusqu'à ce qu'il rende son dernier souffle et ne soit plus qu'une masse abjecte et pesante.

Antoine Drieu était mort. Elle en avait rêvé des centaines de fois. À maintes reprises, elle avait envisagé de se rendre à Lyon en toute discrétion et de le tuer.

Elle avait abattu un agent français.

S'ils le découvrent, je suis morte...

Elle eut soudain la chair de poule, fut prise de nausée. Terreur et soulagement se mêlaient en elle à un sentiment de légèreté, à une joie horrible.

Un de moins, songea-t-elle. De tous les hommes qui m'ont possédée au bordel, il y en a un de moins.

Hawker la tira de ses pensées d'un coup de coude impatient qui la fit sursauter.

— Laisse le couteau où il est, articula-t-il. Prends tout le reste.

Il hissa le corps de Drieu sur ses épaules, ploya sous son poids mais réussit à équilibrer la charge. Hawker était fort. Elle ne s'en était jamais rendu compte jusque-là.

La lanterne avait basculé sur le côté, mais la chandelle ne s'était pas éteinte. Justine la ramassa, repéra quelques gouttes de sang sur le seuil de la maison, les recouvrit d'un peu de terre. À la lumière du jour, une fois le sang séché, cela ne se verrait plus. Il y en avait très peu, à vrai dire, et cela la surprit. C'était le cas lorsqu'on laissait la lame dans la plaie.

La lanterne, la veste, la valise. Elle referma la porte dans un silence absolu et suivit Hawker et son horrible chargement. Tous deux savaient pertinemment que le corps ne devait pas être retrouvé sur place. Aucun lien ne devait pouvoir être établi entre les Cachés et ce meurtre. Pareil pour elle. Et pour les Anglais.

Hawker s'arrêta et se retourna pour qu'elle puisse fouiller le corps, à la recherche d'une clé. Justine la dénicha dans la poche de son gilet. À cause de ses doigts gourds et tremblants, elle eut du mal à la sortir, puis à la glisser dans la serrure du portail. Le battant s'ouvrit lentement. Elle souleva la valise, ils sortirent rue de la Planche. Elle referma la porte d'un coup d'épaule.

La rue était déserte, plongée dans l'obscurité. Sur la gauche, à une dizaine de mètres, une lumière filtrait à travers des persiennes, à l'étage d'une maison. Le citoyen Pax se tenait juste en dessous, afin d'être vu.

Il fit un signe. Une petite silhouette émergea de la ruelle qui longeait l'Atelier, courut droit devant, traversa la rue et disparut dans l'obscurité en face. On distinguait vaguement deux ou trois autres personnes de l'autre côté, l'une derrière l'autre, parfaitement immobiles.

Hawker partit à l'opposé. Justine le suivit. À l'angle de la rue, avant que l'Atelier ne disparaisse de leur champ de vision, il s'arrêta pour s'appuyer contre le mur.

Le cœur de Justine battait à tout rompre, mais elle ne voulait pas que Hawker voie sa peur.

— On va rester ici une minute, dit-elle. Je dois attendre que les Cachés soient tous en sécurité.

— C'est ça, marmonna-t-il, agacé. On va rester ici dans la rue, visibles comme le nez au milieu de la figure. Où sont tes amis ?

— Mes collègues ne se montreront qu'au moment où ils l'auront décidé.

Hawker la fusilla du regard, et elle se crut obligée d'ajouter :

— Il fallait que je le tue. Nous n'avions pas le choix.

— Sans doute pas, admit-il, toujours énervé.

— Tu ferais peut-être mieux de le poser, dit-elle en indiquant le corps avec la lanterne. Il a l'air lourd.

— Il n'en a pas seulement l'air.

Avec un grognement, il se baissa et fit glisser le corps de Drieu contre le mur, l'installa comme s'il était assis. Étonnamment, la posture semblait presque naturelle.

Plus personne ne pouvait les entendre dans l'Atelier, mais ils continuaient à parler à voix basse. Et ce n'était pas par respect pour le défunt. Elle ne savait pas pourquoi, à vrai dire.

Dans la rue de la Planche, une nouvelle ombre jaillit de l'allée et rejoignit les autres. Encore un Caché. Libre.

Hawker s'essuya les mains sur le cadavre.

— Tu aurais pu choisir un plus petit gabarit.

— C'est très fâcheux, je sais.

Il posa un genou à terre et fit les poches de Drieu, les vidant de tout ce qu'il y trouvait.

— On ne peut pas le laisser ici, dit-elle.

— Je savais que tu allais dire ça. Quand Pax aura terminé, on le prendra entre nous deux comme un ami trop ivre pour marcher seul et qu'il faut raccompagner chez lui. Donne-moi sa veste, je vais cacher le sang.

— La Seine est trop loin, mais il y a un cimetière à quelques rues d'ici en direction du nord. Il y aurait une certaine logique à l'y laisser.

— Le cimetière des Errancis.

Il fallait absolument qu'il fasse le malin avec sa connaissance de Paris, celui-là !

— C'est ça. On y a enterré sans sacrement pas mal de guillotinés, ces derniers temps. Personne ne remarquera un macchabée de plus. Peut-être même qu'on trouvera une tombe déjà creusée.

— Quelle agréable perspective ! Je peux aussi l'abandonner dans une ruelle. D'où je viens, c'est la méthode qu'on préfère.

— Il ne mérite pas mieux.

Un jour, elle aussi serait insensible. Un jour, elle hausserait les épaules, comme Hawker en cet instant, et fouillerait la poche suivante.

Elle posa la lanterne sur les pavés pour mieux l'éclairer. Mais elle détourna aussitôt le regard. Quelle idiote de ne pas vouloir poser les yeux sur le corps de Drieu, quand le tuer lui avait causé tant de joie.

— Tu le connais, devina Hawker.

— Antoine Drieu. Une belle ordure.

— Plus maintenant. Maintenant, c'est juste un inconvénient.

Hawker étala méthodiquement sur le trottoir tout ce qu'il avait récupéré dans les poches du cadavre. Un briquet à amadou, une montre, un canif, une boîte en argent pour cure-dents.

— Il faisait partie des Tuteurs de l'Atelier ?

— Il est... Il était de Lyon, travaillait là-bas. Mais il était proche de ceux qui ont eu l'idée de l'Atelier. Il venait peut-être de temps en temps. Il... Il aimait maltraiter les enfants.

Elle avait dû se faire violence pour prononcer cette dernière phrase.

— Ah.

Hawker ne posa aucune question. Il lisait trop de réponses dans son regard.

— Cela faisait un an que je ne l'avais pas vu.

Drieu était en tenue de voyage, pantalon et veste sombres, gilet gris, désormais taché de sang. Dans la lumière, ce rouge brillant fut pour elle comme un coup de poing.

— Si tu dois vomir, fais ça un peu plus loin, dit Hawker sans la regarder, ce qui était assez délicat de sa part. Le premier, c'est le plus dur.

Elle aurait voulu rétorquer que ce n'était pas la première fois qu'elle tuait, mais à quoi bon mentir ?

— Ça aide quand c'est quelqu'un qu'on déteste, reprit-il. Cela dit, la prochaine fois, si tu pouvais réfléchir à la façon dont tu veux te débarrasser du corps...

— Je sais comment je vais m'en débarrasser. Je vais te le donner. Tu éparpilleras autour de lui tous ses papiers, sans chercher à t'en emparer.

— Moi ? Il n'y a rien qui m'intéresse, ici. Juste des documents de voyage, ajouta-t-il en désignant la valise. On dirait qu'il s'apprêtait à quitter la France. Il s'est décidé trop tard. Je garde l'argent.

— Je me fiche de l'argent.

— Écoute-moi bien, Chouette. On détrousse toujours un cadavre. Sinon, autant laisser un mot sur le corps pour dire que c'était un règlement de comptes et non un meurtre crapuleux. Il faut toujours prendre l'argent.

Elle connaissait de nombreux espions. Des gentils, des méchants, des doués et des maladroits. Certains étaient aussi jeunes qu'elle. Cependant, c'était la première fois qu'elle en rencontrait un comme lui.

Si elle avait fait équipe avec n'importe qui d'autre, ce soir, elle serait morte.

Il avait gardé un œil sur la rue.

— Ah, on dirait que tes amis sont enfin arrivés. On devrait pouvoir se sortir de ce pétrin sans trop de dégâts.

Un mince croissant de lune luisait dans le ciel, ne dispensant guère de lumière. Une vieille femme voûtée s'aidant d'une canne sortit de l'ombre et se dirigea lentement vers Pax afin qu'il ait le temps de la reconnaître. C'était la Corneille.

— Eh ben, quelle dégaine ! commenta Hawker en refermant la valise avant de se lever.

— Là est son génie. On a de la chance : ils nous ont envoyé un des meilleurs passeurs du réseau. Elle a déjà sauvé plus de cent personnes. Avec elle, les Cachés arriveront à destination sains et saufs.

— Parfait, parce que j'en ai ras le bol, de ces mômes.

La femme voûtée et l'Anglais s'entretinrent un instant. Une frêle silhouette traversa encore la rue. Tout allait pour le mieux.

— Il n'y en a plus pour longtemps, maintenant.

— C'était le dixième, fit Hawker. On a terminé.

— Mais... il y en avait plus de dix !

— Trois ont refusé de venir.

Elle ne comprit pas tout de suite.

— Oh non, lâcha-t-elle après un silence. Imbéciles. Maudits imbéciles. Vous les avez laissés dans la maison ?

— C'était leur choix.

Sa main se posa sur le pistolet, lourd et dur contre son ventre. Elle devait y retourner.

— Vous rendez toute l'opération bien plus dangereuse ! J'ai gâché...

Hawker l'attrapa par le bras, la tira en arrière et la plaqua contre le mur.

— Ça suffit !

— Je refuse de laisser trois enfants dans cette maison. Jamais !

Il employa toute sa force pour la maintenir fermement.

— Ils ne bougeront pas. Et tu ne vas pas menacer l'avenir des dix qui sont sortis pour essayer d'en sauver trois.

La fureur manqua l'étrangler.

— Ne me dis pas ce que je dois faire. Personne ne me dicte ma conduite. C'est moi qui décide. Moi qui...

— Non. Ce sont eux qui décident, pas toi.

Elle se débattit comme un beau diable, se lança contre lui... En pure perte. Hawker était bien plus costaud qu'elle.

Et puis soudain, elle fut libre. Il l'avait lâchée.

— Vas-y. Vas-y, et persuade-les de venir, citoyenne Éloquence. Et dans la foulée, fais-toi tuer comme une idiote.

— C'est toi, l'idiot.

— Pas au point, en tout cas, de m'imaginer que je peux les faire changer d'avis.

— Tu n'as pas suffisamment insisté. Tu n'as pas essayé, dit-elle sans bouger.

Elle tremblait. De colère. De peur. De chagrin.

— On a déjà eu de la chance que ceux-là nous suivent. Ils étaient tous convaincus que c'était un piège.

Elle savait. Oh oui, comme elle savait ! Enfant prostituée, elle avait vécu des mois en captivité. Sans jamais faire confiance à personne. Quand des hommes étaient venus les libérer, elle s'était cachée dans une pièce en tremblant, serrant Séverine contre elle. Elle avait peur de tout le monde, même de Madame.

— Ils ignorent tout de ce qui va leur arriver. Ils ne peuvent pas l'imaginer. Ils ne comprennent pas.

— Tu ne les feras pas changer d'avis.

Elle serra le poing et cogna le mur. Se fit mal.

— Je ne peux pas laisser arriver une chose pareille. Je ne perdrai pas trois enfants.

— Alors tu les perdras tous. Ces mômes, là, ceux qu'on a fait sortir, ils sont à un doigt de la panique absolue qui pourrait les pousser à retourner dans leur cage en courant. Et si on ne bouge pas d'ici très vite, c'est ce qu'ils feront.

— J'attendrai, alors. Quand ils seront en sécurité, je retournerai dans l'Atelier et je ferai sortir les autres.

Elle tremblait. Ne parvenait pas à se calmer.

— Tu n'y arriveras pas sans les assommer et les attacher. Imaginer le contraire, c'est de la bêtise pure. Et tu n'es pas bête.

Il énuméra toutes les raisons qui faisaient de ce plan une entreprise vouée à l'échec, refusa de se taire malgré les interruptions et les ricanements de Justine. Tout ce qu'il disait, elle ne voulait pas l'admettre. Il la dérangeait, avec sa certitude. Son implacable bon sens.

— ... et puis, les Tuteurs vont débouler dans le grenier et ils te videront comme un poisson.

— Je sais me battre.

— Tu saurais voler comme un oiseau que ça n'y changerait rien. Ils te tueront. Ils n'y réfléchiront même pas une seconde.

Le silence de la nuit retomba sur eux. Au loin, Corneille faisait signe aux enfants, ombres légères qui s'éloignaient pour disparaître au coin de la rue. Dix petites rides à la surface d'un océan de ténèbres.

Je n'en ai sauvé que dix...

Les trois derniers ne se laisseraient pas convaincre. Elle le savait au plus profond d'elle-même. De son cœur, de son âme. Elle frissonna. Malade du meurtre qu'elle venait de commettre. Malade d'avoir échoué.

— Si je n'y retourne pas, je les condamne à l'enfer.

— À quelque chose près. Mais tu ne peux pas les sauver.

Malgré la faible clarté, elle devinait son expression. Et elle ne voulait pas de sa pitié.

— Je dois essayer.

— Ce n'est pas accomplir une mission, ça. C'est juste trouver un moyen compliqué d'en finir avec la vie. Et tu m'entraîneras dans cette galère avec toi.

— Tu n'as pas...

— Si tu y retournes, j'y retourne. À toi de décider si tu m'emmènes à l'abattoir.

Elle ne douta pas un instant qu'il la suivrait dans l'Atelier.

À bien y réfléchir, elle voyait de multiples façons de mourir ce soir, pas une seule, en revanche, de sauver les trois derniers Cachés.

— Ce sont des enfants.

— Ils ont le même âge que toi.

Elle se tut, à court d'arguments.

— Tu n'es qu'un salaud.

— Sûrement. Écoute, Chouette, j'y ai beaucoup pensé. Si j'avais pu trouver un moyen, n'importe lequel, ils seraient venus avec nous.

— Je ne me pardonnerai jamais de les avoir laissés.

Il haussa les épaules.

— La plupart d'entre nous ont des raisons de ne pas dormir.

— Tu prends tout à la légère...

— Pas du tout ! Tu crois que je ne fais pas de cauchemars ?

Ils restèrent un instant face à face, se jaugèrent.

— Écoute, reprit Hawker. Si ces mômes n'étaient pas entraînés au combat, je tenterais le coup.

Du bout du pied, il poussa la valise.

— Débarrasse-t'en, dit-il.

Elle disperserait les effets de Drieu un peu partout dans Paris. Laisserait une chemise derrière une gouttière, une chaussure dans un caniveau.

Elle se rendit soudain compte qu'elle avait les mains encore poisseuses de sang, même s'il avait presque séché. Dans le ciel, les étoiles brillaient, indifférentes. La voyaient pour ce qu'elle était. Ni courageuse, ni passionnée. Réaliste et lâche, qui allait laisser trois enfants aux mains du diable.

Si elle avait encore eu une âme, celle-ci serait morte ce soir.

Un peu plus loin dans la rue, l'évasion des Cachés tirait à sa fin. Tous les enfants étaient partis, suivis de Corneille boitant dans leur sillage, jouant les vieillardes fatiguées. Le citoyen Pax disparut à son tour dans l'obscurité.

— Ton ami Pax approche, dit Justine.

— Il ne nous reste plus qu'à éloigner le cadavre de ce quartier, fit Hawker. Attends une minute.

Il l'attira sur le côté.

— Prends ça.

D'où avait-il tiré ce couteau, comme par magie ? Il le tenait par la lame et lui tendait le manche.

— C'est le tien ?

— Tu ne dois pas te déplacer sans un couteau.

Ni l'un ni l'autre ne tourna le regard vers le torse du citoyen Drieu.

— Prends-le. J'en ai deux autres sur moi.

— Tu es très prévoyant.

L'arme était chaude d'avoir été contre sa peau. Justine la glissa sous sa chemise.

— Je te le rendrai.

— Tu peux le garder. De toute façon, nous ne nous reverrons pas.

Il était devenu sérieux, tout à coup. Presque solennel.

— Il faut que je te dise quelque chose, ajouta-t-il.

Il se trompait, songea-t-elle. Ils se reverraient. Dans le petit monde de l'espionnage, c'était inévitable. Mais lorsqu'ils se retrouveraient, ils ne seraient plus alliés.

— Je t'écoute.

— Pars avec les Cachés.

— C'est mon intention. Je vais les suivre jusqu'à ce qu'ils soient en sécurité. Tu n'as pas à t'inquiéter.

— Ce n'est pas ce que je veux dire. Retourne dans ce bordel, prends ta sœur et quitte la France. Les Cachés s'en vont, pars avec eux.

Ce jeune espion anglais était donc d'accord avec Madame. Il avait répété ses propos presque mot pour mot. Étrange.

— Je n'ai aucune intention de quitter la France.

— Alors tu es une idiote. Tu vis dans une maison close. Ta sœur y vit. Et tu essaies de devenir une espionne. Je n'ai jamais rien vu de plus stupide.

— Et toi, tu es bien un espion, non ? Un espion novice, d'accord. Un bleu, un petit espion à peine sorti du nid, mais...

— Tu veux bien te taire et m'écouter ?

Il passa la main dans ses cheveux. Son regard balaya la rue. Il cherchait ses mots.

— Ce n'est pas de moi que l'on parle, marmonna-t-il.

— Pas de moi non plus. Et je n'ai aucune envie d'aborder le sujet.

— En ce qui me concerne, être espion, c'est mieux que ce que j'étais avant. Je fais enfin quelque chose de ma vie. Toi, tu n'es pas comme ça. Toi... tu es faite pour lire des livres, manger dans de belles assiettes et utiliser un mouchoir en dentelle. Tu as tout ça en toi.

— Je ne vois absolument pas ce que tu veux dire.

— Tu es une personne de qualité. Arrête de jouer avec cette idée d'espionnage. Pars en Angleterre. Deviens quelqu'un.

Il secoua la tête, impatient.

C'était si simple. Il ne le voyait donc pas ?

— Hawker. Je suis une putain. J'ai été une putain pendant deux ans.

— Alors quitte cet horrible endroit et n'en sois plus une.

— Je ne parle pas de ça. À la Pomme d'Or, les hommes ne me touchent pas. Jamais.

— Donc, tu n'es pas une putain.

— Cela ne change rien. C'est trop tard, je ne peux pas retourner en arrière. Je ne peux pas…

— Arrête. Si tu veux, tu peux. C'est valable pour tout. Pars en Angleterre. Change de nom. Mens sur ton passé.

— Pour certaines choses, le mensonge ne suffit pas.

Pensait-il vraiment qu'elle n'avait jamais songé à s'en aller ? Mais comment fuir celle qu'elle était devenue ? Celle qui s'allongeait avec elle le soir et la regardait dans le miroir le matin ?

— J'ai été une enfant prostituée dans le bordel le plus réputé et le plus décadent d'Europe. D'innombrables hommes ont pris leur plaisir avec moi quand j'étais dans ce lieu abominable. Il y en aura toujours un, n'importe où, pour me reconnaître.

Il ne trouva rien à répondre à cela. C'était la vérité, et ils le savaient tous les deux.

— Je peux quitter la France, mais comment échapper à celle que je suis ?

Hawker leva la main, comme pour lui caresser le visage. Son bras resta en suspens un instant, puis retomba.

— Et Séverine ?

— Je vais m'occuper d'elle. Je l'ai toujours fait.

Elle savait ce qu'il fallait faire, bien sûr. Elle avait pris sa décision. Le chagrin enfla en elle, la suffoqua presque.

— Pour protéger Séverine, je ferai tout ce qui est nécessaire, lâcha-t-elle avant de tourner les talons et de se fondre dans la nuit.

14

Quand les premières lueurs de l'aube s'étirent à l'horizon, les malfaiteurs rentrent chez eux et les citoyens respectables prennent possession des rues. Autrefois, l'individu peu fréquentable qu'avait été Hawker aurait regagné son repaire de voleurs au lever du soleil en bâillant, après une longue nuit jalonnée d'agressions et d'effractions.

Il s'était amendé, mais regagnait toujours son domicile à l'aube. La nuit dernière, il s'était débarrassé d'un cadavre après l'avoir délesté d'une belle somme et de quelques documents qui pourraient lui être utiles un jour. Tout bien considéré, sa vie n'avait pas changé tant que ça.

Il marchait d'un pas tranquille à côté de Doyle et de Maggie, suivis des ânes portant leurs affaires. Le ciel blanchissait, l'essentiel de la lumière venait encore de l'est, derrière eux. L'air était déjà étouffant. En ville, la journée serait caniculaire.

Doyle avait décidé de quitter Paris. Trop de brutes assoiffées de sang hantaient les rues à sa recherche. Il tenait aussi à mettre Maggie en sûreté, la situation politique étant incertaine. Chaque fois que les citoyens de Paris s'échauffaient, ils tiraient les aristocrates hors de chez eux et les pendaient aux réverbères. Maggie étant noble, l'homme prudent qu'il était avait jugé préférable de ramener son épouse chez lui, en Angleterre.

Doyle marchait au rythme des ânes, les pouces glissés dans les poches de son gilet. Pour qui lui aurait prêté le moindre intérêt, il était l'incarnation du flegme et de la bonhomie. Gardant un œil sur leurs arrières, il fit signe à Hawker de partir en éclaireur et d'inspecter la ruelle un peu plus loin sur la gauche.

Au coin de la rue Palmier, ils tournèrent et prirent la rue suivante. Hawker vit Chouette tout de suite. Elle les attendait.

Elle était assise sur le perron d'une maison bourgeoise, habillée comme une bonne, avec un petit bonnet blanc et un épais châle gris noué sur la poitrine. À côté d'elle était posé un sac de voyage de cuir brun. Et Séverine était assise sur ses genoux.

— Bien le bonjour à vous, citoyens ! lança-t-elle. C'est une belle journée pour cheminer librement sous le soleil, n'est-ce pas ?

— Tout à fait, répondit Doyle. Tu nous attendais ?

— J'attendais Marguerite, mais cela vous concerne un peu aussi.

Chouette était... à cran. Elle tenait sa petite sœur en affichant un air léger, cependant, à y regarder de près, ses mains l'enserraient avec force. Comme si à tout instant Séverine risquait de tomber.

Les rues étaient plus vides que la bourse d'un mendiant. Rien ne semblait étrange, on ne distinguait aucun mouvement, nulle part. Les ânes ne remuaient même pas les oreilles. Mais Chouette avait peur de quelque chose, ou alors elle était en colère. Peut-être les deux.

Maggie s'approcha et elles se mirent à discuter, comme deux marchandes de quatre-saisons tuant le temps. Tout le monde se comportait délibérément comme si tout allait bien.

Les mains de Doyle étaient tout près de ses couteaux. Mine de rien, il observait chaque fenêtre et restait près de Maggie.

A priori, ils ne risquaient rien, songea Hawker. Chouette n'aurait jamais mis sa sœur en danger. Que se passait-il, bon Dieu ?

Tout en parlant, Chouette tendit Séverine à Maggie. À l'intérieur des maisons, pas un bruit. Dans la rue, pas un bruit. Tout était si calme, on aurait dit un tableau. Hawker n'aimait pas le calme.

Chouette semblait si différente, maintenant. Elle paraissait seule, en retrait, fermée au reste du monde avec ses bras serrés autour de sa taille.

— Vous aviez raison, dit-elle à Maggie. Un bordel, ce n'est pas un endroit où élever un enfant. Et puis, une guerre civile se prépare.

Pour Séverine, elle répétait là ce que tout le monde lui disait depuis un moment. Quant à la guerre… Rien de bien nouveau de ce côté-là non plus. Soulèvements, émeutes, affrontements couvaient en permanence.

Chouette regardait alternativement Doyle et Maggie, faisait de courtes remarques d'un ton un peu cassant. Maggie avait toujours Séverine dans les bras.

Puis, articulant chaque mot et fixant Maggie intensément, Chouette dit :

— Séverine sera votre fille. Elle quittera la France avec vous, vous la protégerez. Vous vous occuperez d'elle. Vous et personne d'autre.

Quoi ? Qu'est-ce que c'était que cette histoire ? songea Hawker.

— Elle ne vous causera aucun ennui pendant le voyage, continuait Chouette dans un débit plus rapide, et en gesticulant comme si elle écartait à l'avance toutes les objections. Elle a appris à se tenir tranquille en toute circonstance. Elle partira avec vous sans renâcler parce que je lui ai dit qu'il le fallait. Elle sait quand répondre à une question, et quand rester muette. Elle répondra au nom que vous choisirez de lui donner.

— Tu nous donnes ta sœur ? demanda Doyle de sa voix grave, sans hausser le ton.

— Je la donne à Marguerite, rectifia Chouette.

Elle prit le sac de voyage à côté d'elle. Ce devait être les affaires de Séverine. Puis elle regarda sa sœur.

Ce que Hawker vit en cet instant dans les yeux de Chouette était indescriptible. Il repensa au visage d'un homme, poignardé au ventre et comprenant que la mort était au bout du chemin. Elle n'était pas très loin de cela.

Maggie et Doyle conversèrent un instant, puis Doyle posa la main sur la tête de la fillette.

— Séverine est mienne. Je ne la traiterai pas différemment de mes enfants légitimes. Son bien-être passera avant le mien. Je l'aimerai comme un père. Tu as ma parole.

À Londres, dans le milieu auquel Hawker avait appartenu, on appelait cela un « pacte de sang ».

Chouette savait ce qu'elle venait de faire. Cette expression de vide vertigineux, sur son visage, en était la preuve. Séverine comprenait-elle ce qui se déroulait ? Sans doute en grande partie. C'était une enfant intelligente.

— Comment pourrais-je emmener ta sœur et t'abandonner à ton sort ? demanda Maggie en touchant le bras de Chouette. Tu serais la bienvenue toi aussi, tu le sais. Viens avec nous.

Ah non, songea Hawker. Pas question. Si Chouette n'appartenait pas à la police secrète française, elle travaillait pour quelqu'un qui en faisait partie.

Il n'écouta pas Doyle qui expliquait à Maggie pourquoi Chouette ne pouvait pas les accompagner. Il avait à faire. Le chargement des ânes devait être revu, pour permettre l'ajout de bagages. Et il fallait faire de la place pour Séverine.

Ils discutèrent longtemps. Il essaya de ne pas trop écouter. Puis Chouette le rejoignit, raide et empêtrée, telle une marionnette. Elle hissa le sac de Séverine sur l'un des deux ânes.

— J'ai préparé quelques affaires pour elle, expliqua-t-elle. Des choses dont elle aura besoin. Sa… Sa poupée.

— On aurait pu s'arranger pour ne pas s'y prendre à la dernière minute. On risque d'attirer l'attention.

Il avait parlé avec rudesse. Chouette voulait garder son calme devant Séverine, et il voyait bien qu'elle n'était pas loin de s'effondrer.

— Qu'y a-t-il de plus discret qu'une petite fille ? Qui irait suspecter une famille voyageant avec un enfant ?

Il haussa les épaules, fit claquer sa langue.

— Et elle est de meilleure compagnie que toi, ajouta Chouette, parce qu'elle a appris à se taire et qu'elle obéit aux ordres.

Il l'avait mise en colère. Bien. Il préférait cela au regard vide qu'elle affichait auparavant.

— J'obéis aux ordres, se défendit-il en roulant une couverture pour caler Séverine sur l'âne. Ce sont ses cheveux, le problème… Bah, je vais trouver un moyen.

Il défit un lacet de cuir sur le harnachement d'un âne et le coinça entre ses lèvres. Puis, s'approchant de Séverine, il lui fit une tresse, qu'il noua avec le lacet.

— Voilà qui est mieux. Mais elle est trop bien habillée. Il faudra la salir un peu. Mettre de la terre sur ses vêtements.

— Je suis soulagée de savoir qu'elle ne sera pas confiée à ta garde, citoyen Hawker.

Il l'avait poussée un peu loin, et vit les larmes briller dans ses yeux. Elle dit adieu à sa sœur sans prononcer un mot, posant simplement sa main à plat sur son dos.

Avant de partir, elle leur révéla leur nom. Elles étaient les filles des défunts comte et comtesse de Cabrillac. Heureusement que Hawker n'en avait rien su dans le grenier de l'Atelier, au moment de plaquer ses mains sur ses fesses pour se faire un peu de place !

Puis elle s'en alla d'un pas rapide, sans se retourner.

— J'aurais aimé l'emmener, soupira Doyle. La renvoyer dans cette pagaille, c'est une honte et un péché.

Hawker ne trouva rien à ajouter.

— Elle sera dangereuse, d'ici quelques années, reprit Doyle. Du côté des Français.

— Elle l'est déjà. Dangereuse, acquiesça Hawker.

— Suis-la. Assure-toi qu'elle regagne sans encombre ce fichu bordel.

Pas de problème. C'était son intention, de toute façon.

Il la découvrit deux rues plus loin, assise sur les marches d'un perron, la tête entre les mains. Elle ne leva pas les yeux quand il s'arrêta devant elle. Peut-être avait-elle reconnu ses bottes.

— Tu peux encore la récupérer, si c'est ce que tu veux.

Elle redressa la tête, posa les poings sur ses genoux.

— Tu sais très bien que faire machine arrière n'est pas possible. Mais j'ai pris soin d'elle pendant plus de deux ans. Vêtements propres, de quoi manger, des gens pour s'occuper d'elle. Ce n'est pas rien. Je n'avais que onze ans.

Il acquiesça.

— Tu as fait du bon travail.

— Je lui ai appris les rudiments de la lecture. Elle parle un peu anglais et allemand. Babette lui apprend... lui apprenait à faire la cuisine.

— C'est très utile.

— Que l'enfant de mon père grandisse dans une maison close... ce n'était tout simplement pas envisageable.

— Je sais.

— Elle n'est pas en sécurité, à Paris. Il pourrait y avoir d'autres émeutes, n'importe quoi. Si je suis tuée, il n'y aurait plus personne pour veiller sur elle. Je dois la faire partir.

Il s'assit à côté d'elle, une marche plus haut pour paraître plus grand. Elle avait besoin de quelqu'un de plus grand, et il ne faisait pas encore l'affaire. Il se plaça tout contre elle et passa un bras autour de ses épaules.

— Je sais.

— Personne ne s'occupera d'elle mieux que Marguerite. En Angleterre, Séverine sera en sécurité.

Elle grandira dans une maison où tout est beau. Il y aura sans doute un chien.

— Doyle aime bien les chiens. Les gros.

Ce n'était peut-être pas la meilleure chose à dire.

— Et les petits, se reprit Hawker. Il lui achètera un…

Il n'y connaissait rien en chiens de race. N'avait jamais vu que des chiens errants et des chiens de combat.

— … joli chien.

Elle ne l'écoutait pas.

— Je ne peux pas rester avec elle. Tu le comprends, ça. Jamais je ne laisserai quiconque parler d'elle en disant « la sœur de la putain ».

— Et ça n'arrivera pas. Tu as fait ce qu'il fallait pour l'éviter.

Elle renonça à retenir ses larmes. Nichant la tête contre son épaule, elle se laissa submerger par les sanglots, qu'elle étouffa dans sa chemise.

Et là, vraiment, les mots manquèrent à Hawker.

15

Meeks Street, Londres, 1818

Ils attendirent à son chevet en buvant du thé, puis, le temps passant, du café. Pendant quelques heures, Hawker pensa qu'elle avait vaincu le poison. Peu après le coucher du soleil, il comprit qu'il se trompait.

Le mal s'abattit sur elle comme une vague de brume nappant les flancs d'une colline. Les mouvements brusques, désarticulés, cessèrent. Elle resta sans bouger, d'une immobilité surnaturelle. Son souffle changea, devint irrégulier, sifflant. Ne fut bientôt plus qu'un râle. Elle agonisait, et il ne pouvait rien y faire.

Un frisson la secoua, puis un autre. De sa gorge monta un cri étranglé.

Il mit la main sur sa poitrine, pour l'apaiser.

Non, songea-t-il. C'est impossible. Je ne laisserai pas faire ça !

Dans le couloir, il entendit les pas de Luke. Enfin.

Le médecin posa sa sacoche et s'approcha d'un pas vif. D'un geste, il repoussa la couverture sous laquelle reposait Justine.

— Elle n'arrive plus à respirer, dit Doyle. C'est de pire en pire.

— Des tremblements ? Des spasmes ? Une raideur de la nuque ? Du dos ?

— Rien de tout cela, répondit Doyle en ôtant la couverture du lit.

Luke palpa son mollet, attrapa sa cheville et testa la souplesse du pied. Passa l'index sur sa voûte plantaire.

— Aucune réaction. C'est la paralysie.

Ses lèvres avaient bleui. À demi consciente, elle fut soudain prise de convulsions, essaya de respirer sans y parvenir. Elle suffoquait. C'était douloureux. Horrible.

— Fais quelque chose, bon sang. Elle a besoin d'aide, là !

— Je ne peux rien faire, répondit sèchement Luke. Ses muscles ne fonctionnent plus, ses réflexes non plus. Le diaphragme ne peut plus…

Elle avait besoin d'air. Il pouvait lui en donner. Prenant sa bouche pour la maintenir ouverte, Hawker y plaqua la sienne et souffla. Fort, longtemps.

L'air ressortit. Il souffla une nouvelle fois.

Luke se pencha sur elle.

— Continue, dit-il.

L'air parvenait à ses poumons. Elle respirait moins difficilement. Luke posa les mains sur la cage thoracique de Justine, sentit les côtes s'écarter sous l'effet de l'air.

— Il y a un Français… son nom m'échappe, dit Luke. Il a écrit une étude médicale. Allonge-la complètement.

Les mains réunies, il plaça les paumes juste en dessous de la poitrine de Justine et appuya de tout son poids. L'air sortit dans un sifflement. Elle essayait de respirer.

— Souffle encore, ordonna-t-il à Hawker.

Celui-ci s'exécuta.

— Ce Français, là, il parlait de cette méthode pour ramener à elles les victimes de noyade.

Une nouvelle fois, Luke appuya. Une bouffée d'air jaillit.

— Je ne pensais pas que ça marcherait.

Mais pour qu'il puisse lui insuffler de l'air, elle devait vider ses poumons à chaque respiration.

— Ce lit est trop mou. On va l'étendre par terre.

Ils la soulevèrent, l'allongèrent sur le sol. Elle était complètement désarticulée, on aurait dit une poupée de chiffon. Hawker s'agenouilla près de sa tête.

— Elle saigne, sous son pansement, constata Doyle. Elle saigne beaucoup.

— Alors fais quelque chose ! dit brusquement Hawker, avant de lui donner de l'air.

— Encore, continue, fit Luke. Stop !

Il attendit une seconde et appuya sur le torse de Justine.

— Parfait. On recommence. Dis-moi si tu as la tête qui tourne.

— Pas question que je te laisse mourir, murmura Hawker avant de s'y remettre.

Ils se relayèrent pour la maintenir en vie. À minuit passé, elle respirait à nouveau seule. Quand son souffle se stabilisa, ils la réinstallèrent dans le lit et continuèrent leur veille. Ils ne parlaient plus, se regardaient juste, épuisés.

À trois heures du matin, la fièvre se déclara.

Elle avait si chaud. Son bras lui faisait mal. Horriblement mal. La douleur irradiait partout dans son corps. La douleur l'avait accompagnée dans ses rêves.

Elle était sur le dos, nue, trempée de sueur. Et elle avait chaud. La lumière qui filtrait par la fenêtre annonçait l'aube. Il pleuvait toujours.

Quelqu'un l'avait suivie dans la pluie et l'avait poignardée. Elle avait pourtant fait attention. Son assaillant devait être très doué.

— Mon agresseur était seul. Je n'ai pas vu son visage, juste entrevu, très rapidement.

Sa gorge était sèche, on entendait à peine ses paroles.

— De l'eau.

— Ne bouge pas. Je vais t'aider à boire.

— ... Les papiers...

— Ils sont en sécurité, en bas. On est en train de les faire sécher. Bois ça.

La douleur cognait dans sa poitrine, vrillait jusqu'au bout de ses membres. Hawker passa le bras autour de ses épaules et l'aida à boire. Puis elle fut allongée de nouveau, fixant le plafond. Il glissa la main dans ses cheveux, les écarta de son visage.

Elle avait trop chaud, avec cette couverture. Elle étouffait. Mais bouger lui demandait un effort surhumain. Toujours la douleur. Elle ferma les yeux.

Elle était en sécurité. Avec Hawker, plus rien ne pouvait lui arriver.

16

Doyle trouva Pax dans le bureau, assis en tailleur devant la cheminée, faisant sécher les coupures de journaux sur une pelle à cendre. Trois autres, sèches, froissées et cornées, étaient posées sur le parement en brique du foyer.

— Hawker m'envoie voir comment tu t'en sors, dit Doyle.

— C'est long. Elle respire mieux ?

— Oui. Son souffle est redevenu régulier. Au moins, elle semble tirée d'affaire.

Doyle prit une paire de lunettes dans la poche de son gilet et s'accroupit. Il aligna quelques papiers, les examina.

— Mais côté fièvre, c'est pire.

— Pire comment ?

Il disposa les coupures de la plus petite à la plus grande.

— Elle délire. Pourvu que Sévie arrive à temps.

— Elle fera vite.

— Si seulement Maggie pouvait être là, elle aiderait Hawker à soigner la femme de sa vie.

— Je pensais la même chose pour Camille. Ça tombe vraiment mal que nos épouses aient été envoyées en France. Tu as fait passer des messages ?

— À quoi bon ? Le temps que le courrier leur parvienne, ce sera terminé, d'une manière ou d'une autre.

Doyle examinait la première coupure. Il la fit tourner entre ses doigts.

— On dirait que celle-ci vient du *Times*. C'est la notice nécrologique d'un certain Antoine Moreau, libraire dans le quartier de Paternoster Lane. « Décédé subitement, sur son lieu de travail. » Il n'est pas fait mention d'une famille éplorée, donc il n'était pas marié. L'adresse est respectable, donc il était prospère. Pourquoi notre Justine s'est-elle intéressée à ce type ?

Pax se pencha pour récupérer la pelle à cendre et y plaça une nouvelle coupure.

— Il a été assassiné, si tu penses que ça présente un intérêt.

— En soi, pas forcément, répondit Doyle en s'emparant de la coupure suivante, plus grande. « Un crime abominable à Paternoster Lane. Un commerçant assassiné en plein jour au cours d'un cambriolage. » Notre libraire a eu la gorge tranchée, sa caisse a été forcée. Il y a une suite…

Il attrapa une troisième coupure.

— Apparemment, ce serait le fait d'un homme brun, qui a pris la fuite. « Tout le quartier est sous le choc. »

— Oui, je l'avais lu. Cela remonte à plus d'une semaine. Dix jours, je crois. Vous étiez encore en Écosse. Je n'ai pas cru bon de l'archiver, même s'il y avait un lien avec la France.

Doyle passa la main sur sa joue râpeuse.

— Paternoster Lane. Ce n'est pas un quartier où l'on poignarde les citoyens par-dessus leur comptoir, d'ordinaire.

Il prit une nouvelle coupure.

— Et là, c'est l'*Observer,* qui rend compte du même fait divers. La seconde partie de l'article est probablement intéressante, mais illisible. Felicity pourrait peut-être se rendre dans les bureaux du journal, sur le Strand et en obtenir un exemplaire. De mon côté, je vais aller faire un tour à Bow Street et voir ce qu'ils ont sur ce libraire assassiné.

— Cummings ne va pas aimer ça, dit Pax en tâtant de la pointe de son couteau plusieurs coupures collées ensemble par l'humidité. Les meurtres à Londres, c'est son pré carré.

— Agacer le Renseignement militaire et Cummings, c'est boire du petit-lait.

Pax réussit à séparer deux feuillets. Il montra le premier à Doyle.

— Encore un inconnu sauvagement assassiné.

— Dans Finns Alley. C'est une ruelle qui débouche sur Dean Street, dans Soho. Si j'avais quelqu'un à assassiner, Finns Alley me conviendrait tout à fait. « Un appel à témoins est lancé. Quiconque ayant des informations est prié de se faire connaître… » Ils ne parlent ni d'horreur, ni de choc, tellement c'est courant dans ce quartier. « Il s'agit du corps de… »

— M. Richelet. C'était dans le *Times* d'hier.

— Justine s'était lancée dans une collection macabre. C'est un passe-temps comme un autre. Deux noms français. Celui-ci est mort tard dans la nuit de dimanche. Avant-hier.

Doyle leva les yeux en direction de la lumière qui filtrait entre les rideaux.

— Non, il y a deux jours, maintenant. On doit encore avoir le journal, en haut.

— J'irai voir George avant qu'il le mette au feu. Mais ça ressemble juste à un décès de plus. Si le *Times* en a parlé, c'est parce que l'un des témoins était un militaire assez gradé.

Pax posa la pelle à plat devant l'âtre. Le feuillet supérieur était presque sec, il le retira. La coupure du dessous était encore humide. On distinguait mal le texte imprimé.

— Je crois que ça vient du *Courier*.

Doyle saisit la pelle par le manche et pencha le texte vers la flamme pour mieux voir.

— C'est un compte rendu plus détaillé du même meurtre. « Meurtre à l'arme blanche à Soho. » Et que disent-ils d'autre ? « Violence dans la communauté étrangère : quand cela cessera-t-il ? » C'est une question que je me pose tous les jours. D'après un témoin, un homme brun, mince, a quitté les lieux du crime en courant.

Pax posa la pointe de son couteau sur une ligne, tout en bas de l'article.

— Voilà ce que Justine est venue nous dire. « De sinistres tueurs hantent-ils nos rues ? L'arme du crime, un étrange couteau noir... »

Doyle tressaillit.

— Nom d'une pipe en terre !

— J'allais le dire.

17

Vingt et un ans plus tôt.
Oxfordshire, Angleterre, 1797

Pas très haut, le pelage brun, Friquet avait des sabots fins et une façon délicate de glisser le museau dans les touffes d'herbe qui poussaient le long du ruisseau, choisissant une tige et laissant l'autre. Quand Séverine montait en compagnie de Pascal, le garçon d'écurie, elle ne pouvait pas laisser Friquet manger toutes ces herbes. Pascal avait des idées très arrêtées sur ce qu'un poney devait manger et s'inquiétait toujours de la digestion de Friquet.

Pascal était français, toutefois il n'avait pas d'accent. Il avait vécu des choses difficiles, et avait été envoyé ici pour se rétablir auprès de Maman. Avec le temps, il cesserait d'être nerveux et toujours en colère, et partirait faire des études. Plusieurs garçons d'écurie avaient déjà suivi ce parcours.

Papa travaillait pour le gouvernement, c'était quelqu'un de très important. Il était espion. Son ami Hawker l'était aussi, mais moins important, parce qu'il était plus jeune. Il y avait toujours plusieurs personnes, employées au jardin ou à l'écurie, dont le vrai travail était de protéger tout le monde.

Pascal était parti devant, en direction de l'écurie. Elle avait le droit de rester seule, une fois le ruisseau franchi et la maison en vue. Friquet pataugeait sur le bord, dégustant tranquillement cresson et mouron. Et pourquoi ne mangerait-elle pas du cresson, elle aussi ? Pascal ne pouvait pas le lui interdire.

Il tombait une légère bruine mais cela ne la dérangeait pas. Elle alla s'asseoir sous l'arbre au pied duquel s'étendait un tapis de mousse. Ainsi, sa robe ne serait pas salie. Et l'arbre la protégerait de la pluie. C'était un chêne, probablement déjà sorti de terre à l'époque où Cromwell avait mis le feu au manoir de Thinch. Un soir, alors qu'elle se promenait tranquillement dans les bois avec Papa, se guidant d'après les étoiles, il lui avait montré l'endroit où les troupes de Cromwell avaient marché sur Thinch Hill et lui avait expliqué pourquoi elles étaient arrivées par ce côté plutôt que par l'autre.

Elle mangea du cresson, posant chaque feuille sur sa langue. Papa était en France, et jouait au plus fin avec Napoléon, mais si on lui posait la question, elle devait dire qu'il était à Bristol pour ses affaires. Au village, personne ne savait qui il était vraiment.

Le long du ruisseau, à l'endroit où la végétation était plus dense, une main sortit soudain d'un taillis, puis un visage, caché par un fichu gris, et…

— Justine !

Elle ne courut pas à la rencontre de sa sœur mais, s'assurant que personne ne la voyait, noua les rênes de Frisquet à une branche basse et avança précautionneusement jusqu'à la berge. Baissant la tête, elle écarta les branchages et se faufila dans le taillis. Justine avait dégagé un peu d'espace et piétiné le sol pour pouvoir s'asseoir et l'attendre. Elles se retrouvèrent à l'abri de cette espèce d'arche végétale.

Elles s'embrassèrent, puis Justine s'assit, et Séverine grimpa aussitôt sur ses genoux. À sept ans, elle était un peu trop grande pour cela, et c'était aussi inconfortable pour l'une que pour l'autre. Mais elle le faisait tout de même. Elle prit le visage de Justine entre ses mains et le scruta. La peau de sa sœur était si froide.

— Tu vas bien ? Tu n'as pas été blessée ?

— C'est à moi de te demander cela, ma chérie. Comment vas-tu ? Es-tu heureuse ? Raconte-moi tout.

Il y avait tant à dire, et si peu de temps. Justine était une espionne importante pour la France, même si elle n'avait que seize ans. Quand elle venait la voir en se cachant dans les fourrés, ce n'était pas par jeu. Il ne fallait surtout pas qu'on la trouve sur le territoire anglais. C'était très dangereux pour elle d'être ici, près de la maison de Papa. Papa et sa sœur ne devaient surtout pas se rencontrer.

Tant de choses à raconter. Il y avait eu un voyage chez le dentiste à Oxford, avec Molly, qui était la femme de chambre et avait eu mal aux dents. Il y avait eu les chiots, à la ferme de M. Richard, et elle avait eu le droit d'en choisir un. C'était une petite chienne, qu'elle avait appelée Harmony. Dans deux semaines, quand elle serait sevrée, elle pourrait la ramener à la maison. Elle lisait La Fontaine avec M. Rochambeau, qui n'arrêtait pas d'éternuer quand ils allaient dans la roseraie.

Elle se pelotonna contre sa sœur, essayant de la réchauffer.

— La Fontaine, répéta Justine en lui caressant les cheveux. J'avais un livre de ses fables, autrefois, puis je l'ai perdu. Mais je les connais toutes par cœur.

D'autres nouvelles. La chatte de la cuisine avait eu des petits, dans la grange. Une jeune fille avait été embauchée comme nurse. Elle était comme Pascal, le garçon d'écurie, un de ces enfants qu'on appelait les Cachés et qui étaient français mais faisaient semblant d'être anglais. Elle pleurait tout le temps, et puis elle manquait aux vieilles dames qui n'étaient pas vraiment ses tantes et qui s'étaient occupées d'elle.

— Hawker est venu la chercher et l'a ramenée chez elle. Il a dit qu'elle était trop malheureuse ici.

Friquet s'était libéré et s'éloignait en direction d'un nouveau buisson, en amont.

— Attends... dit Justine en tirant un petit sac de sous sa jupe. Tiens, je t'ai apporté ça.

Le sac était plein de papiers entortillés, un peu décolorés par l'humidité. À l'intérieur de chaque papier, il y avait un bonbon. Le premier qu'elle ouvrit était blanc et rouge. On aurait dit du verre coloré de Venise.

— Ils viennent de Paris, précisa Justine. Il est possible qu'ils soient légèrement salés, parce que j'ai eu un peu de mal à gagner la rive.

Mais puisque c'était Justine qui les apportait, ces bonbons seraient les meilleurs de la Terre. Peu importait l'eau de mer.

Séverine s'assit par terre, s'appuya contre les genoux relevés de Justine et savoura un bonbon à la menthe.

— J'étais en Italie, lui raconta Justine. C'est pour cela que je n'ai pas pu venir, ces derniers temps.

— Il y a la guerre, là-bas.

Quand Papa était à la maison, après le dîner, Maman et Séverine s'installaient sur le sofa du salon et il leur lisait le journal.

— Les combats ont cessé depuis un moment. Un traité doit être signé.

Justine passa le bras autour de ses épaules. Elles regardèrent des hirondelles voler au-dessus de la pelouse qui allait du parterre au ruisseau.

— Cet endroit est très joli, dit Justine. Je suis contente de te savoir ici, dans cette maison.

— Je penserai à toi à Paris, si c'est là que tu vas.

— Peut-être.

La voix de Justine disait qu'elle n'y serait pas. Elle irait ailleurs, dans un endroit beaucoup plus dangereux.

Déjà, Séverine sentait que sa sœur se préparait à partir. Elle réagit aussitôt.

— Attends. Encore quelques minutes. Tu as reçu mes lettres ? Toutes ? Je t'ai envoyé des dessins.

— Je les ai toutes. Elles m'attendaient à Rome, à l'ambassade, quand j'y suis passée.

— J'ai trois lettres de toi. Celle avec le canari, celle avec le chat noir et blanc et celle avec le bol de soupe.

— Il devrait y en avoir six de plus, si elles te parviennent. Rien n'est moins sûr, hélas. Je dois y aller, maintenant, ma sœur chérie.

Séverine la serra dans ses bras. Elle avait toujours si peur pour elle.

— Fais bien attention à toi.

— N'aie crainte. Ces derniers mois, ma vie est ennuyeuse à mourir. Je bois du café, j'écris des rapports et je me promène dans la campagne toute la journée. C'est une vie très saine, je t'assure. Tu diras à Marguerite que je suis venue, conclut-elle en embrassant Justine sur les cheveux.

— Ce soir.

Comme toujours. Parce que Justine ne voulait pas qu'elle ait de secrets pour Maman.

Séverine attendit qu'elle ait disparu, puis elle alla chercher Friquet. À force de patauger, il avait de la boue jusqu'aux jarrets. Il se laissa faire parce qu'il savait qu'on s'occuperait de lui, qu'on le nettoierait et qu'on lui donnerait du picotin et des carottes.

Elle marcha tout le long du chemin en le tenant par la bride et en suçant le bonbon à la menthe, se remémorant chaque parole échangée avec sa sœur.

Elle attendrait la fin du dîner pour parler de cette visite à Maman. Ils n'attraperaient pas Justine.

18

Justine ne s'attarda pas près de chez William Doyle. Il savait qu'elle venait de temps en temps voir sa sœur et, jusque-là, n'avait pas tenté de l'en empêcher. Si elle parvenait à approcher ainsi sa forteresse, c'était parce qu'il la laissait faire, elle en était consciente.

Ces derniers temps, elle n'était pas en odeur de sainteté auprès des Britanniques. Il y avait eu un incident en Italie. Les Anglais n'auraient vraiment pas dû mettre leur nez dans la campagne d'Italie.

Le tracé de sa retraite, en attendant, impliquait de ramper dans la boue. Elle suivit le ruisseau en restant toujours à couvert. Durant les trente-six heures passées à attendre Séverine, elle avait vu plusieurs fois des hommes chargés de surveiller le domaine. Il y en avait deux, pour l'heure : un dans le jardin, l'autre au sommet d'une petite butte, dans les bois, qui faisait à peine semblant de travailler. Et aussi… là. Elle écarta les hautes herbes d'un taillis. Le jeune garçon d'écurie un peu triste qui accompagnait sa sœur partout était adossé contre le mur de la grange et nettoyait un mors, tout en surveillant le bosquet où il avait laissé Séverine.

On s'occupait bien de sa sœur. Elle grandissait dans cette belle demeure comme dans un cocon. On lui avait appris à monter et offert cet élégant poney. Elle avait un précepteur – autrefois grand érudit en France, avant d'être brisé et rejeté par la Révolution. Encore une âme à laquelle Marguerite avait offert un refuge. D'anciens soldats encore alertes, parfois borgnes ou manchots, patrouillaient sur le domaine. Trois molosses étaient lâchés tous les soirs dès la nuit tombée. S'il existait encore un peu de paix en ce bas monde, William Doyle l'avait préservée ici pour sa femme et les enfants qui occupaient sa maison.

Elle arriva au bord de la pelouse, à l'endroit où le ruisseau s'élargissait. La pluie s'était intensifiée. Le ciel était d'un gris uniforme. Après tant de mois en Italie, l'Angleterre semblait très… humide.

Debout contre un arbre, elle se laissa gagner par l'émotion. Son existence l'avait endurcie. Une espionne de sa trempe vivait dans la solitude, mais jamais elle ne se sentait aussi seule qu'après ces quelques instants auprès de sa sœur.

Revenir juste pour lui parler, la tenir dans ses bras, c'était faire preuve de faiblesse. Il aurait été mieux de couper les ponts alors que Séverine l'aimait encore. Avant qu'elle comprenne qui avait été sa sœur. Avant qu'elle ne pose des questions et que Marguerite ne soit contrainte de lui parler de la maison close à Paris.

Le brouillard se leva, et tout disparut peu à peu autour d'elle. Encore une minute ou deux, et elle pourrait…

Du métal froid mordit son cou.

La pointe d'un couteau. Une main lui empoigna les cheveux et lui renversa la tête, exposant sa gorge.

Un homme était derrière elle, tenant sa vie entre ses mains. Elle ne bougea pas. Il était malavisé de bouger quand on avait un couteau sur la gorge. Rester calme. Respirer. Contrôler l'affolement de son rythme cardiaque.

— Chouette ? fit une voix.

Personne ne l'appelait plus ainsi.

— Hawker ?

C'était son corps, immobile derrière elle. Son souffle sur sa nuque. Elle aurait dû le reconnaître.

Mais le danger ne s'éloignait pas pour autant. Hawker ne la tuerait pas, de cela elle était certaine. Presque. Il pouvait cependant l'envoyer en prison. On ne se risque pas en Angleterre à la légère. On n'approche pas la résidence d'un important agent britannique, même si c'est là qu'habite votre sœur.

La pointe du couteau quitta sa gorge. Il la fit pivoter d'un geste brusque, et ils se retrouvèrent face à face.

— Qu'est-ce que tu fais ici ?

— À ton avis ? J'observe les oiseaux ? Je viens voir Séverine !

Calmement. Parler calmement. Pas facile, devant le visage sombre et dur qui lui faisait face. Devant cette expression impitoyable – et totalement dénuée d'humour. De plus, il y avait le couteau.

Leur dernière rencontre remontait à six mois, à Vérone. Leurs regards s'étaient croisés sur la Piazza dei Signori. Tous deux se faisaient passer pour des Italiens. Les Français tenaient la ville mais les Autrichiens cherchaient à la reprendre, et les Véronais les détestaient tous autant qu'ils étaient, ce qui pouvait se comprendre. Hawker et elle avaient jugé plus prudent de faire demi-tour.

— Il faut que je la voie, tu comprends. Je ne viens pas très souvent.

Hawker rengaina son poignard dans une poche intérieure, d'un geste habile maintes fois pratiqué, puis il la regarda. Il avait l'air dangereux. À la fois familier et étranger.

— Tu n'as rien à faire ici. Qu'est-ce que je vais faire de toi, maintenant ?

— Tu vas me laisser partir, évidemment. Je n'épiais personne, il n'y a que des vaches. Je ne suis pas en Angleterre pour travailler. Les agents prennent bien des vacances, non ?

La pluie redoublait, comme souvent en Angleterre. Hawker était tête nue, l'eau plaquait ses cheveux sur ses tempes, mèches noires longues et effilées qui n'étaient pas sans rappeler les couteaux qu'il maniait avec tant de dextérité. Il était trempé. Cela n'allait pas améliorer son humeur.

— Le problème avec toi, Chouette, c'est qu'on ne sait jamais si tu mens.

— En quoi serais-je utile à mon pays si le premier Anglais venu pouvait deviner si je dis la vérité ? Toutefois, je reconnais que cela me dessert quand, par hasard, c'est le cas.

— Heureusement, c'est assez rare.

Il regarda autour d'eux, comme s'il cherchait conseil auprès du petit bois.

— Je suis partagé. Je devrais sans doute te désarmer.

— C'est ce que ferait un homme prudent, oui.

— Cela dit, je ne pense pas que tu me poignarderais à quelques centaines de mètres de l'endroit où vit Sévie.

— Ni toi ni moi ne voulons nuire à Séverine. N'est-ce pas là la plus idéale des trêves ?

Il répondit d'un grognement.

— Que fais-tu ici, d'abord ? demanda-t-elle. Je ne t'imaginais pas arpentant sous la pluie les taillis de l'Oxfordshire. À ta place, un jour comme celui-ci, je serais devant la cheminée avec une bonne tasse de thé. C'est très anglais, ça, non ?

Il s'essuya le visage avec la manche de sa veste.

— Tu as raison. J'ignore ce que je fabrique sous la pluie.

Sur quoi, il tourna les talons et s'éloigna.

Elle avait oublié, pendant ces trois ans, à quel point il s'exprimait avec subtilité et grande économie de mots. Elle le rattrapa et marcha à sa hauteur.

— Où va-t-on ?

Il fit un geste, indiquant le chemin.

— J'ai un cottage, par là.

Elle avait souvent pensé à lui, depuis qu'ils s'étaient quittés à Paris. C'était un être dont on gardait un souvenir vivace. Parfois, confrontée à l'extrême absurdité de cette guerre qui n'en finissait pas, elle s'imaginait lui racontant la situation. Entendait presque sa réponse, cynique, caustique, par-dessus son épaule.

Elle avait collecté la moindre rumeur le concernant, partout en Europe. L'excellent couteau qu'il lui avait donné ne la quittait pas. Et voilà qu'ils se croisaient, comme par un caprice du destin.

Peut-être... un grand « peut-être » germa dans son esprit.

Il n'avait plus rien du gamin crasseux qu'elle avait connu à Paris. Ses vêtements de prix n'étaient pas non plus ceux d'un dandy de la ville. Il portait le col souple et la cravate décontractée de la gentry. Il aurait facilement pu passer pour un étudiant, ou un peintre en vacances, parcourant la campagne, ayant toujours sur lui de quoi dessiner.

Tout en marchant, il la regarda à plusieurs reprises.

— Tu as des seins, maintenant, dit-il soudain.

— Merci. Tu sais que l'on peut remarquer certaines choses sans pour autant faire de commentaire ?

— Quand es-tu devenue une femme, Chouette ?

— J'étais déjà une femme quand tu m'as rencontrée.

Il secoua la tête, tout à fait sérieux, comme s'il avait bien réfléchi à la question.

— Tu étais une gamine. Toute maigrichonne.

— Quelle galanterie ! Je suis flattée, vraiment.

Ils avaient opté pour le français, cela leur était venu naturellement. Il parlait comme un vrai Parisien, à présent, avec une pointe d'accent gascon. Et cela lui allait bien. Ce visage taillé à la serpe, ces cheveux noirs et cette assurance arrogante, c'était très gascon. Sa voix était plus grave, aussi.

— On pourrait parler anglais, dit-elle. Je ne t'ai jamais entendu parler cette langue.

Ah, si, elle s'en souvenait, soudain. Trois ans plus tôt, quand elle le suivait dans Paris, elle l'avait entendu aboyer une dizaine de mots dans un anglais qu'elle avait à peine compris, l'anglais des bas-fonds londoniens.

— Ils ne veulent pas que je parle anglais. Moi pas parler bien, dit-il avec un sourire en coin.

Elle aurait aimé l'entendre « pas parler bien ». Pour retrouver celui qu'il était réellement.

— Je trouverai comment te convaincre. J'ai convaincu bien des hommes de désobéir.

— Alors je serai une de tes victimes, dit-il en anglais. Une mauvaise habitude de plus.

L'accent cockney avait disparu. Son anglais était devenu précis, poli. Il était sûr de lui, or elle l'avait aimé mal à l'aise.

— Tu ne m'as toujours pas expliqué ce que tu faisais à hanter les taillis. Sur le domaine de Doyle, qui plus est.

— Il faut bien que quelqu'un vérifie s'il y a des espions français dans les sous-bois. Et figure-toi que j'en ai trouvé une.

— Je suis une délicieuse coïncidence, c'est ça ?

— On peut le dire comme ça.

19

Le chemin de terre était boueux, évidemment. En Angleterre, tous les chemins étaient boueux. Elle le suivit sur la bande herbue qui séparait les ornières. Un petit crachin pénétrant avait remplacé la pluie.

— On n'est plus très loin, lança Hawker par-dessus son épaule.

Il marchait avec l'assurance et la circonspection d'un chat. Avec l'élégance et la souplesse d'un chat, aussi. Exactement comme dans son souvenir.

Ce serait Hawker. Hawker, et aucun autre.

Quand l'avait-elle décidé ? Au moment où il avait éloigné son couteau de sa gorge, quand ils s'étaient reconnus ? Quand il s'était exprimé dans cet anglais soigné, presque aristocratique ? Ou bien l'avait-elle su depuis des mois ? Depuis le début ?

Pendant un an, elle avait cherché, imaginé un visage, puis un autre avant de se dire : Non. Pas celui-là. Il ne convient pas. Avait-elle écarté toutes les autres possibilités parce que ce n'était pas Hawker ?

Je pensais qu'il suffirait d'une décision calculée, froide, mais non, se dit-elle. C'est lui, l'homme que je veux. Ce sera ici et maintenant, avec lui. Sinon jamais, peut-être.

Quelle idiote je fais...

Le cottage en pierre, au bout du chemin, était minuscule, plus petit encore que les plus petites fermes qu'elle avait vues dans la campagne alentour. Derrière, il y avait un bois, au-delà duquel on distinguait les méandres de la rivière. De chaque côté s'élevaient des hêtres d'un vert très tendre.

— Il est à Doyle, dit Hawker. Il a acheté le terrain il y a déjà longtemps. De ce côté, on trouve les ruines d'un vieux manoir qui a brûlé il y a une cinquantaine d'années. Ici, c'était le logement du garde-chasse. J'y viens quand je veux. Ils l'entretiennent pour moi.

Tout cela sur un ton qui se voulait détaché, sans tout à fait y parvenir.

Devant la maison, l'herbe était fauchée de chaque côté du chemin, et des fleurs avaient été plantées, jolies taches de couleur dans la grisaille. Hawker se courba pour franchir le seuil – la porte était très basse – et s'arrêta sur le tapis tressé, dans le vestibule, pour secouer la tête à la manière d'un chien. C'était un détail, mais elle vit là le signe qu'il était à l'aise dans cet endroit, se sentait chez lui, en sécurité.

— Tu ne fermes pas ta porte à clé, remarqua-t-elle.

Il s'était retourné, et laissa son regard courir sur elle avant de s'écarter pour qu'elle puisse entrer à son tour.

— C'est l'usage, à la campagne. À quoi bon, de toute façon ? Si c'est pour inciter les voleurs à casser une vitre... Tu sais combien ça coûte, une vitre ?

Il n'y avait qu'une seule pièce aux murs blanchis à la chaux, avec une cheminée à une extrémité. Une table, noircie à force d'usage, avait été poussée sous la fenêtre. Il y avait des livres partout, sur le rebord de la fenêtre, sur le secrétaire, sur le guéridon que flanquaient deux larges fauteuils placés devant l'âtre. Des livres français, pour autant qu'elle puisse voir. La *Géographie moderne* de Clouet sur la table. Le petit volume de Lalumière, *Sur l'égalité,* ouvert négligemment sur les coussins d'un fauteuil. Hawker se « francisait », tout en restant fidèle à la couronne d'Angleterre.

Sur le manteau de la cheminée étaient exposées, encadrées, des aquarelles réalisées par Séverine. Quelqu'un en bleu à côté d'un grand chien brun. Ou d'un petit poney. Derrière, le rectangle marron avec une porte et des fenêtres ressemblait à la demeure de Doyle.

— Quand je ne suis pas là, personne n'occupe la maison. C'est dommage, dit Hawker. Je ne suis presque jamais en Angleterre.

— Tu es en Italie, et tu me compliques la vie. Je vais faire du thé.

Elle posa son ample manteau sur une chaise, près de la table, et alla s'agenouiller devant l'âtre. À quel moment avait-elle pris sa décision ? Comment en était-elle arrivée à cette conclusion ? Elle n'en savait rien, mais se savait déterminée, désormais.

Les braises rougeoyaient encore. Il ne lui fallut que quelques instants pour ranimer le feu.

Hawker tira les persiennes pour leur assurer un peu d'intimité. Il y avait deux fenêtres en façade et deux sur l'arrière de la maison.

— Je n'ai pas grand-chose, à part du thé. La plupart du temps, je mange à l'auberge du village ou chez Doyle.

Ou bien il restait ici, seul, comme en témoignaient le demi-pain sur la table et ce qui ressemblait à du fromage sous un linge à carreaux. Dans un récipient en terre, deux pommes, et dans les cendres, des restes de peau d'orange, racornies comme des feuilles mortes.

Elle l'imagina, confortablement installé dans l'un des profonds fauteuils en chintz, les jambes étendues jusqu'aux chenets, épluchant une orange tout en s'absorbant dans la lecture d'un volume posé sur ses genoux, éclairé par une chandelle sur le guéridon.

La bouilloire était à demi pleine et encore tiède, indiquant qu'il n'était pas sorti très longtemps. Il s'assit sur une chaise en paille pour retirer ses bottes, poussant du bout d'un pied sur le talon de l'autre. Il portait d'épaisses chaussettes tricotées, comme tout bon campagnard, qu'il retira également et laissa choir à côté de ses bottes.

Elle s'installa confortablement sur l'épais tapis. L'arme qu'elle dissimulait sous sa jupe cogna contre sa cuisse. Ramenant les pieds sur le côté, elle fit mine d'enlever ses souliers.

— Si tu as prévu de t'enfuir, tu devrais les garder, remarqua Hawker. Et là, ce serait le bon moment, parce que je ne peux pas te courir après sans mes bottes.

— Si je voulais m'enfuir, je commencerais par te tirer dessus. Tu ne pourrais donc pas me courir après. Tu te viderais de ton sang ici.

— Voilà ce que l'on appelle un argument pour le moins pertinent.

Elle ôta ses souliers et arrangea ses jupes sur ses jambes. Trempée comme elle était, ses vêtements collaient à sa peau, l'empêchant de se réchauffer. Elle tisonna le feu dans l'espoir de se sécher un peu.

Le refuge de Hawker lui plaisait. Ce mélange de désordre superficiel et de propreté austère. Une pile de chemises avait été posée sur le lit. Une malle peinte en rouge était ouverte, révélant d'autres vêtements. Hawker alla y mettre de l'ordre.

Les agents secrets sont des gens organisés. Toujours prêts à plier bagage, il ne leur faut que quelques minutes pour réunir leurs affaires et décamper. L'existence d'un espion est faite d'incertitude.

De retour près du feu, il se pencha vers elle, l'observa longuement, perdu dans ses pensées. Quand elle leva la tête pour le regarder, trois gouttes tombèrent sur son visage.

— Excuse-moi, dit-il en ramenant ses cheveux en arrière. Tu n'es pas obligée, tu sais. Je n'ai pas besoin que l'on fasse du feu pour moi.

— Je sais. Cela n'a rien d'altruiste. J'ai besoin de me réchauffer. J'ai attendu des heures, cachée dans les fourrés.

La vérité, c'est qu'elle avait passé l'essentiel de la journée de la veille et toute la nuit précédente enveloppée dans son manteau, à demi couverte de feuilles mortes, dans l'espoir de voir Séverine.

— Tu veux bien me passer la théière et les tasses ? Je vais les mettre à réchauffer. La vaisselle doit grelotter en permanence, en Angleterre.

— L'engelure de la porcelaine, plaisanta-t-il. Un vrai fléau, par ici.

La théière, posée sur la cheminée, était marron foncé, ventrue, comme presque toutes les théières à la campagne. Les tasses sans anse, quoique légèrement plus raffinées, auraient eu davantage leur place sur la table d'une auberge.

L'espace d'un instant, elle en voulut à Marguerite de ne pas avoir choisi quelque chose de plus élégant pour lui. À cet égard, le manoir de Doyle était comme les grandes maisons françaises : il regorgeait de trésors.

La théière dans une main – un pouce sur le couvercle pour le retenir –, deux tasses qui s'entrechoquaient dans l'autre, Hawker déposa le tout devant elle. Il prit la boîte à thé, l'ouvrit, la remua pour en vérifier le contenu.

Si la théière et les tasses étaient sans valeur, la boîte à thé bleu et blanc, en revanche, était en porcelaine de Chine de la dynastie Ming. Elle se souvenait d'avoir vu son père en ranger une tout à fait semblable dans une vitrine du salon rouge au château, avant la Révolution.

Hawker tapa la cuillère doseuse sur le bord, produisant un son cristallin, mélodieux. Il ne savait pas combien l'objet était précieux, devina-t-elle.

Marguerite était fine mouche. Du passé de Hawker, elle avait pris les chaises paillées, la théière à bon marché, la table au bois noirci. Et elle lui avait offert son avenir avec les fauteuils en chintz et les livres de prix. Puis, l'air de rien, elle avait placé sur la cheminée un objet de porcelaine fine, fabriqué quand Jeanne d'Arc était encore bergère.

Dans ce petit cottage, Hawker avait tout trouvé familier, rassurant, parce que Marguerite l'avait voulu ainsi. Un jour, il serait à son aise chez les riches et les puissants, mais jamais il n'aurait conscience que tout avait commencé ici.

Elle leva la théière pour qu'il puisse y plonger la cuillère de thé. Il avait des mains d'artiste. De sculpteur. Pas délicates avec de longs doigts, non. Des mains puissantes, précises, déterminées.

Une barbe naissante ombrait ses joues. Elle avait rencontré un adolescent, trois ans plus tôt. Elle retrouvait un jeune homme qu'elle ne connaissait pas vraiment.

Comment lui demander ? songea-t-elle. Les seuls mots qui me viennent sont laids. Et je voudrais que ce soit beau…

Elle se concentra sur l'eau chaude qu'elle versait sur les feuilles de thé. Dehors, la pluie redoublait d'intensité, on l'entendait battre les volets.

— Dès que tu auras bu ton thé, il faudra que tu partes, déclara-t-il. C'est de pire en pire, dehors.

Je dois me lancer, se dit-elle. Maintenant, tant que j'en ai le courage.

— J'espérais passer la nuit ici.

20

Elle choisit ses mots avec soin, pour que tout soit absolument clair, et qu'aucune méprise ne soit possible.

— Je souhaiterais passer la nuit avec toi, dans ton lit.

Là. C'était dit. Elle ne pouvait pas revenir en arrière. Mais parce qu'elle était un peu lâche, elle imagina aussitôt des dizaines d'explications justifiant qu'elle n'avait pas vraiment voulu dire ce qu'elle avait dit.

Hawker resta silencieux un long moment. Il n'aurait pas réagi différemment si des guerriers afghans avaient forcé sa porte, armés de cimeterres. L'imperturbabilité n'était pas son trait de caractère le plus attachant.

Les secondes passèrent, elle fit tourner doucement le thé dans la théière. Et il ne disait toujours rien.

Enfin, il prit la lampe à huile sur la cheminée et entreprit de rallonger la mèche avant de l'allumer avec une braise prise dans le feu.

— Diable. Que me dis-tu là ?

— Tu as très bien entendu.

Je m'attendais bêtement qu'il se réjouisse, songeat-elle. Au lieu de quoi, il est méfiant.

— Je te sers du thé ? proposa-t-elle.

— Oui, merci.

— Inutile de me remercier. C'est ton thé, après tout.

En d'autres temps, elle aurait pu lui proposer de façon très explicite un large choix d'actes sexuels. En six langues. Aujourd'hui, elle ne trouvait pas les mots. Même en français. Elle souleva le couvercle de la théière.

— Je vais remettre de l'eau. Il est un peu fort.

Il acquiesça d'un hochement de tête, et elle s'exécuta. Puis elle leur servit deux tasses.

Cette fois, se dit-elle, c'est moi qui prendrai le contrôle. Moi qui aurai le pouvoir. C'est ainsi que je me libérerai.

Le souvenir du passé rôdait, tapi dans le noir à la frange de son esprit. Elle le repoussa.

Hawker prit le sucrier.

— Tu en veux ?

— Oui, merci.

— J'ai une pince à sucre et des petites cuillères quelque part. Maggie remet de l'argenterie sans arrêt dans les tiroirs – une véritable incitation au vol, si tu veux mon avis. Alors je cache ce que je trouve, mais cette satanée bonne femme qu'ils envoient pour faire le ménage met la main dessus et les cache ailleurs, histoire d'avoir le dernier mot.

Elle posa les deux tasses dans leur soucoupe.

— L'éternelle guerre secrète qui oppose domestiques et maîtres. Je joue souvent le rôle de la bonne, alors je compatis. Ne cherche pas la pince à sucre. Deux morceaux pour moi. Tu peux les prendre avec les doigts.

Il plongea l'index et le majeur dans le sucrier, en ressortit un morceau, qu'il laissa tomber dans sa tasse. Répéta le même geste pour elle. Sans jamais quitter son visage des yeux.

— Toi et moi. Au lit.

Elle n'arrivait plus à parler. Elle qui avait murmuré tant d'obscénités, chantonné tant de rengaines, de refrains grivois, déclamé tant de poèmes licencieux… ne parvenait pas à prononcer le plus petit « oui ».

— Tu veux…

Il fit un geste obscène.

Elle hocha la tête.

— Triste est le jour qui ne réserve pas de surprise.

Il s'éloigna, retira sa veste et la suspendit à un crochet au mur. Dessous, son gilet d'un bordeaux lumineux l'éblouit presque. Le fourreau de son poignard était logé entre ses omoplates, manche vers le haut. Un crochet spécial accueillit son harnachement. Puis il remonta la manche droite de sa chemise et détacha un autre fourreau.

Il se désarmait. C'était plutôt encourageant.

Elle but une gorgée de thé en le regardant par-dessus sa tasse et vit, lorsqu'il se retourna, qu'il était en érection. Sa veste avait caché son état jusque-là. Surprise, elle sentit son cœur battre un peu plus fort.

Il prit son temps pour revenir vers elle, le fit avec la nonchalance d'un oiseau de proie qui tourne au-dessus de sa future victime. Devant l'âtre, il se pencha, ne faisant aucun cas de la protubérance dans son pantalon. Il n'avait pas l'intention de s'en excuser. Bref, il faisait comme si de rien n'était.

Et c'était elle qui ne savait plus comment se comporter. Elle avait provoqué cette confrontation, mais cette réaction la laissait confondue.

Je ne devrais pas m'inquiéter, songea-t-elle. J'ai défait les braguettes de bien des hommes, déjà.

Elle s'imagina poser doucement la main sur cette bosse et sentir son membre durcir et grandir encore sous la caresse. Elle savait comment faire perdre la tête à un homme avec ses mains et sa bouche. On avait veillé à ce qu'elle maîtrise parfaitement les subtilités de ce métier.

C'était cela qui la hantait. Pas la faim. Pas les humiliations. Pas l'attente dans les couloirs froids, en costume d'écolière, jusqu'à ce qu'un homme l'appelle dans le salon pour abuser d'elle. Pas même la douleur.

Aujourd'hui encore, elle se réveillait en hurlant, la nuit, trempée de sueur à cause de ce qu'elle avait fait. Les sourires enjôleurs, répétés devant un miroir, les compliments admiratifs, les « trucs » qui donnaient le plaisir recherché. Elle n'avait pas fait semblant d'être une putain. Elle en était devenue une.

Comment me défaire de cela ? C'est impossible...

— Hé, Chouette. Ce n'est que moi.

Hawker avait mis sur sa joue une main réchauffée par la tasse.

Elle le regarda. Ils restèrent ainsi un instant, immobiles. Rien n'était plus masculin que cette paume. Elle faisait d'elle le point central d'un désir puissant. Le désir de Hawker. À la fois physique et spirituel, aussi net que le fil de ses couteaux.

Bientôt, il plongerait en elle et elle l'accueillerait.

Un homme. En elle. Elle attendit le frisson de la nausée au creux de son ventre. Il ne vint pas.

Du pouce, Hawker effleura sa pommette, en sentit la douceur et trouva cela étrange. Une femme comme Justine du Motier pouvait donc être douce ? Dans son regard, il lut qu'elle désirait la caresse d'un homme. Il serait son obligé.

— Pourquoi moi ?

— Un seul homme dans ce monde est capable de poser une question aussi stupide quand une femme s'offre à lui.

Elle s'énervait. Voilà qui était mieux.

— Je ne suis pas n'importe quel homme.

La toucher le distrayait, aussi retira-t-il sa main pour croiser les bras. Toutefois ses doigts, déjà, étaient en manque de cette peau et lui soufflaient de recommencer.

— Pourquoi moi ? Pourquoi ici ? Pourquoi maintenant ?

— Ah. Tu veux des explications, dit-elle en se redressant, l'air boudeur. Disons que j'ai entendu des rumeurs à ton propos, et que je suis curieuse de savoir si elles sont fondées. Est-ce si étrange de vouloir passer un après-midi agréable en compagnie... d'un vieil ami ? Car nous avons été amis, malgré les circonstances qui ne s'y prêtaient guère. Donc, rien ne nous empêche de passer un peu de temps ensemble pour le plaisir.

Mais rien, chez elle, ne montrait qu'elle avait envie de lui.

— Pour le plaisir. Et… tu fais ça souvent ? Coucher avec des hommes, je veux dire.

— Tu sais ce que je suis. Je n'ignore rien des pratiques amoureuses.

Cela ne répondait pas à sa question, si ?

Elle baissa les yeux sur son thé.

— Que je veuille coucher avec toi n'a rien de surprenant. Tu as une sacrée réputation, tu sais. On raconte qu'au lit il n'y a pas meilleur étalon que toi. J'ai passé quelques nuits dans une auberge à Milan, tenue par deux veuves… Elles en racontaient de belles à ton sujet.

Milan. Les veuves joyeuses. Pour s'en souvenir, il s'en souvenait, et pas juste parce qu'elles avaient été chaleureuses, avenantes et, d'une certaine manière, pédagogues au lit. C'étaient aussi de véritables cordons-bleus.

— J'ai proposé de les épouser toutes les deux, mais elles n'ont pas voulu.

— Elles n'en étaient pas moins admiratives de tes prouesses, en tout cas. Tu rougirais si tu les entendais. Il y avait aussi cette petite bonne que tu as renvoyée de ta chambre un soir en lui disant de revenir lorsqu'elle serait plus âgée. Elles n'ont pas oublié cet épisode.

Il s'accroupit à côté d'elle.

— À quoi veux-tu en venir, Chouette ?

— À rien de méchant, je te le promets. Quelques heures de ton savoir-faire au lit. Avec toi, je pourrais peut-être… Écoute, je ne suis pas venue dans cette intention, mais maintenant j'ai l'impression que de toute façon, ça arrivera. Comme si nous étions destinés à le faire. J'y pense depuis plus d'un an.

— Tu penses à coucher avec moi depuis plus d'un an ?

— Pas en permanence. Et j'ai essayé de m'imaginer avec d'autres, mais ça ne… Le moment venu, ça n'a pas été possible, finalement.

Elle tenait sa tasse entre ses mains, et il vit qu'elle tremblait. Par principe, il ne couchait jamais avec une femme trop tourmentée. C'était une règle qu'il avait enfreinte plus souvent qu'à son tour, mais une règle tout de même, judicieuse. S'il avait une once de bon sens en cet instant, il ressortirait sous la pluie et irait passer la nuit chez Doyle.

Néanmoins Chouette tremblait. Une femme comme elle, qui avait peur…

Et Dieu, qu'il avait envie d'elle ! Il avait beau éloigner cette pensée de son esprit, elle revenait sans cesse. Chouette était devenue une femme, elle avait des seins ! Et jolis, apparemment. Il en imaginait presque le goût. Cependant il refusait que l'on se serve de lui. Et les courbes de Chouette n'y changeraient rien.

— J'ai peur d'être lâche, dit-elle soudain.

Cette fois, il n'y comprenait plus rien.

Je ne sais pas combien de démons la hantent, songea-t-il, mais je peux peut-être en éliminer quelques-uns.

— C'est ce que j'entends sans arrêt, se moqua-t-il. « Justine du Motier, cette lâche. » En pleine bataille d'Arcole, tu fais la navette entre les belligérants. Ils t'envoient à Vérone, seule, et tu y vas. Lâche : c'est tout à fait le mot qui convient.

— Ne fais pas l'imbécile. C'est notre métier. Si j'avais peur, je me mettrais au tricot.

Elle soupira. Il sentit son souffle sur son visage et ce fut comme si elle l'effleurait du bout des doigts.

— Je me réveille en pleine nuit en tremblant de tout mon être. Quand je m'imagine avec un homme, j'ai peur, j'ai honte et mal au ventre. Si je le fais avec toi, cela cessera.

— C'est possible, Chouette. Ou pas.

— Tu sais comment t'y prendre. C'est la réputation que tu as. Et tu es discret. Ensuite, nous nous séparerons, et nos chemins ne se croisent pas si souvent.

Elle leva les yeux vers lui, le fixa avec gravité avant de reprendre :

— Nous le ferons une fois. Ce ne devrait pas être très long, je sais comment…

— Tu ne sais rien du tout. Ton histoire, c'est pire que de déflorer les jeunes filles, ce que par ailleurs je ne fais pas.

— Je suis expérimentée. Je n'ignore pas que…

— Tu ignores tout. Si j'avais une once de bon sens, je sortirais d'ici et j'irais dormir sous la pluie. Et, au cas où tu te poserais la question, je ne me sens pas flatté du tout.

Elle s'était figée, comme on se fige dans une ruelle lorsque l'on se sait suivi. Ou peut-être avait-elle peur de s'effondrer ?

— Donc, tu refuses ?

Dans tes rêves.

— Je ne fais que souligner les diverses complexités de la chose. Tu es un agent ennemi, déjà, ce qui est un aspect non négligeable de la situation.

Il s'agenouilla, desserra sa cravate tout en réfléchissant. On lui avait fait tant de mal…

Il ne comprenait pas la façon dont certains hommes traitaient les femmes. Lui-même était sans cesse émerveillé par elles. Les sons qui leur échappaient quand elles connaissaient le plaisir, par exemple. Quand un homme leur donnait du plaisir. Il n'y avait rien de plus extraordinaire.

Peut-être parviendraient-ils ensemble à vaincre ses démons.

— La solution la plus sensée, ce serait de te laisser reprendre ton chemin. Mais tu es si belle…

21

Il l'embrassa sur le front. Ses lèvres étaient fraîches. Elle eut le sentiment que c'était sa façon de l'amadouer, et cela la rassura.

Quand il se redressa, elle vit de la fièvre dans son regard. Il retira sa cravate, la jeta sur un fauteuil.

Trois boutons fermaient le col de sa chemise, il les défit sans attendre. Un. Deux. Trois. Elle apprécia sa rapidité. Autant en finir le plus vite possible.

— Tu vas me rendre fou, tu le sais ? dit-il.

— Ce n'est pas mon intention, je...

— Mais c'est trop tard, non ? Pose cette fichue tasse.

Elle s'exécuta. Il tendit la main vers son visage, souleva doucement son menton.

— Essayons ça, souffla-t-il avant de poser sa bouche sur celle de Justine.

Je n'aime pas les baisers, songea-t-elle. Ce n'est pas le pire, mais...

Elle perdit le fil de ses pensées. Il lui mordilla délicatement les lèvres, alla de l'une à l'autre en prenant son temps, puis passa la langue sur sa lèvre supérieure, s'y attarda, comme pour en mémoriser les contours avant de l'aspirer, et de la mordiller de nouveau. Elle se laissa faire.

Cela chatouillait. Non, cela titillait, et donnait envie de s'éloigner... ou de s'approcher un peu plus encore.

Elle leva les mains. Pas pour l'arrêter, non, pour toucher sa propre bouche. Puis celle de Hawker. Et l'endroit où elles se rencontraient.

Déjà, il s'écartait. Il paraissait un peu nerveux tout de même.

— Bien. Tout semble en état de marche. Étape suivante, on se déshabille. Donne-moi une minute.

Certains hommes aimaient la déshabiller. D'autres préféraient la regarder faire. Lentement, elle glissa son châle, révélant une épaule, et effleura la courbe de son sein. Exciter, ça, elle savait faire…

— Arrête, dit-il sèchement. Déshabille-toi, c'est tout. Et cesse de penser.

— C'est quoi, cette mauvaise humeur ? Ce n'est pas parce que tu l'ordonnes que je cesserai de penser, figure-toi.

— Alors pense à moi.

Il déboutonna sa manchette, secoua le bras, la mine sombre.

— Je risque d'être renvoyé du Service en couchant avec toi. Alors tu as intérêt à être ici corps et âme quand je passerai à l'action.

Corps et âme. Il voulait atteindre son âme. Non, non, non ! Ce n'est pas du tout ce qu'elle avait prévu.

Son visage disparut, le temps qu'il retire sa chemise. Il la roula en boule avant de la jeter derrière lui, l'air toujours contrarié. Puis il se leva. Ses mouvements étaient fluides. Sans un mot, il lui tendit les mains et l'aida à se lever.

Il retira son pantalon, son caleçon. Il était nu, le sexe dressé, mais ne semblait pas s'en préoccuper. Elle avait souvent complimenté les hommes à cet égard. Mais alors que cette fois elle aurait pu être sincère, elle ne dit rien et regarda résolument ailleurs.

Son corps tout entier était hâlé. L'Italie, sans doute. Elle avait vu les jeunes gens nager nus comme des vers dans les ports, entre les bateaux ou sous un pont, et avait envié leur liberté.

Il était si mince. Les Britanniques ne le laissaient pas souffler, il travaillait sans relâche. Quand il n'était pas assigné à quelque mission plus sérieuse, il servait de messager. On aurait pu compter ses côtes ; les muscles de son torse, de ses épaules et de ses bras roulaient sous sa peau lisse. Il était l'incarnation d'une rudesse, d'une simplicité violente, comme une force de la nature.

Elle pourrait le toucher. Elle s'en sentait capable.

Lentement, elle leva la main et regarda ses propres doigts suivre la ligne de sa clavicule, sentit la chaleur de sa peau et la dureté de ses os. Sa mâchoire était dure elle aussi, le sang battait dans ses veines, elle le voyait pulser à la base de son cou.

Son membre. Elle allait caresser son membre. Elle imagina cette caresse et ne ressentit pas de dégoût.

Mais elle se sentait vide. Elle avait attendu la peur, celle-ci n'était pas venue, et elle ne savait quoi éprouver à la place.

Il l'attira un peu plus près de lui, posa la bouche sur ses cheveux et inspira profondément.

— Tu sens le feu de bois. Tu sens... le confort domestique.

— Je t'ai fait du thé. Je suis une femme d'intérieur, plaisanta-t-elle.

Il se mit à lui parler du cottage, où il avait passé tout un mois l'hiver précédent pour se remettre d'une mauvaise chute. L'année d'avant, il avait appris à monter à cheval chez Doyle. Ce dernier en avait profité pour lui apprendre à se déplacer dans les bois sans se faire remarquer.

Sa voix faisait à Justine l'effet d'un souffle chaud sur le froid qui l'habitait. Il la connaissait, savait ce qu'elle avait fait, mais ne la condamnait pas. Lui-même avait commis des actes horribles.

Il posa les lèvres sur ses paupières. Il l'accompagnait. Par la chaleur et la solidité de son corps. Par ses baisers délibérément lents, au coin de ses lèvres. Il insinua la langue dans sa bouche. Quand un homme faisait cela, elle devait...

Il prit son visage entre ses mains.

— Reste avec moi, Chouette. Avec moi. Oublie ces maudits fantômes.

Glissant les doigts dans ses cheveux, il la maintint tandis que sa bouche prenait la sienne. Sans douceur ni délicatesse, cette fois, mais avec la détermination et la soif du gamin des rues devenu séducteur et sûr de lui. La violence naturelle qu'il avait en lui se révélait dans ce baiser.

— Quel goût j'ai ? Dis-moi, exigea-t-il.

— Espèce d'idiot.

— Ah ça, idiot, on peut le dire. Je suis en train de faire la chose la plus idiote qui soit. Dis-moi quel goût j'ai.

— Tu as le goût... des ténèbres, dit-elle avant de revenir vers sa bouche pour y passer la langue. Et aussi... du thé. Et de l'orange.

— Toi, tu as le goût de tes fantômes.

Sans cesser de l'embrasser, il la déshabilla.

— Arrête de négocier avec eux, reprit-il. Laisse-les vivre leur vie. Il n'y a que moi, là. Et je veux que tous les autres sortent de ta tête.

Elle ne comprit qu'il avait déboutonné sa chemise que lorsqu'elle la sentit tomber sur ses bras, dénudant ses épaules. Il délaça son corset, qui tomba à ses pieds. Quand il embrassa son épaule nue, elle frémit. Il suivit la courbe de son cou, descendit vers la naissance de son sein, s'attarda au creux de sa clavicule. Partout, il déclenchait des rafales de frissons délicieux.

Elle s'était imaginé qu'il prendrait son temps pour la séduire. Avait eu en tête un chemin long et laborieux, pavé de cauchemars. Au lieu de quoi, elle se sentait prise dans un tourbillon. Les étapes s'enchaînaient, et voilà qu'elle se retrouvait debout, un sein à demi dénudé. Perplexe.

— Bien, dit Hawker en saisissant un pan de sa chemise. Maintenant, je vais te débarrasser de ça.

Elle tremblait. La peur et le dégoût n'y étaient pour rien. Elle se sentait comme un cheval juste avant une course.

— Tu n'es pas à la hauteur de ta réputation d'amant hors pair. Tu vas trop vite.

Avait-elle réellement dit cela ? On ne disait pas des choses pareilles à un homme.

— À quoi bon te laisser le temps de réfléchir ? Est-ce que tu te donnes du plaisir ? Avec tes doigts ?

— Que veux-tu dire ?

Mais elle savait très bien ce qu'il lui demandait.

— Seule dans ton lit, le soir, est-ce que tu te donnes du plaisir ? Est-ce que tu te caresses, là ?

Il effleura délicatement sa chemise par-dessus son bas-ventre.

Il était sans tabou. Jamais elle ne l'aurait cru capable de la faire rougir.

— Alors parfait. On ne pourrait pas faire cela si une caresse entre les jambes ne te procurait pas du plaisir.

On ne parlait pas de ces choses-là !

— Tu manques de subtilité.

— La subtilité ? Je m'y attellerai un de ces jours. Il me reste tant de choses à apprendre.

Il lui retira sa chemise, la fit descendre le long de son corps. Son regard était sombre, profond, mystérieux. Il la toucha à peine, procédant vite, avec des gestes précis.

Elle était nue. Il était nu aussi, le sexe dressé. Je ne suis pas prête, s'inquiéta-t-elle. J'ai besoin de réfléchir. Il faut que…

Hawker la prit dans ses bras et la souleva. Elle referma les bras autour de ses épaules. Il n'y eut plus que leurs peaux, l'une contre l'autre, et le monde bascula autour d'elle, tout devint confus. Cet homme était le plus réel de toutes les réalités. Vivant, massif, fort, sûr de lui. Il était la puissance incarnée.

La peur la traversa soudain. Le souvenir de…

Il ne la porta pas vers le lit. D'un coup de pied, il ouvrit la porte du cottage et sortit sous la pluie, dans le vent.

Sur son visage, sa poitrine, son ventre, elle sentit les gouttes glacées. Mais le corps de Hawker la protégeait, pour l'essentiel. En quelques pas, ils furent à l'abri du hêtre qui s'élevait devant la maison.

— Je t'interdis de changer d'avis, c'est compris ?

Il la reposa et la fit reculer, le dos contre le tronc. L'écorce était rugueuse contre sa peau. Ses pieds glissèrent sur la mousse. Elle n'avait chaud qu'aux endroits où leurs corps se touchaient. Celui de Hawker était brûlant et tendu, contre son ventre et ses cuisses.

— Ferme les yeux, ordonna-t-il.

Elle obtempéra.

— Écoute. Qu'entends-tu ?

Sa voix fendait le crépitement de la pluie. Elle écouta, et entendit des milliers de tapotements qui se fondaient en un seul son étouffé, que le vent emportait. La pluie martelait le dos nu de Hawker, et quelques gouttes, tombant des frondaisons, explosaient sur ses épaules.

— Qu'entends-tu ? répéta-t-il.

— J'entends un fou qui m'a fait sortir pour mourir de froid.

— Tu entends la pluie. Elle forme un mur autour de nous. Personne ne peut approcher. Nous sommes seuls.

Sa bouche couvrit celle de Justine, exigeante, affamée.

— Que sens-tu ? Dis-moi.

Il a marché sur de la menthe en me portant jusqu'ici, songea-t-elle. Je sens cela. Et la pluie. Froide, elle est propre, elle lave tout.

— J'ai froid, et tu es complètement fou.

— Mais tu es ici avec moi, n'est-ce pas ? Tu es tout entière avec moi, malgré le froid. Embrasse-moi. C'est ton tour.

Sous l'effet d'une bourrasque, la pluie franchit le mur qu'était Hawker. De minuscules flèches glacées lui piquèrent le visage, des gouttes roulèrent sur son front, ses joues, ses lèvres.

— N'y pense pas, dit-il. Fais-le, c'est tout.

Quand elle l'embrassa, elle sentit le goût de la pluie, l'aspira sur sa langue. Elle la but. Sentit un tourbillon d'énergie grandir en elle, qui trouvait sa source à la jonction de leurs bouches.

— Mmm... oui, c'est bon, murmura-t-il contre ses lèvres.

Elle se sentait perdre tout contrôle.

— Quel goût j'ai ? demanda-t-il.

Ses mains s'étaient refermées sur ses seins, les pétrissaient délicatement. Il en caressa les pointes. Elle se sentit palpiter des pieds à la tête.

— Celui de la pluie.

Elle referma les bras autour de lui, l'attira plus près encore.

— Goûte-moi, murmura-t-il. Sois ici, avec moi.

Elle goûta le savon sur ses joues. Le savon pur. Sans parfum. Pas comme les autres. Hawker était fait d'odeurs simples : thé, pluie, savon, fumée.

Et sous toutes ces odeurs mêlées, elle le sentait, lui. Jamais elle n'avait imaginé l'odeur de sa peau. Cette odeur l'attirait, l'enveloppait pour mieux la retenir contre lui. Se hissant sur la pointe des pieds, elle posa les lèvres sur ses cheveux, les goûta aussi, les mordit, but la pluie qui les trempait.

Il avait laissé courir ses lèvres jusqu'à son oreille, et la mordilla, la lécha.

— Tu aimes ? Et ça ?

Il trouva ensuite ses seins. Plus sensibles que jamais sous la morsure du froid. Il les réchauffa à longs coups de langue. Un murmure appréciateur monta de la gorge de Hawker. Il lui sembla y entendre résonner les mots « tellement bon ». Sous le titillement de ses dents, elle sentit monter du creux de son ventre une énergie incandescente.

Elle se débattit. Pas pour s'éloigner, pour se rapprocher de lui, au contraire. Il plaqua les mains sur ses flancs, la maintint en place. Puis les muscles de ses bras se tendirent, il la souleva et la laissa redescendre lentement contre lui.

Ils étaient trempés, transis. Néanmoins, il n'était plus question de froid dès lors qu'ils se touchaient. Son sexe était source de chaleur, dur et puissant contre son ventre.

Un homme. Elle se sentit chahutée comme une feuille dans un vent violent. C'était un homme, et il allait...

— Arrête tout de suite.

Un doigt sous son menton, il la contraignit à lever la tête.

— Regarde-moi. Qui suis-je, Chouette ? Qui est ici avec toi, en cet instant ?

— Hawker.

Son nom, comme un porte-bonheur. Hawker lui faisait cet effet-là. La pluie la nettoyait du passé. De toutes les autres mains, de tous les autres hommes, de toutes les souillures de son âme. Les nuages sombres s'évaporaient, la pluie les emportait. Plus de fantômes.

Hawker, c'était la réalité, et rien d'autre. Elle agrippa ses épaules et se hissa contre lui. Puis elle écarta les jambes et les noua autour de sa taille.

Le frottement glacé, dans son dos. D'autres baisers, sur ses seins. Elle poussait de petits cris, à présent. Il glissa une main entre ses cuisses, remonta lentement. Expert, il trouva les plis de son sexe et la caressa. Elle cria plus fort.

— Ce n'est que ma main, qui te donne du plaisir. C'est tout. Toi et moi. Rien que pour le plaisir.

Ses doigts, qui la sondaient. Rien que du plaisir. Un plaisir secret, intime, comme la nuit. Et qui l'embrasait. Elle bascula le bassin, alla au-devant de la caresse.

— J'ai envie d'être en toi, dit-il. Je ne vais pas pouvoir me retenir encore longtemps. Tu es prête ?

Tout ce qu'il voudrait. Peu importait, du moment qu'il continuait à la caresser ainsi. Elle hocha la tête.

Il la saisit par la taille, la souleva. Au bout de la longue caresse de leurs peaux, il était en elle.

Ils m'ont fait mal quand...

Il lui mordilla le lobe de l'oreille, et elle ne pensa plus à rien. Des morsures plus franches, sur ses lèvres, effacèrent les mauvais souvenirs avant qu'ils ne l'assaillent. Hawker était un ouragan dans un corps d'homme. Il était partout sur elle, en elle, son baiser se faisant plus intense. Elle gémit. Elle perdait pied.

D'un coup de reins, il la pénétra plus intimement encore. La douleur explosa en une multitude de sensations, ravivées par le choc lorsqu'elle le sentit qui se retirait. Mais il entra de nouveau en elle, plus lentement. La combla.

Il n'avait pas cessé de lui parler. Elle n'essayait plus de comprendre ce qu'il disait, se bornait à écouter sa voix. Déterminée. Implacable. Sa main s'était de nouveau glissée entre eux, la caressait. Douceur, rythme. Il était attentif à ses réactions, suivait ses mouvements.

Bientôt, il augmenta la cadence, plongea en elle en la retenant, l'empêchant de s'échapper, lui imposant son rythme. Toutefois elle ne voulait pas s'échapper. Elle n'était plus que vibration, abandon.

Elle planta ses ongles dans le dos de Hawker, ouvrit la bouche et le mordit dans le cou. Basculant le bassin, elle allait chercher ce qu'il avait à lui donner.

Il était tout ce dont elle avait besoin. Sûr de lui, de ce qu'il devait faire. Dans son esprit, les dernières réserves cédèrent. Elle lui faisait confiance.

L'orgasme l'emporta avec la violence d'un coup de poing. Elle sentit son sexe se contracter sur son membre, encore et encore, et chaque fois c'était une nouvelle vague de plaisir. Elle s'entendit crier comme si elle avait mal.

Il prenait son plaisir, maintenant, allait et venait de plus en plus vite, sans retenue, concentré sur la satisfaction à venir. Perdu en elle.

Il a tant fait pour moi, songea-t-elle.

Glissant la main dans ses cheveux, elle l'attira fermement contre elle, prit sa bouche, joua sans relâche avec ses lèvres. Se servit de tout ce qu'elle savait pour le satisfaire. Heureuse d'en savoir autant.

Il était toujours en elle, et elle continuait à l'enserrer, savait quels muscles contracter pour le faire jouir. Elle s'était tellement entraînée...

Cela, elle pouvait le lui offrir. Elle savait comment faire.

Cette fois, pourtant, il ne s'agissait pas d'un service rendu en pensant à autre chose. Tout était différent de ce qu'elle avait connu. Elle ne trouvait pas les mots. Comment aurait-elle pu imaginer cette explosion de plaisir, au plus profond de son être ? À l'endroit même où elle le retenait en cet instant. Elle le sentait bouger en elle, aller, venir, et l'extase l'étreignait, lui coupait le souffle. C'était vertigineux.

L'expert attentionné n'était plus. Aller et venir, plonger en elle l'avait rendu fou. Le plaisir le transportait, le dévorait. Un cri rauque sortit de sa gorge. Un soubresaut l'agita tout entier, il se raidit.

Sur un dernier coup de reins, il se retira. Elle le sentit frémir dans ses bras et se répandre sur sa cuisse.

Ils restèrent ainsi jusqu'à ce que le calme revienne. Il frémissait encore un peu, haletait dans ses cheveux. Elle frissonnait, éreintée, la tête contre son torse.

De longues minutes s'écoulèrent.

— C'était... C'était tellement bon, souffla-t-il d'une voix éraillée.

Elle ne voulait pas ouvrir les yeux. Elle pleurait, sans savoir pourquoi.

— Je ne vais rien dire... tu es suffisamment content de toi comme ça... mais c'était bon. Je ne savais pas qu'on pouvait avoir autant de plaisir.

— Moi non plus, assura-t-il. C'est la meilleure, hein ?

Il était encore à bout de souffle.

— Viens, rentrons avant que tu n'attrapes froid.

— Oui, c'est sage.

— Qu'on voie comment on s'en sort dans un lit, maintenant.

Il la souleva dans ses bras. La pluie n'avait pas cessé. Elle avait froid, mais se sentait animée d'un émerveillement nouveau.

Il la sécha devant la cheminée, puis se sécha à son tour.

Ils firent l'amour dans son lit et, cette fois encore, ce fut merveilleux. Il savait faire avec sa langue des choses incroyables.

22

Meeks Street, Londres, 1818

Elle était dans les bras de Hawker. Elle en avait eu conscience avant même de savoir où elle se trouvait. Être avec lui était rare, et important.

Aujourd'hui encore, malgré les années passées, elle rêvait de lui. Parfois, à l'instant du réveil, les yeux encore clos, elle l'imaginait à son côté, sentait son bras sous sa tête, son corps nu contre le sien. Puis elle ouvrait les yeux et les rêves s'évaporaient. Ce n'était pas son bras, c'était l'oreiller. Ce n'était pas son corps, c'était l'édredon. Elle était seule mais, l'espace d'un instant, elle avait senti son odeur dans le lit.

Cette fois, ce n'était pas un rêve.

Elle resta un moment les yeux fermés, sentit la douleur, éprouva de la colère.

Elle était dans un lit, sous une couverture très douce. Le silence régnait, et Hawker la tenait dans ses bras. Lentement, elle remonta à la surface de la conscience. Hawker était là, donc elle était en sécurité.

— Je sais quand tu es réveillée, dit-il.

— Tu as toujours su deviner.

— J'ai le sens de l'observation.

Il se détacha d'elle, ramena l'édredon à l'endroit qu'il venait de quitter. Puis il se pencha sur elle.

— Je ne t'ai jamais vraiment fait confiance, tu sais. Même quand on a été très... proches. Toutefois, j'ai toujours pensé que ça valait le coup de prendre le risque. *Tu* vaux le coup.

J'ai été poignardée parce que je venais te prévenir...

— Tu ne me fais pas confiance. C'est judicieux, admit-elle.

— Pour des ennemis, on ne s'en est pas trop mal sortis.

Mais le sourire de Hawker n'atteignait pas ses yeux. Il changea de position.

— Pour l'instant, tu es inoffensive. Tu as passé un bon moment entre la vie et la mort.

— Combien de temps ?

— Trois jours. Un peu plus, même.

Si longtemps ?

— Je ne me souviens de rien.

— Ce n'est pas plus mal.

Quelqu'un lui avait enfilé une chemise de nuit. Son bras gauche la faisait souffrir de l'épaule jusqu'au bout des doigts, et sa blessure la démangeait. Elle voulut lever les mains, les trouva lourdes, si lourdes. Ses articulations lui faisaient l'effet d'engrenages grippés, remis en marche après un trop long arrêt.

Des bleus encerclaient ses poignets et remontaient jusqu'à ses coudes. Quelqu'un l'avait tenue, avait serré fort ses avant-bras.

Les événements reprenaient forme dans son esprit, à la manière d'ombres dans un épais brouillard. Elle était à Braddy Square, essayait d'atteindre Hawker, de le prévenir. Elle avait été poignardée. Avait titubé jusqu'à Meeks Street.

— Contre qui me suis-je battue ?

— J'ai dû te tenir pendant qu'on te recousait. Va savoir pourquoi, tu t'es beaucoup débattue. Et ensuite, avec la fièvre, tu gesticulais. Je t'ai fait mal. Je n'ai pas pu faire autrement.

Elle entendait dans sa voix combien cela lui avait coûté.

Oh, Hawker, nous nous sommes fait tellement de mal...

Il n'était pas rasé, ce qui lui donnait un côté mauvais garçon. Sa chemise était ouverte jusqu'à mi-torse. Elle avait senti, dans son sommeil, la chaleur de sa peau, cette douceur réconfortante, familière.

Il versa quelque chose dans un gobelet.

— Tout le monde a insisté pour que tu boives ça. Je vais t'aider.

Il la tint contre lui, porta le gobelet à ses lèvres.

Ce n'était pas de l'eau, mais du citron. Exactement ce qui convenait à sa soif.

Ils se regardèrent pendant qu'elle buvait. Il semblait épuisé. Son visage était creusé par la fatigue et par l'angoisse. Il l'avait regardée s'approcher dangereusement de la mort.

— C'est bien, dit-il en l'aidant à caler sa tête sur l'oreiller. Tu as failli m'échapper, tu sais. À un moment, tu as cessé de lutter. J'ai cru que c'était terminé.

— Mais ça ne l'était pas. Pas cette fois.

Elle resta un instant sans rien dire. Quand elle ne bougeait pas, la douleur était supportable.

— Allonge-toi près de moi, s'il te plaît. Pour me réconforter. J'ai mal et j'ai froid.

— Avec plaisir.

Elle faillit rire.

— Les papiers… les coupures de journaux, tu les as ? C'est important.

— Je les ai.

Il souleva l'édredon et se glissa dessous, à côté d'elle, comme il l'avait fait si souvent.

Elle soupira. Le sommeil l'appelait.

— Je te dirai tout… quand je me réveillerai.

Une dernière chose. Elle avait encore une chose à dire.

— Ne préviens pas Séverine. Ce n'est pas nécessaire.

Inutile qu'elle se fasse du souci.

— Dors, Chouette.

— Tu sais quoi ? Tu es le seul être au monde… qui m'appelle encore… Chouette.

L'obscurité lui tendait les bras, immense, accueillante. Elle y plongea.

23

Hawker prit son rasoir et se regarda dans le miroir. Il avait dans les yeux la dureté et le calme d'un assassin.

— Elle est en vie, pour encore quelque temps, dit-il à son reflet.

En vie. Épuisée. Endormie. Felicity était à son chevet.

Il fit mousser le savon entre ses mains et le passa sur ses joues.

— Disons qu'il y a deux groupes. Le premier plante des poignards dans les Français. Le second essaie de supprimer Justine. Les deux m'en veulent et se servent de couteaux qui m'appartiennent. Mmm… non, pas plausible.

Hawker testa la lame du rasoir sur son avant-bras. Bien effilée. Il aimait que ses lames soient parfaites. Après s'être rincé les mains dans la cuvette, il tira la peau de sa joue avec le pouce et se rasa le côté droit.

Essuyage de la lame sur une serviette. Rinçage dans la cuvette.

— Non, pas deux groupes. Un seul. Qui s'en prend aux Français et cherche à me faire porter le chapeau. Et qui s'en prend à Justine pour me faire peur.

Côté droit terminé. Nouvel essuyage de la lame.

— Ces gens-là me connaissent bien.

Le côté gauche, maintenant.

— Sauf qu'il serait plus facile de m'abattre en pleine rue un soir de printemps. Qui est prêt à se compliquer la vie comme ça ? Qui me déteste à ce point ?

Un nom lui vint à l'esprit.

Il fit le dessous du menton à petits coups précis. C'était toujours l'endroit le plus délicat.

Il enleva le restant de mousse, puis lava son rasoir et l'essuya avec le coin d'une serviette.

— Essayons autre chose. Disons que Justine fait la collection de mes poignards. Elle tue deux Français dans l'idée de me faire passer pour le meurtrier. Mais avant qu'elle n'envoie un autre pauvre type en enfer, un de ses acolytes décide de l'arrêter.

Rasoir replié, posé à côté de la cuvette, il prit une nouvelle serviette et se tamponna le visage.

— Cela nous fait donc un seul groupe, avec des dissensions internes. Et Justine qui tire les ficelles.

Il jeta la seconde serviette sur la première.

Autrefois, il y avait longtemps, il avait cru qu'entre Chouette et lui existait quelque chose de spécial. Une vraie amitié les unissait. Leurs camps respectifs étaient devenus ennemis, mais cela n'y avait rien changé. Même à demi mort, la balle de Chouette dans l'épaule, il avait continué à penser la même chose.

Le miroir lui renvoya son regard, particulièrement maussade ce matin.

— Chouette n'arrêtera pas, tu sais. Elle ne renonce jamais. Si elle est derrière tout ça, je me réveillerai un matin avec la gorge tranchée. Parce que, malgré tout, je suis dingue de cette femme.

Le miroir ne fit aucun commentaire.

Hawker attacha ses poignards à son bras, puis dans son dos, et regretta de ne pas partir sur le terrain, où il aurait pu s'en servir. Il avait besoin d'un adversaire plus coriace que lord Cummings, le chef du Renseignement militaire.

Quand il entra, Hawker vit que Cummings avait pris place derrière *son* bureau et occupait *son* fauteuil.

Il n'avait jamais su si Cummings jouait délibérément les idiots ou si c'était naturel chez lui. Il avait tout de l'aristocrate. Droit comme un I, cheveux gris, nez fin, moue dédaigneuse. Avec son air supérieur, il feignait d'être absorbé dans la lecture du journal qu'il avait pris sur son bureau. Il était venu avec son chien de chasse, le colonel Reams.

Felicity attendait juste à côté de la porte, surveillant les deux hommes d'un regard implacable.

— C'est pas trop tôt, grommela-t-elle lorsqu'il passa devant elle.

— Tu t'es sentie obligée de les installer ici ? s'enquit-il en bougeant à peine les lèvres.

— Tu m'as dit d'être polie.

— Pas à ce point.

Elle avait laissé le Renseignement militaire prendre possession de son bureau pour voir ce qu'ils voulaient réellement. Et pour l'agacer. D'un regard, il lui fit comprendre qu'ils en parleraient plus tard, puis lui fit signe de se retirer.

À l'époque, dans sa prime jeunesse, quand Adrian Hawkhurst était encore Hawker le monte-en-l'air, qui volait pour vivre et s'associait avec des individus peu recommandables, il était tombé dans bien des embuscades au fond de sombres allées. Il éprouvait ce soir la même sensation. De quoi vous rendre nostalgique.

Cummings avait posé ses fesses dans le fauteuil en chêne du chef des services secrets. Un fauteuil poli par les ans et par le derrière des vingt-neuf éminents personnages qui l'avaient précédé à la tête du service de renseignements britannique. Un fauteuil fabriqué sous le règne d'Élisabeth pour Walsingham, fondateur du Service.

Un fauteuil qui est aujourd'hui le mien, se dit Hawker.

Cummings ne faisait jamais rien par hasard. Il cherchait à le mettre en colère. La question était : pourquoi ?

Reams se tenait sur le côté, homme épais à tête de bouledogue. Les mains nouées dans le dos, il considérait d'un œil moqueur la carte accrochée au mur. Il était en uniforme, même si ce n'était pas vraiment un militaire. Une fiction de plus. Le colonel n'avait jamais mis un pied sur le champ de bataille.

Il semblait particulièrement content de lui, ce matin. Peut-être avait-il le sentiment d'avoir fait quelque chose d'intelligent. Sans doute se trompait-il.

Sur la carte étaient piquées une centaine d'épingles de couleur portant des numéros. Il y en avait de Dublin à Dubrovnik, jusqu'en Inde. Ses agents. Des agents autrichiens, russes ou français. Les zones de conflit. Le Renseignement militaire ne risquait pas d'y comprendre grand-chose.

— La forme un peu cabossée, sur la droite, c'est l'Autriche, dit-il. L'hexagone bleu, c'est la France.

Il poussa légèrement le colonel de l'épaule en passant. Celui-ci faillit perdre l'équilibre.

— Non mais, faites attention, espèce de…

Un regard de Cummings, et Reams ravala le reste de sa phrase.

Cummings replia le journal en prenant son temps, puis il le jeta sur le bureau, renversant une pile de lettres encore cachetées sur un tas de dossiers, distribuant sa seconde insulte ciblée de la matinée. Le tout sans qu'ils aient échangé un mot.

— Ah. Vous voilà.

— Ravi de vous voir, Cummings. Comme d'habitude.

— Vous ne répondez pas à mes messages.

Il devait y avoir des notes du Renseignement militaire dans la pile, sur son bureau. Tout le monde avait la sagesse de les ignorer.

— Je suis très négligent, et j'ai beaucoup de travail…

— Je n'ai pas le temps d'attendre votre bon vouloir, dit Cummings en pianotant impatiemment sur l'accoudoir du fauteuil, dont les extrémités sculptées représentaient des têtes de loups montrant les crocs.

Les loups des services secrets, pas du Renseignement militaire. Il savait exactement ce qu'ils ressentaient, ceux-là. Lui-même aurait volontiers montré les dents.

— C'est toujours tellement gênant de dépendre du bon vouloir de quelqu'un. Et dire que vous avez traversé la ville pour ça.

Hawker s'approcha et se jucha sur le bord du bureau, tout près de Cummings, le talon de sa botte sur une poignée de tiroir. Et il montra les dents.

Cummings se tassa sur le fauteuil, l'air offusqué.

— Je voulais dire que…

— Et si vous me disiez ce que je peux faire pour le Renseignement militaire, aujourd'hui ?

Dans le monde de Cummings, les hommes qui avaient de l'autorité étaient assis derrière un bureau et donnaient des ordres. Les subalternes écoutaient, debout. Être assis signifiait que l'on avait le pouvoir.

Dans les bas-fonds de Londres, par contre, les chefs de bande donnaient des coups de pied dans le ventre pour bien faire passer leur message. Être assis signifiait juste que l'on se trouvait plus près du pied.

Et dans ce bureau, c'étaient les règles de Whitechapel qui prévalaient.

Cummings avait posé sa canne contre le mur. Il la récupéra et la planta entre eux, le pommeau d'ivoire au creux de sa paume.

— Je pense…

— Oui ?

Depuis deux jours, au chevet de Chouette luttant contre la mort, seuls le café et la colère avaient permis à Hawker de tenir. Lorsqu'il baissa les yeux sur Cummings, il fit en sorte que cela se voie dans son regard.

Cummings toussota.

— Il me semble… que vous devriez parler à cette fille qui travaille pour vous, Hawkhurst. J'ai attendu dix bonnes minutes avant qu'elle daigne m'ouvrir la porte. Et quelle impertinence ! Elle a refusé de quitter la pièce quand je le lui ai ordonné.

Hawker haussa les épaules.

— Nous avons tous des problèmes.

— Je suppose que vous la gardez parce qu'elle est plutôt bien de sa personne. Vous avez la réputation d'aimer les femmes, Hawkhurst.

— Vraiment ?

La canne remuait nerveusement sous la main de Cummings. Il y avait une dague à l'intérieur. N'importe qui s'en serait rendu compte à la manière dont il la tenait.

Un petit plaisir d'homme riche. Une dague courte, parfaite pour un coup en traître, au débotté.

Cummings la tripotait comme s'il s'agissait d'une partie de son anatomie qu'il affectionnait.

— Je vous envie, parfois, vous autres des services secrets. De jolis petits lots qui vous attendent au quartier général, le café sur la Via Tranquillo à Rome, un petit tour à l'opéra de Vienne. Depuis que la guerre est terminée, c'est un peu la belle vie pour vous. Rien à faire, à part écrire des rapports et les envoyer au Premier ministre.

— On trouve de quoi s'occuper dans la mesure de nos moyens.

Le service de renseignements avait toujours du travail. Le Renseignement militaire, en revanche, était à la peine. Cummings en était réduit à épier des Anglais, à intercepter le courrier de politiciens progressistes, espérant tomber sur quelque chose de juteux – une trahison, par exemple.

Les journaux de tous bords s'accordaient à dire que le Renseignement militaire était devenu la police secrète de l'Angleterre et que le moment était venu de le dissoudre.

Son Altesse Cummings aimait à s'imaginer comme l'araignée au centre de la toile des intrigues internationales, mais les agents sur le terrain en Europe aujourd'hui étaient du service de renseignements. Cummings les épiait, prêt à faire feu de tout bois pour avoir quelque chose à raconter au Premier ministre. D'une certaine manière, c'était gratifiant pour le Service.

— Vous ne m'avez pas dit ce qui vous amenait à Meeks Street.

Hawker s'installa un peu plus confortablement sur le bureau et laissa son pied botté se balancer juste à côté du pantalon couleur chamois de Cummings. Ce dernier ne pourrait plus se lever sans se contorsionner, perdant ainsi toute dignité.

— Même si c'est de toute façon un plaisir de...

Doyle entra, sans un bruit et sans être annoncé. Quand il l'avait décidé, Doyle était plus silencieux qu'un chat.

— Cummings, lâcha-t-il sèchement, presque impoli. Monsieur, ajouta-t-il avec déférence à l'intention de Hawker.

Ça, c'était pour convaincre Cummings qu'Adrian était bien le chef ici. Un chef à qui le fils d'un comte s'adressait avec respect.

— Installez-vous, lui dit Hawker. Cummings est sur le point de révéler ce qui nous vaut l'honneur de sa visite. Je suis... comment dirais-je...

— Intrigué ?

— C'est ça. Je savais que vous trouveriez le mot exact. Je suis intrigué.

Le siège qui se trouvait en face du bureau était celui de Doyle. Depuis que ce dernier était chargé de transmettre ses informations aux chefs de section – ils étaient cinq, maintenant –, ce siège avait pris un peu de sa personnalité, d'une certaine façon.

Doyle prit place, jouant le rôle de lord Markham à la perfection, éclaboussant Cummings de son éducation à Oxford et à Cambridge, l'écrasant avec son domaine de l'Oxfordshire – le tout sans un mot. Il avait mis le costume du parfait gentleman. Rien d'extravagant, parce qu'un homme comme Doyle n'avait pas besoin d'extravagance pour en imposer. Les petits gestes subtils, les expressions fugaces suffisaient. Pour conclure, il considéra Reams avec un dédain tout aristocratique.

Doyle avait les références les plus solides qui soient dans ce domaine. Celles d'Adrian Hawkhurst étaient plus... imaginaires.

Le bruit courait qu'il était le fils du tsar Paul Ier et d'une aristocrate anglaise. Une rumeur circulait également concernant son appartenance à la lignée des Habsbourg – il aurait été exilé car auteur d'un acte trop scandaleux, même pour l'aristocratie autrichienne.

Un petit frottement. C'était la canne, sur le tapis.

— J'en viens donc au fait, dit Cummings. Vous avez ramené une femme ici. Blessée. Savez-vous qu'il s'agit d'une espionne notoire ? C'est une émigrée française, nous avons un œil sur elle depuis des années. Elle est commerçante sur Exeter Street.

Justine aurait souri de s'entendre qualifiée de commerçante. Napoléon n'avait-il pas dit que les Anglais étaient une nation de marchands ? Hawker regarda Doyle.

— Espionne notoire ? Ça me dit quelque chose. On en a une de ce style, là-haut dans un lit, non ?

— Bon sang, arrêtez un peu, grogna Reams. Il y a du sang sur votre porte.

— C'est très biblique comme image, dites donc.

— Elle a été attaquée sur la place, fit Doyle. L'agression a été signalée à la police.

— Des voleurs à la tire. Il y en a partout. J'ignorais que ce genre de crime, dans la capitale, relevait de votre juridiction, dit Hawker à Cummings.

Ce dernier semblait plus nerveux qu'il ne l'aurait dû. Pourquoi ?

— Elle est vivante ? Elle va s'en tirer ?

— Oui.

— A-t-elle vu son agresseur ? Peut-elle l'identifier ?

— Non.

Inutile d'en dire trop.

— Bon. Très bien.

Cummings rapprocha sa canne, y posa les deux mains et voulut se lever. Mais il manquait de place, comme prévu.

— Les rapports exagèrent toujours, commenta-t-il. On nous l'avait décrite aux portes de la mort. Or il semblerait que les portes de la mort soient celles de Meeks Street, plutôt. C'est drôle, non ?

— Hilarant.

Il se dégagea enfin, manqua se prendre les pieds dans le tapis, et entreprit d'aller et venir, agitant sa canne, cherchant par quoi conclure. Enfin, il lâcha :

— Je... Il faut que vous sachiez une chose.

— Je vous écoute.

Peut-être Hawker allait-il enfin savoir ce que Cummings faisait dans son bureau ?

— C'est d'ordre privé, en fait. Lord Markham devrait se retirer, je m'en voudrais de parler de cela devant lui.

— Doyle peut tout entendre.

Cummings haussa les épaules.

— Vous risquez de le regretter.

Il traversa une nouvelle fois le bureau, puis se lança :

— Deux hommes ont été assassinés à Londres, récemment. Deux Français. Antoine Moreau, libraire. Pierre Richelet, patron de pub à Soho. Poignardés tous les deux. Ils passaient pour des émigrés royalistes, en fait, c'étaient des agents secrets français.

Cummings était content de lui. Donc il savait autre chose, et faisait durer le plaisir.

— Police secrète, précisa Reams. Tous les deux.

Doyle changea de position, le bois de son siège craqua.

— Depuis combien de temps êtes-vous au courant ?

— Cela a-t-il une importance ? demanda Reams.

— S'ils ont été tués parce que le Renseignement militaire a ébruité ce qu'il savait, cela en a, oui.

— Il n'y a pas de fuites dans nos services, s'énerva Reams.

— Reams a reçu une lettre, dit Cummings. Anonyme. Hier, sans doute. Personne n'était au courant avant, sinon, les deux auraient été arrêtés et interrogés par nos agents.

Reams était tout rouge.

— Ils s'appelaient en réalité Gravois et Patelin, reprit Cummings. Sous Robespierre, ils étaient officiers responsables de la police secrète. Je suis sûr que vous les trouverez quelque part dans vos archives.

Hawker n'avait pas besoin de chercher dans les archives. Il se souvenait de ces deux-là. Les Tuteurs de l'Atelier.

— Comprends pas pourquoi y a des Français partout, marmonna Reams, appuyé contre le mur. Ils ont un pays, bon sang !

— Nous avons rapporté cette affaire à Bow Street, dit Cummings. Racontez-leur, ajouta-t-il à l'intention de Reams.

— Quand on a reçu la let... Hem. Quand on a établi un lien entre ces deux meurtres, je suis allé à Bow Street. On peut dire que je leur ai servi l'affaire sur un plateau, hé, hé. Ils avaient remarqué des similitudes entre les deux meurtres, mais ce qui leur manque, à Bow Street, ce sont tous les renseignements « annexes ».

Hawker faillit ricaner. Mais il laissa Reams terminer :

— Ils ont tous les deux été poignardés. C'étaient tous les deux des émigrés français. Dans les deux cas, le poignard est resté fiché dans la victime.

Presque poétique, le colonel.

— J'ai demandé à voir les différents indices, dit Cummings en glissant sa canne sous son bras. Les armes sont des poignards à lame noire, d'une forme très particulière. Un agent britannique utilisait ces poignards en France, pendant la guerre.

— Le Faucon noir, fit Reams, triomphant. Il y avait vos initiales dessus, Hawkhurst. J'ai dit à la police que c'étaient les vôtres.

24

La boutique de Justine avait tout d'un commerce prospère. Sur la vitrine impeccable était tracé : *Voyages,* en lettres vertes bordées d'or. Il y avait une clochette accrochée à la porte.

De l'autre côté de la rue, Hawker entendit le léger tintement. Un homme d'Église plutôt athlétique sortit, ouvrit son parapluie et s'éloigna, un long paquet volumineux sous le bras.

Il était peu après midi, mais dans la boutique, les lampes étaient déjà allumées pour lutter contre la morosité de cette journée. Pax et lui se tenaient sous le porche d'un antiquaire, à l'abri de la pluie. Il ne se passait pas grand-chose.

Dans la boutique de Justine, deux clients se tenaient maintenant devant le comptoir, examinant sous toutes les coutures un petit objet en métal, se le passant et se le repassant. Le vendeur, un Noir grand et mince avec une canne en ébène, les conseillait. Il se faisait désormais appeler M. Thompson, mais avait porté une bonne demi-douzaine de noms différents quand il travaillait pour les Français.

— Je dois avouer que jamais je n'aurais imaginé Justine du Motier devenant commerçante sur Exeter Street, commenta Pax.

— Ça a été une surprise pour nous tous.

— Les clients se bousculent. C'est une boutique qui marche bien. Doyle l'a surveillée, les premiers mois, pour voir si c'était une couverture ou bel et bien un commerce.

— Je sais.

Trois ans plus tôt, après la chute de Napoléon, Justine du Motier avait disparu. Il l'avait cherchée partout, très inquiet. Paris était occupé par les armées de la coalition. Des revanchards s'en prenaient aux fidèles de l'empereur pour régler leurs comptes. Le nouveau gouvernement avait fait le ménage dans les rangs de la police secrète, distribuant généreusement les balles dans la tête.

Plusieurs mois s'étaient écoulés avant que le service de renseignements britannique ne retrouve sa trace en Angleterre. Plusieurs avaient encore passé avant que Hawker ne parvienne à y retourner lui-même.

Il s'en souvenait comme si c'était hier. Débarqué à Douvres, il avait chevauché un jour et une nuit pour gagner Londres, avait déposé ses affaires à Meeks Street et marché jusqu'ici. Jusqu'à elle.

C'était la fin de l'après-midi, il y avait du brouillard. La boutique était éclairée, comme aujourd'hui. Il avait attendu presque au même endroit et l'avait observée, derrière le comptoir de son magasin. Elle avait déroulé une grande carte et indiquait à son client un fleuve ou un itinéraire, qu'elle suivait du bout du doigt.

Il était resté dans l'ombre à la regarder. N'était pas entré dans la boutique. La guerre était terminée, mais cela ne changeait rien. Les derniers mots qu'elle lui avait adressés avaient creusé entre eux un fossé qu'il n'avait pas osé franchir.

— À ton avis, c'est quoi ? demanda Pax à propos de l'objet qui semblait fasciner les clients, à l'intérieur.

— Un sextant, peut-être.

— Le Service ne lui achète rien, dit Pax. Mais les gars du Renseignement militaire, si. Les officiers de marine aussi, et le club des Ethnologues. Nous, on se fournit chez Barnes.

— C'est faire preuve d'un certain tact.

— On se plaît à le penser.

La boutique Voyages vendait tout l'équipement nécessaire pour explorer les quatre coins de la Terre. Depuis la fin de la guerre, les Anglais quittaient leurs terres brumeuses et mettaient le cap sur l'Égypte, l'Amérique du Sud, l'Inde et tous les ports d'Orient. Voyages était leur première étape. Là, on savait ce qu'il vous fallait, on le faisait venir pour vous ou on le fabriquait. Quand vous partiez en expédition équipé par Justine, vous ne finissiez jamais en sous-vêtements de laine sous la mousson et vos armes ne s'enrayaient pas au moment d'en découdre avec des bandits afghans. L'homme d'Église avec le parapluie ne manquerait ni de savon ni d'ipéca quand il prêcherait la bonne parole aux Maoris.

Chez Voyages, les malles à pique-nique se vendaient aussi comme des petits pains, avec leurs tasses bien calées dans les encoches prévues à cet effet, et le petit brasero pour la théière, idéal pour déjeuner dans un recoin de Hampstead Heath avec votre vieille tante.

— Elle gagne bien sa vie, dit Pax. La moitié de l'Angleterre crapahute dans des contrées lointaines.

— Pour se faire mordre par des serpents ou embrocher par des autochtones mécontents.

— À l'anglaise, quoi. Cependant ces deux-là n'ont pas l'air d'être sur le départ, qu'est-ce que tu en penses ?

Le vendeur venait de placer un autre instrument étrange sur le comptoir. Un théodolite. Les clients l'examinaient.

— Je pense que tu as raison.

— Professionnellement parlant, si je devais tuer Justine, je l'abattrais dans sa boutique, fit Pax.

— Professionnellement parlant, ce serait un bon choix.

Hawker avait dit cela d'un ton calme, mais la rage bouillonnait en lui.

— Ils ont attendu qu'elle tente de me contacter. Ils devaient savoir qu'elle finirait par le faire.

— Alors, ils savent qui elle est.

— Celui qui l'a poignardée la surveillait, il attendait le bon moment. Sans doute depuis...

Hawker leva la tête, se retourna.

— ... une de ces fenêtres.

— Je fais venir les gars. On va interroger les gens. Toute la rue.

— Dans le pub, là-bas, il y a une table d'où l'on voit très bien la boutique.

Ces deux dernières années, il y avait passé pas mal de temps en compagnie d'un verre de gin, à guetter Justine. Il n'y avait rien de plus pitoyable au monde qu'un homme ayant peur d'affronter une femme. Sauf si la femme en question était Justine du Motier.

— Demande dans les boutiques s'ils ont vu quelqu'un regarder dans cette direction. Mais, à mon avis, c'était depuis une fenêtre, là-haut.

Pax balaya les façades du regard, évaluant les possibilités. Pendant la guerre, ils avaient évité bien des embuscades en repérant les endroits d'où pouvaient venir les tirs. Parfois, ils avaient été eux-mêmes les tireurs.

Tuer n'était pas si difficile. Un coup de poignard dans une ruelle. Un doigt sur une détente. Si peu de chose séparait la vie de la mort.

Justine s'était révélée difficile à éliminer.

— Ah, on dirait qu'ils ont terminé, dit Pax.

Dans la boutique, les deux clients avaient finalement décidé que le premier objet ferait l'affaire. Le vendeur le rangea précautionneusement dans sa boîte, disparut dans l'arrière-boutique, pour revenir avec du papier marron. Les trois hommes bavardèrent encore quelques minutes, le temps d'emballer la boîte, puis ils se serrèrent la main. Les clients quittèrent la boutique et s'éloignèrent dans Exeter Street en discutant.

— Bien, à nous de jouer.

Ils traversèrent la rue. Pax surveillait leur droite, Hawker leur gauche. Il ne se sentait pas épié, mais après tout, il s'était trompé sur ce point à plusieurs reprises par le passé.

Devant la porte de la boutique, il retira son chapeau et le secoua. Puis il le remit, pour avoir les mains libres.

La cloche tinta lorsqu'ils entrèrent. L'homme noir, M. Thompson, leva les yeux du livre qu'il était en train de consulter, ouvert sur le comptoir. Son regard glissa sur Pax. Puis il vit Hawker et le reconnut.

25

Thompson faisait plus d'un mètre quatre-vingts. Sa peau était d'un noir intense et ses traits avaient la finesse des peuples d'Afrique orientale. Il s'habillait avec l'austérité d'un quaker, tout en noir à l'exception de sa chemise et de sa cravate, d'un blanc immaculé. Il resta impassible, mais son regard manifesta une attention accrue. Sans se retourner, il appela :

— Monsieur Chetri !

Dans l'arrière-boutique, quelqu'un bougea. Une chaise racla le plancher, on entendit des pas. L'autre vendeur apparut, l'air poli. Puis il vit Adrian et plissa les yeux.

Comme Thompson, Chetri avait travaillé pour les Français en Europe centrale et autour du Bassin méditerranéen. Originaire d'Inde du Nord, il avait les cheveux gris, les traits délicats, un corps musclé et très souple.

Pendant un instant, les deux hommes dévisagèrent Adrian Hawkhurst.

— Il est arrivé quelque chose à Mlle Justine. Dites-nous.

Thompson parlait l'anglais couramment, avec le débit cadencé de sa langue maternelle africaine et une pointe d'accent français.

Pax tira le verrou de la porte et retourna le panneau *Fermé*. Puis il entreprit de baisser les rideaux.

Chetri gagna le comptoir, nerveux.

— Vous avez des nouvelles de Mlle Justine ? insista-t-il.

— Elle n'a laissé aucun message, dit Thompson. J'ai ouvert le magasin moi-même, hier et aujourd'hui. Cela ne lui ressemble pas.

— Elle a été blessée, mais elle est vivante.

Hawker étudia les visages des deux hommes. Choc. Inquiétude. C'était naturel, comme réaction. Cela sonnait vrai. Ils poussèrent un soupir de soulagement. Ils s'attendaient qu'on leur annonce la mort de Justine.

— Elle est gravement blessée ? questionna Thompson en s'avançant. Où l'a-t-on emmenée ?

— Elle est en sécurité.

— Elle n'a pas demandé qu'on nous prévienne. Donc, elle est dans un état grave.

— Elle est en sécurité, et hors de danger. Pour le moment, elle dort, mais elle a repris conscience plusieurs fois, et nous a un peu parlé. Le meilleur chirurgien de Londres s'occupe d'elle.

— Elle est à Meeks Street ? demanda Chetri. Elle y est forcément, sinon, nous aurions eu de ses nouvelles. Je vais fermer la boutique et vous accompagner. Je dois la voir.

Personne n'approcherait Justine.

— Dans quelques jours, peut-être.

— Je ne suis pas simplement l'employé de mademoiselle. Nous sommes amis. Ce sera un honneur pour ma femme et ma fille de s'occuper d'elle. Elles ont certaines connaissances médicales et…

— Ils ne te laisseront pas la voir, l'interrompit Thompson. Regarde-le. Ils ne nous laisseront pas l'approcher. Même Nalina.

— Mais elle connaît des centaines de remèdes d'herboriste. Ces Britanniques vont tuer mademoiselle, avec leur ignorance. Je dois la voir.

— Ils t'en empêcheront. Pourquoi auraient-ils confiance en toi ? En moi ? En Nalina ?

Chetri secoua la tête.

— Nous lui sommes entièrement dévoués.

— Il pense qu'on ne peut faire confiance à personne. Tu ne comprends pas ?

Comme Chetri ne répondait pas, Thompson reprit :

— Si elle ne peut pas se défendre, il le fera à sa place. Posez vos questions, monsieur, dit-il à Hawker.

Pax faisait le tour de la boutique, touchant des objets du bout du doigt.

— Quand l'avez-vous vue pour la dernière fois ? demanda-t-il en levant les yeux.

Chetri sortit de derrière le comptoir pour aller se placer à l'extrémité de la longue table, et posa la main sur le dossier d'une des chaises.

— Mardi. Elle a pris son petit déjeuner ici. Un petit pain et un café, comme d'habitude, pendant qu'on se préparait à ouvrir.

— Le garçon de la boulangerie apporte le journal et le pain tous les matins, précisa Thompson. Et c'est moi qui fais le café, comme on le fait dans mon pays.

— Il n'était pas encore sept heures. Voilà ce qui s'est passé : mademoiselle a jeté le journal sur la table, s'est levée et a quitté la boutique en courant comme si le diable la poursuivait. Mais quel diable, ça, allez savoir ! On ne demande pas à Mlle Justine où elle va et pourquoi. Elle est rentrée trois heures plus tard, toujours en courant. Il pleuvait, et elle était trempée. Il y avait un client dans la boutique, un jeune dingue d'Oxford qui partait collectionner les coléoptères dans l'Hindu Kuch. On était sûrs qu'il se ferait abattre dès son arrivée là-bas, et nous, on préfère les clients qui reviennent, vous comprenez. Toutefois mademoiselle ne lui a rien dit. Elle est montée et...

— Elle est d'abord allée chercher les journaux de la semaine précédente dans l'arrière-boutique, l'interrompit Thompson.

— Pourquoi ? demanda Pax.

— Elle n'a rien dit. Et nous n'avons pas posé de question. Cela dit ce n'est pas tout.

Sur le mur de droite était accrochée une collection d'armes diverses, toutes très dangereuses. Lances, sabres, poignards, il y en avait une bonne cinquantaine en tout. Quelle sanguinaire, cette Justine.

Pax prit un poignard et l'examina. Joli, quoique peu pratique.

— Continuez.

— Vingt minutes plus tard, elle est redescendue, et elle avait l'air inquiet.

— Pas inquiet, corrigea Thompson. En colère. Très en colère.

— C'est vrai. Elle a nettoyé et chargé son pistolet. Le petit Gribeauval qu'elle a toujours sur elle. Puis elle a mis son poignard dans le fourreau qu'elle a dans son manteau, et ne nous a rien dit de plus, sinon qu'il faudrait qu'on ferme la boutique.

— J'ai honte, avoua Thompson. Elle a chargé son arme, pris son poignard et elle est partie sous la pluie. Je n'ai même pas proposé de l'escorter. Je savais qu'elle allait au-devant du danger, et je ne suis pas allé avec elle.

— Elle aurait refusé, dit Chetri. Tu n'aurais fait que l'énerver.

— Peut-être. Mais j'aurais pu le lui proposer, au moins.

Si Justine se savait menacée, jamais elle n'aurait entraîné quelqu'un avec elle.

— Vous saviez où elle allait ? demanda Hawker.

Thompson se tut.

— Il faut qu'on leur montre, dit Chetri.

Thompson réfléchit un instant, puis acquiesça.

— Tu as raison.

Et il fila dans l'arrière-boutique, pour en revenir avec une boîte en bois qu'il posa sur la table.

— Voilà. Avant toute chose, je tiens à vous dire que nous ne parlerions pas de tout cela à n'importe qui.

— Non. En réalité, nous suivons les ordres de Mlle Justine.

— Il y a trois ans, elle nous a dit que si quelque chose lui arrivait, nous devrions aller toquer au numéro 7 de Meeks Street et demander l'enfant de salaud aux cheveux noirs et à la peau cuivrée qui habite là.

— Avec toutes nos excuses, nous ne faisons que répéter ce qu'elle a dit.

— Et elle a ajouté : on l'appelle le Faucon noir, mais il se déplace comme un chat.

Thompson plaça la main sur la boîte. C'était de l'if, ni sculpté, ni marqueté, moins épais qu'un coffret à pistolets, mais de la même forme.

— Je devais vous donner ceci. Elle a dit que je devais vous faire confiance.

Le visage grave, Thompson fit pivoter le petit crochet qui fermait le couvercle

— Ce jour-là, elle a ouvert la boîte. C'est ensuite qu'elle est partie sous la pluie.

La boîte était vide. Le capitonnage de velours gris montrait trois empreintes identiques, parallèles, à l'endroit où trois poignards avaient été rangés. Hawker n'avait pas besoin de sortir son propre poignard pour savoir qu'il se logerait parfaitement dans l'une d'elles.

Au moins une énigme était-elle résolue. Un peu partout dans Londres, des poignards étaient plantés dans des Français. Ils venaient d'ici.

D'une façon ou d'une autre, Justine avait mis la main sur trois de ses couteaux.

26

Seize ans plus tôt. La Pomme d'Or, Paris, 1802

Suspendu dans la nuit, Hawker se balançait contre la façade, juste en dessous de la fenêtre. Il entendait Chouette, dans sa chambre, qui s'affairait avant de se coucher. Lorsqu'il fut certain qu'il n'y avait personne avec elle, il se hissa sur le rebord et gratta doucement au volet.

Elle vint lui ouvrir, en peignoir couleur pêche pardessus sa chemise de nuit.

Ils étaient amants depuis cinq ans, et il ne se lassait pas de la voir. Ses longues boucles cuivrées tombaient en cascade sur ses épaules. Elle était pieds nus et semblait contrariée.

Il se hissa à l'intérieur.

— Chaque fois, j'espère te trouver enfin dans un joli appartement. Mais non. C'est toujours le même grenier minuscule.

— C'est un grenier très sûr. Il n'y a pas d'endroit mieux protégé à Paris qu'une maison close de luxe.

— Pourtant, j'y entre sans difficulté.

— Parce que toi, tu es l'exception à bien des règles. Tu finiras par te briser le cou, à force de vouloir faire le malin. Et tu seras pleuré par toutes les femmes d'Europe. Un homme un peu plus sensé se contenterait de...

— ... passer par la grande porte, je sais. Sauf que ce ne serait plus drôle du tout.

De toute façon, même s'il avait voulu annoncer au monde entier qu'il se trouvait à Paris, entrer dans cette maison n'aurait pas été chose facile, habillé comme il l'était. Dans l'écurie où il avait laissé son cheval, on avait aussi tiqué sur sa tenue.

— Je suis toujours le bienvenu ?

— Je n'aurais pas ouvert le volet sinon. Ou alors, je l'aurais ouvert et je t'aurais poussé pour que tu t'écrases sur les pavés de la cour. Dans les deux cas, tu aurais saisi l'allusion.

Il sentit son parfum. Lavande.

— Tu peux me confier ce manteau, si tu veux, dit-elle. Il est couvert de boue séchée. Tu t'es battu ?

— Je suis tombé de cheval.

— Comme j'ai beaucoup de tact, je ne ferai aucune remarque sur ta maladresse.

Elle tira sur le poignet de sa manche gauche et l'aida à le retirer.

— Tu t'es fait mal, on dirait. Pourquoi es-tu tombé ? Et où ?

— Je suis tombé... quelque part.

Il avait réellement oublié où. Depuis dix jours, il était sans cesse en route, mangeait à cheval, dormait roulé dans une couverture, à l'abri des fourrés.

— Je crois que c'était hier. Dans une descente.

— Tu n'as vraiment aucune affinité avec les chevaux. C'est étrange, pour un Anglais.

Deux étages plus bas, quelqu'un pianotait un air. Les meilleurs pianistes de France jouaient à la Pomme d'Or. Cela allait de pair avec la meilleure cuisine, les plus belles toiles sur les murs. Et les plus jolies femmes. L'ensemble faisait la réputation de l'établissement.

Justine n'était pas une de ces femmes. La police secrète française n'avait pas fait d'elle une putain. Elle était juste Chouette, qui suivait son petit bonhomme de chemin. Pour autant qu'il le sache, le seul homme qui couchait avec elle, c'était lui.

Il ne lui avait jamais dit qu'il ne couchait avec aucune autre femme. Depuis cinq ans, il n'y avait qu'elle. Personne d'autre malgré, parfois, les longs mois qui s'écoulaient avant leurs retrouvailles. Mais, même sous la torture, il ne l'aurait pas admis.

Elle fit glisser sa veste de ses épaules et le long de ses bras, puis déboutonna son gilet. Il regarda, captivé, les tourbillons pêche de son peignoir et le mouvement de ses cheveux. Tout, chez elle, avait la fluidité de l'eau.

Il l'aurait laissée malmener ses côtes douloureuses rien que pour sentir ses mains sur lui. Elle ne lui fit aucun mal en le déshabillant. Avec dextérité, rapidité, elle tira sa chemise de son pantalon, puis la passa pardessus sa tête.

La chemise rejoignit la veste et le gilet sur le sol. Justine laissa courir délicatement ses doigts sur son torse, puis un peu plus bas.

— On dirait que tu t'es mis en travers du chemin d'une armée. Tu es couvert de bleus. Ce n'est pas beau du tout.

— Toi, en revanche, tu es lumineuse comme l'aube. Exquise comme…

— Assieds-toi sur le lit. Et ne dis plus rien. Je n'ai pas envie de te voir t'effondrer face contre terre et me compliquer la vie encore un peu plus. Tu es épuisé.

La douleur le transperça lorsqu'il s'affala sur le lit. Draps en lin et couverture légère. Tout était ordonné, simple, bien disposé.

Il poussa un soupir.

— C'était un long périple.

— Donc, tu tombes de cheval parce que tu es à bout de forces. Tu m'énerves. Si tu as décidé d'en finir, demande-moi : je me chargerai de t'éliminer. Cela me vaudrait une pluie d'éloges dans certains milieux. Tu t'es cassé quelque chose ? Il y a un chirurgien en bas dans le salon, ce soir. Il n'a pas encore trop bu, je peux le faire monter.

— Le corps humain possède deux cent six os, et les miens sont tous en un seul morceau. C'est incroyable, non ?

Qui lui avait appris cela ? se dit-il. Doyle, peut-être. Ou Pax. Question connaissances sans intérêt, ils étaient très forts, ces deux-là.

Ses petits seins, parfaits, délicieux, remuaient au rythme de sa respiration à quelques centimètres de sa bouche. Il eut envie d'y poser les lèvres, d'en faire le point de départ d'une longue suite de baisers, partout sur son corps. Il eut envie de nicher la tête sur ces seins et de s'endormir.

— J'ai l'impression d'avoir été roué de coups.

— Tomber de cheval, franchement, c'est stupide. Je suppose qu'il est inutile de te demander de changer ?

— Pour toi, ma douce...

— Oh, arrête ! Tes bottes sont l'illustration même des raisons pour lesquelles une femme ne devrait jamais recevoir un homme dans sa chambre. Je vais te les retirer, pour t'éviter de souffrir. Je suis une merveille de sensibilité quand tu es près de moi. Je m'étonne, parfois.

Il avait dû fermer les yeux. Quand il les rouvrit, elle était à ses pieds et tirait sur une de ses bottes. La voir ainsi à genoux entre ses cuisses, les cheveux répandus sur la soie de ses épaules... Il n'avait pas de mots. Dans aucune langue.

Et ce qui devait arriver... Il pouvait à peine bouger, pourtant il se mit à bander comme un âne. Il était presque trop fatigué pour parler, mais avait encore l'énergie nécessaire pour se mettre au garde-à-vous devant Chouette, en bon petit soldat toujours prêt au service. Ce qu'il y avait entre eux était aussi naturel que le souffle. Toujours. Chaque fois.

Il ne la toucha pas, se borna à la regarder. Il aimait cela, regarder. Et sentir la faim monter, brûlante, agréable.

— Tu n'es pas complètement épuisé, finalement, dit simplement Chouette en retirant la seconde botte. Envisagerais-tu de faire usage de cette belle longueur de galanterie ?

Il éclata de rire. Elle seule le faisait rire de la sorte.

Lorsqu'elle se leva, ses cheveux et son peignoir caressèrent ses cuisses. Flammes orangées infiniment désirables.

— Tu souffres de différents maux ce soir, on dirait. Je vais te chercher du cognac.

Elle en avait une bouteille sur l'étagère, à côté de ses livres. C'était gâcher la marchandise, avec lui qui n'avait jamais osé avouer sa préférence pour le gin. S'il aurait reconnu sans difficulté avoir abattu un officier autrichien, qui le méritait, il refusait de lui dire qu'il aimait le gin. Elle aurait eu une mauvaise opinion de lui.

— Ce cognac-là est fait avec la lie du vin, tout près de l'endroit où je suis née. Il est très fort.

Elle ponctua son propos d'un petit sourire bref et alla chercher un verre.

Les femmes se déplacent avec plus de légèreté que les hommes, moins mécaniquement. Et sans bruit. À chaque pas, un pied étroit et sûr sortait de la fente du peignoir. Ses orteils étaient d'un rose tendre. Dès qu'il serait en état, il les embrasserait, se promit-il. Il les prendrait entre ses lèvres et les sucerait, l'un après l'autre. Elle frémirait, il en était sûr. Et il adorait quand elle frémissait.

— Je vous baise les mains et les pieds, *gnädiges Fräulein*.

— C'est très joli. Ton accent allemand s'améliore. Tiens, dit-elle en lui tendant le verre. Tu constateras que c'est le verre en cristal taillé que tu m'as offert à Vienne. Il me plaisait tant que je l'ai rapporté à Paris. Maintenant, dis-moi pourquoi tu as infligé pareille torture à ta personne et à plusieurs chevaux en venant jusqu'ici. Ce n'est pas simplement pour me voir.

— Oh, comme d'habitude… La civilisation se meurt. La guerre est imminente. Le ciel nous tombe sur la tête et il faut le raccrocher là-haut.

Il s'était d'abord rendu au bureau du Service, dans les nouveaux locaux de la rive gauche. Il avait posé une copie de la lettre sur les genoux de Pax, deux heures plus tôt. Carruthers rappelait déjà ses agents pour les mettre au travail.

La mission de Hawker était d'informer les Français. À Londres, on savait qu'il avait un contact privilégié au sein de la police secrète. Personne ne savait qu'il s'agissait de Chouette. Personne n'était au courant de leur liaison.

— Et sinon, quoi de neuf ? demanda Chouette.

— Rien de bien, dit-il avant de boire une gorgée. J'ai quand même une bonne nouvelle. Passe-moi mon manteau, veux-tu ?

Le paquet était emballé dans son mouchoir et glissé dans une poche intérieure, à côté de son couteau. Il avait essayé de le protéger lors de sa chute, mais il avait l'air un peu aplati. Il coupa la ficelle et le lui tendit.

Chouette laissa tomber l'emballage de papier marron à ses pieds. Elle tira sur l'extrémité du fin ruban bleu noué autour de la boîte, le laissa tomber lui aussi. Elle retira le couvercle et resta immobile, tenant la petite boîte peinte du bout des doigts. Le trajet depuis Londres valait la peine rien que pour voir, l'espace d'un instant, son visage complètement détendu.

Sa mission annexe, non officielle. Ce n'était pas la première fois qu'il jouait les coursiers.

— On appelle ça des rochers. Sévie t'embrasse, et t'a écrit une lettre. Je lui dirai que tu as beaucoup aimé.

— Tu peux, parce que ce sera sûrement vrai.

Elle passa un doigt sur les petits gâteaux, retira la lettre, pliée sur le côté.

— Bois ton cognac. Tu trembles ?

Elle remit le couvercle en place et posa la boîte sur la table, par-dessus la lettre qu'elle lirait plus tard, pour savourer ce moment le plus longtemps possible. Il la connaissait tellement bien.

— C'est la fatigue, dit-il. La dernière fois que tu m'as servi un cognac, c'était aux portes de Zurich.

— Quand tu es venu me mettre en garde, par bonté d'âme. Tu étais épuisé, cette fois-là aussi.

— Et en fuite.

— Nous l'étions tous les deux. C'est incroyable, cette façon que nous avons d'agacer les mêmes gens en même temps.

— Les Autrichiens sont très soupe au lait.

— C'est vrai. Maintenant, dis-moi pourquoi tu es ici. Quelle grave affaire t'a fait traverser la Manche ?

— Dans mon manteau. Je vais te montrer.

Chouette ne lui tendit pas son manteau. Elle en fouilla les poches elle-même. Si elle n'avait pas été française, de sang bleu et espionne, elle aurait fait des étincelles dans une bande de pickpockets londoniens.

Il s'assit sur le lit et sirota son cognac. Il s'était mordu en tombant de cheval, et l'alcool brûla sa lèvre. Les tremblements ne cessèrent pas, et la brume dans son esprit ne se dissipa pas.

— Un passeport, murmura Chouette. Au nom de Pierre Thibault, citoyen sans histoire habitant Rouen. C'est toi. Un mouchoir. Un de tes couteaux.

— Je sais ce que contiennent mes poches. Rien d'intéressant.

Il n'avait rien apporté dans cette maison qu'il doive lui cacher.

— Tu sais que tu es presque stupide, quand tu manques de sommeil ?

Elle retourna le manteau.

— Tiens, un autre couteau – je n'ai jamais rencontré homme plus fasciné que toi par les couteaux. Un bout de chandelle et un briquet à amadou. Prêt à parer à toutes les éventualités, hein ? Un jeu de cartes. Un jeu de crochets de serrurier. Et un livre... une ennuyeuse étude des sites miniers en France, publiée à Lyon. Il ne s'agit tout de même pas d'un nouveau système de codage ?

— Ce n'est qu'un livre sur l'industrie minière. Ce que tu cherches est juste devant.

— Ah, voilà !

Elle s'approcha de lui tout en ouvrant la lettre qu'elle venait de trouver.

— Elle est en anglais.

— Elle a été écrite par un Anglais. Il y en a beaucoup, à l'ambassade de Grande-Bretagne.

— Évite la facilité, ce sera mieux.

Elle lut rapidement la missive, puis revint sur la seconde page.

— Il a acheté un cheval et se plaint de sa maîtresse. Et il termine en parlant d'un... Il surprend une conversation à propos d'un complot et il ne se pose pas de question ? Cet Anglais, là. Ce John...

— Millian. L'honorable John Millian, attaché à l'ambassade britannique à Paris.

— Il aurait surpris cette conversation lors d'un dîner quelque part...

— Au Palais-Royal.

— Il ne précise pas dans quel restaurant ou quel café des environs du Palais-Royal, donc cela ne nous sert à rien. Il ne dit pas qui parlait, donc cela ne nous sert à rien. Il ne note qu'une partie de ce qu'il a entendu, et en plus il fait des fautes d'orthographe. Pourquoi tu m'as apporté ça ?

— Parce que, trois jours après avoir écrit cette lettre et l'avoir envoyée à Londres, Millian est tombé d'une fenêtre et son cerveau a explosé sur un trottoir de la rue de l'Aiguillerie.

— Ah. Quel manque de chance.

— Surtout pour John Millian. Il a emporté une mèche de cheveux avec lui en tombant, serrée dans son poing.

— Donc, il n'était pas seul quand il est tombé.

— On peut le penser, en effet. La lettre est arrivée à Londres, et son ami du ministère des Affaires étrangères l'a jugée si intéressante qu'il a attendu un mois avant d'en parler au Service.

— Qui t'a envoyé en toute hâte pour que tu t'en occupes. C'est toujours quand il est presque trop tard qu'on pense à nous.

Trois chandelles éclairaient la pièce. Elle alla vers la plus proche, passa la lettre au-dessus de la flamme.

— Il n'y a pas d'écriture cachée. Et, d'après toi, pas de cryptage ?

— Aucun.

— Je ne vois pas non plus de mots de code français. Il nous reste la dizaine de mots qu'a entendus M. Millian.

Elle lut à voix haute, concentrée :

— « La Dame est prête. » Cela ne nous dit pas grand-chose.

— Si c'est bien ce qu'il a entendu.

— On doit partir du principe qu'il a bien entendu. Sinon, on n'a rien du tout. Ensuite, un des interlocuteurs dit : « À Tours, l'Anglais arrange tout. » C'est bien pratique. Puis : « Le fou va aller à Paris. » Ce qui ne veut rien dire.

— À part qu'on ne va pas tarder à avoir un nouvel hurluberlu dans une ville qui n'en manque déjà pas.

— Et il termine avec : « Patiente, Bonaparte va mourrir en oute. C'est certin. »

— En août.

— Ton M. Millian est vraiment nul en orthographe.

— C'est là son moindre défaut. Il ne parlait pas non plus très bien le français, donc on n'est même pas sûr de ce qu'il a entendu.

— « La Dame est prête. » Une femme est impliquée. Ça, c'est une information sûre. Tours en est une autre, de même que l'Anglais qui va tout arranger. Et le plus important, c'est que Bonaparte sera attaqué en août.

— Voilà. Maintenant, tu en sais autant que nous.

— On est déjà en août. Et tu sais ce qui arrivera si Bonaparte est attaqué par un Anglais.

— La guerre recommencera.

Le traité conclu de haute lutte entre l'Angleterre et la France avait un an. Il ne tiendrait pas éternellement, mais chaque jour passé sans que des soldats se tirent dessus était un jour de gagné pour les populations civiles.

— La guerre, murmura-t-elle. Dans moins d'une semaine.

Les armées en ordre de marche. Des milliers de morts.

— *Casus belli*. Doyle appelait ça comme ça.

Doyle et sa manie de cacher les choses derrière une langue morte.

Voilà pourquoi Hawker avait reçu l'ordre de faire parvenir cette lettre à la police secrète française. Après dix ans d'affrontements, des hommes des deux bords, pleins de bon sens, ne voulaient plus entendre parler de guerre.

— Je vais la recopier, dit Chouette en pliant la lettre. Plusieurs fois. Je dois contacter certaines personnes. Donne-moi ton verre, tu as fini.

— Quoi ? Ah, oui.

Il lui tendit le verre. Il aurait dû se lever et marcher, pour ne pas tomber de sommeil. Demander ce que les Français savaient de cette histoire, s'ils savaient quelque chose. Mettre sa chemise. Partir. Trouver un lit au quartier général. Carruthers voudrait lui parler. Quand il se leva en bâillant, Chouette le repoussa sur le lit.

— Tu vas attendre ici. Pas question que tu ressortes dans cet état. Il fait nuit, tu serais capable de chuter dans la Seine et de te noyer.

Il bâilla une nouvelle fois, à s'en décrocher la mâchoire.

— Je ferais mieux de...

— De t'asseoir et de te taire. Il faut que je relise ça. Et puis non, tiens, allonge-toi plutôt. Personne ne t'attend nulle part, et j'aurai peut-être des questions à te poser. Cette lettre, c'est tout ce que vous avez ?

— Une seule lettre, oui. Et quelques mots mal articulés dans un tripot du Palais-Royal, devant un idiot qui parlait à peine le français.

— C'est mince.

— Les dieux doivent aimer la guerre. Ils compliquent beaucoup la tâche à ceux qui essaient de l'empêcher.

Justine le força à s'allonger, il se laissa faire. Il n'avait plus la force de lutter. Il ferma les yeux.

Le lit n'était pas moelleux. Justine ne dormait pas dans un lit moelleux. Mais le contact de son corps, nuit après nuit, avait assoupli les draps. Et l'oreiller sentait son odeur.

Il entendit un bruit de papier. Justine s'était assise à la table et relisait la lettre. Vérifiait chaque mot.

— M. Millian n'a pas pu faire une erreur sur le mot « Anglais ». Il avait dû l'entendre à de nombreuses reprises.

— Donc, il a bien entendu.

— C'est peut-être un code. « L'Anglais arrange tout » évoque peut-être l'arrivée d'un émigré, ou un entrepôt d'armes. Il y a des royalistes mécontents absolument partout. Il s'agit peut-être d'un nouveau groupe, sans le moindre Anglais.

— Je l'espère.

Il entendit le bruit d'une bouteille que l'on débouche, puis le grattement d'une plume sur le papier.

— Août, murmura-t-elle.

— Nous sommes le 10.

— Si cela doit arriver en août, nous n'avons plus que vingt et un jours. Et je dois faire très attention aux personnes à qui je vais transmettre cette information. Il y en a parmi nous qui aimeraient voir la guerre recommencer. Il y a aussi des Anglais à qui cela ne déplairait pas.

— C'est vrai.

Elle se leva, s'approcha du lit. La soie glissa comme un filet d'eau contre son bras nu lorsqu'elle tira l'édredon sur lui. C'était comme un coup de langue.

Il était si fatigué. Trop fatigué pour quoi que ce soit.

Justine recopia la lettre de Millian six fois, imitant du mieux qu'elle pouvait l'écriture et l'espacement des mots, pour le cas où un code basé sur le placement des mots aurait été utilisé. Ces copies seraient adressées à trois des plus anciens membres de son service. Elle en confierait une à Leblanc également. Puis elle enverrait une copie à Soulier, le chef de la police secrète à Londres, et en garderait une pour elle.

Bonaparte ne devait pas mourir.

Elle ne pensa qu'à cela en recopiant la lettre. Si la France tenait encore debout, c'était grâce à lui. C'était le grand homme de ce siècle. Il avait dénoncé les excès de la République, mais en avait gardé les avancées. Juifs, Noirs, pauvres paysans : tous étaient des citoyens français et des hommes libres. Il avait même invité les émigrés à rentrer en France, sans risquer de condamnation s'ils acceptaient de renoncer aux privilèges de la noblesse.

La République avait coûté des milliers de vies humaines. Seul Bonaparte pouvait la protéger.

Elle les protégerait, lui et la République.

Ne pas penser à Hawker, surtout. Cela demandait beaucoup de discipline.

Une heure plus tard, elle avait terminé, la dernière page séchait.

La plume toujours en main, elle regarda une goutte d'encre se former au bout. *Mon amant est un Anglais,* songea-t-elle. *Cela ne peut plus continuer...*

Allongé sur le dos, à demi nu, il avait le visage tourné vers elle, un bras replié sur le torse, par-dessus le drap.

Il avait sombré dans un sommeil profond, vaincu par l'épuisement. Toute la violence en lui était au repos. Telle une épée parfaitement affûtée et rangée dans son écrin. Lorsqu'ils étaient séparés pendant trop longtemps, elle oubliait parfois à quel point il était beau.

La goutte d'encre allait tomber et gâcher la feuille blanche. Du bout de la plume, elle toucha délicatement le rebord de l'encrier.

Son pays et le mien vont à nouveau se faire la guerre. C'est inévitable...

Chaque jour, la France montrait au reste du monde que les hommes pouvaient être libres. Les monarques européens ne pouvaient pas laisser faire une chose pareille. Ils étaient résolus à détruire la République. Si un Anglais projetait de tuer Bonaparte, il n'agissait sans doute pas seul. D'autres nations cherchaient à provoquer la guerre.

Et alors nous serons ennemis, lui et moi.

Hawker ne faisait pas de bruit dans son sommeil. Il ne bougeait pas non plus. Comme s'il était entraîné à passer inaperçu, partout et toujours. Elle ne connaissait pas d'homme aussi peu disposé à faire confiance, et pourtant il lui faisait confiance, à elle. Il n'aurait pas dû. Qu'il soit aussi paisiblement endormi dans son lit la crucifiait. C'était la dernière fois.

C'est fini, se dit-elle. Nous ne sommes plus des enfants insouciants, nous ne pouvons plus prendre ce genre de risques.

C'était à elle de mettre un terme à leur histoire. C'était elle, l'esprit pratique.

Mais elle se sentait incapable de le lui dire, alors elle décida de l'écrire. Par habitude, elle opta pour une écriture élégante qui n'était pas la sienne, et ne s'adressa pas à lui en traçant son nom. Ces précautions étaient devenues comme une seconde nature. Une lettre pouvait être la source d'interminables ennuis.

Mon ami,

Le temps est venu de nous séparer. Nous savions dès le départ qu'arriverait le jour où il nous faudrait mettre de côté ce qui nous a réunis. Quittons-nous aujourd'hui, tant que cette relation reste sans regrets et sans conséquences.

Je te tiendrai au courant de ce que j'apprends sur cette nouvelle affaire. Tu sais comment me faire parvenir des messages.

C.

C comme Chouette, parce que lui seul l'appelait ainsi.

Elle se leva, plia les vêtements de Hawker et les posa sur une chaise. Puis elle se coiffa devant le miroir. Quand des femmes évoquaient leur cœur brisé, elle avait toujours cru que c'était une façon de parler. Eh bien non. En cet instant, elle sentait très distinctement la fêlure dans sa poitrine.

Elle dormirait seule, désormais. Elle ne voulait personne d'autre.

Elle prit les copies de la lettre pour les emporter, plaça l'original sur la table, bien visible, afin que Hawker ne l'oublie pas.

Son mot était sec. Elle le plaça sur la pile de ses vêtements et s'en alla.

27

Justine était dans le bureau de Leblanc, aux Tuileries. Son regard s'échappa par la fenêtre. Elle était fatiguée. Et elle avait le cœur en miettes.

Elle sentait la tristesse en elle, mais l'avait délibérément mise de côté. Elle n'avait pas le temps d'y penser et ne pouvait y remédier. Elle avait parcouru tout Paris afin de mettre en garde des hommes importants, qui n'aimaient pas être réveillés avant l'aube. Entre chaque entretien, elle avait bu du café fort. Au moins quatre ou cinq tasses. Et maintenant, de petits lumignons scintillaient, troubles, à la périphérie de son champ de vision.

Leblanc était la dernière personne à qui elle devait donner la lettre, et de loin la plus désagréable. Mais elle aurait peut-être besoin de ses agents et de ses ressources.

Le bureau se trouvait au deuxième étage du palais des Tuileries, comme le reste de la police secrète. De là, elle avait une assez belle vue sur le Louvre.

— ... et vous me dites qu'il s'agit d'une correspondance privée entre un diplomate en poste à Paris et le Foreign Office à Londres, ricana Leblanc, la lettre entre les mains. Elle a probablement voyagé par la valise diplomatique.

— Probablement, oui.

— Et malgré ce moyen de transport réputé secret et inviolable, elle est arrivée jusqu'à vous sans difficulté.

— Pas sans difficulté, non. Elle n'est pas tombée sur mon bureau comme une feuille emportée par le vent.

— Alors comment ?

Leblanc la garderait ici une heure s'il le fallait, et continuerait de lui poser la question à laquelle il savait qu'elle ne répondrait pas. Histoire de lui montrer qu'il en avait le pouvoir.

— Je vous ai demandé où vous aviez eu cette lettre. Qui vous l'a donnée ?

Elle lui devait le respect – c'était un officier supérieur.

— J'ai mes sources, haut placées. Et je ne vous dirai pas lesquelles. La lettre est authentique, soyez-en sûr.

— Je veux un nom.

— Mes sources sont aussi celles de Madame. Je ne pense pas qu'elle souhaite les voir révélées. Je ne suis pas votre agent, monsieur.

— En effet. Cependant, on ne sait jamais ce que peut réserver l'avenir, mademoiselle Justine. Vous feriez bien de vous en souvenir.

Leblanc essayait toujours de pénétrer les réseaux des autres, et Madame était en Italie depuis plusieurs mois. Peut-être pensait-il qu'en son absence Justine serait plus imprudente, ou plus vulnérable, plus facile à intimider. Il se trompait.

Elle ne haussa pas les épaules pour manifester son mépris, cela aurait été trop osé. Elle laissa juste son regard dériver une nouvelle fois vers la fenêtre, et l'écouta à peine lorsqu'il lui fit remarquer que n'importe qui pouvait copier une lettre et dire qu'elle venait d'un informateur secret.

— C'est tout à fait vrai, admit-elle en hochant la tête.

Tôt le matin, seules quelques personnes traversaient la cour pour aller des Tuileries au Louvre, ou franchir la grande porte donnant sur la rue de Rivoli. Et elles n'étaient pas venues voir les toiles et les statues du musée. Il n'y avait là que des ouvriers et des artistes concernés par les expositions, ou des employés du gouvernement se rendant à leur bureau dans le palais des Tuileries. Certains appartenaient à la police secrète.

Il y avait aussi des domestiques – les domestiques de Bonaparte – que l'on envoyait quérir des pêches ou des bonbons, ou déposer des chaussures chez le bottier. Il s'était installé dans les appartements des Tuileries à l'étage du dessous, où la famille royale avait logé autrefois.

D'un geste désabusé, Leblanc jeta sur son bureau la lettre qu'elle avait recopiée avec tant de précaution.

— Vous me faites perdre mon temps. C'est encore un stratagème des Britanniques. Si la police secrète n'a rien entendu à ce propos, c'est qu'il s'agit d'un mensonge, tout simplement. Ceci n'est que pure invention.

Elle avait l'habitude de travailler avec les meilleurs espions de l'époque. Madame n'aurait pas hésité un instant à faire venir ses agents les plus doués pour qu'ils tentent de décrypter cette lettre. Vauban aurait trouvé le moyen de prévenir le Premier consul en personne, de soldat à soldat. Soulier aurait lâché ses informateurs partout au Palais-Royal, l'oreille aux aguets. Mais Madame était en Italie. Vauban, paix à son âme, avait étonné tout le monde la semaine précédente en rendant son dernier soupir paisiblement, dans son sommeil. Et Soulier était loin, à son poste en Angleterre.

Ses mentors, tous maîtres de l'espionnage de la police secrète, n'étaient pas à Paris, et elle en était réduite à devoir traiter avec des gens comme Leblanc, mus par la jalousie et autres intrigues mesquines. Cela ne pouvait pas tomber plus mal.

— L'Anglais est mort, dit-elle. Je trouve cela convaincant.

— Des hommes meurent tous les jours, c'est la vie. Les Anglais nous empoisonnent avec leurs petits complots royalistes et leurs conversations secrètes entendues par hasard. Ce qu'ils veulent, c'est nous faire tourner en bourrique. Vous êtes jeune, Justine, et facilement bernée. Je ne suis pas une Mme Lucille qui vous couve et cherche à vous éviter les déconvenues.

— Et si le Premier consul est vraiment en danger de mort ?

— Les rues de Paris résonnent d'au moins trente rumeurs de ce genre chaque semaine. Les autorités se tiennent prêtes à toute éventualité, mais on ne peut faire plus. Donc, je ne transmettrai pas cette lettre au commandant. Ou alors...

Il se tut et la regarda avec un sourire sournois.

— C'est si important pour vous, cette histoire ?

— Je ne serais pas là si ça ne l'était pas.

Il se leva, s'approcha lentement en la fixant de ses petits yeux méchants. Elle aurait pu reculer, s'en garda bien. Céder le terrain une seule fois avec des hommes comme lui, c'était le céder pour toujours. Elle se raidit, lui fit face.

— Je suis sensible aux arguments d'une charmante jeune femme, dit-il en continuant d'approcher. Je ne demande qu'à être convaincu...

Elle comprit très bien ce qu'il voulait dire.

— L'Anglais mort ne vous suffit donc pas ?

— Nous avons passé bien des années à nous tirer dans les pattes, vous et moi. Pourtant, je ne vous en veux pas. Vous avez été prise dans la querelle qui m'a opposé à Lucille. Mais vous êtes ambitieuse, Justine. En suivant mes conseils, vous pourriez monter les échelons de la police secrète, avoir une section à vous, avec une dizaine d'agents sous vos ordres. Et je peux faire encore plus. Je peux vous offrir la Pomme d'Or et tous les agents qui y sont rattachés.

— La Pomme d'Or ne vous appartient pas, que je sache ! Elle est à Madame.

Il était tout près, pouvait la toucher s'il le désirait.

— Les choses changent, ma chère. Il se pourrait que j'étudie de nouveau la lettre de Millian. Peut-être vaut-elle la peine qu'on lance une enquête...

Elle attrapa son poignet juste avant qu'il n'effleure son cou et serra. Fort.

— Je ne suis pas une fille de la Pomme d'Or, monsieur.

— Loin de moi cette idée.

Depuis l'enfance, elle avait scruté le visage de nombreux hommes, les craignant ou les détestant en fonction de ce qu'elle y voyait. Les expressions de Leblanc, elle les avait soigneusement cataloguées parce que c'était un ennemi de Madame, et donc l'un de ses ennemis. Elle avait devant elle un Leblanc animé d'une fureur retenue, glaciale.

Il sourit.

— Vous êtes beaucoup plus séduisante qu'elles, à bien des égards, dit-il avant de se détourner. Un jour, nous nous comprendrons mieux, vous et moi. Bientôt. En attendant, retournez jouer avec votre Anglais, votre fou et la dame de Tours. Lancez-vous à la poursuite de ce fantôme. Interrogez votre mystérieux informateur. Et tenez-moi au courant de vos avancées.

Leblanc était un homme de colère froide et de vengeance longuement mûrie. Elle l'avait offensé. Si elle avait fait partie de ses agents, sans la protection de Madame, elle aurait tremblé.

28

Justine ferma les yeux, sa tasse à la main, et se repassa chaque phrase de la lettre de Millian.

— « La Dame est prête », murmura-t-elle.

C'était une belle journée. Assise sous les arcades du Palais-Royal, à la terrasse du café de Foy qui servait le meilleur café de Paris, elle tenait sa tasse mais ne buvait pas, absorbée par les questions que soulevaient ces mots.

— Quelle dame, et à quoi est-elle prête ? Et si elle est prête, pourquoi devaient-ils attendre jusqu'au mois d'août ? réfléchit-elle à mi-voix.

— Parce que le fou ne s'est pas encore montré.

Hawker.

Elle sursauta et ouvrit les yeux. Une goutte de café s'échappa de sa tasse, tomba sur la table.

Il se tenait à côté d'elle, inspectant sans en avoir l'air le café et les alentours. Il posa son élégante canne en ébène avec un pommeau d'argent en forme de crâne qui souriait dans sa direction, satisfait de l'effet de surprise provoqué par son propriétaire.

Mais elle ne perdrait pas ses moyens. Elle s'était doutée que Hawker la retrouverait. Simplement, il avait fait très vite. La lettre de Millian mentionnait le Palais-Royal, l'endroit où il avait entendu les conspirateurs. Il était tout à fait logique qu'elle s'y rende.

Elle détestait être prévisible.

— Va-t'en. On ne doit pas nous voir ensemble.

Il ne bougea pas.

— Comme si on faisait toujours ce que l'on nous dit de faire.

Il examina la chaise, la tira et la positionna à sa convenance. Puis il arrangea son manteau et releva son pantalon pour qu'il tombe parfaitement. De l'index, il fit signe au serveur.

Pour les passants, il n'y avait là que deux amis se rencontrant par hasard au café de Foy.

— Tu m'en veux, je suppose, dit-elle sans le regarder.

— J'ouvre les yeux ce matin et je trouve une lettre m'annonçant que tu en as assez de moi. Bien. Très bien. Bon Dieu !

Le vernis civilisé de M. Adrian Hawkhurst manquait parfois d'épaisseur.

— Je n'ai pas dit que j'en avais assez de toi.

— Ben voyons.

— J'ai dit que nous ne serions plus amants.

— Tu n'as pas dit ça. Tu m'as clairement envoyé me faire voir ailleurs.

Elle ne l'avait vu en colère que trois fois. Dans ces cas-là, il perdait le contrôle de ses émotions et devenait menaçant.

Il en fallait plus pour lui faire peur.

— C'était une lettre écrite avec application, qu'il m'a fallu beaucoup de temps pour mettre en forme. Nous avons été imprudents, et dorénavant nous ne le serons plus.

— C'est ça. Toi et moi, on va devenir raisonnables. Et prudents, surtout. Bordel.

— Il n'est pas nécessaire d'être grossier.

Le silence se fit parce que le serveur approchait avec empressement pour prendre la commande de Hawker, alors qu'il avait pris tout son temps pour venir s'occuper d'elle.

Hawker demanda un café et une carafe d'eau, en prenant son temps lui aussi. Il avait vu des pâtisseries. Étaient-elles fraîches ? Du jour ? Le serveur en était-il bien sûr ? Alors il en prendrait une. Tarte aux pommes ou aux prunes, il hésitait. Pour finir, il opta pour les pommes. Justine était furieuse.

Le serveur s'éloigna. Elle fixa Hawker d'un regard noir, sans rien dire, puis but une gorgée de café avant de lâcher :

— Je n'en ai pas assez de toi.

— Très bien. Alors ça va.

— Mais nous ne sommes plus des jeunes gens inconscients pour céder à nos désirs de la sorte.

— J'aime céder à tes désirs, répondit-il de sa voix grave.

Les souvenirs l'assaillirent. Les nuits de plaisir partagé. Les lieux cachés. Les jours passés côte à côte dans les champs et les forêts, allongés, regardant les nuages, parlant, se touchant.

Elle referma ses mains posées sur ses genoux et sentit l'émotion l'étreindre. Elle le désirait puissamment et au-delà de toute raison, ici, maintenant. Dans son esprit, le souvenir du corps de Hawker égalait en intimité celui qu'elle avait de son propre corps.

Elle ne put s'empêcher de le regarder.

Il était puissant, vivant. Ses traits étaient ciselés, et indéchiffrables.

Elle l'avait vu si souvent en haillons, en mendiant ou en ouvrier qu'elle trouvait presque dérangeant de le voir vêtu aussi décemment. Comme toujours, il était parfait dans son rôle, en différentes nuances de gris. Son gilet sobre était légèrement brillant – peut-être la seule fausse note, qui frisait la vulgarité mais conférait une touche humaine, profondément crédible au costume.

Les gens verraient ce qu'il avait décidé qu'ils voient : un jeune dandy tranquillement installé à la terrasse d'un café, jambes étendues. Elle-même savait qu'il avait sur lui trois, peut-être quatre poignards. Elle savait que son élégante canne était plombée et plus lourde qu'un gourdin.

Et personne, à part elle, ne voyait qu'il était en colère.

Le serveur reparut, posa devant lui un café et une part de tarte aux pommes, ainsi que de l'eau et un verre. Hawker le regarda faire avec nonchalance, puis le renvoya sans vraiment y prêter attention. L'arrogance, chez lui, était comme une seconde nature.

Il planta sa fourchette dans la croûte de la tarte et en goûta un morceau. Approuvé. Il s'essuya délicatement les lèvres, reposa la serviette sur la table.

— Cela fait cinq ans, je crois. Depuis la première fois.

— Presque, oui.

Elle aurait pu lui préciser le jour exact. Aurait pu lui dire combien de fois ils s'étaient revus depuis, et où. Et elle le soupçonnait d'être capable de faire la même chose.

Il sucra son café.

— Cinq ans. Au bout de cinq ans, je m'endors dans ton lit et quand je me réveille, tu as mis un terme à notre histoire. Sans prévenir.

— Il était inutile de faire trop long.

— Ton côté pratique.

— J'ai fait ce qui était nécessaire. Rapidement. Proprement. Nous rompons avec les erreurs du passé. Cela ne veut pas dire qu'il n'y a pas d'affection entre nous. Cela ne veut pas dire que nous ne pouvons plus nous retrouver et discuter comme deux personnes raisonnables. Une seule chose a changé : nous ne sommes plus amants.

— Et tu ne pouvais pas me dire ça en face ?

— C'était inutile. Il n'y avait rien à discuter.

— Pourtant nous en discutons en ce moment, commenta-t-il d'un ton léger.

— Je n'ai rien à dire.

Elle n'avait pas peur de sa colère, qu'elle avait déjà affrontée à des degrés bien supérieurs. Il était froid, menaçant et mentait comme il respirait, pour le grand jeu des espions, pour rire, pour de l'argent. Elle lui faisait confiance comme jamais elle n'avait fait confiance à un homme.

Il n'y avait pas beaucoup de promeneurs dans les jardins du Palais-Royal, du fait de l'heure matinale. La terrasse du café de Foy était presque déserte. À l'abri des colonnades ou sous les frondaisons, des clients jouaient aux échecs à une table. À une autre, trois soldats jouaient aux cartes. Une vieille femme versa un peu de café dans sa soucoupe et la posa devant le petit chien qui jappait à ses pieds. Des clients seuls lisaient le journal.

— Tu avais tout à fait le droit de mettre un terme à notre relation, dit Hawker. C'est toujours la prérogative de madame, ce genre de chose. Dix mots suffisent, je suis d'accord. Je pensais juste que, le moment venu, tu me le dirais en face.

— J'ai peut-être été un peu… lâche.

— On peut le dire. Tout bien considéré, tu as été très lâche.

Le sarcasme de Hawker faisait toujours mal.

Des moineaux plus audacieux que les autres picoraient le sol entre les tables. Elle les observa un instant.

— Ces lettres de rupture, c'est une sorte de tradition, en fait. Elles établissent la distance nécessaire. Ce ne sont pas des mots que l'on regrette ensuite, comme lorsqu'on s'emporte.

— Tu élèves la discrétion au rang de l'art, là. Pourquoi, Chouette ? Pourquoi maintenant ?

Elle lui devait une explication.

— J'ai été promue au sein de la police secrète. J'ai des agents, hommes et femmes, qui travaillent pour moi désormais. Je ne peux plus me permettre d'écarts de conduite.

— Je vais devoir te féliciter pour cette promotion, alors.

— Ce n'est pas grand-chose, en vérité.

Il pensait qu'elle avait pesé le pour et le contre entre lui et sa carrière, et qu'elle l'avait écarté. Ce n'était pas vrai. Elle avait renoncé à lui parce que, un jour, il était possible qu'elle ne puisse plus choisir entre son travail et lui.

Voilà pourquoi leur relation devait cesser. Pas parce qu'elle était dangereuse et assimilable à de la trahison. Mais parce que, avec le temps, ils avaient fini par compter beaucoup trop l'un pour l'autre.

Elle l'avait blessé.

— J'ai eu tort de rompre froidement, comme ça, par le biais d'une lettre. Je te demande pardon.

— Il est possible que je finisse par te pardonner, répliqua-t-il.

— Quelle bonté.

— Je devrais te laisser mariner un moment, avant.

— Ce serait salutaire. Cela dit, tu as peut-être envie d'entendre le résultat de mes recherches à propos de la lettre de Millian.

— On va en parler. Et dans un moment, nous reparlerons de nous. Il est possible que tu... changes d'avis, dit-il en levant les yeux vers elle.

— Ne te fais pas d'illusions.

Elle n'aimait pas beaucoup l'air résolu qu'il cachait derrière une neutralité placide, tout en picorant sa tarte aux pommes. Cependant il n'était plus en colère, elle le voyait.

— En attendant, reprit-elle, nous avons à résoudre une petite énigme de rien du tout, qui peut changer le cours du monde pour les siècles à venir. Peut-être mérite-t-elle plus d'attention de notre part, maintenant que nous en avons fini avec la délicate question du qui couche avec qui.

— Je t'écoute, dit Hawker en croisant les bras.

— « La Dame est prête. » Qui que ce soit, elle est le point de départ de tout cela.

— L'élément le plus efficace du lot, en tout cas. Donc, nous savons que l'un d'entre eux est une femme. Une Française.

— Il y a beaucoup de femmes parmi les conspirateurs en France. Nous formons une espèce robuste, ici.

Il y a aussi le fait que… Millian a écrit ce mot avec une majuscule, comme s'il s'agissait d'un titre. Je pense que c'est peut-être ainsi qu'il l'a entendu.

La main de Hawker, qui pianotait sur son bras, s'immobilisa.

— Oui. Cela semble logique.

— C'est une façon de s'exprimer… un peu à l'ancienne. Pour marquer le respect. La Dame, ça se dirait d'une très vieille femme, par exemple. Ou d'une noble. Ce qui ajoute à l'ensemble une touche royaliste.

— Ou alors il a entendu « la Dame » quand on disait « place Vendôme ».

— C'est possible. Cela peut aussi être un code. Les amateurs adorent les codes.

— C'est vrai.

— « La Dame » est peut-être une boîte, un livre, ou un rebelle vendéen. « Tours » est peut-être le parvis de Notre-Dame. « Le fou » est peut-être un bataillon de l'armée ou une cargaison de souliers.

— Auquel cas nous n'éluciderons jamais cette histoire, conclut Hawker d'un ton un peu sec. Tenons-nous-en aux choses possibles. On a « la Dame », et on a « Tours ». Quelque chose, ou quelqu'un, à Tours.

— Je dirais que les services secrets britanniques ont envoyé quelqu'un à Tours.

— N'essaie pas de me soutirer des informations. Tours est une ville de province endormie, à cent cinquante kilomètres au sud-ouest de Paris. Que se passe-t-il à Tours ?

— Je n'en ai pas la moindre idée. Cette ville ne joue aucun rôle important dans la vie du pays. Je ne pense jamais à Tours.

— Bonaparte ne s'y rend jamais ?

— Jamais. Je me suis renseignée, mais aucune de mes trois sources au palais des Tuileries ne m'a parlé de voyage à Tours.

— Donc, il faut penser à des endroits dans Paris. La tour du Temple. La tour Saint-Jacques.

— Ou n'importe quelle tour dans n'importe quelle église.

— Donc on n'arrive à rien. Reste le fou.

— Ça, c'est évident. Seul un fanatique oserait un tel attentat. Mais des fanatiques, ce n'est pas ce qui manque, donc cela ne nous avance pas non plus.

— Nous en venons à l'Anglais.

— De ça non plus, on ne manque pas. On n'a rien de rien.

Sous les tilleuls du jardin, des jeunes femmes étaient bavardes comme des pies. Rapprochant leurs chaises, elles se penchaient les unes vers les autres et se passaient quelque chose en s'émerveillant. Quelque chose de petit et brillant – Justine n'arrivait pas à voir de quoi il s'agissait : un bijou, une petite boîte, une miniature peinte, un flacon de parfum. On pouvait acheter de tout sous les arcades du Palais-Royal.

Elles étaient un peu plus âgées qu'elle, complètement insouciantes et imbues de leur personne.

Hawker avait à peine touché à sa tarte aux pommes. Elle fit délicatement glisser son assiette jusqu'à elle et mangea.

— J'ai posé la question à trois membres expérimentés de mon service, et à plusieurs agents qui prennent régulièrement le pouls de la ville, qui la connaissent sur le bout du doigt. Ils ne sont au courant de rien. Toute la matinée, j'ai fait tourner un fou, une dame, un Anglais et le Palais-Royal dans mon esprit comme autant de bonbons à la menthe dans ma bouche. Rien.

— Je viens de passer trois heures à l'ambassade britannique avec les amis de Millian – tous des imbéciles. Personne n'était avec lui, personne ne sait où il se trouvait quand il a surpris cette conversation.

— Tripots, restaurants, boutiques. Il y a une maison close, aussi, même si le propriétaire déclare qu'il s'agit d'un club. Il était peut-être là où nous nous trouvons en ce moment. Ce ne serait pas la première fois que le café de Foy sert de point de rendez-vous à des conspirateurs. Tu vois, là-bas ? dit-elle en pointant les arcades du bout de sa fourchette. Un jour, Desmoulins s'est mis debout sur cette table et a envoyé la foule vers la Bastille. C'était le premier coup d'éclat de la Révolution. Les hommes commettent bien des imprudences, sous l'effet du café que l'on sert ici.

— Possible. Pour ma part, je ne conspirerais pas ici si un Anglais était assis à la table d'à côté.

— Moi non plus.

— On oublie les cafés, donc. Il faut un endroit où les gens – surtout des hommes – vont et viennent, sont nombreux et discutent beaucoup. Un tripot.

Mais il avançait dans le noir.

Il tendit la main vers Justine.

— Tu as du sucre, là.

Il effleura la commissure de ses lèvres, et lorsqu'il écarta la main, elle vit les minuscules particules de sucre sur son doigt. Qu'il lécha.

Elle sentit une palpitation au creux de son ventre, inspira brusquement. Elle avait envie de…

Cela finira par s'arrêter, se dit-elle. Quand j'aurai accepté l'idée que notre relation est impossible, cela s'arrêtera.

— Cela faisait un bout de temps qu'on n'avait pas bu un café ensemble en terrasse.

La Piazza San Marco, à Venise. Pendant le carnaval. Il était en corsaire, chemise ouverte, ceinture rouge à la taille, petit anneau d'or à l'oreille. Le sabre, lui, était un vrai.

Cette nuit-là, elle fuyait la police autrichienne, brutale et corrompue. L'Angleterre était alliée avec l'Autriche, mais Hawker l'avait emmenée à la petite *pensione* qu'il occupait, Via Ottaviano.

« La ville grouille d'espions français, lui avait-il dit. Tu es mon espion, les autres n'ont qu'à trouver le leur. »

Elle avait pris entre les lèvres l'anneau qu'il avait à l'oreille, avait senti le goût de l'or, et un peu celui du sang. La vérité se cache dans les détails, disait-il. Alors il s'était percé l'oreille pour le mettre.

Elle avala sa salive. Leurs nuits avaient été folles et tumultueuses, leurs petits matins, tendres.

— Tu m'empêches de réfléchir, dit Hawker en la fixant d'un regard brûlant.

— C'est réciproque. Il faut que cela cesse. Parle-moi du Palais-Royal. Si c'est notre seul indice…

Le serveur approcha, posa un second café devant Justine, vérifia du coin de l'œil qu'il restait du sucre dans le sucrier et repartit avec son petit plateau rond, le tout en un seul mouvement particulièrement fluide.

— Je reviendrai ce soir avec des agents, dit Hawker. On se promènera, on laissera traîner nos oreilles dans les tripots. Tu peux faire la même chose de ton côté.

Il fit la moue qui lui était habituelle lorsqu'il réfléchissait.

Je connais cette moue, ces lèvres, songea-t-elle. J'en connais le goût, la texture à toutes les heures de la nuit. Je les ai embrassées des milliers de fois.

Plus jamais. Jamais.

Elle tendit la main vers la carafe et se servit un verre d'eau. Se força à boire. L'étoffe de sa robe frottait sur ses seins quand elle respirait. Elle était devenue trop… sensible.

Hawker avança la main sur la table, jusqu'à effleurer celle de Justine.

— Je ne t'impose rien, Chouette. C'est toi qui décides. Comme toujours.

— Mais tu sais te montrer persuasif.

Au creux de son ventre, le souvenir de son membre en elle éveilla des sensations délicieuses.

— C'est vrai. Tiens, dit-il en riant. Nous sommes sur le point d'être envahis par les Anglais.

Depuis les boutiques situées sous les arcades, parlant fort, quatre jeunes gens approchaient en titubant quelque peu. Marchant de front, bras dessus bras dessous, débraillés, ils chassaient tout le monde sur leur passage. Ils sortaient de l'un des tripots situés dans les étages, où ils avaient probablement passé la nuit à boire et à perdre de l'argent.

— Je commence à comprendre pourquoi M. Millian a connu cette fin tragique, murmura-t-elle. Et je suis surprise que des Anglais ne soient pas plus souvent défenestrés.

— Tu es dure, quand même.

Les Anglais s'abattirent sur le café de Foy comme une nuée de moineaux, dans un bruit de bottes et de capes claquant dans le vent. Ils allaient prendre le petit déjeuner ici, répétaient-ils à voix suffisamment haute pour que le reste du monde soit au courant. Le serveur tenta de les orienter vers les tables qui se trouvaient à l'écart, derrière un pilier, mais ils l'ignorèrent et se frayèrent un passage entre les chaises jusqu'à la table voisine de la leur. Si proche que l'odeur de fumée et d'alcool leur parvint.

Le serveur leur apporta du cognac et des verres sans même qu'ils l'aient demandé, et se comporta assez grossièrement, en les tutoyant – ils connaissaient trop mal le français pour s'en offusquer. Il prétendit ne pas connaître un mot d'anglais, dans l'espoir qu'ils s'en iraient chercher leur petit déjeuner ailleurs.

Mais ils étaient opiniâtres. Pourtant, quel homme sensé accepterait de manger un plat apporté par un serveur qu'il a froissé ?

Celui-ci s'inclina pour s'excuser lorsqu'il passa devant elle, puis devant la dame au petit chien qui avait ramassé son animal et le tenait sur ses genoux dans une attitude protectrice.

L'ensemble des clients du café eut ensuite droit au récit des exploits nocturnes des quatre malotrus aux poches bien pleines. Ils furent assez crus concernant leur expérience avec les femmes du Palais-Royal. La dame au chien s'en alla. Les jolies jeunes femmes, sous les tilleuls, se levèrent et s'éclipsèrent.

C'est alors que l'un des Anglais s'intéressa à Justine.

— Joli petit lot, hein ? dit-il en s'adressant à un compère tout en la fixant d'un regard vulgaire. Bon sang, oui, une sacrée poulette, même. Tu crois qu'elle redescendra quand elle en aura terminé avec l'étalon noir ?

— En tout cas, je sais où j'aimerais qu'elle descende. Elle aura de quoi faire avec moi.

Quel raffinement. Imaginaient-ils réellement que personne ici ne comprenait l'anglais ?

Elle haussa les épaules, l'air contrit.

— C'est ma faute, Hawker, si nous ne sommes plus tranquilles. Je vais y aller.

Quelle piteuse retraite que de céder devant ces singes ! Toutefois, un agent des services secrets, quel qu'il soit, n'acceptait jamais la confrontation en public.

— Je dois trouver une solution pour ce soir, de toute façon, reprit-elle. Retrouvons-nous à...

Si Leblanc n'avait pas eu cette attitude de l'espion en chasse, elle ne l'aurait pas remarqué.

Il était à cinquante mètres de là, à demi caché derrière une colonne, inspectant la marchandise d'un vendeur de lunettes d'opéra et d'instruments scientifiques. La posture voûtée de ses épaules hurlait « suspect à l'horizon » et l'angle de son cou soufflait « filature ».

Il ne l'avait pas suivie jusqu'ici. Elle l'aurait remarqué. Il était venu parce qu'il savait qu'elle y serait, pour voir comment avançait son enquête et mettre le nez dans ses affaires.

Mais Leblanc n'était plus un agent de terrain, c'était un animal politique, un intrigant. Il n'avait même pas changé de manteau depuis leur rencontre.

— Ne te retourne pas, dit-elle. Pivote un peu sur la droite.

Hawker fut instantanément sur ses gardes, mais son bras resta calme sur le dossier d'une chaise et son expression ne bougea pas d'un iota. Mine de rien, cependant, ses doigts s'approchèrent de sa canne.

— Pourquoi pas sur la gauche ? demanda-t-il.

— Je préfère ne pas offrir ton visage à ceux dont la curiosité peut se révéler excessive.

Il glissa une pièce sous le bord de l'assiette.

— Quelqu'un s'intéresse à nous ? Comme c'est sympathique ! Savons-nous de qui il s'agit ?

— Un homme. Que je connais. Ne te retourne pas.

Sa boîte à tabac possédait un petit miroir à l'intérieur. Il l'avait ouverte et examinait ce qui se passait derrière lui.

— Le gentleman qui s'intéresse aux lunettes d'opéra. Qui est-ce ?

Qu'il repère Leblanc du premier coup agaça Justine.

— Si tu ne le connais pas, ne compte pas sur moi pour t'éclairer. Lève-toi, salue-moi et ne montre pas ton visage. Je te retrouverai dans la boutique qui vend des éventails, au bout des arcades, ce soir à la nuit tombante.

— Nous allons être un rien plus imaginatifs que cela. Regarde.

— Ne…

Il prit sa canne en se levant.

— Allons-y, ma chérie, dit-il d'un ton suave en se penchant pour lui prendre la main.

Sa canne…

Un des Anglais se balançait en arrière sur sa chaise, pour mieux étendre ses jambes. Par mégarde, la canne heurta la chaise.

Il tomba à la renverse, poussa un cri et se retrouva les quatre fers en l'air. Hawker fit un bond pour l'éviter, heurta un autre Anglais, trébucha en essayant de retrouver son équilibre et échoua sur le troisième.

Ce fut la confusion générale. Hawker aida l'un des hommes à se relever, poussa le deuxième et bouscula le dernier. Il se confondit en excuses, lâcha sa canne, la ramassa, sans jamais montrer son visage à Leblanc.

Les Anglais étaient furieux. Il y avait du cognac renversé partout. Les injures fusaient.

— Mille excuses, dit Hawker avec un accent prononcé en s'inclinant. Tout entièrement ma faute.

— Faites attention, bon sang !

— Je étais pressé, je ai pas vu. Je seulement voulais partir avec ma femme, et pas vu les gentlemen anglais tellement polis. Je laisse pièce à serveur pour les inconvénients. Vous voyez ?

— Espèce de maladroit, grommela un Anglais.

— Maladroit, oui. Très beaucoup. Mais c'est parce que j'ai peur pickpockets. Il y en a plein, ici. Et j'ai tellement peur, j'oublie ce que je fais.

— Que voulez-vous dire, pickpockets ?

— Ils sont partout. Comme tiques sur chien. Et le matin, surtout.

Tout en parlant, il tâtait chacune de ses poches, puis il poussa un soupir de soulagement.

— Ouf. Tout va bien. Le serveur me dit il a reconnu un célèbre pickpocket. On l'appelle Doigts Agiles, tellement il être fort.

D'un geste, il entraîna les regards en direction de Leblanc.

— Il approche, c'est lui. Quelle audace, hein ? Vous avez passé près de lui un moment avant, non ? C'est scandale que ces gens-là s'attaquent à nous, n'est-ce pas ?

Et Hawker glissa les doigts dans la poche de l'Anglais. Personne ne le vit, sauf Justine. Il avait fait en sorte qu'elle le voie.

Il arrive que, dans une pièce de théâtre, une seule scène fasse de l'ensemble un spectacle mémorable. Les comédiens se surpassent. Le salut de Hawker à l'assemblée, d'un geste grandiloquent, fut l'un de ces moments.

— Je souhaite à vous intéressante visite de Paris, messieurs.

Puis il prit le bras de Justine et ils quittèrent le café. Ils avaient fait une trentaine de mètres lorsque l'Anglais s'aperçut qu'il n'avait plus de montre.

— On continue à marcher, murmura Hawker.

— Je ne suis pas une enfant, répliqua Justine. Je sais ce qu'il faut faire.

Aussi ne regarda-t-elle pas par-dessus son épaule pour voir ce qui arrivait et se contenta-t-elle d'écouter le piétinement furieux des bottes qui se dirigeaient vers Leblanc.

29

Ils s'éloignèrent, bras dessus bras dessous, sans flâner mais sans se presser non plus, conscients du raffut provoqué par les Anglais qui avaient pris Leblanc à partie à propos du vol de…

— Que leur as-tu chipé, Hawker ?

— Un peu de ceci, un peu de cela. Pas tout, dit-il comme à regret. J'ai pris une chevalière à l'homme qui a mal parlé de toi.

— Il n'aurait pas dû te traiter d'étalon.

— Ça, je l'ai pris pour un compliment.

Ils passèrent devant un magasin de boîtes à musique. Dans la vitrine suivante étaient exposés des violons et des altos, dont les courbes en bois d'érable rappelaient la délicatesse des formes féminines.

Il glissa quelque chose de métallique au creux de la paume de Justine.

— Mets-la à ton doigt, le sceau à l'intérieur.

Comprenant à quoi il voulait en venir, elle fit ce qu'il disait, glissa la chevalière à son annulaire gauche et tourna le sceau à l'intérieur pour qu'on ne voie que l'anneau. Aussi simplement que cela, elle était devenue aux yeux de tous une femme mariée.

Les boutiques du Palais-Royal sous les arcades étaient brillamment éclairées. Tout ce qui se faisait de mieux, dans quelque domaine que ce soit, se trouvait ici : bijoux, éventails, mouchoirs, rubans, ivoire sculpté, prostituées.

Devinant que Leblanc tenterait de les rattraper, Hawker entra dans un magasin de tapis d'Orient.

Un long comptoir en acajou séparait la boutique du passage sous les arcades. Le propriétaire, un vieillard desséché lui aussi de la couleur de l'acajou, était accoudé sur l'un de ses trésors, jeté sur le comptoir. Une théière en cuivre et de minuscules tasses en porcelaine attendaient les clients. Derrière lui, deux à trois cents tapis étaient empilés les uns sur les autres.

Hawker était déjà devant le comptoir et négociait.

— ... et son mari nous suit...

Une pièce d'or apparut entre ses doigts.

— ... c'est une brute égoïste, un imbécile...

Assurément, une pièce tout juste volée par Hawker.

— ... un homme sans aucun goût, incapable d'apprécier la fleur délicate...

Fleur délicate ? releva Justine. On atteignait des sommets de poésie.

Hawker s'exprimait maintenant dans une langue étrangère qu'elle ne comprenait pas. Arabe ? Hébreu ? Turc ?

En tout cas, ces mots étonnèrent le marchand de tapis et le remplirent d'aise. Ils furent introduits dans cette caverne d'Ali Baba, où l'on marchait sur plusieurs épaisseurs de tapis.

— Là. Derrière le comptoir, si vous voulez bien... Oui. Ils sont moelleux. Très moelleux. Nous avons là ce qui se fait de mieux.

Une dizaine de tapis, à plat les uns sur les autres, formaient une sorte de petit banc.

— Asseyez-vous, dit le vieil homme. Personne ne vous verra.

Le premier tapis de la pile affichait un motif en damier, avec une fleur différente dans chaque carré, et il était doux comme de la soie. Peut-être en était-ce, songea Justine. Le souvenir lui revint du château de son enfance, et d'un tapis, dans le grand salon, aussi doux qu'un chaton.

— C'est mon cousin qui tient l'orfèvrerie, là-bas, expliqua l'homme. Personne ne s'étonnera si je vais boire le thé chez lui. À cette heure de la journée, je suis moins utile dans ma boutique que le chat.

Le chat, un gros matou noir sans un seul poil blanc, les observait, immobile, depuis le sommet de la plus haute pile. Il se leva, s'étira, bondit de pile en pile et, pour finir, sortit de la boutique avec majesté.

Hawker parla à nouveau dans la langue du marchand, qui éclata de rire et s'éloigna.

— Cinq à dix minutes devraient suffire, lui dit Hawker.

Assis dos au comptoir, genoux repliés, il posa la tête contre le bois.

— Notre marchand est en face, et il surveille la boutique. N'essaie pas de te faire la belle avec un tapis.

— J'avais prévu d'en fourrer quelques-uns dans mon corset et de m'éclipser par la ruelle de derrière. Qu'as-tu volé à ces Anglais ?

— Deux montres, deux bourses pleines et la chevalière que tu portes.

La pénombre régnait dans la boutique, mais elle voyait très bien Hawker. Un parfum agréable flottait, mélange de cardamome, de tabac et d'une odeur musquée dont elle n'aurait su dire la provenance. Peut-être celle de la laine.

— C'est une chevalière de valeur. Tu devrais t'en débarrasser, et te débarrasser des montres, aussi. Ce sont des indices compromettants.

Il tourna lentement la tête vers elle.

— Tu ne serais pas en train de m'apprendre mon métier, tout de même ?

— Je ne me permettrais pas.

— Tu te permettrais d'apprendre au diable à faire du feu. Comment s'appelle l'homme que nous fuyons ?

— C'est quelqu'un que je n'aime pas. Tu as lancé des Anglais ivres sur lui : avec un peu de chance, ils appelleront les gendarmes. Je suis ravie, merci.

Elle se laissa aller à sourire. À se détendre, adossée elle aussi au comptoir. La vérité, c'était qu'en compagnie de Hawker elle perdait tout sens de la prudence.

— As-tu des ennuis, Chouette ? Avec ton service ? Je ne veux pas être indiscret, je veux juste savoir.

Il la fixait, cherchait à lire en elle.

— Je vais très bien.

— Tu as peur de cet homme.

— Je me méfie de lui.

Il effleura son épaule.

— Je te complique la vie, c'est ça ? Je te mets en danger.

— J'ai une bonne centaine d'explications toutes prêtes pour le cas où quelqu'un ferait le lien entre nous deux. Je commencerais par lui dire que je t'ai séduit pour que tu me révèles des secrets. Il me croirait.

— Mais ta sécurité est en jeu malgré tout. Je suis comme un petit garçon devant un pain d'épice. J'ai faim – vraiment faim – de toi. Je ne réfléchis plus.

Il retira sa main, s'adossa de nouveau au comptoir.

— Tu n'es pas le seul, Hawker. Moi aussi, je suis affamée. De toi.

— Parfait. Ça me rassure, vraiment. Nous mourons de faim tous les deux. Excellent.

Les pans de son manteau tombèrent sur le côté, alourdis par les couteaux glissés dans des poches secrètes. Le gilet gris parfaitement ajusté révélait sa minceur athlétique. Cet homme était un chasseur. Imperturbable. Puissant. Dangereux. Un ressort capable de bondir à tout moment. Imprévisible.

Pain d'épice. Cet homme était le pain d'épice idéal, mais interdit.

Tenant ses jupes, elle pivota sur le côté pour se mettre à genoux face à lui.

— Tu demandais pourquoi je ne t'ai pas dit adieu, Hawker. Voilà pourquoi. J'aurais voulu faire ça. Je me serais autorisé une dernière…

Elle prit son visage entre ses mains, se pencha pour l'embrasser sur les lèvres.

— ... bouchée de pain d'épice.

Elle avait délibérément retenu son baiser, effleurant simplement ses lèvres entrouvertes. Et cet effort la laissa pantelante.

Il se figea, ne lui rendit pas son baiser. Lorsqu'elle rouvrit les yeux, il la fixait.

— Tu ne veux pas de nous.

— Je ne veux plus. C'est ma façon de te dire adieu.

Il s'écarta légèrement.

— Si ça c'est un adieu, on a bien fait de ne pas se le dire.

— C'est ce que je pensais.

Elle sentit un tremblement monter du tréfonds de son être.

— Ne me fais plus jamais ça, grommela-t-il.

— Je ne le ferai plus. Ce n'est pas juste.

— C'est surtout le meilleur moyen de te faire culbuter sur une pile de tapis. Ils sont doux, remarque, dit-il en posant la main à plat à côté de lui. Et je pourrais faire en sorte que cela te plaise beaucoup. J'en suis capable, tu peux me croire.

— Je suis désolée, je...

— Tu en demandes beaucoup trop à un homme qui a mes origines et mes prédispositions. Ne cherche pas à savoir comment on fait les choses à Whitechapel, Chouette. Je t'assure que...

Il s'interrompit, fixant le tapis sur lequel ils étaient assis.

— C'est... un échiquier.

— Le tapis ? Non, juste des carrés. C'est assez courant comme motif en... Quoi ?

— J'ai trouvé ! Je sais.

— Qu'est-ce que tu as trouvé ?

— La dame, le fou, la tour. Ce sont des pièces d'échecs !

Il se leva, l'aida à faire de même.

— Et le club d'échecs le plus célèbre du monde, c'est le café de la Régence, conclut-elle, ébahie.

— Au Palais-Royal ! À un jet de pierre d'ici ! Tout s'explique. Les échecs. Fichtre, je suis doué !

Il rayonnait.

— Tu es plus que cela.

Il était *son* Hawker, et il était formidable.

— Retrouvons-nous là-bas ce soir, dit-elle. Tu pourras y jouer. Quant à moi, je dois trouver un argument convaincant pour que le propriétaire me laisse entrer. C'est un café réservé aux hommes.

Déjà, il faisait les cent pas sur les tapis, échafaudant tous les plans possibles, marmonnant des phrases compréhensibles de lui seul. Elle l'avait vu faire des centaines de fois. Jamais elle n'avait eu autant envie de lui qu'en cet instant.

— Je dois y aller, dit-elle. Les préparatifs risquent de prendre du temps.

Et, parce qu'il n'y avait personne d'autre pour le lui dire, elle ajouta :

— Tu es fantastique. Vraiment.

30

Le café de la Régence était rempli de joueurs d'échecs et d'espions. Hawker s'était installé près de la porte, dos au mur. De là, il pouvait surveiller tout le monde.

Il était minuit passé. Dehors, les énormes lampes, sous les arcades du Palais-Royal, éclairaient un flux de promeneurs de plus en plus mince. Les spectateurs de l'Opéra rentraient chez eux. Malgré l'heure tardive, quelques touristes anglais traînaient encore, aidant les pickpockets à gagner leur vie. Trois soldats passèrent dans un cliquetis d'épées, sortant d'un tripot. Les femmes qui se promenaient par petits groupes de deux ou trois étaient des prostituées.

Dans le café, une dizaine de clients jouaient. Une trentaine les regardaient ou, comme Hawker, lisaient le journal en sirotant un alcool.

Pax se trouvait à deux tables de là, en pleine partie. Il était déguisé en étudiant – un peu débraillé, le col ouvert, les cheveux dans le cou, qui glissaient sur ses joues quand il se penchait sur l'échiquier. N'importe qui, en le regardant, aurait juré qu'il ne pensait à rien d'autre qu'à son prochain coup.

Chouette traversa la salle, un plateau entre les mains, nettoyant les tables, représentant le côté français de cette opération d'espionnage.

Pour Hawker, c'était la fin d'une longue soirée passée à se promener de table en table, à se faufiler entre les groupes, les oreilles grandes ouvertes. Personne n'avait parlé de tuer Bonaparte. Ici, tout le monde ne parlait que d'échecs. Dans l'ensemble, l'espionnage était une activité plus stimulante que le vol, mais il arrivait aussi que ce soit d'un ennui à mourir.

— Je t'ai apporté un cognac, même si tu n'as pas fini le précédent, dit Chouette en s'approchant de sa table pour y poser un petit verre.

Elle était tout à fait crédible en serveuse parisienne – rapide, gracieuse, effrontée.

— Tu n'as pas eu de mal à te faire embaucher ici ?

— Aucun. Quand un agent de la police secrète annonce qu'il ou elle souhaite jouer au serveur, le propriétaire d'un café ne pose pas de question. Ils ont tous peur de la police secrète, ce qui n'est pas plus mal.

— Les renseignements anglais ne peuvent mettre personne en prison sur un simple soupçon. C'est un des inconvénients auxquels je suis confronté en permanence.

Il but une gorgée de cognac. Il buvait de l'aquavit dans les États du Nord, de la grappa en Italie, du cognac à Paris. À Londres, du gin, essentiellement. Rien de tout cela n'avait d'effet sur lui.

— Tu seras heureux d'apprendre que dans cette salle, tu représentes l'exemple le plus probant du jeune homme aisé et oisif. On est convaincu en te regardant que tu as su cueillir les plaisirs de la vie, les dévorer et en jeter la coquille.

— Quel tableau, ricana-t-il.

— Je t'assure. Une serveuse observe la vie dans ce qu'elle a de plus brut. Tu vois le jeune homme, là-bas dans le coin, avec cette veste parfaitement coupée ? Il a passé toute la soirée ici. Il commande du vin ordinaire, jamais autre chose. Et glisse discrètement des morceaux de sucre dans sa poche.

— Quel triste monde. Et malhonnête, aussi.

— J'ai décidé qu'il s'agissait d'un artiste pauvre qui meurt de faim dans un galetas du Quartier latin.

— Et vit de menus larcins…

— Ça te va bien, tiens, de condamner cela.

Il secoua la tête.

— Chouette, allons… J'ai trempé dans des affaires pas reluisantes, mais je n'ai jamais été un artiste, tout de même ! Tu as du nouveau, sinon ?

— Rien de rien, pas le moindre petit poisson. Et toi ?

— Mon filet est vide aussi.

— Demain, nous mettrons une nouvelle stratégie au point. Que se passe-t-il dans le monde ?

Il avait plié son journal, *La Gazette*, et l'avait posé contre la carafe d'eau, pour pouvoir lire tout en surveillant la salle.

— Le Premier consul était à l'Opéra. Une tragédie lyrique, apparemment. Je préfère être à ma place qu'à la sienne.

— Les arts sont l'âme d'une nation, déclara Chouette d'un ton posé. Bien sûr que le Premier consul se rend à l'Opéra. C'est comme cela que l'on fait les choses, en France.

— À choisir, je préférerais envahir la Pologne plutôt que d'aller à l'Opéra.

— Heureusement que tu ne diriges pas la France. J'ai parlé moi-même au capitaine de sa garde. Ils ouvrent l'œil. Je ne tiens pas à ce que le Premier consul se terre aux Tuileries pour rester à l'abri, mais il est difficile à protéger.

Hawker remit le journal à plat sur la table.

— Voici son emploi du temps de demain, au cas où. D'abord, des collectionneurs anglais offrent à la France une antiquité égyptienne – découverte par les Français lors des fouilles effectuées pendant la campagne d'Égypte. Bonaparte doit être présent. C'est à huit heures du matin. À dix heures, il passe les troupes en revue. Déjeuner avec des généraux. Rencontre avec l'ambassadeur du Portugal à trois heures. Et encore de la musique le soir, chez un particulier. Une vie de chien, si tu veux mon avis.

De l'autre côté de la salle, Pax avança une pièce sur l'échiquier. Le fou. Son adversaire poussa sa dame. Il y allait avoir du grabuge.

Pax se défendait sacrément bien.

Justine s'était placée juste derrière Hawker.

— Tu ne devrais pas essuyer des tables ou accorder un peu d'attention à ce vieil homme sympathique qui te fait signe depuis un moment ? lança-t-il.

— J'en ai assez de servir. Et accorder mon attention à un vieil homme quand j'en ai un jeune et beau avec qui flirter, ça ne serait pas crédible du tout.

Voir Chouette à l'œuvre, c'était regarder briller un diamant, scintiller une étincelle. Ce soir, en plus, elle était terriblement affriolante. Il la suivait d'un regard brûlant. Le désir crépitait. Et tous deux tentaient de l'ignorer.

Elle posa le plateau sur sa table et prit le verre qu'il n'avait pas terminé. Quand elle se pencha, sa tenue de serveuse lui offrit une agréable vue. Mmm, ce décolleté...

— Tu vas captiver toute la gent masculine ici présente, murmura-t-il.

— Non, pas toute. Certains ne pensent qu'à leur partie d'échecs, d'autres sont très, très vieux. Mais les autres... oui, ils t'envient, mon cher.

Elle balaya la salle du regard. Chouette ne faisait jamais rien au hasard.

— Tu cherches ceux qui sont trop préoccupés pour s'intéresser à ton décolleté ?

— Des conspirateurs, oui. Exactement. Ceux qui ne jouent pas aux échecs et ne me regardent pas non plus. Seulement pour l'instant, j'attire tous les regards. C'est assez décourageant.

— C'était trop espérer que d'avoir la partie facile.

Dans une heure, il retournerait au quartier général du service de renseignements britannique. Peut-être Carruthers aurait-elle découvert quelque chose. Il aurait préféré rentrer à la maison avec Chouette. Ils auraient pu...

Il écarta de son esprit toutes les choses qu'il ne ferait pas ce soir.

La porte venait de s'ouvrir sur un client. Un homme aux cheveux châtains, bouclés. Yeux marron, environ vingt-cinq ans. Taille estimée par rapport à l'encadrement de la porte… un mètre soixante-quinze.

Je le connais, songea Hawker.

L'homme retira son chapeau et regarda autour de lui. Ses vêtements, quoique de bonne facture, n'étaient pas à la mode. Ses bottes étaient de meilleure qualité que son manteau.

Il repéra Pax. Un simple tressautement de cils. Il hésita à peine.

Je le connais… Pourquoi ? Où l'ai-je déjà vu ?

L'homme se dirigea vers la table où était assis Pax.

Les sourcils. Les pommettes…

Je me souviens.

Quatre ans plus tôt. Hawker se trouvait près de Bristol, avec Doyle. Quand il n'y avait rien d'autre à faire, on envoyait les agents du Service repérer les Cachés. Révéler à chaque famille qu'elle abritait un coucou dans son nid. Annoncer : « Ce n'est pas celui ou celle que vous croyez. »

Celui-là, il s'en souvenait. Ils avaient dû annoncer à un vieil homme que le garçon qu'il élevait était un Caché, un orphelin formé pour espionner au service de la France.

Dacre, c'était son nom. Paul Dacre.

Parfois, les familles pleuraient, refusaient de les croire, et gardaient les enfants. Parfois, elles les mettaient dehors. Cette fois, le vieil homme ne lui avait même pas laissé le temps de prendre sa poudre à dents.

Doyle et lui étaient allés à la rencontre de Dacre. Le marché était le même pour tous les Cachés.

— Nous vous trouverons un emploi et un logement. Vous pouvez vous établir en Angleterre et devenir un citoyen honnête. Nous ne laissons tomber personne.

Dacre les avait ignorés.

Apparemment, il était rentré en France.

Il s'avança derrière Pax en feignant de s'intéresser à la partie mais, en réalité, il ne le quittait pas des yeux.

Un Caché qui se dirigeait droit sur un agent britannique ? Cela ne pouvait pas être une coïncidence. Et Pax n'avait rien vu.

Je n'aime pas ça, songea Hawker. Il allait se lever, la main sur son poignard, quand celle de Chouette se referma sur son poignet. Une main de fer.

— Il est des nôtres. C'est mon ami. Tu n'interviens pas.

— Il est de la police secrète ?

— Cela ne te regarde pas. Assieds-toi. Rien n'arrivera sans que j'en aie donné l'ordre. Je t'interdis de mettre mon opération en péril.

Les choses allèrent très vite ensuite. Le Caché s'arrêta à côté de Pax, de la main droite il fit un geste nerveux, bougeant les doigts. Il regarda l'échiquier.

— Peu importe que vous me croyiez ou pas... mais votre dame est en danger.

Et il s'éloigna.

Pax n'avait pas bougé.

Que signifiait tout cela, exactement ?

Chouette fulminait.

— Il vient faire son rapport. Je ne te demanderai pas comment tu le connais.

— Je l'ai vu en Angleterre. C'est l'un des Cachés.

— Et alors ? Tu es connu pour ce genre de chose, tu sais. Pour les faire sortir de leur trou, les uns après les autres. Ils avaient tous peur du Faucon noir. De toi. Au moins celui-ci est-il resté fidèle à la France, contrairement à la plupart des autres. Tu me dégoûtes, Hawker. Tu ne peux pas venir en France et t'en prendre aux espions français. Est-ce que je vais à Covent Garden pour faire tâter de mon couteau à tes amis, moi ? Nous ne sommes même pas en guerre. Sois logique.

Il n'écoutait qu'à moitié. Il se souvenait. Ce mouvement des doigts...

Huit ans plus tôt. Au pire de la Terreur. Robespierre venait d'être guillotiné et tout le monde retenait son souffle, les émeutes menaçaient. Il avait passé une longue nuit en compagnie de Chouette et de Pax, à faire sortir une dizaine de Cachés de l'endroit où ils étaient enfermés. L'Atelier des Coches.

Des espions en devenir. Dangereux, prêts à tout. Mais aussi des enfants terrorisés, acculés, réfugiés au fond de ce grenier pouilleux.

« Peu importe que vous me croyiez ou pas... », leur avait dit Pax en bougeant les doigts.

Exactement la même phrase. Et c'était à ce moment seulement que les Cachés avaient commencé à les écouter.

Paul Dacre venait de bouger les doigts de la même façon. De former un C avec le pouce et l'index. Puis l'index avait rejoint le pouce, pour fermer le C. Le même signal. Exactement le même signal.

Pax croisa son regard.

Il s'était présenté un jour à Meeks Street, fils d'un agent tué en Russie, seul survivant de sa famille. Personne ne le connaissait.

Le Service avait suivi la trace de centaines d'orphelins à travers l'Angleterre, à la recherche des Cachés. Jamais il n'avait enquêté sur Pax. Parce qu'il était l'un des leurs.

Sur l'échiquier, Pax posa un doigt sur le roi et le fit basculer sur le côté.

Chouette, immobile, silencieuse, observait la scène.

— Fais sortir ton agent d'ici, murmura Hawker. Et dis au propriétaire que c'est terminé pour ce soir : on ferme.

Puis il se leva. Son ami était un traître.

31

Hawker traversa la salle du café de la Régence, prenant soin de rester entre Pax et l'entrée. S'il redoutait une chose, c'était que Pax disparaisse dans Paris avant qu'ils aient eu l'occasion de mettre les choses à plat.

Pax, lui, était assis comme un homme qui vient de prendre un direct à l'estomac – ce premier instant quand on est sous le choc, qu'on a chaud et froid en même temps et qu'on se fige parce que respirer va déclencher la douleur.

Hawker s'approcha et se plaça derrière lui, un peu sur sa gauche. Le point le plus faible. Celui que l'on choisissait lorsqu'il s'agissait de surveiller un ennemi.

L'adversaire de Pax aux échecs s'était énervé parce qu'il perdait. Maintenant, il était agacé parce que Pax avait abandonné la partie.

Certaines personnes ne sont jamais satisfaites. Essayer de leur faire plaisir est une perte de temps.

— Toi. Tu dégages. Ça va fermer.

L'homme cessa de grommeler, remballa ses remarques sur l'honneur et les échecs, et s'en alla.

Pax leva les deux mains, puis les posa sur la table, doigts bien écartés, montrant qu'il ne chercherait pas à sortir son couteau. Le monde avait donc changé au point que Pax doive l'en convaincre.

Il n'y aurait pas de bagarre. Hawker avait un œil sur les épaules et le cou de Pax, sur ses mains, et voyait bien que celui-ci ne tenterait rien.

— Il faut qu'on parle. Il y a une réserve, derrière.

— Un endroit tranquille, approuva Pax. C'est bien.

— Après toi.

Hawker avait vu Pax dos au mur, littéralement, se battant comme un damné. Il l'avait vu titubant, le visage tuméfié, les yeux à peine entrouverts, se hisser hors de ce ravin à Cassano, derrière les lignes de front. Il l'avait vu ivre et hilare. Mais le regard aussi vide, jamais.

Dans le café, les clients récupéraient manteaux et chapeaux au vestiaire, rapportaient les journaux au comptoir, notaient l'emplacement des pièces sur l'échiquier, vidaient leur fond de cognac. Pax se fraya un chemin à travers la foule. Le Caché qui l'avait trahi discutait avec Justine. Pax passa devant eux sans lui adresser un regard.

La réserve servait aussi de débarras et de cuisine. Il y avait une petite cheminée, une table, des bancs. Sur des étagères étaient alignés verres, assiettes et tasses, piles de serviettes repassées et pliées. En bas étaient couchées des bouteilles de vin. Un balai tenait compagnie à un seau. Le réservoir d'eau en cuivre se trouvait derrière la porte.

Pax entra, s'arrêta, les mains derrière le dos. Il ne se retourna pas. Peut-être attendait-il son exécution. Ce traître avait toujours eu le sens de la mise en scène. Il aurait dû faire du théâtre.

Que dire ? songea Hawker. Que vais-je bien pouvoir lui dire ?

— Je n'ai jamais compris pourquoi on ne frappe pas un homme dans le dos. D'abord, c'est plus sûr. Ensuite, si je dois tuer quelqu'un, je préfère ne pas voir son visage.

— Tu es une âme sensible, commenta Pax.

Hawker avança jusqu'à lui et examina, sur les étagères, le stock du café de la Régence.

— Comment procède-t-on, maintenant ? Je pose des questions et tu me mens ? À un moment, les choses dégénèrent ?

— Oublions ça.

— Je préférerais. Je fais quoi, alors ?

— Tu as déjà pris des agents français.

Entendre Pax se définir comme un Français fut un choc. Dix minutes plus tôt, ils étaient du même côté. Deux minutes plus tôt, ils n'avaient pas prononcé ces mots. Maintenant, c'était fait.

— Tu avoues, donc ?

Pax se tourna lentement vers lui, mains écartées, paumes ouvertes.

— Je vois mal comment faire autrement. J'ai été négligent, il y a huit ans, en te laissant voir le signal. Je croyais avoir été plus discret.

— Un de vos secrets de Cachés.

— Nous en avions quelques-uns. J'ai été obligé de me servir de celui-ci. Ces mômes étaient sur le point de nous mettre en charpie. Parce que c'est ce qu'ils auraient fait, tu sais. Il n'y avait pas une minute à perdre.

— Ces gosses dont tu as fait partie.

— Oui. Nous n'étions pas des enfants de chœur. Le grenier dans lequel on les a trouvés… en février, il y faisait plus froid que dans l'enfer scandinave. Ils nous laissaient une couverture, été comme hiver. Nous étions des soldats français, ils disaient. Et les soldats dorment par terre par tous les temps.

— Je parie que les soldats n'aiment pas ça non plus.

— Nous, on était obligés de dire que ça nous allait. Obligés de dire qu'on était d'accord pour céder notre ration quotidienne. Ils nous faisaient ça sans prévenir, alors qu'on crevait déjà de faim. On ne savait jamais quand.

— J'essaie de comprendre… la chronologie. Tu devais avoir…

— J'ai été l'un des premiers. Quand je suis arrivé, les plus forts dictaient leur loi aux plus faibles, leur piquaient leur nourriture et leur couverture. On a imposé des règles.

Sa bouche se tordit, comme si ce souvenir l'amusait.

— *J'ai* imposé des règles. Parce que j'étais le plus costaud de tous.

— Quelles règles ?

— Choisir un chef. Ne jamais trahir un autre Caché. Se protéger les uns les autres. Prendre soin des plus jeunes.

Dans la salle du café, le brouhaha se calmait. L'employée qui tenait le comptoir poussa la porte de la réserve, faillit dire quelque chose en les voyant. Puis elle croisa le regard de Hawker et changea d'avis, refermant la porte sans poser de question. C'était sage de sa part.

Les mains toujours ouvertes, sans faire de mouvement brusque, Pax reprit son récit.

— On s'est baptisés « les Cachés ». Le nom a été repris par les responsables du réseau mais, au départ, c'était juste entre nous. Ils ne savaient pas que ce dont on se cachait, en fait, c'étaient d'eux. Ceux qui sont arrivés après moi ont gardé les mêmes règles. De tous ceux que tu as découverts, pas un seul ne t'a mené à un autre.

— En effet.

— Cette nuit-là, quand nous sommes entrés dans le grenier, les gamins avaient un chef, qui parlait pour eux tous. Les plus petits restaient derrière. Ils connaissaient le signal, le mouvement des doigts. C'était mon signal. Je l'avais inventé.

— Et il t'a trahi. Qui étais-tu, avant d'arriver à l'Atelier des Coches et de devenir un Caché ?

Pax secoua la tête sans répondre.

— D'accord, marmonna Hawker. Ça n'a pas d'importance.

— Ça n'en a plus.

— Tu n'es pas anglais. Tu es un espion depuis le jour où tu as mis un pied dans la maison de Meeks Street.

— Oui.

Pax tourna brusquement la tête sur le côté.

— Non, j'étais…

Il se tut.

Dans la salle, la porte du café claqua sur les derniers clients. Des verres s'entrechoquèrent. Le bruit mettait les nerfs de Hawker à rude épreuve. Diable, que tout ceci était difficile…

— Tu n'es pas le fils d'un agent secret britannique.

— Je ne suis pas le fils de James Paxton. J'ai pris la place de ce gamin. J'ai pris son nom. Laisse-moi m'asseoir.

Sans attendre la réponse, il se laissa tomber sur un banc, posant les mains devant lui sur la table.

— Je ne m'attendais pas à m'en sortir comme ça aussi longtemps.

— Je vais devoir le dire à Carruthers.

— Évidemment.

— Elle enverra des agents à tes trousses.

Pax élevait l'immobilité au rang d'art. Une nature morte bougeait plus que lui.

— Elle va vouloir savoir ce que j'ai transmis aux Français.

— Elle les enverra par deux ou trois. Tu ne vas pas être facile à coincer. Vivant, en tout cas. Et il faut que tu sois vivant, pour que l'on puisse t'interroger.

C'était un peu étrange, d'établir de la sorte les événements qui allaient suivre, de faire la liste des possibilités.

— Je compte sur Carruthers pour en finir proprement, répliqua Pax. Ne la laisse pas te refiler le sale boulot. Tu mérites mieux.

Sur sa mâchoire, un muscle tressauta. La glace se fendillait.

— Vous pouvez aussi tous les deux laisser cela aux Français, ajouta Pax. Justine du Motier va devoir en référer à ses supérieurs. Et les Français éliminent ceux qui se sont trahis.

— Tu es un Français, pourtant.

— Ça ne compte pas. Une fois que les Français sauront, il me restera une journée, peut-être moins.

Dans la salle, le silence était revenu.

— Ils m'ont emmené en Russie, par bateau, dit Pax, reprenant une conversation qu'ils n'avaient pas commencée. Une fois là-bas, ils m'ont brûlé. Pour que je sois plus convaincant.

Il passa la main sur son bras, lentement. Hawker avait déjà vu la cicatrice qui serpentait le long du bras de Pax. Horrible, profonde.

— Pour faire plus vrai, acquiesça Hawker.

— Question détails, ils étaient très forts, soupira Pax d'une voix rauque, épuisée. Je devais ensuite me présenter à Meeks Street. C'est par là, ils m'ont dit, en indiquant l'ouest. Il m'a fallu quatre mois pour parcourir l'Europe à pied. Quand je suis arrivé en Angleterre, il neigeait. L'Atelier avait fait du bon boulot, finalement. On était vraiment endurcis.

— Personne ne forme des agents aussi efficacement que les Français.

— Personne.

Pax semblait à bout de souffle. Il massait son bras, comme s'il avait encore mal.

— J'étais à Meeks Street depuis quatre mois quand mon Tuteur a débarqué. J'avais été plus performant qu'il ne l'espérait.

— Tu avais en permanence le doigt dans le pot de confiture. Il devait être très satisfait.

Il y avait sur la table un moulin à café et un plateau avec des tasses attendant d'être lavées. Pax entreprit de les aligner les unes à côté des autres.

— Je lui ai donné des papiers, Hawker. J'ai suivi les ordres. Tu dois comprendre ça. Trois fois, je lui ai donné des dossiers que j'avais été voler dans les armoires, au sous-sol. J'ai pris des vieux trucs. Des opérations avortées. Des notes sur des agents partis à la retraite.

— Tu lui as donné n'importe quoi ?

— Au début, je ne savais pas ce qui était important. Je ne saurai jamais quels dégâts j'ai provoqués.

Cette fois, Pax empilait les tasses. Hawker retrouvait l'homme qu'il avait connu, sombre, désespéré.

— Je sais ce qui était entreposé au sous-sol, dit-il. J'ai tout brûlé quand on m'a demandé de m'occuper de l'archivage. Tu as tué ton Tuteur ?

Pax haussa les épaules.

— Oui. Une dague enfoncée jusqu'au cœur. Mais je ne l'ai fait qu'à notre quatrième rendez-vous. Cela ne comptera pas pour Carruthers.

— Non.

Les hauts gradés du Service étaient impitoyables. Carruthers plus encore que les autres.

— Ils n'ont envoyé personne pour le remplacer, expliqua Pax. Deux mois ont passé et j'attendais toujours que le couperet tombe. Puis Robespierre a été guillotiné, l'Atelier des Coches a fermé et les Français ont voulu faire comme s'il n'avait jamais existé. Doyle et toi êtes partis chercher les Cachés aux quatre coins de l'Angleterre.

— Tu étais l'un des nôtres, cette fois ?

— Je l'étais devenu. Quelque part, au fil du temps, j'étais devenu Thomas Paxton.

— Qui est aujourd'hui dans un sacré pétrin.

Il n'y avait pas grand-chose d'autre à dire, aussi restèrent-ils assis en silence.

Enfin, Pax posa la dernière tasse sur la pile.

— Attendre ne rend pas les choses plus faciles, au contraire. Si tu dois me tuer, autant le faire ici.

— Si j'avais décidé de te tuer, je l'aurais fait il y a dix minutes, plutôt que d'écouter ton histoire à faire pleurer dans les chaumières.

— J'ai trahi le Service dès le jour où j'ai franchi le seuil de Meeks Street.

Hawker soupira.

— Tu étais un gamin, et c'était il y a longtemps.

— J'ai menti à tout le monde pendant des années. J'étais un traître dès le départ.

— Parfait, alors. Tu es un sale traître, je vais aiguiser mon couteau et tu pourras te le planter toi-même dans le ventre. Ça te va comme programme ?

Il y avait suffisamment de lumière pour voir qu'un léger sourire incurvait les lèvres de Pax.

— Bon, d'accord. Comment je me sors de ce guêpier ?

Hawker leva les mains.

— Vaste question. Si tu veux mon avis, pars en courant. Va en Allemagne. Peut-être en Norvège. Coule-toi dans l'existence irréprochable d'un professeur de latin. Collectionne les coléoptères. Ça te plairait, j'en suis sûr. Et je doute qu'on aille te traquer jusque dans les terres septentrionales.

— Et les Français ?

— Ils n'en sauront rien, si ton ami le Caché tient sa langue. Je convaincrai Justine de faire de même.

Cette dernière éventualité arracha un petit rire à Pax.

— Et si je n'ai pas envie d'aller enseigner le latin dans les terres froides ?

— Tu peux aller voir Carruthers et chercher à obtenir son pardon, mais l'indulgence, chez elle, est un terrain marécageux et plein de chausse-trapes. Tu peux aussi aller chez Galba. Lui, au moins, il t'écoutera avant de te trancher la gorge.

Que dire d'autre ?

— J'ai de l'argent, annonça Hawker. Et deux montres. J'ai passé la journée à faire les poches du côté du Palais-Royal.

— Tu joues vraiment sur tous les tableaux, Hawker.

— J'ai une moralité à géométrie variable. Quitte Paris. Les Américains disent que New York et Boston sont les villes du futur. Ils mentent comme ils respirent, mais tu pourrais au moins aller voir de quoi il retourne.

— Pourquoi pas ? Je dois y réfléchir.

Pax réfléchissait toujours trop, c'était son problème.

— Je peux te laisser jusqu'à l'aube, le prévint Hawker. Après, il faudra que j'aille voir Carruthers. Va-t'en, tout de suite.

32

Hawker était dans la salle du café de la Régence, près de la vitre, et attendait Chouette.

Le silence régnait. Tous les clients s'étaient dispersés dans la nuit, il n'y avait plus qu'eux. Chouette était dans la réserve, à faire Dieu sait quoi.

Dehors, on n'y voyait goutte. À cette heure tardive, les réverbères, sous les arcades du Palais-Royal, avaient été éteints et les boutiques, fermées. On entendait, en sourdine, le brouhaha des voix et la musique venant des tripots, dans les étages. Dans un café encore ouvert, au bout de la colonnade, un orchestre jouait de la musique tzigane.

Quelques inconscients allaient et venaient encore. Des Anglais et des Allemands, pour la plupart, bien décidés à boire jusqu'à la dernière goutte le nectar du péché en terre étrangère. Des proies faciles pour les voleurs. Deux prostituées attendaient le client. De temps à autre, un gendarme passait, s'assurant que l'ordre public était respecté.

Il restait quatre heures avant l'aube.

Carruthers lui demanderait dans quelle direction était parti Pax. Il pouvait dire qu'il l'ignorait. Beaucoup de chemins menaient hors de Paris.

Chouette arriva derrière lui, faisant juste assez de bruit pour qu'il sache qu'elle était là.

— Tu ne savais pas que c'était un Caché ?

— Non. L'autre te l'avait dit, je suppose ?

Les Français avaient fait du bon travail.

— Pas exactement. Mon collègue prétend ne pas le connaître du tout. Il me *ment*, Hawker, malgré toutes les années passées à travailler ensemble.

— Vraiment ?

— Il se tortille comme un ver au bout d'un hameçon pour éviter de trahir un congénère. Je suis censée fermer les yeux et jouer les imbéciles, par-dessus le marché. Je l'ai renvoyé en lui disant de tenir sa langue. Je m'occuperai de lui plus tard. Il ne dira rien, pour un tas de raisons.

— C'est bien.

Elle regarda le reflet de Hawker dans la vitrine, puis se tourna vers lui.

— Tu vas tout dire à tes supérieurs, pour Pax ?

— Dans la matinée.

— Tu n'as pas le choix, je suppose.

— Non.

Que ferait-il lorsque Carruthers l'enverrait aux trousses de Pax ? Il l'ignorait.

— Écoute-moi, Hawker, dit Chouette en défaisant son tablier avec des gestes calmes, professionnels.

— Je t'écoute.

— Non, tu ne m'écoutes pas. Eh bien, tant pis, je vais faire avec.

Elle jeta le tablier sur une chaise toute proche et se plaça entre lui et son reflet dans la vitrine. Puis elle posa la main à plat sur son torse, et il fut forcé de la regarder.

— Je ne dirai rien de toute cette histoire à mes supérieurs.

Il secoua la tête, pour y voir plus clair. Il n'arrivait pas à réfléchir.

— Pourquoi ?

— Ce ne serait pas tellement à l'honneur de la France de vouloir éliminer un Caché après tant d'années. Nous ne nous sommes pas très bien conduits avec eux.

Si Pax n'avait pas les Français aux trousses, il avait plus de chances de s'en sortir. Doyle dirait…

Doyle les avait formés tous les deux, songea Hawker. Pax et lui. Il faudrait qu'il le lui dise…

— Nous, les Français, nous parlons toujours d'amour, mais l'amitié, c'est plus fort, beaucoup plus fort. Retire ton manteau et viens m'aider.

Elle avait besoin d'aide pour ranger la salle. Les chaises d'un côté, les tables de l'autre.

— Je ne savais pas, pour Pax, assura-t-elle lorsqu'ils eurent terminé.

— Je te crois.

Elle scruta son visage. Il sentit l'intensité de son regard.

— C'était… inévitable qu'on essaie d'en infiltrer un ou deux parmi vous. Dieu sait combien vous avez dû infiltrer d'agents à vous dans la police secrète.

Il réprima un sourire.

— Je préfère que tu ne me poses pas la question.

— Je ne te la pose pas. Je vais juste te dire une chose : je ne sais pas combien d'agents français travaillent en Angleterre, mais je ne pense pas que Pax soit vraiment des nôtres. Je pense qu'il est loyal envers les Anglais.

— Probablement, admit Hawker.

— Il faudra quand même l'éliminer ?

— Sans doute.

— Tu vas… *toi* ?

— Pas comme ça, dit-il en levant les mains. Je devrai prévenir les hommes qui seront chargés de le tuer. Dans cinq heures, environ.

— Je vois. C'est très clair. Et c'est épouvantable. Allez, on n'a pas terminé.

Terminé quoi ? Les tables et les chaises étaient rangées, non ? Restaient les bancs. Assez longs, à l'assise confortable, rembourrée.

— Il a de l'argent ? reprit Chouette. Pax.

— Pas mal, oui. Je lui ai donné tout ce que j'avais sur moi, plus ce que j'ai volé ce matin, avec les montres et la chevalière.

— Cela devrait l'aider à soudoyer les gens ici et là. J'essaie toujours de soudoyer les gens avec des bijoux, ça marche bien. Prends l'autre bout de ce banc. Il est lourd, hein ? Les meubles sont très solides, dans ce café.

Elle montra l'endroit où il devait être rangé, le long d'un autre.

— L'heure qui précède l'aube, c'est le bon moment pour voler un cheval. Cela lui permettra d'être à trente kilomètres de Paris à midi... Là. Recule un peu. Pose.

Elle se redressa, essuya ses mains sur sa jupe.

— Bien. Je vais chercher mon manteau, il est dans la réserve.

Lorsqu'elle revint, elle avait son manteau et une lanterne. Lentement, elle vida ses poches sur une table. Une bourse pleine. Un couteau. Son petit pistolet. Une boîte à balles et à poudre.

— C'est un bon agent, ton Pax ?

Il toussota.

— Oui. Un excellent agent. Le meilleur.

Elle prit le manteau, le secoua pour voir s'il tombait encore quelque chose des poches, puis le jeta sur un banc.

— Il a de l'argent, connaît la campagne et aura cinq heures d'avance sur ses poursuivants. Toi et moi, nous avons semé des bataillons d'Autrichiens avec bien moins que ça.

La lanterne était posée sur la table, entre eux. Tout autour, il n'y avait que l'obscurité. Intime. Silencieuse.

— Demain, reprit-elle, tu iras voir tes supérieurs et tu dénonceras un vieil ami. Puis tu te battras pour qu'il soit épargné. Tu marchanderas, tu trouveras des alliés, et tu le garderas en vie. J'ai foi en toi.

Elle s'approcha de lui, tira sur le nœud de sa cravate. Un nœud simple. Typique d'un amateur d'échecs. Elle défit la cravate, la laissa tomber à terre.

Il vit alors ce qu'il aurait dû voir depuis un moment.
— Tu as fait un lit avec les bancs.
Elle sourit.
— Pour nous.

33

Les ténèbres, dans le regard de Hawker, s'éclaircissaient un peu. Il reprenait espoir.

S'il n'avait pas été aveuglé par le terrible devoir que lui dictait sa position, il aurait vu que la situation de Pax n'était pas désespérée. Ce dernier avait beaucoup d'amis au sein du Service. Hawker en faisait partie, et pouvait se révéler le plus puissant et le plus rusé des alliés. Il y avait bien des façons de lutter pour sauver la vie d'un agent.

Ils discuteraient stratégie plus tard. Pour le moment, il avait envie d'elle.

— Ce n'est pas un lit très confortable, mais ça fera l'affaire, dit Chouette en dégrafant la broche qui maintenait son châle de serveuse en place.

Il déboutonna lentement son gilet, sans la quitter des yeux.

— Pourquoi fait-on cela, déjà ? Rappelle-moi.

Parce que tu souffres tellement que j'en ai le cœur brisé, songea-t-elle. *Toi qui ne laisses jamais le monde t'affecter. Toi, tellement retranché derrière ton mur de sarcasme et d'intelligence. Parce que tu es mon ami. Je pourrais me détourner d'un simple amant, mais pas de toi.*

— C'est la dernière fois, le prévint-elle.

— C'est toujours la dernière fois, avec toi. Nous menons des vies dangereuses.

D'ordinaire rapide et habile, il peina sur chaque bouton de son gilet et ne vint pas à bout de celui de son col.

— On ne va pas se mentir, toi et moi. Laisse-moi faire.

Elle défit le bouton.

— On peut nous voir depuis la rue, si quelqu'un passe.

— Le dossier du banc nous protégera suffisamment, répliqua-t-elle. Et puis, dans un instant, je vais éteindre la lanterne. Ensuite, je te séduirai.

— Inutile, dit-il avec un petit rire. Pourquoi, Chouette ? Pourquoi as-tu changé d'avis ?

Elle retrouvait le Hawker qu'elle connaissait, celui qui posait ce genre de questions, avait l'étincelle de la vie dans le regard. Dur, cynique, pas sentimental pour un sou. L'amant solide comme un roc et brûlant d'un feu inassouvi.

— Nous sommes amis.

— Je n'ai pas besoin de faire des galipettes avec mes amis. Toi non plus.

— J'ai peur, finit-elle par lâcher.

Les couteaux de Hawker tombèrent sur la table, à côté du pistolet de Chouette. À portée de main, parce qu'on ne sait jamais. Puis il retira les étuis.

— Peur de quoi ?

— Je me sens obsédée par le sentiment de la mort, qui est partout. Nous dansons en permanence au bord du précipice, et cette nuit, je n'arrête pas de regarder vers le bas. C'est plus fort que moi.

— Diantre ! Voilà que tu philosophes, maintenant. C'est une erreur.

Ils pensaient tous les deux à Pax, seul dans la nuit, qui fuyait Paris. Si le pire devait se produire, sa force et son habileté ne lui permettraient pas d'échapper à la mort.

— Je suis stupide de coucher avec toi, admit Chouette. Si on nous surprend, la série de réactions que cela provoquera sera terrible. Ce matin, j'étais résolue à devenir sage et à te quitter. Il semblerait que « sage » ne soit pas un adjectif qui me convienne.

Hawker se débarrassa du dernier étui à couteau et retira sa chemise. Il portait autour du cou une chaîne en argent, avec une médaille de saint Christophe. Un cadeau de Séverine. Chouette avait reçu la même.

Le torse nu de Hawker avançait des arguments puissants, qui jouaient avec ses nerfs, depuis toujours. Et à cet instant, en le regardant, elle comprit que même Hawker pouvait mourir. Ce corps parfait, cette machinerie que pas un raté ne grippait, n'était pas invulnérable.

— Je refuse d'être prudente, dit-elle. La mort nous cueille tous un jour ou l'autre, et je n'irai pas à sa rencontre à petits pas hésitants.

Hawker se pencha et souffla la lanterne.

— Tu ne vas pas mourir. Cesse de trop réfléchir. Il y a des myriades de choses qui n'apportent rien de bon si tu les laisses tourner dans ta tête. À commencer par celle-ci.

— Je ne peux pas m'en empêcher. Je viens d'assister à la chute de ton Pax, et tout s'est passé si vite...

Dans l'obscurité, elle distinguait la silhouette de Hawker. D'une certaine manière, elle trouvait plus facile de lui parler sans voir son visage.

— ... Je sens le malheur battre des ailes au-dessus de nous, tel un oiseau de proie. Si un Anglais tue Napoléon, la guerre éclatera moins d'une semaine après. Toi et moi, nous serons dans des camps ennemis, et il n'est pas impossible qu'on nous force à...

— Arrête, susurra Hawker en lui prenant la main pour déposer un baiser sur sa paume. Pas maintenant. Oublie tout cela.

La peau était si fine au creux de la main... Un seul baiser, et elle sentit la chaleur se répandre dans son ventre. Entre ses cuisses.

Il l'embrassa de nouveau, au même endroit, puis referma sa main et la garda entre les siennes.

— Remise ces idées pour plus tard.

— Je tiens trop à toi, murmura-t-elle.

— Toutes les femmes s'en plaignent, d'un bout à l'autre de l'Europe, plaisanta-t-il. Viens te coucher, mon amour.

Elle sut, malgré l'obscurité, qu'il la regardait avec le sourire qu'elle connaissait, dans lequel brillaient défi, folie, promesse de délices charnelles.

Elle retira ses souliers, dénoua ses jarretières et laissa tomber ses bas, puis elle releva sa jupe et se glissa à côté de lui.

— Allonge-toi. Je veux... Ah. Ça, c'est bon...

Les lèvres de Hawker déposèrent trois, quatre, cinq baisers sur sa gorge.

— Je t'ai déjà dit que ta peau devient plus fraîche quand tu dors ? Tu es comme de la soie. Fraîche au toucher.

— Je t'autorise à me comparer toute la nuit à de la soie.

Il caressa ses cheveux, les ramena en arrière pour dégager son visage et l'embrassa partout sur le front. Il n'était pas pressé. Hawker n'était jamais pressé, même lorsqu'elle vibrait de désir dans ses bras.

Elle sentit enfin ses lèvres sur les siennes.

— Tu es la séduction et la tentation incarnées, dit-elle.

— Je fais de mon mieux. À ma modeste mesure.

Il joua avec une mèche de ses cheveux. L'embrassa encore. Il l'attendait. Cet homme avait la subtilité d'un énoncé mathématique et la patience d'un arbre qui pousse.

Elle le désirait de tout son être. Son souffle était court, son ventre palpitait, un courant électrique la traversait.

— Des idiots, nous sommes des idiots, marmonna-t-elle en roulant sur le côté pour venir le chevaucher.

Il tira sur ses jupes afin que plus rien ne les sépare. Elle se pencha et prit sa bouche avec voracité.

— J'ai envie d'être en toi, l'entendit-elle chuchoter.

Son désir le rendait maladroit. Elle écarta sa main et s'occupa elle-même de défaire sa braguette. Il lui fallut un moment pour la déboutonner complètement. Hawker ne s'en plaignit pas.

34

La nuit, les jardins du Palais-Royal étaient déserts. Toutes les boutiques, sous les arcades, étaient fermées. Les derniers spectateurs de l'Opéra avaient dégusté toasts et foie gras au restaurant avant de rentrer chez eux. Dans les étages, derrière des portes closes, des hommes jouaient et s'amusaient, mais seul un bruit de fond résonnait dans l'obscurité.

L'homme qui se considérait encore comme Thomas Paxton se tenait debout, au milieu des jardins, et regardait le ciel. La lune veillait sur Paris. Sur Londres aussi, et Bonn, et sur les villes du Nouveau Monde. La Terre était vaste. Il pouvait se cacher dans bien des endroits.

Tendant le bras, il mesura l'angle de la lune au-dessus de l'horizon avec la largeur de sa main – un sextant de fortune. Il restait deux heures et demie avant le coucher de l'astre nocturne, vers trois heures du matin. Hawker ne bougerait pas du café avant l'aube, pour lui laisser une bonne longueur d'avance.

On était au mois d'août, et pourtant les nuits étaient fraîches depuis quelques jours. Le clair de lune n'avait jamais réchauffé personne, de toute façon.

Quoi qu'il arrive, il avait prévu de passer la nuit dehors. Les pluies de météores dans la constellation de Persée atteignaient leur maximum, à cette époque. Et cela n'arrivait qu'une fois par an.

Là. Encore une. Une traînée dans le ciel. Il retint son souffle jusqu'à ce qu'elle disparaisse. Et pencha la tête en arrière pour murmurer au ciel :

— Les abysses du temps infini engloutissent tout.

Marc Aurèle avait dit cela.

Dès le lever du jour, il irait voir Carruthers, avec Hawker.

Quand on appartenait au Service et que l'on commettait une bourde, on allait voir son chef de section pour qu'il prenne des sanctions. Il appartenait au Service. Il ne fuirait pas.

35

Elle ouvrit les yeux. La lumière entrait dans la salle par la vitrine du café. Mais ce qui l'avait réveillée, c'était le frottement du balai sur le trottoir et le bruit métallique du seau qui l'accompagnait. Les balayeurs de rue étaient à l'œuvre, ramassant les feuilles mortes, préparant le Palais-Royal pour une nouvelle journée.

J'ai encore été stupide, songea-t-elle. Avec Hawker.

Après une nuit avec lui, elle se sentait propre, comme si, partout où il avait posé les lèvres ou les mains, le feu de sa passion avait tout nettoyé.

À un moment, dans la nuit, Hawker s'était assis et l'avait installée la tête sur ses genoux. Elle s'en était à peine aperçue. Se sachant en sécurité, elle avait laissé le sommeil l'emporter.

Elle le regarda. Ils ne s'étaient pas complètement déshabillés, mais Hawker était torse nu. Elle avait déposé des milliers de baisers sur sa peau.

Il dormait assis, la tête contre le mur. Son bras droit était allongé, détendu ; le gauche était posé sur elle, la retenait.

Il avait un profil de pièce de monnaie de la Grèce antique. Nez puissant et droit, lèvres charnues. Sa peau était hâlée. À Milan, il s'était fait passer pour un pêcheur, avait travaillé sur des bateaux, vêtu comme ses collègues. Une barbe naissante ombrait ses joues. Ce n'était pas la première fois qu'elle s'éveillait à ses côtés.

Avec un visage pareil, il ne pouvait pas être de sang anglais. Polonais, tzigane, juif, italien, indien, oriental peut-être... Dans un marché italien, il se fondait complètement dans la foule. Il avait dit de sa mère qu'elle était prostituée : son père pouvait être n'importe qui. Peut-être venait-il de Marseille ou de Nîmes. Auquel cas, Hawker serait à moitié français.

— Je suis réveillé, dit-il sans ouvrir les yeux.

— Je sais, mentit-elle avant d'ajouter, sincère : Je t'admirais.

La plupart du temps, elle disait la vérité à Hawker. Pas par principe, ni par calcul, mais parce que c'était plus simple.

Il lui sourit et caressa sa barbe. Ce geste profondément viril, que les hommes faisaient tous. Comme si pouvoir se laisser pousser la barbe les rendait fiers.

— Je suis un vrai porc-épic.

Elle attrapa son bras et se hissa à côté de lui. Puis elle prit sa main et la posa sur sa jambe. Elle aurait pu lire la bonne aventure dans cette main, si elle avait été gitane.

— Quelle heure est-il, à ton avis ?

— Pas encore six heures.

On entendit des bruits de pas. Peu à peu, des voix résonnèrent sous les arcades. On ne distinguait pas les conversations néanmoins le ton était serein, calme, et le sujet, probablement ordinaire et de peu d'importance. Les cafés et les boutiques ouvraient, leurs employés se pressaient. Une charrette de marchande des quatre-saisons livrait les restaurants. Devant la porte du café retentit un bruit léger, sourd. Sans doute les premiers journaux qu'on déposait.

Elle avait dormi à poings fermés pendant deux heures, mais ne se sentait pas vraiment reposée. Son esprit était encore empreint de l'odeur et du goût de Hawker. Elle aurait voulu faire l'amour encore une fois avec lui, maintenant, en plein jour.

J'ai pourtant essayé de ne pas laisser mes émotions dicter mon comportement, songea-t-elle. Mais j'ai échoué.

— Les propriétaires du café ne vont pas tarder, annonça-t-elle. Ils doivent sans doute nettoyer, préparer, presser des citrons et faire je ne sais quoi encore. J'avoue que j'ignore complètement ce qui se passe dans un café quand les portes sont fermées.

— On dilue le vin. On tranche le pain très fin. On hache les chats pour le pâté, dit-il en lui prenant la main.

— J'ignore la coutume à Londres, cependant on ne mange pas de pâté de chat à Paris.

— Londres. Capitale du chat rôti.

Ouvrir les yeux à côté de Hawker, discuter avec lui de choses et d'autres : tout cela était naturel. Elle avait chaud, se sentait bien. Ils se tenaient la main, et aucun des deux ne voulait être le premier à briser le charme de l'instant.

C'était toujours à la femme de prendre la décision la plus sage. Elle retira sa main et s'écarta. Ramenant ses jupes autour d'elle, elle se leva.

— Il me faut un peu d'eau pour faire ma toilette, et retrouver un aspect plus... présentable.

— Moi aussi. Un entretien assez désagréable m'attend, grommela Hawker.

Pendant que Chouette dormait, il avait réfléchi. Il ne livrerait pas Paxton à ses supérieurs sans obtenir leur clémence.

Il se leva et marcha jusqu'à la réserve. En quelques pas, sous les yeux de la jeune femme, il redevint Adrien l'espion, le Faucon noir.

— Les tenanciers de ce café s'attendent à trouver un endroit impeccable et désert à leur arrivée ce matin, dit-elle en haussant la voix. Personne n'a envie de voir la police secrète encombrer son lieu de travail.

Elle retrouva ses bas, ses jarretières et s'assit pour les remettre. Des récipients métalliques s'entrechoquèrent, puis elle entendit de l'eau couler dans une bassine.

— J'ai eu une idée, lança-t-elle. Je crois qu'elle est bonne. J'aimerais savoir ce que tu en penses.

Un léger tapotement provint de la réserve.

— Laisse-moi me raser d'abord. Je n'arrive pas à réfléchir quand je me rase.

Il y eut un silence, puis :

— J'ai mis la bouilloire sur le feu. Dans dix minutes, tu pourras te laver.

— Alors que tu te rases à l'eau froide ? Je suis touchée.

Il y avait de grands actes héroïques. Hawker lui sauvant la vie une ou deux fois, par exemple. Et puis, il y avait les petits gestes du quotidien, qui passaient le plus souvent inaperçus. Cet homme était assurément plein d'attentions.

Lorsqu'elle enfila ses souliers, le jour était vraiment levé.

Les journaux de la veille étaient toujours empilés sur le comptoir. Elle en prit un, le plaça sur la table à côté de son pistolet et des munitions. Elle ouvrit la petite boîte qui contenait la poudre et les brosses, prit son pistolet et commença son nettoyage.

Hawker reparut quelques minutes plus tard et s'assit près d'elle. Il avait trouvé une pierre à aiguiser dans la réserve. Prenant l'un des couteaux de Chouette, il en frotta le fil sur la pierre.

— Je t'ai déjà parlé de tes couteaux ?

— Souvent, oui.

— Tout est dans l'angle de frappe. Il faut les aiguiser souvent, parce qu'il n'y a rien de plus dangereux qu'une lame émoussée. Des armées entières ont été décimées à cause de lames mal aiguisées.

— Tu m'étonnes un peu.

— C'est la pure vérité.

Il ne testa pas le couteau avec son pouce. Ce genre de geste était réservé à ceux qui aimaient se couper le bout des doigts. Il prit une feuille de journal et la trancha net, séparant une réclame pour des corsets et un éditorial politique.

— Parle-moi de cette idée, dit-il.

— Nous avons des mots. La dame. La tour. Le fou.

Il hocha la tête, sans cesser d'aiguiser la lame à gestes lents, calculés. Pour qui ne voyait pas ses yeux, il semblait complètement absorbé par sa tâche. Chouette savait qu'il réfléchissait.

— Oui ?

— Le tarot, dit-elle.

À ce simple mot, il releva brusquement la tête et la regarda.

— Nom de nom.

— Dans le tarot de Marseille, il y a des cartes représentant une dame, une tour, un fou. Je ne dis pas que nous nous sommes trompés avec les échecs, mais il y a peut-être une autre possibilité.

— Le tarot divinatoire. Les Gitans. Il y a toujours des Gitans autour du Palais-Royal.

— La plupart du temps, on les chasse. Il arrive néanmoins qu'ils soudoient les gendarmes pour avoir la paix un jour ou deux et pouvoir dire la bonne aventure dans les cafés. Mais je n'en ai vu aucun hier.

Hawker posa le couteau sur le journal, plongé dans ses pensées. Puis il secoua lentement la tête.

— Ils ne se mêlent pas de politique. Et ce ne sont pas des assassins. Cela n'a aucun sens.

— Non. Cependant je dois quand même fouiller dans cette direction. J'ai des amis parmi les romanichels. Seulement, ils vont et viennent, on ne sait jamais précisément où ils sont. Je vais devoir aller traîner dans les faubourgs.

— De mon côté, je poserai la question dans le quartier du Palais-Royal. Pour savoir où et quand on en a vu récemment.

— Le problème, c'est que nous n'avons pas le temps.

Elle posa son pistolet d'un geste impatient. Des grains de poudre se répandirent sur le programme du Premier consul pour la journée.

Une antiquité égyptienne offerte au Louvre… *La Dame du Nil,* apportée d'Angleterre… une œuvre incomparable… un cadeau fait au peuple français… célébration de la paix…

Dommage, vraiment, que la paix ne s'obtienne pas réellement en offrant des œuvres d'art.

— Celui qu'il me faudrait, c'est Paxton, dit Hawker. Lui, il connaît bien les Gitans. Ils le prennent pour un lointain cousin. Si je l'avais sous la main…

— Tu l'as.

Un homme se tenait devant la vitrine et regardait à l'intérieur. Paxton. Qui aurait dû être à des lieues de là !

— Il n'a pas pu partir, dit Chouette.

— La clé, ordonna Hawker.

Il la trouva lui-même sur le comptoir et alla ouvrir la porte à son ami.

Leur conversation démarra aussitôt, à voix basse. Chacun défendait ses arguments avec véhémence. Paxton était déterminé. Il ne fuirait pas. Il allait se rendre à ses supérieurs, au nom d'un honneur que certains auraient taxé de folie. Il souhaitait que Hawker l'accompagne et parle en son nom. Le sauve, si cela était possible, ou soit auprès de lui pour ses derniers instants, si cela ne l'était pas.

C'était à la fois courageux et insensé.

Justine ne voyait pas le visage de Hawker, et préférait qu'il en soit ainsi. Cette douleur – évidente chez les deux hommes –, elle ne voulait pas la voir.

Elle versa une mesure de poudre dans le fût, enveloppa la balle dans de la bourre, tassa le tout. Le pistolet et ses couteaux regagnèrent les poches de son manteau, prêts à l'usage.

C'est alors qu'un dessin, sur la feuille de journal pleine de grains de poudre, attira son attention. *La Dame du Nil,* une statue égyptienne. L'article qui l'accompagnait disait :

M. Julien Latour, directeur des Antiquités du Louvre, se prépare à accueillir La Dame du Nil *au terme du voyage historique qu'elle entreprend aujourd'hui à destination de Paris. Le Premier consul recevra la délégation britannique demain à huit heures pour une cérémonie privée... expression de l'amitié indéfectible entre ces deux nations...*

Latour. La tour.

— Mon Dieu !

Elle prit le journal. La poudre se répandit un peu partout sur la table.

— Regarde, dit-elle à Hawker qui s'était approché. La tour. Latour. La Dame. *La Dame du Nil.* L'Anglais, c'est le fou. C'est ça, l'assassinat ! Ici. Maintenant. Seigneur, quelle heure est-il ?

Paxton sortit sa montre, l'ouvrit.

— Sept heures.

— Trop tard.

Ils n'arriveraient jamais à temps.

— Pas encore.

Hawker avait parcouru l'article en un instant.

— Je ne connais pas une cérémonie officielle au monde qui commence à l'heure, dit-il en passant le journal à son ami. Va au quartier général. Dis à Carruthers que j'ai besoin d'hommes. De mon côté, je vais interrompre la cérémonie. Si j'arrive trop tard, nous ferons en sorte que l'Anglais soit éliminé avant son interrogatoire.

Ce serait leur préoccupation principale : qu'il n'y ait aucun Anglais impliqué. Aucune raison de déclarer la guerre.

Mais, pour Justine, il fallait d'abord sauver le Premier consul.

36

Le Louvre était moitié un musée, moitié un chantier. Alternaient les galeries où échelles, échafaudages et pots de peinture occupaient l'espace, et celles où les bourgeois déambulaient tranquillement, considérant sculptures et toiles d'un œil plus ou moins critique.

Personne ne semblait au courant de la visite du Premier consul, de l'arrivée de *La Dame du Nil* ni d'une cérémonie. Personnel du musée, guides, gardiens, artistes de passage avec leur chevalet sous le bras, tous vaquaient à leurs occupations sans se soucier de quoi que ce soit.

Dans la cour du Louvre, des familles se promenaient sous un ciel céruléen. Justine se tenait debout à côté de Hawker. Une catastrophe était sur le point de se produire, et elle ne savait pas où exactement.

— Rien n'est encore arrivé, dit Hawker en scrutant chaque porte, chaque fenêtre d'un regard froid.

Elle avait envoyé un des employés au poste de la garde, un autre auprès de la police secrète aux Tuileries, où Fouché avait son bureau. Mais ni l'un ni l'autre n'arriverait à temps, elle le sentait.

Une minute de retard, un siècle de retard, c'était la même chose.

Réfléchir. Avant tout, réfléchir.

— Bonaparte n'est pas dans les galeries publiques, sinon, tout le monde se presserait pour le voir. On entendrait un brouhaha, les gens pointeraient l'endroit, se dépêcheraient d'y aller.

— C'est grand, ici, dit Hawker, passant d'un flanc de bâtiment à l'autre.

— Le Louvre est une ville en soi. Un vrai labyrinthe de bureaux, d'ateliers, de salles de conférences et d'appartements, de coins et de recoins. En plus des galeries, évidemment.

Si elle devait organiser une telle cérémonie, quel endroit choisirait-elle ?

— Qu'est-ce qu'il y a comme salons d'apparat ? demanda Hawker. Comme lieu raffiné et à la mode ?

Elle acquiesça.

— Un endroit pas trop éloigné des Tuileries, parce qu'il doit passer les troupes en revue à dix heures.

— Où ?

— Dans la cour, là-bas, dit-elle en montrant le palais des Tuileries. Tu sais quoi ? Je pense qu'il ne viendra pas au Louvre : ce serait trop long, avec trop de gens à croiser. Il va rester dans le palais des Tuileries. Au rez-de-chaussée, il y a des dizaines de salons et de pièces de réception. Le roi de France y a vécu, autrefois.

Hawker passa la main dans ses cheveux.

— Il va quand même falloir trouver où, exactement. Tu prends la partie côté Seine, je commence côté Rivoli et…

— Non ! Regarde, devant le pavillon de Marsan. Le garde, là. Une seule porte est gardée. C'est là. C'est derrière cette porte que va avoir lieu la cérémonie.

Elle s'élança en courant. Hawker traça sur les pavés une flèche avec un morceau de charbon de bois.

Arrivée devant la porte, elle vit que celle-ci était ouverte. Le garde la regarda, méfiant.

— L'entrée du public, c'est de l'autre côté. Faut faire le tour.

Hawker arriva sur ses talons et traça une énorme flèche noire sur le mur de pierre.

— Hé, dites donc ! Vous pouvez pas faire ça ! C'est interdit de dégrader les monuments publics. Vous êtes passible d'une amende...

Profitant de la confusion, Justine se glissa à l'intérieur. Il y avait parfois un avantage à ressembler à tout le monde. À être manifestement sans importance.

Le pavillon de Marsan. Des salles tapissées d'or et de miroirs. Une dizaine d'années plus tôt, la sœur du roi de France y avait eu ses appartements. Cet endroit était sûr, un peu à l'écart, et juste à côté des appartements de Bonaparte. Et dans le pavillon, le salon Vert était un lieu tout à fait digne d'abriter une telle cérémonie.

C'était tout près.

Hawker la rattrapa dans le long couloir. Elle ne lui demanda pas comment il s'était débarrassé du garde.

Un soldat se tenait devant la porte du salon Vert, raide et fier, le fusil à l'épaule. Très sérieux, mais si jeune qu'il méritait tout juste sa moustache. N'y avait-il donc qu'un enfant pour protéger le Premier consul ?

— Il est là ? demanda Justine, haletante. Bonaparte, il est dans le salon ? Pour l'antiquité égyptienne ?

— C'est une réunion privée. Voyez le secrétaire au...

— Je suis de la police. J'ai un message pour le chef de votre garde. Je dois entrer immédiatement.

Elle chercha dans ses poches la lettre qui portait les sceaux et les signatures qui devaient lui ouvrir toutes les portes de Paris.

— J'ai des ordres, et...

Il empoigna son fusil, lui interdisant le passage. Puis fronça les sourcils en voyant Hawker, derrière elle, qui s'apprêtait à tracer une autre flèche sur le papier peint.

— Qu'est-ce que vous faites ? Ce palais appartient au peuple de France ! Donnez-moi ça !

Hawker, impassible, l'air aussi innocent qu'un enfant, lui tendit le morceau de charbon de bois. Quand le garde tendit la main pour s'en emparer, Hawker l'attrapa par les oreilles, tira et lui écrasa le front sur son genou. Le garde s'effondra, inanimé.

Hawker l'enjamba et poussa la double porte.

— Tu fais sortir le Premier consul, dit-il à Justine. Moi, je m'occupe de trouver l'Anglais.

Un an plus tôt, lorsqu'elle était entrée dans ce même salon, d'immenses scènes de chasse couvraient les murs. Depuis le plafond voûté, dieux et chérubins contemplaient les visiteurs.

Le salon Vert avait subi de nombreuses transformations. Plusieurs épaisseurs de voile blanc, léger, étaient suspendues au plafond et tombaient sur quatre immenses obélisques, aux quatre coins de la pièce, jusqu'au sol, occultant les fenêtres, donnant à l'ensemble une atmosphère feutrée. Des placards sur lesquels étaient peints des dieux égyptiens avaient été disposés à intervalles réguliers entre d'immenses momies, elles-mêmes installées debout. Une forte odeur d'huile de lin régnait.

Bonaparte lui tournait le dos, mais elle le repéra immédiatement. Tête nue, en manteau bleu nuit, les bras croisés. Il n'était pas plus grand que les hommes qui l'entouraient. Plutôt plus petit, à vrai dire. Toutefois l'énergie qu'il dégageait irradiait dans toute la salle. Il se tourna pour parler à celui qui se tenait à côté de lui. Teint pâle, nez aquilin, sourcils noirs. Au milieu de ce salon bondé, on aurait dit un aigle dans un poulailler.

Un homme avait pris la parole. Julien Latour, le chef du département des Antiquités. Elle avait déjà assisté à l'une de ses conférences. À côté de lui se tenait un type lourdaud, au teint rubicond, à la lippe molle. Le parfait propriétaire terrien pratiquant la chasse. C'était probablement l'Anglais qu'ils cherchaient. Un coup d'œil sur le côté lui permit de constater que Hawker avançait dans la foule sans le quitter des yeux.

Entre Latour et l'Anglais, sur une table couverte du même genre de voile léger qu'au plafond, éclairée par des torches, se trouvait *La Dame du Nil,* sculpture peinte d'une femme, d'environ trente centimètres de hauteur. Elle était posée sur une boîte à la décoration finement ouvragée et tendait les bras sur les côtés, comme si elle allait prendre son envol.

La Dame. Latour.

C'était maintenant. L'assassinat qu'il fallait empêcher.

Il y avait une quarantaine d'hommes, entre dix et douze femmes et quelques enfants. Deux gardes, qui s'ennuyaient à mourir, étaient adossés au mur. Vezier, le sergent de la garde, qu'elle connaissait, s'était placé à la droite de Bonaparte.

Il était vigilant. Quand il la vit, il l'interrogea aussitôt du regard.

Elle se fraya un chemin dans sa direction. Dans un instant, quelqu'un allait tenter de tuer le Premier consul. Probablement d'un coup de pistolet. Elle devait rester calme.

Il faisait une chaleur étouffante. Les femmes s'éventaient, les flammes des torches dansaient, tous ces mouvements étaient autant de distractions pour l'œil qui cherchait une arme pointée sur le Premier consul.

Devant, Latour continuait d'une voix monocorde :

— Dans les rites funéraires de la XVe dynastie, Isis représente l'aspect féminin du rajeunissement...

Déjà, la première fois qu'elle l'avait entendu, elle l'avait trouvé ennuyeux à mourir.

Enfin, elle fut près de Vezier. De sa formation d'espionne, elle avait retenu l'importance qu'il y avait à toujours connaître les personnes les mieux à même de vous aider sur le terrain. En l'occurrence, pas seulement le capitaine de la garde, mais aussi les sergents les plus fiables. Vezier était l'un des hommes qu'elle avait prévenus la veille. Il savait tout ce qu'elle savait. Elle pouvait lui dire : « C'est ici. Maintenant. Faites-le sortir » sans devoir perdre de temps en explications.

Comme prévu, Vezier réagit aussitôt. D'un geste de la main, il fit venir deux autres gardes, s'approcha du Premier consul, lui tapota le bras pour attirer son attention et se pencha pour lui parler.

Bonaparte cligna des yeux une fois. Sa bouche se durcit. Il prononça dix mots, puis regarda Justine et hocha la tête à son intention, avant de se retourner pour donner des ordres aux hommes qui se trouvaient derrière lui.

Elle serait la femme qui avait interrompu cette cérémonie. Celle dont la mise en garde avait poussé le chef de la France à changer ses projets. Elle en ressentit de la fierté, et de la terreur aussi. Si elle se trompait, sa carrière était terminée.

Mais elle était sûre d'elle.

Il fallait maintenant faire sortir le Premier consul du salon Vert pour le mettre en sécurité. Autour d'elle, personne n'avait plongé la main dans sa poche pour saisir un pistolet. Des regards perplexes s'échangeaient ici et là, mais rien de plus.

Hawker glissait le long des murs telle une ombre, soulevant à peine le voilage, la main gauche vers le bas, prête à faire jaillir un couteau de sa manche. Il scrutait les visages, comme s'il cherchait un ami. Les assassins, il les reconnaissait à leur regard. Le tic nerveux qui allait de pair avec le fait de se préparer à brandir une arme ne lui échappait jamais.

Il s'approcha de l'Anglais par-derrière.

Latour, magnifiquement inconscient de ce qui se passait, continuait :

— ... vers une époque de paix et de coopération entre nos nations, symbolisée par cette œuvre d'art aujourd'hui de retour sur le sol français.

Il y eut un silence, puis quelques hommes applaudirent.

L'Anglais tendit la main. Justine fit un pas en avant, sortant son arme. Mais l'homme s'empara d'une torche. Cela faisait partie de la cérémonie, donc.

Il abaissa la torche vers la boîte peinte, en toucha le couvercle, sous la statue. Le feu prit aussitôt. En quelques instants, la boîte fut en flammes. Puis il y eut un souffle et des flammes blanches s'élevèrent, très hautes, formant une colonne qui projetait des étincelles de toutes parts.

Des femmes crièrent. L'Anglais disparut derrière le voilage. Justine se lança à sa poursuite, contourna le feu, poussa hors de son chemin un Latour ahuri, et vit juste à temps la porte se refermer derrière l'Anglais. Elle entendit la serrure.

Il y avait deux portes dans ce salon. Si celle-ci était verrouillée, l'autre le serait sans doute aussi. Par acquit de conscience, elle essaya la poignée. Celle-ci ne tourna pas d'un iota. Justine se jeta contre la porte.

— Écarte-toi.

Hawker s'agenouilla, ses crochets entre les mains, cala son front contre le battant et se mit à la tâche, concentré.

Derrière elle, les cris redoublaient. Des hommes voulurent atteindre la porte. Elle posa les mains au-dessus de Hawker, écarta les jambes et s'arc-bouta contre la porte, le protégeant de son corps. Les coups s'abattirent sur son dos, cherchant à l'écarter, mais elle tint bon.

Une lumière blanche, aveuglante, se répandit dans le salon. Le voilage avait pris feu. La chaleur devint insupportable, brûlant la gorge. Justine se mit à tousser.

Bientôt, ouvrir les yeux fut trop douloureux.

Elle allait mourir.

La tête de Hawker appuyait contre son ventre. Il continuait de faire jouer la serrure, coûte que coûte.

Cette fois, le feu grondait comme un animal.

Elle entendit pourtant le cliquetis indiquant que la serrure cédait. Hawker attrapa la poignée, ouvrit la porte. Celle-ci bougea de quelques centimètres, et plus rien. Quelque chose avait été poussé de l'autre côté. Quelque chose de lourd, qu'il n'arrivait pas à faire bouger.

— La porte est bloquée, dit-il, calme, malgré la fumée qui l'étouffait.

Il se retourna. La lumière de l'incendie dansa sur son visage. Désignant trois hommes, il posa le dos contre la porte.

— Vous, vous et vous, avec moi ! On pousse.

Chouette fit un pas de côté, releva une de ses jupes pour se protéger le visage.

La porte ne bougea pas. Les flammes gagnaient du terrain. Dans la salle, on criait, on tapait contre l'autre porte.

Et soudain, Hawker et les trois hommes tombèrent en arrière. La porte avait cédé d'un coup, sur une quinzaine de centimètres. Retrouvant des forces, ils poussèrent encore, jusqu'à ce que l'espace soit suffisant pour permettre le passage. L'un d'eux se glissa de l'autre côté, repoussa quelque chose. La porte s'ouvrit d'un coup.

Le mouvement de foule qui suivit les emporta, Hawker et elle, dans la pièce d'à côté. Les premiers à quitter la salle en feu poussèrent un bureau visiblement très lourd sur le côté. Un garde, inanimé, gisait juste à côté de la porte.

Partout on toussait, on haletait. On titubait en direction de l'air respirable.

Justine retint un homme qui tentait de retourner dans la fournaise, lui donna un coup de coude lorsqu'il essaya une nouvelle fois. Quelques instants plus tard, il fut entraîné au loin par deux autres. Devant une femme dont la robe avait pris feu, elle s'arrêta, ne sachant que faire. Un homme – frère, amant ou inconnu qui passait – retira sa veste et la plaqua sur la jeune femme, étouffant les flammes.

— Emmenez-la dehors ! hurla-t-elle. Il y a une fontaine. Il faut mouiller ses vêtements !

Ceux qui avaient réussi à sortir gênaient les derniers encore dans le salon. Elle poussa les gens devant elle.

— Allez, allez ! Laissez passer !

Il fallait les éloigner de la porte, les faire avancer dans le second salon. Et Bonaparte n'était toujours pas passé.

Dans le salon Vert, c'était un véritable feu d'artifice. Les gens couraient dans un couloir de feu, les flammes dévoraient les murs, rampaient le long des fenêtres.

Le Premier consul fut le dernier à sortir. Sa garde poussa devant lui deux femmes, un homme qui suffoquait et un jeune garçon qui portait un bébé, puis Bonaparte apparut enfin, se protégeant le visage d'un bras.

Derrière lui, les flammes semblaient fermer la marche, descendaient lentement, à la manière d'un rideau de théâtre. Un rugissement s'éleva au moment où ce qui restait du salon Vert s'embrasait. C'était l'enfer sur terre. Justine recula. S'il restait quelqu'un dans cette pièce, c'était sans espoir.

Des hommes arrivèrent en courant, chargés de seaux d'eau et de sable. À l'autre bout de la pièce, on avait ouvert les portes qui donnaient sur la cour. Des hommes criaient.

— Au feu ! Allez chercher les pompes ! Par ici !

Elle suivit la silhouette noircie, couverte de cendres, de Bonaparte. Il marchait droit, raide, sans perdre sa contenance. Devant lui, les gens s'écartaient. Ceux qui parvenaient à ouvrir les yeux suivaient dans son sillage, ou s'arrêtaient pour porter secours aux blessés. Partout on toussait, on gémissait. Les visages étaient noirs de suie. La fumée envahissait lentement l'espace, montait sous les voûtes, faisant disparaître nymphes et dieux.

Hawker apparut soudain devant elle.

— Chouette ! Tes cheveux. Ne bouge pas.

Il lui retira son châle et tapota tout autour de sa tête.

— Tu as été brûlée.

L'entendre prononcer ces mots ouvrit la porte à la douleur. Elle sentit soudain la morsure du feu, partout sur son corps. Des flammèches, en retombant, avaient brûlé ses vêtements jusqu'à sa peau. Son dos, surtout, était mal en point. Mais peu importait.

— Ce n'est rien, dit-elle, la voix rauque.

Elle avait un goût de cendre dans la bouche.

— Va voir à l'autre porte, ajouta-t-elle. Il doit y avoir un soldat.

— D'autres s'en occupent déjà, répondit Hawker en sortant un mouchoir pour le passer sur les paupières de la jeune femme. Je dois retrouver l'Anglais. Je t'en prie, sors d'ici, va te mettre à l'abri. Et entraîne le plus de monde possible avec toi.

Quelques instants plus tard, il s'éloignait, rejoint par Pax.

Elle courut pour rattraper Bonaparte. Il s'était arrêté dans l'entrée, sous le grand lustre, et donnait des ordres, envoyant les soldats aider ici et là. Peu à peu, les secours s'organisèrent, on fit la chaîne pour porter les seaux, les blessés furent évacués, les portes dégagées. Bonaparte traitait l'événement exactement comme une bataille, restant visible de manière que l'on puisse facilement venir le consulter sur la stratégie à adopter. Les hommes arrivaient jusqu'à lui dans un état de panique et repartaient avec un objectif à réaliser. Cependant, de cette manière, il devenait plus vulnérable aussi. Un assassin pouvait l'atteindre facilement. Dans ce chaos, n'importe qui pouvait l'approcher, tirer, repartir.

Elle se plaça à deux mètres derrière lui, sortit son pistolet, l'arma et le tint de côté, caché dans les plis de sa jupe. Prête. Elle scruta le visage de tous ceux qui approchaient le Premier consul, observa leurs mains.

Il avait échappé à une menace, elle devait le protéger des suivantes. C'était sa mission. Malgré le tumulte, elle assurait ses arrières.

Leblanc arriva de la cour. Il s'était passé de l'eau sur le visage, mais ses cheveux étaient encore noirs de suie. Il s'approcha de Bonaparte, le souffle court – à cause de l'effort ou de la peur, elle n'aurait su le dire.

— L'Anglais s'est échappé. Nous fouillons toute l'aile. Je vais envoyer...

— Ce n'est pas l'Anglais.

Bonaparte savait se faire entendre. Sa voix avait porté au-dessus des cris, des pleurs, des gémissements, des bruits de bottes sur le plancher.

— C'est un malheureux accident. L'incendie est maîtrisé.

Plus bas, il ajouta à l'intention de Leblanc :

— Veillez à ce que rien ne filtre dans les journaux. Il s'agit d'un incendie. Rien d'autre.

— L'Anglais a mis le feu à la...

— Il n'y avait pas d'Anglais. C'est plutôt un complot des jacobins. Un grand nombre d'entre eux sont déjà soupçonnés de trahison. Je veux qu'on les arrête. Trouvez-moi Fouché, il faut que je lui parle.

— Bien sûr, monsieur, je...

Il était naturel que le Premier consul accuse les jacobins. Tous les prétextes étaient bons pour les harceler. Et il ne voulait pas d'une guerre contre les Anglais. Pas maintenant. Pas avant de s'y être préparé.

Leblanc tenta d'en dire plus, mais Bonaparte était déjà passé à autre chose et discutait avec un sergent.

Vezier arriva du salon Vert. Les larmes striaient de blanc son visage noirci. Il vit l'arme dans la main de Justine et comprit immédiatement que le Premier consul pouvait encore être en danger. D'un geste, il arrêta trois hommes chargés de seaux, et les disposa autour de Bonaparte. Soldats ordinaires, ils se mirent instinctivement en position.

Leblanc rejoignit Justine d'un pas lourd, déterminé. Il était furieux et referma son poing autour de son bras.

— Nous allons le trouver, nous, l'Anglais. Suivez-moi !

37

Hawker ne voulait pas quitter Chouette, mais il devait retrouver l'Anglais avant les Français.

Elle était vivante. Elle toussait, éternuait, respirait difficilement, ses yeux pleuraient et elle avait une vilaine brûlure dans le dos, mais elle était vivante. Elle aurait mal plus tard, lorsqu'elle s'arrêterait.

Il passa une minute avec elle, suffisamment pour s'assurer qu'elle allait à peu près bien. Pas le temps de lui dire qu'il avait cru la perdre, qu'ils avaient failli mourir tous les deux, et qu'il aurait donné sa vie pour qu'elle s'en sorte indemne.

Pas le temps de l'embrasser. Ce n'était ni le moment, ni le lieu. Ils feraient ça plus tard. Il allait retrouver l'Anglais et lui tordre le cou. Puis il emmènerait Chouette loin d'ici et passerait toute une nuit avec elle.

Il fit signe à Pax et ils s'éloignèrent en direction de la cour des Tuileries.

Juste avant de sortir, il se retourna. C'était plus fort que lui. Chouette s'était rapprochée de Bonaparte et montait la garde, prête à abattre quiconque attenterait à la vie du Premier consul.

Pour un assassin, c'était le meilleur moment pour frapper, quand la cible relâchait sa vigilance. S'il avait été chargé d'abattre ce type, c'est ainsi qu'il aurait procédé.

Chouette était vraiment intelligente. Une professionnelle, fiable sur tous les plans.

Dans la cour, il vit une épaisse fumée noire s'échapper par les fenêtres et lécher la façade. Partout, des hommes s'affairaient, pompant de l'eau à l'abreuvoir des chevaux pour remplir les seaux.

Il entraîna Pax à l'écart de l'agitation.

— Notre Anglais fait un mètre quatre-vingts, il est costaud, brun mais dégarni, le visage rougeaud. Cinquante ans. Manteau bleu foncé avec des boutons en cuivre. Gilet bleu.

— Je l'ai vu quand il s'est enfui. Il ne va pas se risquer à traîner dans les parages.

— Moi, je pense qu'il va rester quand même. Pour voir comment tourne cette histoire.

— Un amateur ?

— Ça pue l'amateurisme, oui.

Une centaine de badauds s'étaient arrêtés pour contempler l'incendie. Commis, bonnes, cuisinières et femmes de chambre du palais. Visiteurs du Louvre. Des soldats accouraient de toutes parts pour se rendre utiles.

L'Anglais était là, quelque part.

— Il n'y a qu'un imbécile pour enfermer cent personnes dans une pièce qui est la proie des flammes. Quand on part pour tuer un homme, on tue cet homme, on ne met pas le feu à la moitié d'un palais.

— Il n'a que l'embarras du choix, pour regarder, dit Pax en fixant les fenêtres et les toits. Ou pour tirer.

Hawker réfléchit au genre d'homme capable de planifier un tel acte.

— D'après moi, il n'est pas armé. Il avait prévu quelque chose d'énorme, de spectaculaire. Mais pas de devoir finir le travail lui-même.

— Il n'aime pas le corps-à-corps.

— Non. Il veut tout préparer à l'avance, puis regarder. Il veut être... comme les dieux et les anges de ces plafonds. Jupiter et compagnie. Ils observent, avec un petit sourire en coin.

Pax sourit à cette idée, mais il avait lui aussi envisagé la chose sous cet angle.

— Il veut voir tout ça de haut. Donc, il s'est installé là où la vue est imprenable.

Les greniers. Toutefois ceux-ci étaient nombreux, et immenses.

— Qu'est-ce qu'il y a, là-haut ? demanda Hawker en montrant le pignon sud du Louvre.

Pax était comme Chouette : il aimait aller au musée pour contempler les collections d'art. Il devait connaître.

— Attends… Au rez-de-chaussée, les expositions. Au premier, le bureau du conservateur. Au dernier étage, les ateliers. C'est là que sont restaurés les tableaux. On les entrepose dans des réserves.

— Il va sûrement s'installer dans une de ces réserves. Bon sang, il me faut un plan de cet endroit ! Il y est sans doute déjà.

— C'est probable.

D'un pas rapide, ils traversèrent la cour qui rejoignait le Louvre. Retrouvant une des flèches qu'il avait tracées à l'aller, Hawker demanda :

— Carruthers a envoyé qui, finalement ?

— Tout le monde est sur les dents, tu sais. Elle enverra qui elle pourra, mais…

— Fichtre. Ça veut dire que nous sommes tout seuls. Or il y a au moins trois autres hommes avec l'Anglais. Il fallait bien cela pour pousser cette table derrière la porte, tout en bloquant l'autre.

Pax toucha son arme dans sa poche.

— Je n'ai que deux coups.

— Les Français sont assez futés pour se…

Hawker s'arrêta, fixant l'une des hautes fenêtres à l'étage. Une tache de couleur se détachait sur l'ombre.

— Là ! Tu as vu ? Quelqu'un s'intéresse à ce qui se passe. Tu veux parier qu'il s'agit du salaud qui a mis le feu à une salle pleine de femmes et d'enfants ?

— Je ne parie jamais avec toi, Hawker.

Ils se précipitèrent vers le bâtiment. Dans une minute, Bonaparte allait sortir dans la cour et se montrer, pour que tout le monde voie qu'il était sain et sauf. L'Anglais saurait alors qu'il avait échoué et s'enfuirait.

En entrant dans le Louvre, Pax arma son pistolet. La première salle était immense. Des centaines de mètres carrés de parquet, de statues de marbre et de bronze juchées sur des socles. Des arches, des colonnes à n'en plus finir. Des dizaines de recoins d'où on pouvait jaillir pour vous tirer dessus.

Au bout de la galerie, un immense escalier en marbre. Glissant, donc. Ils se lancèrent en direction de l'étage, mais ils étaient à découvert : il fallait faire vite et surveiller ses arrières. Sur le palier, deux hommes avançaient en discutant.

— Retournez dans votre bureau et restez-y ! leur lança Hawker.

Ce fut suffisant pour qu'ils battent en retraite et disparaissent. Dix années de guerre et d'émeutes avaient appris aux gens à s'écarter du chemin rapidement lorsque quelqu'un aboyait des ordres.

Dehors, on entendit des cris et des vivats. Bonaparte avait dû se montrer.

— Le Premier consul s'en sort indemne encore une fois. Laissons s'exprimer notre joie, commenta Pax.

— J'aurais dû lui planter un couteau dans le ventre au passage, grommela Hawker. Certaines occasions ne se représentent pas.

Ils avaient atteint le dernier étage et se tenaient dos au mur.

— Mais nous n'assassinons pas les chefs d'État…, murmura Pax en se penchant pour regarder en direction du couloir tout proche. Si nous n'en avons pas reçu l'ordre.

— J'aurais épargné une bonne dizaine de milliers de vies anglaises sur les champs de bataille européens.

— Ce n'est pas si simple…

— Écoute !

Quelqu'un arrivait d'un pas rapide dans le couloir.

Hawker attrapa l'homme par son manteau lorsqu'il déboucha sur le palier, le fit pivoter brusquement et le plaqua face contre le mur en lui faisant une clé au bras. Malgré sa corpulence, il fut facile de le mettre à genoux.

— Avec qui tu as fait ça ? Réponds !

— Je ne comprends pas, répliqua l'Anglais. Je ne parle pas français.

Ce n'était pas l'instigateur de cet attentat. Ce type n'était qu'un larbin. Le « fou », c'était lui.

— Pour qui tu travailles ? demanda Hawker en anglais. Je veux des noms !

— Vous êtes anglais ! s'écria l'homme, soulagé. Dieu merci. Il faut me sortir d'ici. Ils ne vont pas tarder à nous trouver.

— Qui t'a envoyé en France ?

— Il ne faut pas que la garde m'attrape. J'ai une mission importante à accomplir.

Tuer des femmes et des enfants.

— Qui t'a confié cette mission ?

— Il faut que je m'en aille. Quelqu'un doit l'arrêter.

— Qui t'a donné l'allume-feu ? Tu n'as pas eu cette idée tout seul.

Il tordait le poignet de l'Anglais, mais c'était inutile. La peur rendait l'imbécile incohérent.

— Bonaparte doit mourir. La paix est impossible tant qu'il est vivant. Il faut que j'essaie à nouveau. Cette fois, je l'aurai.

Pax tendait l'oreille vers l'escalier.

— Ils arrivent. Et ils sont nombreux.

En proie à la panique, l'Anglais parlait très fort. Le monde entier allait bientôt savoir où ils étaient.

— Il a tué mon garçon ! Tué mon Roger. Roger Cameron, lieutenant sur le *Valorous*. Mon petit est mort à la bataille d'Aboukir. Il a tué mon garçon...

Cet homme s'était préparé à tuer des dizaines d'innocents parce que son fils avait trouvé la mort lors d'une bataille navale. Il recommencerait. La prochaine bombe pourrait exploser en plein milieu d'une représentation à la Comédie-Française.

D'en bas montèrent des cris, et un pas régulier qui annonçait des soldats. Les autorités françaises arrivaient.

— Bonaparte doit mourir ! cria l'Anglais. C'est la seule façon de sauver l'Angleterre. L'armée est derrière moi. Des gens importants. Des hauts gradés. Ils savent à qui ils ont affaire.

— Je veux des noms.

Hélàs cet homme ne savait rien, de toute évidence. Il n'était qu'un moyen pour arriver à une fin. Un outil. On ne l'avait pas envoyé ici pour tuer Bonaparte, mais pour qu'il soit arrêté et qu'il parle.

— Je fais ça pour l'Angleterre. Pour l'Angleterre !

Casus belli. Cet imbécile, cet animal stupide et sans cervelle allait provoquer la guerre.

En bas résonnaient des cris et des ordres. Impossible d'emmener l'Anglais dans un endroit où ils pourraient l'interroger. Il n'y avait qu'une seule solution.

— Recule.

Il ne voulait pas que Pax soit mêlé à cela. Cet acte resterait entre sa conscience et lui.

La force n'était pas nécessaire. Il fallait juste savoir transférer le poids d'un pied sur l'autre. Il fallait avoir l'habitude. Il fallait être le Faucon noir.

L'Anglais plongea dans le vide avec une grâce glaçante. Il ne lâcha pas un cri. Il n'avait eu qu'une seconde pour avoir peur, peut-être moins.

En bas, il tomba sur le dos. Le cou rompu, entre autres choses. Une façon rapide et propre de quitter ce monde. C'était mieux que de mourir dans un incendie.

Et sans comparaison avec ce que feraient les Français, si Pax et lui tombaient entre leurs mains.

— Viens, partons d'ici, et vite !

Ils s'élancèrent, les soldats sur leurs talons.

38

Les galeries du Louvre étaient pratiquement désertes. Pax traversa une salle consacrée à l'art italien. Une contribution de plus à l'histoire du pillage perpétré lors de l'expédition d'Égypte. *Laocoon*, représentant le prêtre luttant contre un serpent, occupait toute l'extrémité de la salle. Une façon comme une autre de lui rappeler qu'il n'était pas le seul à avoir des problèmes.

Il fallait fuir.

— Paxton.

Carruthers. Tout en noir, comme le lui imposait son statut de veuve respectable. À côté d'elle, Althea, en robe simple et fichu de laine.

— L'Anglais est mort, dit-il, sautant les préliminaires.

— Il semblerait, oui, répondit Carruthers d'un ton désapprobateur. Un regrettable accident. Le Premier consul est sorti indemne de cet incendie, après tout. Avez-vous appris quelque chose, avant de l'éliminer ?

— Nous n'avons pas eu beaucoup de temps.

— C'est malheureux.

— Mon cher, te voilà désormais étiqueté jacobin et désigné responsable de l'incendie, annonça Althea en souriant.

Elle avait rempli un mouchoir de cendres récupérées dans le salon Vert.

— On t'a vu. Tes cheveux, surtout, ont marqué les esprits. Viens par là et penche-toi, s'il te plaît.

Elle s'était placée à l'abri des regards, derrière un imposant buste de Périclès datant du Ve siècle. Il la rejoignit et retira son chapeau pour la laisser répandre les cendres sur sa tête et faire de lui un homme aux cheveux gris.

— De près, on a fait mieux, mais de loin cela devrait passer, dit-elle en essuyant du revers de la main les cendres tombées sur le visage de Paxton. Tourne-toi, je vais t'attacher les cheveux.

— Au moins sa mort calmera-t-elle les Français, commenta Carruthers. Ils sauront que nous avons pris des mesures. Et Adrian ?

— Il est parti de l'autre côté. Je ne sais pas où il est.

Althea avait pris un crayon sur l'un des chevalets posés un peu partout et dessinait des rides sur son visage.

Carruthers l'examina.

— C'est bon, dit-elle. Maintenant, éclipsons-nous l'air de rien.

Le chef de la section de Paris à son côté, un officier supérieur des services secrets britanniques à quelques mètres derrière lui, Pax s'achemina tranquillement vers la sortie. Personne ne prêta attention à ce vieil homme.

À la porte, les gardes n'arrivaient pas à se mettre d'accord. Un Anglais avait-il été précipité dans le vide ou abattu d'un coup de pistolet ? Ils ne posèrent même pas les yeux sur Pax lorsqu'il passa près d'eux.

Rue de Rivoli, tout droit, puis à gauche ; deux rues plus loin, à droite. Ils s'engagèrent dans une allée, derrière une boulangerie. Des tonneaux y étaient entassés. La chaleur des fours se faisait sentir jusque-là. Ils s'engouffrèrent dans une remise. Un des repères les plus sûrs des services britanniques.

— Je vous enverrai un fiacre à la tombée du jour, annonça Carruthers. Vous allez me faire le plaisir d'honorer l'Angleterre de votre présence pendant quelque temps.

Il leva la main.

— Attendez.

Et il lui avoua qu'il était un Caché.

39

Justine suivait Leblanc à travers la foule, cherchant du regard une silhouette sombre, élancée, couverte de cendres. Apparemment, Hawker et son ami à la chevelure si voyante n'étaient plus dans les parages.

— Il a été vu courant dans cette direction, dit Leblanc en indiquant le Louvre.

Deux gardes armés les suivaient.

— Bien, monsieur.

Ils entrèrent dans la première galerie, plongée dans la pénombre malgré le soleil qui baignait la cour et les portes-fenêtres censées laisser passer la lumière. Les salles du Louvre se succédaient, innombrables, peuplées de sculptures, décorées de toiles. Pour fuir, c'était parfait. Hawker n'avait pas dû s'attarder devant les collections. Sans doute était-il déjà loin.

— Je l'ai vu pendant la cérémonie, grommela Leblanc. Juste avant l'incendie. Si je le croise à nouveau, je le reconnaîtrai.

Avec un peu de chance, songea Justine, il ne le croiserait plus jamais.

Deux employés du département des Antiquités avaient vu Hawker jeter l'Anglais dans le vide. Leblanc les interrogea. Ils étaient à la fois sous le choc et ravis, comme s'ils avaient eux-mêmes éliminé le scélérat. Et, malheureusement, ils avaient un solide sens de l'observation. Leur témoignage était précis, clair. Pour finir, Leblanc leur demanda de dessiner le portrait de Hawker et de Paxton. Ils étaient doués.

— Il a déclenché l'incendie et s'est enfui, dit Leblanc.

Justine secoua la tête.

— Je ne crois pas. Il était pris au piège dans cette salle, comme nous tous.

— Vous vous trompez. Mais il faut être un agent chevronné pour le comprendre, Justine. Les Anglais sont divisés. Un espion s'est débarrassé de son complice et a pris la fuite. Voilà tout.

— Ou alors, ce sont des jacobins. Dans un cas comme dans l'autre, ils ne sont plus ici.

Se trouver presque seule dans ces immenses salles voûtées était étrange. Elle aurait pu décrocher une petite toile, la cacher sous son manteau et partir avec. Elle se garda cependant de mentionner cela. Les gardes, derrière elle, ne saisiraient sans doute pas l'aspect théorique de sa remarque.

— Vous, dit Leblanc à un garde. Par ici. Vous, par là.

Les deux hommes obéirent et s'éloignèrent. Pourvu qu'ils ne tirent pas sur un innocent, se dit-elle. Pourvu qu'ils ne tirent pas sur Hawker non plus.

En traversant une salle, elle aperçut une petite toile de Vouet qui avait autrefois décoré sa chambre à l'époque où elle était enfant, s'appelait Mlle de Cabrillac et appartenait à la noblesse française. La République l'avait confisquée après le pillage du château. La reprendrait-elle ? C'était étrange d'en avoir, aujourd'hui, la possibilité.

Leblanc avançait à grands pas, toujours un peu en avant pour faire comprendre aux rares visiteurs qu'il était le chef. Il semblait à la fois maussade et dangereux, comme un enfant de cinq ans jouant avec des munitions.

— Le Premier consul n'a pas voulu m'écouter. Je lui ai dit qu'il s'agissait d'espions anglais, alors je vais lui amener des espions anglais.

Et il ne vous dira pas merci, songea Justine ironiquement.

Ils arrivèrent dans un cul-de-sac occupé par l'imposante statue d'un serpent étranglant plusieurs hommes nus.

— Personne, grogna Leblanc. On retourne d'où on vient, il a dû passer par l'autre côté.

Au loin, un couple âgé suivi par leur servante quittait la salle des sculptures.

— Je dois tirer quelque chose de cette débâcle, grommela Leblanc.

Elle le vit alors, silhouette noire sur le marbre blanc des escaliers, impitoyablement mis en valeur par la lumière venant des fenêtres en hauteur. Il n'avait nulle part où se cacher dans ce décor grandiose. Mince, cheveux noirs, grimpant les marches deux par deux avec une grâce virevoltante. Hawker.

— Là ! s'écria Leblanc. Il est là !

Il sortit un pistolet de son manteau. Elle se plaça devant lui, l'empêchant de viser, et sortit elle aussi son pistolet.

— Tuez-le, lui ordonna Leblanc.

Elle tendit les bras, tenant l'arme à deux mains. Son index se posa sur la détente avec la délicatesse d'un tireur d'élite. Elle visa sur la gauche. Son doigt appuya doucement.

Hawker se retourna. Leurs regards se croisèrent.

— Écartez-vous ! grogna Leblanc en la poussant.

Elle tira.

Hawker la regardait encore. Elle vit l'impact, une tache de sang grandit sur son torse. La balle l'avait touché sous l'épaule.

Non ! Non. Non...

— Vous m'avez gênée, s'entendit-elle reprocher à Leblanc.

Hawker s'était immobilisé, le temps de reprendre son souffle. Stupéfait d'avoir été touché. Choqué que la balle vienne d'elle. Puis il reprit sa course.

Elle se retourna, heurta Leblanc et l'empêcha de tirer.

— Espèce de petite idiote !

— Il est touché, répliqua-t-elle sèchement. Il n'ira pas très loin. Faites appeler la garde, fouillez les appartements à l'étage. C'est sûrement là qu'il va se cacher.

À son tour, elle monta l'escalier. Hawker perdait du sang et laissait des traces derrière lui. Là, dans ce corridor...

Devant une fenêtre, le rideau s'écarta, gonflé par le vent. La fenêtre était ouverte.

Mais même Hawker n'aurait pas pu...

Pourtant, sur la pierre à l'extérieur, elle repéra du sang. Il avait réussi à descendre ? Elle regarda en bas, ne vit rien. Parmi les passants de la rue de Rivoli, aucun ne semblait surpris par le passage d'un homme perdant son sang. Il avait réussi, Dieu sait comment, à se frayer un chemin dans la foule sans alerter quiconque.

Hawker était seul à Paris, aux abois, blessé.

Et il pensait qu'elle avait voulu le tuer.

40

Meeks Street, Londres, 1818

Justine était bien décidée à se lever, à s'habiller et à descendre pour le petit déjeuner. Elle n'en pouvait plus de tous ces hommes qui montaient la voir alors qu'elle était nue sous les couvertures.

Elle descendit, donc, en se tenant à la rampe d'escalier, marche après marche. Séverine la précédait, prête à se jeter devant elle pour amortir une chute éventuelle. Un enfant faisant ses premiers pas n'aurait pas été plus surveillé.

La robe de chambre qu'elle portait était un peu trop longue, elle devait la retenir pour ne pas marcher dessus. Le lourd brocart de soie caressait ses jambes à chaque pas. Son rouge était lumineux. On s'imaginait sans peine saluer l'empereur de Chine dans un tel vêtement. Il appartenait à Hawker, et sentait un peu le tabac, le bois de santal et la poudre.

En bas, elle trouva le tapis froid sous ses pieds. Trois portes étaient ouvertes sur le hall d'entrée, et l'on percevait un léger courant d'air. De l'arrière de la maison venaient des voix d'hommes. Voilà où elle devait aller. Si quelqu'un parlait, c'était sans doute Hawker.

— Reprends ton souffle, murmura Séverine. Assieds-toi un instant.

— Si je m'assieds, je n'aurai plus envie de me relever. Je me sens molle comme un flan.

L'image n'était pas très flatteuse, mais tellement proche de la réalité...

Elle marcha jusqu'au bout du couloir en prenant son temps, une main contre le mur, s'arrêtant quand il le fallait, parce qu'elle allait avoir besoin de toute son énergie pour affronter ces messieurs.

Séverine lui ouvrit la porte d'une délicieuse petite salle à manger aux murs tapissés de motifs chinois. Les meubles en acajou étaient élégants, et la collection d'espions anglais qui s'y trouvait était remarquable. Une masse grise poilue, peu avenante, occupait un carré de soleil sur le tapis. C'était l'énorme chien qui lui rendait visite plusieurs fois par jour, la reniflait et s'en allait, grave et silencieux comme un médecin. La table était occupée par la vaisselle du petit déjeuner, une multitude de papiers, de journaux et deux couteaux noirs.

— ... la déposition des témoins. Pour l'instant, nous avons parlé à...

Doyle se retourna sur sa chaise.

Hawker, au bout de la table, leva les yeux.

Silence. Elle fit un pas, puis un autre... et franchit le seuil.

En manches de chemise et gilet couleur crème, Hawker ressemblait à une icône byzantine. Il n'avait jamais été aussi mince.

— Il a fallu que tu l'amènes, hein ? dit-il à Séverine. Je ne comprends pas pourquoi personne ne dit jamais « non » à cette femme.

— Qu'elle s'évanouisse en haut, seule, ou ici en votre compagnie, je ne vois pas ce que cela change. Au pire, elle tombera et saignera du nez. Au mieux, l'un de vous se précipitera pour la retenir.

Séverine contourna la table et alla déposer un baiser sur la joue de Doyle, à la manière d'une fille avec son père.

Doyle, aujourd'hui, avait choisi d'être balafré et mal rasé. Être ainsi installé dans cet environnement raffiné, vêtu de haillons rapiécés, correspondait bien à son sens de l'humour un peu particulier.

À l'autre bout de la table, Paxton était ce matin un professeur pâle et ascétique, vêtu de noir. Des années plus tôt, il avait prouvé de façon pour le moins spectaculaire sa loyauté envers l'Angleterre et payé le prix fort pour avoir aujourd'hui le droit d'être assis là avec les autres. Dans le milieu de l'espionnage, il faisait figure de légende, tant sa rédemption avait été absolue.

Elle connaissait aussi le dernier homme présent, mais seulement de vue, ayant toujours évité les présentations en bonne et due forme. Il s'agissait d'un agent nonchalant et astucieux qui se faisait appeler Fletcher.

Ils avaient été interrompus en pleine conversation, sur un sujet important. En témoignaient les gestes en suspens, les corps penchés en avant, les papiers épars et les tasses poussées sur le côté. Et, de toute évidence, ils se demandaient si elle avait entendu quelque chose depuis le couloir.

Partout, son regard rencontrait la méfiance. Honorable commerçante ou pas, même à la retraite, une espionne restait une espionne.

Hawker repoussa sa chaise, se leva et vint la soutenir.

— Assieds-toi.

— Je n'ai pas besoin de...

— Assieds-toi, nom d'un chien. Avant de tourner de l'œil.

En un éclair, il avait tiré une chaise pour elle et l'aida à s'installer, un bras autour de ses épaules. Elle se laissa faire, parce qu'elle en avait besoin, en réalité. La détermination qui l'avait poussée jusqu'ici semblait évanouie, de petits points blancs tourbillonnaient devant ses yeux. Il n'était pas question qu'elle tombe dans les pommes, mais tout de même...

Il resta près d'elle une bonne minute, puis retira sa main de son épaule. Là où il avait posé ses doigts, la soie était encore chaude.

La mémoire du corps est plus profonde que celle de la pensée. Le corps de Justine se souvenait de lui.

Prenant une chaise toute proche, il la plaça à côté d'elle et s'assit. Puis il la considéra d'un regard sans concession.

— C'était trop demander, que tu passes la journée au lit ? Et c'était trop demander, que tu fasses en sorte qu'elle y reste ? ajouta-t-il à l'intention de Séverine.

Celle-ci s'installait à l'autre bout de la table. Elle le regarda.

— Je ne peux pas l'arrêter, tu sais. Si tu veux qu'elle reste au lit, tu n'as qu'à t'en occuper toi-même.

— Elle est pâle comme un linge et tremble à chaque mouvement, grogna Hawker. Allez lui chercher un peu de ce bouillon qu'on lui fait avaler depuis des jours, ordonna-t-il à l'espionne en herbe qui se tenait là, jeune fille brune au visage fermé.

Trois longues années sans le voir, et Justine avait oublié les petites choses qui l'énervaient chez lui.

— Du café, corrigea-t-elle. Fort. Je ne vais pas boire du bouillon au petit déjeuner, quand même ! Et je déteste le thé. Hawker, il faut qu'on parle.

— Oui. C'est la première chose que j'ai pensé quand tu m'es tombée dans les bras sur le seuil de ma porte en te vidant de ton sang.

— Je n'avais pas prévu qu'on me poignarderait. Ce n'est pas ma faute. De toute façon, tu as découvert l'essentiel de ce que je venais te dire. Il y a eu deux meurtres.

— Avec deux de mes couteaux. Quand mes couteaux sont impliqués, je préfère être celui qui les plante, en général.

— Cruelle déception, donc… Ce sont ces deux-là ? demanda-t-elle en indiquant les poignards posés sur la table.

Il se pencha, mit un doigt sur le premier, puis sur le second.

— Gravois. Patelin.

Il en tira un troisième de l'étui attaché à son bras.

— Et celui qui a failli t'envoyer dans l'autre monde.

Il le fit sauter entre ses mains, le rattrapa au dernier moment et le lui tendit, à plat sur sa paume, la lame vers elle. Son regard était froid, sombre. Ils restèrent ainsi quelques secondes, puis il retourna le couteau et plaça le manche dans la main de Justine.

— Tu ne savais pas qu'il était empoisonné ?

— Du poison, dit-elle, songeuse. Quand j'ai examiné le corps de Patelin, je n'ai rien vu qui puisse l'indiquer. Et puis, un peu de poison, ce n'est pas grand-chose quand on a une lame dans le cœur.

Elle fit tourner le couteau entre ses mains. Précautionneusement.

— Donc, c'est à cause du poison que j'ai failli faire connaissance avec la Faucheuse.

— On peut dire que tu lui as même serré la main. Le poison en question est une arme redoutable. Une arme à retardement, d'une certaine façon.

Sans rien dire, Doyle lui passa une petite loupe pour qu'elle puisse examiner la lame. Les taches noires étaient son sang. Le film blanc devait être le poison.

Ce couteau était sans doute l'un des trois que contenait la boîte, dans sa boutique. Elle les avait souvent sortis et soupesés, le soir, en se demandant pourquoi elle les conservait.

Elle le rendit à Hawker.

— J'espère que tu as trouvé autre chose pour beurrer tes tartines, du coup.

— Il n'y a rien de plus dangereux qu'un objet contondant badigeonné de poison.

Il fallait qu'elle lui explique, pour les trois couteaux.

L'assiette de Hawker était à portée de main. Elle prit délicatement une tranche de bacon.

— Tu es sûre que tu peux manger ça ? demanda-t-il.

— On va voir. J'en ai assez d'être au lit toute la journée.

Le bacon était délicieux. Salé juste à point. Son estomac accueillit la nourriture avec circonspection, mais l'accueillit néanmoins.

— Elle a donné son porridge au chien, dit Séverine.

— Qui s'en est régalé. Il est grand et fort, et se remettra d'un repas de céréales bouillies. Moi, peut-être pas. À quoi bon survivre à un coup de couteau et au poison, si c'est pour mourir de faim à force de bouillon et de porridge ?

Elle s'installa plus confortablement sur sa chaise, ramena les pans de la robe de chambre sur ses jambes. Hawker ne la quittait pas des yeux.

— Nous avons besoin de te parler, de toute façon. Tu es un élément de l'énigme, après tout.

Paxton accepta une tasse de thé de la part de Séverine. Comme tout le monde dans cette pièce, il semblait épuisé.

— Quand nous saurons pourquoi tu as été agressée, nous saurons qui a fait le coup, reprit Hawker.

— C'est ce que j'espère. Je n'aime pas les énigmes qui impliquent ma mort sous la pluie.

Elle mangea son bacon par petites bouchées. Trois ans plus tôt, elle avait tourné le dos aux jeux dangereux pratiqués par les espions. Mais visiblement, elle n'en avait pas tout à fait terminé avec eux.

Quand elle prit un second morceau de bacon, l'énorme chien qu'ils appelaient Muffin se leva et vint s'asseoir à côté d'elle, la fixant d'un regard plein d'espoir. Béhémoth lui aurait mieux convenu, comme nom.

Elle avait toujours mis un point d'honneur à être en bons termes avec tout ce qui la dépassait en taille et qui avait des dents. Aussi déchira-t-elle le morceau de bacon en deux pour lui en donner la plus petite moitié. C'était un chien : il ne se rendrait pas compte qu'il avait été dupé.

Le chien prit le bacon avec une délicatesse surprenante et alla le manger au soleil.

— Nous savons de quel poison il s'agit, dit Doyle. En observant ses effets, nous avons réussi à le découvrir.

— Ça m'aurait embêtée de mourir d'un poison inconnu. Trop impersonnel.

Une tasse de café fut posée devant elle par la jeune apprentie espionne. Séverine y avait ajouté de la crème et du sucre. Il était bien chaud, dans une tasse de porcelaine bleue très fine. Être assise là, vivante, et discuter poison et mystères avec des experts tout en buvant un excellent café... La divine Providence existait peut-être, finalement.

— Le poison est français, annonça Doyle en coupant un morceau de jambon dans son assiette.

Ah. Les choses n'étaient pas si parfaites, donc.

— Il ne faut pas partir du principe que toute potion mortelle un peu exotique est française. C'est une superstition britannique, ça.

— On l'appelle « la vis », intervint Paxton en réunissant plusieurs piles de notes. Les ingrédients viennent d'Inde et d'Espagne, et le mélange est français. On avait appris aux Cachés comment le fabriquer.

— On leur a appris un tas de trucs très utiles, si j'en crois ton parcours, dit Hawker en examinant une dernière fois la lame avant de reposer le couteau entre les deux autres. Ce poison se fait à Londres, Prague ou Amsterdam. Tous les ingrédients y sont disponibles.

Elle regarda les trois couteaux, alignés sur la table comme des harengs sur un étal.

— J'ai soudoyé l'assistant du médecin légiste pour voir le corps de Patelin, raison pour laquelle j'étais certaine que c'était lui. À Bow Street, j'ai dû débourser une somme nettement plus substantielle pour voir tes couteaux, mais je n'ai pas pu les voler. Question armes du crime, ils sont assez possessifs, dans la police. Visiblement pas assez, cela dit.

— Je vais et je viens comme je veux à Bow Street, dit Doyle. Ils ont l'habitude de me voir. Aujourd'hui, les couteaux enregistrés comme pièces à conviction portent les initiales *NB* et non plus *AH*. C'est tellement facile à confondre.

— Duper le Renseignement militaire risque d'être plus compliqué, fit Paxton. Ils sauront tout de suite qu'on les a échangés.

— En effet, sourit Doyle.

— Je me demande s'ils pensent que j'ai une raison particulière de tuer des Français, dit Hawker, songeur.

C'était bon d'être à nouveau parmi des gens qui parlaient mort et trahison avec autant de détachement, songea Justine. Cela lui avait manqué, depuis le début de son exil.

— Je me suis rendue sur les lieux du crime pour Grivois et pour Patelin. Tu n'aurais jamais agi dans des endroits pareils. Et tu n'aurais jamais quitté les lieux en courant, attirant l'attention sur toi.

— Quelqu'un a écrit mon nom en grosses lettres sur ces meurtres. Quelqu'un qui possédait trois de mes couteaux. Un ennemi.

— Oui. Un ennemi.

L'atmosphère changea soudain. Subtilement, mais elle changea. Ces trois couteaux avaient été en possession de Justine.

— Bien, dit Doyle en mettant sa serviette sur la table. Je vais vous laisser discuter de cela tous les deux et aller faire un tour du côté de Soho, voir si je trouve des témoins du premier meurtre. Les témoins n'aiment pas beaucoup parler dans ce quartier, néanmoins on verra bien. Sévie, tu as un air bien innocent et qui inspire confiance, aujourd'hui. Viens avec moi. À toi, ils parleront peut-être.

— Ravie de pouvoir être utile, répliqua Séverine en posant sa tasse sur sa soucoupe dans un joli tintement de porcelaine. Hawker, je compte sur toi pour qu'elle se repose. On vient de passer des jours à la remettre sur pied, ce n'est pas pour que tu la harcèles jusqu'à ce que mort s'ensuive.

Elle se leva et, au passage, embrassa Justine sur la joue.

— Ne sois pas trop cruelle avec lui, murmura-t-elle.

Fletcher marmonna quelque chose à propos de papiers pour l'enquête et s'éclipsa. L'apprentie espionne avait débarrassé la table et le suivit avec un plateau. Pax avait déjà fait montre de son talent le plus spectaculaire en disparaissant sans que personne s'en aperçoive.

— Est-ce toi, l'ennemie qui utilise mes couteaux ? demanda Hawker.

Le silence s'installa dans la pièce, pesant.

41

Après le départ de Doyle et des autres, Hawker se retrouva seul en compagnie de Chouette, qui n'était pas en état de lui tenir tête lorsqu'il poserait des questions gênantes.

La boîte en bois qui venait de sa boutique, et dans laquelle avaient été rangés ses couteaux, se trouvait dans un tiroir du buffet. Il la sortit et la posa sur la table.

Justine buvait son café à petites gorgées, histoire de gagner du temps et repousser le moment où elle devrait trouver une explication concernant les couteaux.

Il n'était pas pressé. Il se leva, alla chercher le pot à café et revint lui remplir sa tasse. Puis il ajouta de la crème, juste comme elle l'aimait.

— Deux morceaux ?

— Merci.

Une quantité de sucre qui lui faisait grincer des dents. Cela n'avait pas changé.

— Nous pouvons aller dans le bureau, si tu préfères, dit-il en lui tendant sa tasse. Il y a un canapé, tu pourrais t'allonger.

— Je suis allongée depuis une éternité. On finit par s'en lasser.

Chouette, allongée ? Non, il ne s'en lassait pas. Mais il n'en dit rien.

La robe de chambre était brodée de dragons. Un cadeau d'un vieil ami qui faisait commerce d'étoffes. Le premier reposait lascivement sur son sein gauche et tirait la langue, comme pour en goûter la pointe à travers le tissu. Dans le dos, un dragon noir, au sourire coquin, semblait laisser pendre sa queue pour aller caresser ses fesses rebondies.

Hawker s'interdit de laisser ses pensées dériver dans cette direction. C'était pourtant très tentant.

Chouette prit la tasse entre ses mains et s'affaissa un peu sur sa chaise, tête baissée. Elle semblait fatiguée. Le coup de couteau, le poison et la fièvre avaient eu raison de l'essentiel de ses forces.

Elle avait tressé la masse sensuelle de ses cheveux en une natte qui tombait dans son dos mais n'était pas attachée et, déjà, se défaisait. Peut-être n'avait-elle pas trouvé de ruban.

Il se tenait tout près. Cela ne l'intimidait pas, il le savait. Rien n'intimidait vraiment Chouette. Et ainsi, il était près d'elle pour le cas où elle se sentirait mal.

— Tu ne dis rien.

— Je pense à toutes les choses que tu devrais savoir. Aucune n'est facile à dire.

Sans doute organisait-elle ses mensonges. Les plus gros, les plus petits. En se demandant ce qu'elle allait pouvoir se faire pardonner. Bon sang, comme il aimait cette femme !

— Je suis patient. Commence par le commencement.

Elle poussa un long soupir.

— Ce n'est pas le commencement, mais c'est notre rencontre la plus récente. Tu m'as tirée des mains des Cosaques. Je voulais te tuer. Tu dois t'en souvenir, non ?

— Comme si c'était hier.

C'était quelques jours avant la chute de Paris. Les armées campaient sur leurs positions, les combats étaient sporadiques. Officier de liaison, Hawker était chargé de prendre contact avec les Prussiens. Napoléon avait installé sa défense à une demi-journée de route vers le sud.

On entendait des coups de feu au loin, mais la ligne de front était trop morcelée pour que l'on sache de quel camp venaient les tirs. Les Prussiens se servaient de lui pour faire passer des messages et savoir ce qui se passait d'une manière générale. Il était épuisé et puait plus que son cheval.

Un officier cosaque de sa connaissance l'avait fait venir. Ils avaient besoin d'aide pour interroger un prisonnier. Une femme.

Il avait écarté un pan de la tente et l'avait vue, assise sur un tabouret de bois, le visage ensanglanté, les vêtements déchirés. Elle n'avait pas été violée – il était arrivé à temps pour lui éviter cela.

— Elle s'est débattue comme un tigre, avait dit Pavlo d'un ton admiratif. Heureusement, le sergent qu'elle a poignardé n'était pas très populaire.

Chouette avait levé les yeux et compris que c'était fini. Il avait vu son visage se décomposer.

Douze ans s'étaient écoulés depuis qu'elle avait tiré sur lui au Louvre. Pendant toutes ces années, dans toutes ces villes, leurs chemins ne s'étaient pas croisés souvent. Et chaque fois, la rencontre avait été... intéressante.

Mais là, c'était différent. Épuisée, elle était très pâle. D'immenses cernes lui mangeaient le visage, sa bouche avait perdu toute expression. Ce qui ne l'empêchait pas de réfléchir, de calculer, de faire des plans, de chercher à s'échapper à n'importe quel prix. Dans son regard, il y avait... quelque chose de plus. Tout ce qu'elle avait été douze ans auparavant, elle l'était encore, mais plus. Plus forte, plus futée, plus têtue.

— Ce n'est qu'un agent de liaison, avait-il dit. Elle ne sait rien.

Les papiers trouvés sur elle étaient codés, dans un code français standard, et destinés à Napoléon. L'attaque sur Saint-Dizier était une diversion. La vraie offensive se ferait sur Paris. Comment diable avait-elle pu découvrir cela ?

Il avait conseillé aux Cosaques de ne pas perdre leur temps avec elle, en soulignant tout de même que fusiller une femme, c'était toujours mauvais pour la réputation d'une armée. Quand il l'avait sortie de la tente pour l'emmener avec lui, ils avaient sans doute pensé que c'était pour prendre un peu de bon temps.

Il l'avait fait marcher une heure avant d'arrêter son cheval. La route traversait une zone marécageuse, le long d'un lac.

— Tes sabots, avait-il dit.

Sans un mot, elle avait retiré ses sabots et les lui avait tendus. Il les avait lancés le plus loin possible, dans des directions différentes.

Saint-Dizier était à cinquante kilomètres. Seule, sans arme, pieds nus, Justine n'arriverait pas à temps pour donner son message à l'Empereur. Paris tomberait, ce serait la fin.

Debout dans la boue du chemin, les bras croisés, elle avait lâché :

— Je te tuerai pour ça. J'attendrai le temps qu'il faudra, mais je te tuerai. Sois sur tes gardes.

Assise dans sa maison de Meeks Street, à la table de sa salle à manger chinoise, enveloppée dans ses dragons, elle buvait son café.

— Ce jour-là, quand nous avons quitté le campement cosaque, j'ai dit beaucoup de choses, lâcha-t-elle en fixant sa tasse. Toutefois je n'étais pas moi-même.

— Je l'avais compris.

— Tu étais notre ennemi, et tu venais de réduire nos derniers espoirs à néant.

— Il était déjà trop tard quand je suis entré sous cette tente et que je t'ai vue. Tout le monde le savait, sauf Napoléon. Ses armées n'étaient pas assez nombreuses. Le pays n'en pouvait plus de cette guerre. La seule option qui lui restait, c'était de choisir le champ de bataille qui verrait sa chute. Si tu étais arrivée jusqu'à lui, il aurait choisi Paris. Des combats acharnés, maison après maison en plein Quartier latin, des tirs d'artillerie depuis Montmartre, c'est vraiment ce que tu voulais ?

— Je m'en rends compte aujourd'hui, tu avais raison. Ce jour-là, tout ce que je savais, c'est que j'avais échoué. Je n'avais pas accompli ma mission. J'ai essayé d'atteindre Napoléon à pied, ensuite. À chaque pas de cet interminable trajet, j'ai imaginé la façon dont je te tuerais.

— Et tu dois avoir de l'imagination dans ce domaine, je n'en doute pas.

— Malgré tous mes efforts, j'avais échoué. Quand on m'a dit que Paris s'était rendu, je me suis assise par terre et j'ai pleuré.

Que pouvait-il dire ? La guerre était finie.

— Il fallait l'arrêter.

— J'ai eu tout le loisir de réfléchir à cela depuis. Je ne dis pas que tu as tort. Mais... il n'y avait plus que des soldats étrangers à Paris. Les Prussiens déambulaient sur les Champs-Élysées. Les cafés débordaient d'Autrichiens. Les Cosaques défilaient sur le Champ-de-Mars. Où que je me tourne, ce que je voyais me mettait hors de moi. J'étais folle de chagrin. Alors c'est à toi que j'en ai voulu.

— Et tu penses que je ne peux pas comprendre cette réaction ?

— Ta compréhension, j'aurais craché dessus si tu me l'avais proposée à l'époque. J'étais complètement seule. Il n'y avait pas de place pour moi dans le nouvel ordre des choses. Même la police secrète s'est prononcée en faveur de la monarchie. Ceux d'entre nous qui avaient été fidèles à Napoléon ont jugé plus prudent de quitter la France.

— Pour l'Angleterre.

— C'est drôle de penser que l'endroit le plus sûr pour moi, c'était parmi mes anciens ennemis.

— En effet.

— Et voilà que je te mens encore...

Elle inspira profondément avant de reprendre :

— Ce matin, en ouvrant les yeux, je me suis promis de ne plus mentir, seulement certaines vieilles habitudes ont la vie dure. Je suis venue en Angleterre parce que tu y étais. J'avais décidé de te tuer.

Elle posa les yeux sur les trois couteaux, au centre de la table.

— J'espère que tu as changé d'avis.

Seigneur, songea-t-il, faites qu'elle ait changé d'avis...

— J'essaie d'être honnête. Le sujet n'est pas facile et tu ne fais pas grand-chose pour m'aider.

Il effleura sa joue. Une petite caresse légère, d'un doigt.

— Nous ne nous sommes jamais fait de mal. Nous avons joué franc-jeu. Si l'on omet le regrettable incident du Louvre, il y a seize ans, tu ne m'as jamais tiré dessus.

— Je ne me suis jamais trouvée en position de devoir te tuer. La chance m'a souri.

— Disons que le Service t'a bien aidée, dit-il avec un sourire. Après que tu as logé une balle à proximité d'un organe vital de mon anatomie, ils m'ont éloigné de toi pendant des années. Ils m'ont envoyé en Russie quand tu étais à Paris, puis en France quand tu étais en Italie. Et en Italie quand tu es partie pour l'Autriche. Je ne m'en suis rendu compte qu'après.

Sur le visage de Chouette se succédait une multitude d'expressions, comme si ses pensées ne cessaient de se contredire.

— Soulier – comme tu le sais, j'ai fini par travailler pour lui – ne m'a jamais rien dit. Mais tu as raison.

Ils ont fait en sorte de nous séparer. J'ai fait la même chose pour les femmes qui étaient à mon service quand elles tombaient amoureuses d'un homme qui ne convenait pas.

— Et personne ne convenait moins que moi.

— Personne. Je t'ai écrit, tu sais. Au moins cent lettres. Je t'expliquais encore et encore que ce coup de feu était un accident, que je n'avais pas voulu te toucher. Leblanc a heurté mon bras et a dévié le tir.

— C'est bon à savoir.

— Je n'ai jamais envoyé ces lettres. Je les écrivais, et puis je les brûlais. Si je t'avais envoyé le moindre petit mot, je savais que la semaine d'après, en ouvrant les yeux un matin, je t'entendrais sous ma fenêtre, me demandant de t'ouvrir. Et j'aurais ouvert. Je n'ai jamais cessé d'être folle de toi, Hawker. Pas un seul instant, pendant toutes ces années. Alors ils ont eu raison de nous tenir éloignés l'un de l'autre.

— Attends, attends. Je suis encore au moment où tu ouvres la fenêtre et tu me laisses entrer. Tu portais quoi, exactement ?

— J'aurais aussi pu ouvrir la fenêtre, te laisser entrer et t'étrangler. Cela n'aurait pas été impossible.

Elle posa sa tasse, se redressa.

— J'en étais au moment où j'ai quitté Paris. Je suis retournée à Socchieve, en Italie, avant de partir pour l'Angleterre. Je projetais encore de te tuer, tu comprends.

— L'Italie est un bel endroit pour une vengeance.

Il se souvenait bien de Socchieve, de ses montagnes tout autour, qui donnaient l'impression de se refermer sur vous. De la neige sur les sommets, la douceur du soleil si l'on descendait dans la vallée. Des vaches. L'Autriche et la France avaient décidé de se battre en Italie.

— C'était il y a longtemps. Nous n'avons jamais payé notre chambre dans cette auberge, finalement. Les Autrichiens ont tout brûlé ?

— Non, elle a échappé à leur attention. Aujourd'hui, elle est tenue par le petit-fils du vieil homme que nous avions rencontré. Il avait caché les bagages – les tiens et les miens – parce qu'il n'aimait pas les Autrichiens et espérait qu'on s'en sortirait. Et puis, il les a gardés. Parce que c'était un honnête homme, peut-être. Moi, je pense qu'il les a mis dans un grenier et les a oubliés.

— Dans l'un des sacs, il y avait mes couteaux.

— Dont tu étais si fier, et que tu mettais un point d'honneur à planter dans le manteau de la cheminée. On en voit encore la trace dans le bois. Dans le village, on raconte toutes sortes d'histoires là-dessus. Pas une seule n'est vraie. Sans que je sache comment, ils ont appris que tu étais le Faucon noir. Mais tu ne te reconnaîtrais pas dans ces légendes.

— J'y ai passé moins d'une semaine.

— Et à les entendre, tu as massacré tant d'Autrichiens que je me demande comment il en reste encore sur terre. J'ai pris tes couteaux et mon peigne en écaille de tortue, et j'ai donné le reste aux aubergistes.

— Trois de mes couteaux.

— Ces trois-là, dit-elle, songeuse. Ils m'ont causé bien des ennuis. C'était étrange, de fouiller dans ces sacs et de repenser aux êtres que nous avions été.

Ils avaient fait l'amour dans une prairie. Il n'y avait pas un coin plat dans ce pays, juste de l'herbe grasse et des fleurs des champs. Il avait étalé son manteau et ils s'étaient allongés dessus. L'odeur de l'herbe écrasée, de la terre, lui revint soudain. À un moment, entre deux baisers, il avait murmuré « Je t'aime » et elle avait répondu « Il ne faut pas ».

Après, au coucher du soleil, ils étaient allés espionner le campement autrichien. Il avait dix-huit ans, peut-être dix-neuf. Après tout, il ignorait sa véritable année de naissance.

Tout cela était loin, Chouette l'avait dit, et ils avaient changé tous les deux. Il parlait à une femme qui avait dirigé plusieurs sections de la police secrète, plus à une jeune fille dont les longs cheveux cachaient les seins et sur la peau de laquelle les fleurs des champs avaient déposé des grains de pollen jaune.

— Quand je suis partie pour l'Angleterre, j'ai eu le temps de réfléchir. Je laissais derrière moi des pans entiers de mon existence, éparpillés dans la montagne ou jetés à la mer. Comme si je me débarrassais de bagages trop lourds ou trop encombrants, de choses dont je n'avais plus besoin. Je n'étais plus une espionne au service de la France. La France que j'avais connue avait disparu à jamais.

Elle prit sa tresse, la ramena par-dessus son épaule et joua avec les mèches bouclées.

Ses cheveux avaient foncé, avec le temps. Il se souvenait d'en avoir porté une poignée à son visage, pour en sentir la douceur, pour les humer quand ils faisaient l'amour.

— En arrivant en Angleterre, je ne te haïssais plus. J'avais jeté en chemin tous les sombres desseins du passé.

Il la croyait. Il avait interrogé un grand nombre d'hommes et de femmes au cours de sa carrière. Jamais aucun ne lui avait ainsi ouvert son âme.

Elle frotta son bras par-dessus le pansement. La tension, au coin de ses lèvres, indiqua qu'elle souffrait mais choisissait d'ignorer la douleur.

— J'ai reconstruit ma vie, une nouvelle fois. J'ai ouvert ma boutique, Voyages, et je suis devenue spécialiste en cartes géographiques, instruments d'optique et fruits secs. Je suis la meilleure dans ma branche. Peut-être la meilleure au monde.

— J'ai vu ta boutique. C'est impressionnant.

Elle se pencha en avant, coupant un rayon de soleil. Les cheveux fins à ses tempes attrapèrent la lumière de la plus parfaite des façons.

— On vient me voir – des gens très connus viennent me voir – quand on a décidé de partir risquer sa vie dans une zone dangereuse. Je leur vends ce dont ils auront besoin pour en sortir vivants. Lorsqu'ils quittent ma boutique, ils sont préparés pour l'aventure, exactement comme mes agents lorsque je les envoyais en mission, autrefois.

— Le Renseignement militaire fait appel à tes services.

Quelle ironie, encore une fois. L'armée britannique équipée par une ancienne espionne française !

— Pas le service de renseignements. Jamais. Ils sont au courant du léger faible que tu avais pour moi autrefois, Hawker, et ils gardent leurs distances.

L'espace d'un instant, cette pensée sembla amuser la jeune femme, puis les nuages obscurcirent à nouveau son esprit.

— Ce que j'ai à te dire est important. Il faut que tu m'écoutes. Tu sais que j'expose des armes sur le mur de gauche, dans ma boutique. Tu les auras sûrement vues. Certaines sont à vendre, d'autres sont seulement exposées pour leur intérêt. Les hommes aiment regarder les armes. Il y a trois ans, le jour de l'ouverture de ma boutique, alors que Thompson et Chetri astiquaient une dernière fois la vitrine, j'ai exposé tes couteaux.

— Ah.

Voilà une chose qu'il ignorait.

— Je les voyais comme une sorte de trophée. Ou comme un défi. Ou un souvenir du passé. Je pense qu'au fond j'espérais qu'un matin tu entrerais et exigerais que je te les rende, et on parlerait... Mais tu n'es pas venu. Au bout de quelques semaines, je les ai retirés et les ai rangés.

— J'étais en France, Chouette. J'ai passé des mois en France.

— C'est ce que j'ai appris, plus tard. J'ai découvert que tu étais rentré en Angleterre ensuite, et je t'ai vu passer devant la boutique de temps en temps. Mais tu n'es jamais entré. À cause de ce que je t'avais dit, après les Cosaques.

— Chouette...

— J'aurais dû te rendre tes couteaux. Cependant je ne savais pas comment m'y prendre. Il n'y a rien de plus embarrassant que d'être importuné par une maîtresse surgie du passé.

— Et moi, j'aurais dû pousser ta porte. J'ai été plusieurs fois sur le point de le faire.

Quel idiot il avait été. Et quel lâche, aussi.

— Tu n'avais aucune raison de le faire. Ce que nous avions éprouvé l'un pour l'autre n'était plus. Tu avais été nommé chef du service de renseignements britannique. Sir Adrian avait remplacé le Hawker que j'avais connu. Tu étais devenu riche. Moi, j'étais l'espionne compromise d'un empire déchu.

Elle pâlissait au fur et à mesure de son histoire, et semblait au bord de l'évanouissement. Il ne devait pas la laisser s'épuiser.

— Crois-tu réellement que cela avait une importance ?

— Tu n'es pas venu me voir.

— C'était une erreur de ma part, dit-il.

Elle sourit faiblement, et redevint Justine du Motier, espionne hors pair, la femme qui avait mis en péril certaines de ses missions les plus importantes.

— Nous avons tous les deux commis plus d'erreurs dans notre vie qu'on ne peut en compter. Mais c'est du passé. Concentrons-nous sur le présent. Il y a quelque temps de cela, j'ai lu un article sur un Français qui avait été poignardé. Je n'y ai pas vraiment fait attention, puisque mon travail ne consiste plus à relever et à analyser ce genre de fait divers. Et puis, un second Français a été poignardé, et il était fait mention d'un couteau noir. Je n'avais pas besoin de me rendre à Bow Street, au siège de la police, pour savoir qu'il s'agissait de tes couteaux. J'ai tout de suite compris.

— Alors tu es venue me voir.

— Pas tout de suite. Je suis d'abord allée voir le corps de Patelin, allongé dans la réserve d'une taverne, puis l'endroit où il avait été poignardé. Ensuite, je suis allée à Bow Street et j'ai soudoyé les personnes qu'il fallait pour avoir accès aux couteaux. C'est peut-être là que tes ennemis m'ont repérée et m'ont suivie. À moins qu'ils n'aient surveillé la boutique. D'après M. Thompson, on nous observe depuis plusieurs mois. C'est l'impression qu'il a, du moins. Quelque part entre Voyages et Meeks Street, ils sont passés à l'action.

— Et ils se sont servis du troisième couteau contre toi.

— Un homme, très jeune et expérimenté. J'ai entrevu son visage, de côté. Mais les couteaux qui m'ont été dérobés ont été utilisés pour t'attaquer, toi.

Il posa la main sur l'épaule de Justine, en faisant attention car c'était le bras qui lui faisait mal.

— Pour t'attaquer *toi,* en l'occurrence.

— C'est la même chose.

42

Le chef du service de renseignements britannique semblait être quelqu'un de puissant. Capable, en tout cas, de renvoyer Justine du Motier dans sa chambre pour dormir tout l'après-midi. Mais non.

Elle était assise à côté de lui dans la voiture et soulevait un coin du rideau. La ville défilait dans un triangle de lumière.

— Je déteste les voitures, dit-elle. Je m'y sens comme prise au piège. Autant s'attacher une cible sur la poitrine. Une voiture, c'est le lieu idéal pour qui cherche à te tuer.

De deux doigts, Hawker écarta à son tour le rideau, de son côté.

— Peut-être en ont-ils assez d'essayer de te tuer. Peut-être s'attaqueront-ils à Paxton, pour changer. Ou à moi.

— C'est faire preuve d'un optimisme excessif.

Pax était assis en face d'eux, un pistolet sur le siège à côté de lui, et un autre sur les genoux, qu'il était occupé à charger.

Chouette avait raison. Une voiture, c'était une cible en mouvement, facile à suivre, facile à frapper. Chaque rue offrait les possibilités d'une embuscade. Le bois et le cuir dont étaient faites les parois ne fournissaient aucune protection. Autant se déplacer dans un sac en papier.

— Tu aurais été en sécurité à Meeks Street, ne put-il s'empêcher d'argumenter.

— Je ne suis en sécurité que chez moi.

— Si tu voulais bien me laisser ne serait-ce qu'une semaine pour découvrir qui est derrière tout ça, on pourrait éviter qu'il y ait d'autres victimes. Et tu pourrais te rétablir en toute tranquillité.

— Mon appartement est un endroit tout à fait sûr. Thompson et Chetri dormiront dans la boutique. Séverine passera ses nuits auprès de moi, elle me défendra avec plus d'énergie qu'une tigresse. Et c'est une fameuse gâchette, par ailleurs. Les bijoux de la Couronne ne sont pas mieux protégés, Hawker. D'ailleurs, qui te dit que c'est à moi qu'on en veut ? On m'a agressée le jour où je venais te voir, je te le rappelle.

— Tu es mêlée à cette histoire, ne le nie pas. Les couteaux volés dans ta boutique. Ton agression. Ton sang partout sur les trottoirs de la ville.

— Tu exagères, comme toujours.

— Je posterai un homme dans la ruelle, derrière chez toi. Et je ne te quitte plus d'une semelle.

Elle ne répondit pas. Se contenta de hausser un sourcil avec un air supérieur.

Il se demanda si rester auprès d'elle signifierait coucher avec elle. Il était encore trop tôt, sans doute. Probablement. Pour l'heure, il jouait la carte du vieil ami. Une façon comme une autre de l'approcher en douceur. Il allait poser le bras sur le dossier et attendrait qu'à la faveur d'un soubresaut de la voiture sur les pavés celui-ci retombe par mégarde sur les épaules de Justine.

Entre vieux amis, on pouvait se prendre par l'épaule, non ?

Et puis, si Sévie restait auprès de sa sœur, elle ne le laisserait pas se glisser dans le lit de Justine. Parti comme c'était, il dormirait devant sa porte, sur le tapis. Comme Muffin.

Quelle comparaison humiliante ! En même temps, Muffin avait passé presque tout le déjeuner la tête posée sur les genoux de Chouette, ce qui n'était pas si mal.

La voiture s'engagea dans Exeter Street. Aucun véhicule ne les suivit, et la rue était déserte.

La voiture ralentit à l'approche de la boutique. Hawker jeta un œil dehors, ne vit rien. La pluie avait nettoyé la rue et purifié l'air. Le soleil brillait, sans être trop chaud.

— Je reviens, dit Pax en descendant avant que la voiture ne fût complètement arrêtée.

Évitant un cavalier, il traversa la rue, longea les boutiques, une main dans la poche, sur la crosse de son pistolet, et disparut au coin d'une allée.

Chouette fronça les sourcils en regardant la vitrine de Voyages. Immaculée, brillant au soleil. Mais peut-être pas assez propre pour elle ? songea Hawker. Sa blessure devait la faire souffrir, aussi. Jamais un homme n'arriverait à protéger et à choyer une femme comme elle. Il était inutile d'essayer.

Passant devant elle, il ouvrit la portière et fit basculer le marchepied.

Un imbécile en veste grise et gilet marron passait d'un pas hésitant en se frottant le nez. Ce n'était pas un assassin. À gauche de Voyages, la boutique spécialisée dans les gravures de botanique était déserte. Plus loin, l'horloger et la modiste étaient ouverts, mais sans clients. À droite, deux femmes choisissaient des bonbons chez le confiseur. Elles n'avaient pas l'air dangereuses.

Il descendit, enregistrant le moindre mouvement dans la rue. Stillwater, un homme sûr, tenait son cheval tout en gardant lui aussi un œil sur les alentours.

À l'intérieur de Voyages, Thompson les avait vus arriver. Deux clients examinaient un objet qui se trouvait sur le comptoir. Une des femmes sortit de chez le confiseur et s'éloigna dans la direction opposée.

Chouette s'agrippa aux montants de la portière pour mettre le pied sur la première marche – elle n'aurait pas dû se promener en voiture à ce stade de sa convalescence, bon sang de bonsoir ! Têtue comme une mule. N'importe qui d'autre serait resté à... Mais si elle avait été n'importe qui, il ne lui aurait pas accordé un regard.

Il la souleva et la déposa sur le trottoir. Puis, d'un coup de pied, il fit remonter le marchepied avant de claquer la portière. La voiture s'éloigna.

— Allez, vite. Ne restons pas là.

Être ainsi exposé le rendait nerveux.

— Nous sommes autant en...

Il entendit le coup de feu. Entendit le bruit sourd du plomb s'enfonçant dans le bois.

Déjà, Chouette était à plat ventre, face contre terre, rampant en direction de la boutique. Il plongea à son tour, de manière à être sur elle et à la pousser en même temps.

Personne en vue. C'était un coup de fusil. Un imbécile sortit de la librairie pour voir de quoi il retournait.

— Rentrez à l'abri, nom de Dieu !

Chouette ferma la porte de sa boutique et se jeta à l'intérieur. Il la suivit.

Les trois hommes étaient allongés sur le sol. Hawker se redressa juste assez pour l'examiner.

— Tu n'es pas touchée.

— Évidemment que je ne suis pas touchée. Je saignerais, sinon.

De l'autre côté de la rue, les fenêtres étaient ouvertes. Le tireur était sans doute derrière l'une d'elles. Pas un mouvement. Pas un signe... Cherche, se dit-il. Cherche encore... Là ! À une dizaine de mètres sur la gauche, troisième étage. Un léger nuage de fumée partait de la fenêtre pour se dissiper dans la rue.

Chouette regardait par-dessus son épaule et vit la même chose que lui.

— Vas-y. Sors par-derrière et fais le tour. C'est l'occasion à ne pas rater.

— Bon sang, grommela-t-il. Tu l'as fait exprès.

Un appât. Elle avait délibérément joué le rôle d'appât. Maudite soit cette femme ! Et maudit soit l'imbécile qui n'avait rien vu venir.

— Vas-y ! insista-t-elle. C'est maintenant ou jamais. Fais attention à toi.

— D'accord.

Il l'embrassa sur les lèvres – un baiser dur, presque vengeur – puis s'écarta de la plus belle femme de Londres et partit à la recherche de celui qui tentait de l'éliminer.

La porte de la maison où se trouvait le tireur était de celles que l'on peut enfoncer d'un coup de pied, du moment que l'on frappe au bon endroit. Dans le couloir, des locataires s'indignèrent d'une telle intrusion, tentèrent de se mettre en travers de son chemin. La pièce d'où était venu le tir, au dernier étage, était vide, la porte encore ouverte. Deux chaises, une table sous la fenêtre, un fusil Baker posé dessus, et l'odeur de la poudre.

Dehors, dans la rue, les badauds commençaient à s'attrouper, les conversations allaient bon train. Certains examinaient l'impact de balle dans le montant en bois de la vitrine. Pax était plié en deux, appuyé contre le mur, juste à côté de la boutique. Il n'était pas blessé. Il était à bout de souffle. Et seul.

— Quelqu'un a été blessé ? demanda-t-il lorsque Hawker le rejoignit.

— Non.

— Bien. J'ai... perdu... le tireur, expliqua-t-il entre deux respirations. Mais j'ai vu son visage. C'était une femme.

— Une femme ?

— Mince. Très jolie. Cheveux blonds.

Tout en reprenant son souffle, Pax surveillait les alentours d'un œil d'aigle. Il y avait toujours le risque qu'un second assassin se mêle à la foule.

— Je l'ai suivie dans Gordon Street, et là je l'ai perdue. Elle s'est fondue parmi les passants. Du métier, je dirais. Beaucoup de métier.

— Dans quelle direction allait-elle ?

— Vers Piccadilly. Hawker... je la connais.

Enfin. Enfin, une vraie piste. Avec peut-être, au bout, la fin de ce cauchemar.

— Qui est-ce ?

— Tu la connais aussi. Rappelle-toi. Paris, les derniers jours de la Terreur, l'Atelier des Coches. On avait fait sortir les Cachés.

— Une dizaine. Quatre filles. La dernière fois que j'ai eu de leurs nouvelles, elles étaient mariées et élevaient leurs enfants. Pas du genre à venir nous tirer dessus à Londres.

Pax secoua la tête.

— Je ne parle pas de celles qu'on a sauvées. On en a laissé une, tu te souviens ? Maigre comme tout, avec des cheveux couleur paille.

Il se souvenait de cette nuit-là avec une grande clarté. Cependant du visage de cette fillette, non. Elle avait été une ombre dans un coin, loin de la lanterne.

— Il faisait nuit. C'est toi qui as tenté de la faire changer d'avis.

— C'est vrai. Et je l'ai bien vue. À notre retour à Meeks Street, je te la dessinerai.

43

Se faire tirer dessus ne prenait qu'un instant. L'expliquer à la police prenait des heures.

L'officier responsable du quartier procéda aux constatations et remua beaucoup de vent ce faisant. Puis les personnes les plus concernées – elle, Hawker et le vieil homme autoritaire qui passait à ce moment-là – durent se rendre à Bow Street. Une déposition fut faite, un rapport rédigé en détail. Elle rencontra sir Nathaniel Conant, le chef de la police, apparemment grand ami de Hawker. Puis un sergent, accompagné d'un jeune homme dont le rôle consistait essentiellement à hocher la tête, retourna à la boutique avec elle pour inspecter la balle, l'extirper de l'endroit où elle s'était logée et admettre qu'on ne pouvait guère en tirer de conclusions, en dehors du fait qu'elle avait raté sa cible.

Hawker, silencieux, ne la quitta pas un seul instant, se tenant toujours entre elle et toutes les fenêtres.

L'officier de quartier, le sergent, son assistant et l'agent inspectèrent ensuite la boutique et en profitèrent pour renifler les flacons, fouiner dans les tiroirs et faire diverses remarques.

Ils relevèrent aussi à plusieurs reprises qu'elle avait été poignardée à Braddy Square. C'était étrange, tous ces gens qui voulaient la tuer… Oui, en effet. Quand tout cela fut dit et redit, Hawker et les représentants des autorités quittèrent la boutique pour continuer leur discussion au pub.

Paxton prit le relais auprès de Justine, qu'il fallait continuer à protéger. Puis Séverine arriva et l'aida à préparer quelques affaires.

Le fiacre s'arrêta devant la boutique. Séverine sortit avec les bagages. Paxton fit monter Justine, et ils rentrèrent à Meeks Street.

En retournant à la boutique pour faire sortir son agresseur de l'ombre, Justine avait fait ce qu'elle pouvait. Elle n'avait plus de raison de refuser l'hospitalité de Hawker et se laissa remettre au lit par Séverine sans faire d'histoire.

Elle s'endormit alors qu'il faisait encore jour. Voilà pourquoi elle était bien réveillée lorsque la pendule sonna deux heures du matin. Peu après, elle entendit la porte d'entrée s'ouvrir et se refermer.

Quelques instants plus tard, Muffin, qui dormait devant sa porte, s'étira et gémit, lui indiquant que Hawker approchait. Elle l'entendit passer devant sa chambre et s'éloigner en direction de la sienne.

Mais elle n'avait pas envie d'être seule. N'avait pas envie de rester éveillée dans l'obscurité en pensant à lui. Trop de nuits, dans son existence, s'étaient écoulées de cette façon.

Alors elle attendit encore un instant puis se leva, enfila la robe de chambre en brocart, ouvrit sa porte, enjamba Muffin et sortit dans le couloir.

La porte de la chambre de Hawker n'était pas fermée à clé. Il était assis en tailleur devant l'âtre, en caleçon long. Le feu mourant l'éclairait d'une lumière rougeoyante.

— Quelle surprise… dit-il.

Elle ne le croyait pas si surpris que cela. Hawker savait toujours avant elle ce qu'elle allait faire. Ils avaient travaillé côte à côte ou face à face pendant trop longtemps et savaient comme personne ce que l'autre avait en tête.

— Tu es resté plusieurs nuits dans ma chambre, dit-elle. Il m'a semblé approprié de te rendre la politesse.

— Je me demande si tu sais vraiment ce que tu fais en venant ici, dit-il, les yeux brillants.

— Je sais toujours ce que je fais.

Elle referma la porte derrière elle. Le cliquetis qui l'avait suivie dans le couloir cessa, un bruit sourd suivit. Muffin avait pris ses nouveaux quartiers pour la nuit.

— Je soudoie ton chien avec de la nourriture, et il me laisse entrer dans ta chambre. Ce n'est pas un bon chien de garde.

— Il est presque totalement inutile, confirma Hawker. Que se passe-t-il ?

— Je n'arrivais plus à dormir.

— Donc, tu es venue occuper ton insomnie avec moi. Je suis flatté.

Des bûches terminaient de se consumer dans l'âtre. Le bureau et trois chambres étaient chauffés au bois. Les autres pièces utilisaient du charbon, comme la plupart des maisons londoniennes. Le feu de bois lui rappelait son enfance en France. Dans son appartement, au-dessus de la boutique, elle avait fait installer une vraie cheminée.

Avec Hawker, elle ne faisait pas de manières. Elle s'installa comme lui, en tailleur, remontant la robe de chambre sur ses cuisses.

Elle ne portait rien d'autre que cette robe de chambre rouge vif. La serrer autour d'elle lui donnait le sentiment d'être prise par des bras masculins. Cette couleur la réchauffait littéralement. La soie rouge appelait le désir, la passion.

Mais ils devaient discuter, d'abord.

— Paxton a fait un dessin de la tireuse, annonça-t-elle. Tu l'as vu ?

— Oui, en rentrant, là. Il en a accroché un exemplaire dans l'entrée. Je ne l'ai pas reconnue.

— Moi non plus. J'ai pourtant dû la voir avec les jumelles, dans la cour de l'Atelier des Coches, mais je n'ai aucun souvenir d'elle. C'était il y a longtemps.

— C'est sans doute elle qui t'a poignardée aussi. Tu la reconnaîtrais peut-être si tu l'avais en face de toi.

— C'est ce que m'a dit Paxton. Il a prévu de faire la tournée de toutes les maisons closes de luxe demain, avec des exemplaires du portrait. Il m'a dit que je n'étais pas suffisamment remise pour l'accompagner, comme s'il me refusait un petit plaisir.

— Pas de bordel pour toi demain, donc, dit Hawker en souriant.

Il posa la main sur son genou. C'était un geste naturel, comme s'ils avaient l'habitude de discuter ainsi devant le feu.

— Tous les deux, nous allons nous mettre sur notre trente et un et nous fondre dans la bonne société. La tireuse sera sans doute parmi les invités du grand bal des Pickering. Cela devrait donner un peu d'intérêt à une soirée par ailleurs fort ennuyeuse.

— Je ne vais jamais à ce genre de réception. Il va falloir que Séverine me prête une robe.

Une nouvelle fois, la main de Hawker se posa sur son genou, s'y attarda un peu plus, glissa le long du pan de soie.

— J'aimerais bien que tu en portes une de cette couleur.

Son caleçon ne cachait rien de son érection, mais Hawker ne s'en inquiétait guère. Sa réaction physique à la présence de Justine avait toujours semblé plus l'amuser qu'autre chose.

Elle était intensément consciente du moindre de ses mouvements. De sa main sur sa cuisse. De son souffle.

Les flammes traçaient en rouge les contours de ce corps magnifique, de cet homme qui rendait la nudité si naturelle.

Elle savait qu'il faisait l'amour sans la moindre trace de honte. Peut-être était-ce caractéristique des hommes qui vivaient dans la simplicité, en marge du monde.

— Tu penses vraiment qu'elle sera à ce bal ?

— Si elle fait partie du beau monde, elle y sera, oui. Beaucoup de Cachés nous ont échappé et ils sont là aujourd'hui, infiltrés dans les meilleures familles du royaume.

— Pour cette fille, il n'y avait pas de riche famille au bout du chemin, pourtant. Je doute que les Tuteurs lui aient réservé un traitement enviable.

— Je sais. Quand Pax aura passé les demi-mondaines en revue, je m'occuperai des bordels moins renommés. J'y ai de vieux amis.

Il se pencha vers le feu pour repousser une bûche du bout des doigts. Une gerbe d'étincelles jaillit.

— Ce n'est plus une très jeune fille, reprit-il. Nous savons ce que la vie réserve à une putain qui a vieilli.

— Je l'ai abandonnée à ce triste sort, à l'époque.

— Nous l'avons tous les deux abandonnée. Moi, surtout.

— C'était ma mission.

— Et tu m'as écouté. Des années plus tard, je persiste à croire que nous n'aurions pas pu la faire sortir de là.

— Il arrive qu'on ne puisse pas sauver tout le monde, l'expérience me l'a appris à moi aussi. C'était son choix, en l'occurrence. Elle nous le reproche aujourd'hui, semble-t-il.

— J'imagine qu'elle nous déteste, en effet.

— Mais pourquoi vouloir t'éliminer maintenant, après tant d'années ? Pourquoi passer par un chemin détourné et se servir de moi ? Il y a du calcul derrière tout ça, Hawker. Un plan de longue haleine. Elle aurait pu s'acharner sur Gravois et Patelin. Pourtant, ces meurtres ont été rapides – un coup puissant, bien porté, et c'était fini. C'est toi qu'elle veut faire souffrir. Toi qu'elle hait.

Il avait ravivé le feu et se redressa, les mains à plat sur les cuisses.

— Je le crois, oui. Je sais reconnaître la haine quand je la croise.

Il ne se laisserait pas effrayer par la haine d'un ennemi. Seuls ses amis pouvaient le faire souffrir. Elle l'avait fait souffrir.

— Je ne te hais pas, assura-t-elle. J'ai cessé de te haïr depuis bien longtemps.

Il tourna vers elle son visage et sourit. Ce fut comme un rayon de soleil pointant derrière un nuage d'orage.

— Tu penses réellement que je ne le savais pas ?

Sur son torse, un peu en dessous de l'épaule, une marque de la taille d'une pièce de monnaie, en forme d'étoile. La trace de la balle qu'elle avait tirée dans un escalier du Louvre.

Elle appuya délicatement dessus.

— C'est moi qui t'ai fait ça.

— C'était un accident, dit-il en riant. Je le tiens de source sûre.

— Je t'ai tiré dessus et ça t'amuse ?

— Sur le moment, pas vraiment, non. Toutefois, avec le recul, je trouve qu'il y a un côté humoristique dans cette histoire.

Il n'y avait que Hawker pour manquer mourir et trouver ça drôle.

Elle se mit à genoux et se pencha pour embrasser la cicatrice. La peau y était douce comme de la soie, et chaude. Plus que le reste de son corps. Les blessures laissent des traces en creux. Tout près de la surface, on entendait palpiter la vie.

Il lui caressa les cheveux, comme si les choses entre eux étaient simples.

— J'ai envie de prendre mon temps.

Calmement, il l'attira à lui et la tint sans bouger. Elle posa la joue sur la blessure qu'elle lui avait infligée.

Ils restèrent ainsi, dans les bras l'un de l'autre, à regarder le feu. Peu à peu, elle se détendit.

44

Elle était blottie dans les bras de Hawker, dont la main caressait distraitement sa taille, comme on caresse un chat venu se pelotonner contre vous. Il y avait dans cette caresse un mélange d'appréciation et de prudence. Elle trouva cela excitant.

Il sentait le feu de bois et le cognac.

— Tu as bu un cognac après ton dîner.

— Nathaniel n'aime que le meilleur. C'est du gâchis, avec moi. Je crois que je préfère le gin.

Mais Nathaniel Conant, le chef de la police londonienne, n'aurait jamais servi de gin à sa table.

— Tu « crois » ? Tu n'en es pas sûr ?

— Quand je suis Hawker, j'aime le gin. Sir Adrian Hawkhurst, lui, boit du cognac.

— Et tu es les deux à la fois. Comme ce doit être troublant.

— Pas tant que ça.

Elle aimait cette caresse à travers la soie. La sentir sur sa peau aurait été encore plus agréable. Écartant la jambe, elle laissa glisser le pan de la robe de chambre sur sa cuisse et plia le genou. Une invitation, en quelque sorte. Qu'il prit comme telle.

— Quand je suis sir Adrian Hawkhurst et que je fais ça...

Il posa la main sur son genou. Elle ouvra encore un peu les cuisses, offrant son intimité.

— ... je prends mon temps pour apprécier, conclut-il.

— Et tu es un connaisseur en la matière, il me semble.

— C'est un joli genou. Intéressant. Quelques cicatrices. Et là, je descends le long d'une pente douce de la couleur de l'aube et je trouve un petit animal à la fourrure soyeuse. Un lapin, on dit en anglais. *Coney*.

— En français, tu le sais, on dit une chatte.

— Et je caresse la petite chatte. Savais-tu que... un peu plus bas encore, ta chair a la couleur de ces coquillages que l'on trouve sur la côte italienne ?

Il glissa un doigt entre les boucles de la toison, joua un instant avec. Elle avait le cœur battant, tous les sens en éveil. Lorsqu'il remonta lentement jusqu'à son genou, elle haletait.

— Quand je suis sir Adrian, j'adore te regarder. Quand je suis Hawker, j'ai juste envie d'entrer en toi et de nous faire du bien à tous les deux. C'est si bon de te toucher ainsi.

Sa main sur la peau de Justine était à la fois brûlante et apaisante.

— Dîner avec Nathaniel est toujours un peu difficile pour moi, même si c'est un homme bien. J'ai été emprisonné à Bow Street, une fois. Pour vol.

La vie de Hawker avait été mouvementée.

— Tu n'as pas été condamné à la pendaison, visiblement.

— Il y a eu ce qu'on appelle une erreur judiciaire. J'étais coupable, mais mon ancien maître – le roi des Voleurs, tout de même – a soudoyé des témoins. Ce fut mon premier contact avec la police de Bow Street. Le début d'une relation de longue durée qui ne fut pas inintéressante, je dois dire. Attends, je reviens.

Il se leva, et elle eut froid. Mais presque aussitôt, il revint avec des oreillers et des couvertures, qu'il installa devant le feu. Puis il repoussa la robe de chambre de ses épaules, en prenant soin de ne pas lui faire mal au bras. Lui-même s'était débarrassé de son caleçon, sans qu'elle sache à quel moment.

— On pourrait se mettre au lit, dit-elle. C'est ce que font beaucoup de gens. Tous les soirs.

Cela dit elle n'avait pas envie de quitter le cercle de lumière et de chaleur projeté par le feu. Un monde rien qu'à eux. Le reste de la chambre était plongé dans l'obscurité.

— J'aime la couleur de ta peau devant les flammes, dit-il. Allongeons-nous, que je puisse m'occuper de toi un peu mieux.

Il se pencha et embrassa son genou.

— C'est bon, murmura-t-elle. J'aime ça.

— Moi aussi.

Il embrassa l'intérieur de son genou plusieurs fois. S'y attarda.

Elle se sentait parcourue de petits éclairs, qui convergeaient au creux de son ventre. Ils étaient peau contre peau – nus, corps et âme. Son désir pour lui était brûlant, avide, presque insupportable.

— J'ai eu envie de toi si souvent, avoua-t-elle. Depuis trois ans, depuis que je suis à Londres, il ne se passe pas un jour sans que je pense à toi.

La main de Hawker était sur sa cuisse, possessive.

— Il m'arrivait de remonter Exeter Street, l'air de rien, et de regarder dans la vitrine de ta boutique. J'aurais pu entrer et demander : « Tu me reconnais ? Nous étions amants, autrefois. »

— Moi, je t'ai vu il y a six mois environ. Sur Jermyn Street.

Elle s'était arrêtée et l'avait regardé. Un sixième sens, en lui, avait peut-être perçu sa présence. Il avait brusquement relevé la tête, comme s'il reniflait l'air autour de lui. Elle s'était éclipsée. Encore quelques instants et il se serait retourné, l'aurait vue…

— Nous avons perdu tellement de temps… murmura-t-elle.

— Et maintenant ?

Elle roula sur le côté, se mit à genoux à côté de lui. La main de Hawker glissa sur sa peau jusqu'à son dos.

Elle était heureuse d'être ainsi liée à lui. Heureuse de sentir sa cuisse contre la sienne.

— Et maintenant… voilà.

Elle l'embrassa. Les hommes avaient besoin de réponses simples – même Hawker, qui figurait parmi les spécimens les plus intelligents de son espèce. Elle sentit à travers ses lèvres toute la complexité de son être, le sens qu'il donnait à leur baiser, et se laissa enivrer par son goût, son odeur.

Ses mains allaient et venaient dans son dos, persuasives, achevant de la détendre. Il se pencha pour embrasser ses seins, murmurer quelque chose à propos de leur beauté. Puis elle fut plaquée contre lui, soulevée comme si elle n'était qu'une plume. Il l'installa sur lui, et elle noua les jambes autour de ses hanches.

Il embrassa un sein, puis l'autre.

— Voilà mes vieux amis. Jolis cœurs. Comment allez-vous ? dit-il en titillant la pointe d'un sein entre deux doigts. Vous avez l'air contents de me voir, dites donc.

Il était complètement ridicule, songea-t-elle. Mais son corps aimait ces jeux-là. Elle s'abandonna à ses bêtises.

Il passait d'un sein à l'autre.

— À ton tour. Et maintenant, à toi. Je n'arrive pas à choisir, vraiment.

À petits coups de langue rapides, il joua avec leur pointe, la menant au bord de l'extase, répandant dans son cœur une joie sans bornes. Elle s'imprégnait de lui, s'immergeait en lui. Elle planta ses ongles dans ses épaules et se perdit dans l'odeur de ses cheveux.

Il entra en elle. La combla. C'était bouleversant, et tellement bon.

— Ça m'a manqué, souffla-t-il.

Elle sentit qu'il la renversait sur le dos, sur les couvertures. Elle s'accrocha à lui de toutes ses forces.

— S'il te plaît, murmura-t-elle. S'il te plaît. Maintenant.

Il se mit à aller et venir lentement, puissamment. À chaque coup de reins, elle se hissait à sa rencontre, avec la même détermination.

Le dos cambré, tendue par le désir, à bout de souffle, elle n'était plus que sensations. Secouée par l'orgasme, elle se contracta autour de lui, le sentit qui la rejoignait dans l'extase et perdait tout contrôle. Un grognement sourd, profond, monta de la gorge de Hawker. Le cri de la victoire.

L'entendre fit céder en elle les derniers barrages du plaisir, et elle se livra corps et âme à la déferlante.

Elle le contemplait, les yeux mi-clos, sans bouger. Il était d'une beauté si parfaite. C'était un amant extrêmement doué. Elle se sentait merveilleusement bien.

Il tendit la main, la posa sur son pansement, s'assurant que tout allait bien. Puis il s'assit et la regarda avec une expression insondable. Il lui prit la main.

— Veux-tu m'épouser ?

Elle s'assit à son tour.

— Non.

— Ah. C'est une réponse longuement mûrie, donc ?

Elle voulut retirer sa main. Il ne la laissa pas faire.

— Je veux dire : « Non mais qu'est-ce que tu dis ? »

— Alors tu ne devrais pas employer ce ton qui fait que l'on comprend : « Non, nous ne pouvons pas nous marier. »

— C'est vrai aussi. Probablement.

Et comme il ne disait rien, elle ajouta :

— Je n'y ai pas vraiment songé.

Elle aurait dû se lever, quitter la proximité de ce corps qui la comblait tant. Et s'habiller, aussi, parce qu'il est difficile de réfléchir sainement quand on est nu.

Il lui tenait toujours la main et la dévisagea avec sérieux.

— Il n'y a personne d'autre, en ce qui me concerne. Il n'y a jamais eu personne d'autre. La guerre est finie depuis longtemps.

— Ce n'est pas la question.

— Je me permettais juste de souligner que cet obstacle n'existe plus. Nous ne sommes plus des ennemis – la France et l'Angleterre, je veux dire. Donc personne n'y trouvera rien à redire, si on se marie.

Il retourna sa main, en étudia la paume.

— Est-ce que c'est parce que je suis un chat de gouttière ? reprit-il. Parce que je viens de nulle part ?

— Tu sais très bien que cela n'a aucune importance pour moi.

— Ça devrait. Tu mérites mieux. Mais puisque tu n'as jeté ton dévolu sur personne d'autre, pourquoi pas moi ? J'ai de l'argent. Je l'ai gagné honnêtement, en faisant des investissements. J'ai une maison dans le West End, dans laquelle je n'ai quasiment jamais vécu. Avec un hall à colonnade et une cheminée de style Adam dans la salle à manger. J'ai même un majordome, figure-toi, ajouta-t-il en riant. Tu pourrais peut-être m'aider à l'intimider.

— Je me fiche de ton majordome, de ta fortune et du sang qui coule dans tes veines. J'ai combattu toute mon existence pour qu'advienne un monde où ces choses n'ont plus d'importance.

— Pourtant la réponse est toujours non.

— Comment pourrais-je dire oui ? Nous avons été séparés pendant des années. On ne se connaît plus.

— Tu connais tous les méandres de mon esprit. Tu me remets à ma place quand je me prends pour ce que je ne suis pas. Autriche, Prusse, Italie, France : tu as toujours réussi à deviner où j'étais et où j'allais monter l'opération suivante – c'était assez agaçant, soit dit en passant. Et je te connais plutôt bien, de mon côté.

— Ta tournure d'esprit m'est assez familière, certes. Cela ne veut pas dire pour autant que nous devrions nous marier.

Il tenait toujours sa main et y déposa un baiser. Puis deux, puis trois, puis quatre. Lorsqu'il se redressa, elle frémissait de tout son être.

— Non. Nous devrions nous marier pour pouvoir partager le même lit, et y faire toutes ces choses intéressantes que nous aimons l'un et l'autre, dans la plus grande respectabilité.

— Ah oui, j'oubliais ! J'ai affaire à un parangon de respectabilité.

Pas une seule fois elle n'avait envisagé de se marier. Cette éventualité ne l'avait tout simplement jamais effleurée.

Être nue l'empêchait d'y voir clair, sans doute. Ou alors c'était le fait d'être heureuse. Hawker avait le don pour rendre possible la plus folle des idées.

— Je ne dis pas « non ». Je trouve juste l'idée très étrange.

Il se leva, l'aida à faire de même.

— Allons nous coucher. Dans mon lit. Et nous reparlerons de tout cela demain. Pour l'heure, j'ai envie d'être allongé près de toi et de sentir ta chaleur.

Ils refirent l'amour immédiatement après s'être glissés entre les draps.

Lorsque le sommeil la gagna, elle sentit Hawker ramener les couvertures sur elle. Il faisait toujours cela après l'amour, même quand drap et couvertures avaient été rejetés loin du lit. C'était un geste de grande gentillesse, le genre d'habitude qu'un homme pouvait prendre pour combler son épouse.

Elle n'arrivait pas à s'imaginer mariée.

45

Pax, assis au bureau de la bibliothèque, dessinait au crayon et au fusain le visage de la Cachée. C'était le dixième exemplaire, il allait de plus en plus vite.

Il y avait aussi dans la pièce un sofa et des fauteuils. Les murs étaient tapissés de livres. Les journaux du jour, comme d'habitude, avaient été lus, repliés et abandonnés au hasard sur les tables ou les fauteuils.

Felicity était venue à la tombée de la nuit pour tirer les rideaux. Elle n'avait pas emporté les tasses vides ni allumé les lampes. À l'époque où c'était lui qui ouvrait les portes et portait les messages, il aurait été un peu plus consciencieux, songea Pax.

Il avait allumé le chandelier de la cheminée et l'avait posé sur le bureau, pour pouvoir travailler.

Doyle était dans un fauteuil devant la cheminée, les pieds sur les chenets. Une pile de dossiers occupait le guéridon à côté de lui. Il les feuilletait l'un après l'autre, en extrayait des rapports, des coupures de journaux, laissant soigneusement un petit papier rouge à la place, avec son nom et la date.

À ses pieds, une autre pile prenait de la hauteur. Elle concernait tout ce qui avait été publié ou rédigé à propos d'hommes portés disparus, de coups de couteau, de décès inattendus. De rumeurs relatives aux Cachés. Bref, tout ce qui pouvait avoir un rapport avec leur affaire.

S'il n'avait pas été occupé à dessiner, Pax aurait épluché lui-même ces dossiers.

— Est-ce qu'on va arrêter ceux qui ont témoigné à Bow Street en disant que l'assassin ressemblait à Hawker ?

Doyle ne leva pas les yeux.

— Ils ont tous les trois donné de faux noms, ce qui ne nous aide pas. Il y a aussi un capitaine de l'armée, qui est resté absolument impassible quand je l'ai interrogé. On le surveille.

— Ce sont des Cachés, à coup sûr.

— Probable.

— Je les connais peut-être, de l'époque où je me formais à Paris pour espionner les Anglais.

— Et aujourd'hui, tu espionnes pour le compte des Anglais, répliqua Doyle. La France y a perdu. Nous y avons gagné.

— Je me plais à le penser. Heureusement que Galba a renoncé à m'étrangler.

Pax souffla sur son dessin pour chasser la poussière de fusain et le posa sur le côté. Après s'être étiré les doigts, il prit une nouvelle feuille de papier, un de ses crayons les plus fins, et dessina l'ovale d'un visage. Il ne s'agissait pas simplement de recopier. Chaque fois, il devait fixer sur le papier l'expression qui faisait de ce visage un visage unique.

— C'est plus long que je ne le pensais... Je vais encore en faire deux ou trois pour Bow Street. Hawker les déposera demain.

Hawker était rentré à Meeks Street quelques minutes auparavant. Le seul signal de son retour avait été les grommellements de Felicity descendant lui ouvrir, puis remontant se coucher. Il n'était pas venu dans la bibliothèque, avait gagné sa chambre sans un bruit. Hawker se déplaçait comme un chat dans la nuit.

— Il faut croire que tout s'est bien passé avec Conant, dit Doyle.

— On dirait, oui. Ils forment une drôle de paire, tous les deux.

Lignes horizontales, lignes verticales. La géographie d'un visage.

— Ils discutent essentiellement de meurtres quand ils se voient. Conant aide le Service quand il peut, et Hawker ne tue personne à Londres. Bow Street apprécie l'attention. Tiens, celui-ci est intéressant…

Doyle tira une coupure de journal d'un dossier et expliqua :

— Il y a deux ans, un député du fin fond du Buckinghamshire a été poignardé à Mayfair alors qu'il rentrait d'un dîner.

— Ah oui, je me souviens. Vessey. William, je crois. On n'a jamais trouvé son assassin.

— Bonne mémoire, dis donc. Et six mois avant, un certain Thomas Daventry a été repêché dans la Tamise, portant la trace de plusieurs coups de couteau. Il n'était pas député, mais assez actif en politique. Un radical, fortuné.

— Si quelqu'un projette d'éradiquer les whigs, le moins que l'on puisse dire est qu'il prend son temps…

— Et là, j'ai un gars du Foreign Office, George Reynolds, sans opinion politique connue. Mort d'une blessure au ventre.

Doyle referma le dossier, tendit le bras vers le suivant.

En haut, dans le couloir, on entendit les griffes de Muffin sur le plancher. Après avoir gardé la porte de Justine du Motier, il s'en allait garder celle de Hawker.

Donc, Justine était dans la chambre de Hawker.

Doyle leva la tête en direction du plafond.

— Ils empêchent Muffin de dormir.

— Personne ne dort vraiment, ce soir.

Un bruit sourd, massif. Muffin s'était installé. Donc, Justine s'était installée aussi.

— Ce serait bien si cela simplifiait les choses, dit Doyle.

— Il serait temps.

— Mais ils ne font jamais dans la simplicité, je me trompe ?

— Jusqu'ici, non.

La Cachée avait la bouche petite, les lèvres charnues. La base de son nez était un peu aplatie. Pax finirait cette partie à la craie.

— Tu es l'exécuteur testamentaire de Hawker, s'il meurt, non ?

Doyle ne parut pas surpris par la question. Cela dit, il était difficile de le surprendre.

— Depuis des années, oui.

— Qui hériterait ?

Doyle prit un nouveau dossier, l'ouvrit.

— Il y a des façons moins compliquées de s'emparer de l'argent de quelqu'un.

— Dis-moi quand même.

— Pose la question à Hawker.

Pax traça les sourcils au crayon et à l'encre de Chine.

— Non.

— En dehors du fait que je n'ai pas le droit d'en parler, et que Hawker n'apprécierait pas, c'est tout à fait inutile.

— Toutefois il faut éliminer cette possibilité. Hawker est un homme riche, maintenant.

Doyle réfléchit quelques instants.

— Il a laissé ses propriétés et ses commerces à de vieux amis qui les occupent ou les gèrent déjà. Une montre en or à George. Une chaîne en argent avec une médaille pour Justine du Motier. Il a établi une cinquantaine de rentes, pour d'anciens agents à la retraite, essentiellement.

— Et le reste ? Ça doit faire plusieurs dizaines de milliers de livres. Qui en hérite ?

Doyle émit un grognement.

— Eh bien, figure-toi que c'est moi. Sur le papier. Parce que, en réalité, cet argent est pour Maggie.

— Pour les orphelinats.

— Pour ceux que Hawker appelle « ces maudits gamins trop empotés pour gagner leur pain malhonnêtement ». Je pourrais disparaître avec le magot s'il avait l'obligeance de mourir, dit Doyle en refermant le dernier dossier du mois d'avril pour entamer le premier du mois de mai.

— Et tu prendrais sa place à la tête du service de renseignements britannique.

— En effet. Tu te rends compte que j'aurais bien des raisons de le tuer, hein ?

— Sauf que tu n'as pas besoin de cet argent, et que tu ne veux pas diriger le Service. Tu as passé pratiquement toute ta carrière à éviter ça.

— Ce n'est pas faux, concéda Doyle d'un ton léger.

46

Dans une salle de bal à Londres se mêlaient des odeurs de vin doux, de sueur et de parfum. En hiver, s'y ajoutait celle de la laine mouillée. L'ensemble n'était pas très différent de l'odeur qui régnait dans une maison close.

— Je n'aime pas la savoir sans pistolet, murmura Hawker.

— Et moi qui pensais que tu détestais les armes à feu.

Doyle marchait à son côté d'un pas tranquille, affichant un air benêt, inoffensif et soigné. La quintessence de l'aristocrate anglais.

— Oui, mais Justine les apprécie.

Hawker ne quittait pas des yeux les ondulations de soie lilas à travers la forêt de redingotes noires et de robes de débutantes pastel. Chouette, accompagnée de Séverine, se frayait un chemin à travers la foule dans la grande salle de réception.

— Elle a réussi à me convaincre de la laisser sortir avec un bras en moins et sans pistolet. Je suis devenu fou.

Salle de bal, salle de réception, antichambres : l'hôtel particulier des Pickering était bondé. Il y faisait trop chaud, et la décoration dégoulinait de dorures et de miroirs. Au milieu de ce troupeau bigarré, Pax et Chouette passaient en revue chaque visage pour tenter d'identifier le mouton noir.

— Elle a un couteau dans sa manche, dit Doyle. Et un autre sous sa jupe. Elle a traîné ses guêtres dans des endroits bien plus dangereux. Sévie aussi, d'ailleurs. Et j'ai cinq hommes armés jusqu'aux dents qui se sont fondus dans le décor.

— Il suffit d'une balle.

— Que notre Cachée ne tirera pas, à moins d'avoir fourré un pistolet dans son décolleté. Tu ne regardes que Justine, soupira Doyle en secouant la tête.

— Je surveille le déroulement d'une opération.

— Tu ne la quittes pas des yeux. Voilà pourquoi je n'ai jamais envoyé un mari et une femme ensemble sur le terrain.

— Nous ne sommes pas mariés.

— La même règle s'applique aux amants.

Doyle salua un homme que Hawker ne connaissait pas. Lorsqu'ils se furent éloignés, Doyle murmura :

— Richard Shaw. Juge de paix. Il vient de la campagne. C'est un conservateur enragé. À mon avis, il est là pour essayer d'être présenté à Liverpool.

Liverpool, le Premier ministre, se tenait dans une alcôve à l'autre bout de la salle. Autour de lui, une dizaine d'hommes se chauffaient aux rayons du pouvoir en bavardant. Le reste de la foule se maintenait à une distance respectable.

— Castlereagh, Granville et Melbourne, commenta Doyle.

— Liverpool n'arrive plus à se dépêtrer des whigs, on dirait.

— C'est de la diplomatie, s'il y a Castlereagh. Probablement cette histoire de tarifs douaniers prussiens… Ah ! Cummings s'active aussi, on dirait.

Lord Cummings s'était glissé dans le cercle, juste à droite de Liverpool. Il était plus grand que les autres, avait les cheveux gris et beaucoup de classe, mais semblait manquer d'assurance.

— Trop petit poisson pour ces requins, reprit Doyle. Lord ou pas, il ne fait pas le poids à côté. Et il parle à toute vitesse. Je me demande à quoi il veut en venir.

— Au hasard, je dirais qu'il rétablit le contact. Le Renseignement militaire n'est pas en odeur de sainteté en Angleterre. Liverpool est critiqué dans les journaux et il n'aime pas ça. Ces derniers temps, il n'a pas été tendre avec Cummings.

— Comment en vouloir à Liverpool ? Viens, allons chercher notre Cachée.

La foule s'ouvrit pour les laisser passer. Diplomates, députés, banquiers, évêques, propriétaires terriens austères, nobles de toute l'Europe. Ils s'écartaient devant l'ancien gamin des bas-fonds.

À une époque, Hawker avait ambitionné de devenir un vrai gentleman. Ces gens-là, il en était convaincu, mangeaient du pâté d'anguille à volonté. Il y avait du feu dans toutes les pièces de leurs maisons. Ils portaient des chemises de nuit en soie et pissaient dans des pots de chambre dorés à l'or fin.

Alors il avait décidé de tout faire pour en devenir un. Et y était parvenu. Sir Adrian Hawkhurst s'était installé dans une existence confortable. Une existence dans laquelle l'ancien gamin de Saint Giles n'était pas vraiment à l'aise.

— Hawkhurst. Je vous croyais en province.

Saluer un ami. Lui serrer la main. Promettre de se voir plus longuement pour une partie de cartes la semaine suivante chez Mortimer. Reprendre la promenade.

Jeremy était un ami de sir Adrian. Il ne connaissait pas Hawker. À Saint Giles, les gens connaissaient Hawker, pas sir Adrian. Il lui semblait parfois que ni l'un ni l'autre n'était réel.

— Tu la regardes encore, lança Doyle.

— J'aime la regarder.

Pendant dix ans, sur les champs de bataille, dans les ruelles malfamées, elle avait réussi à rester en vie. Elle savait se protéger. Il devait se convaincre qu'elle était capable de survivre à une soirée chez les Pickering.

De plus, Pax était à dix pas derrière elle.

Hawker tourna la tête, l'air détendu, pour éviter Mme Gaite-Hartwick qui agitait joyeusement la main dans sa direction. Les Gaite-Hartwick n'étaient pas la seule famille à lui avoir fait comprendre qu'ils étaient prêts à fermer les yeux sur ses origines mystérieuses, quelles qu'elles soient, du moment qu'il possédait un joli petit manoir près d'Oxford, des parts dans une compagnie maritime et un portefeuille immobilier considérable à Londres.

— Si j'étais son mari, je boirais, marmonna Doyle. Viens, sortons de là.

— Je te suis. Il semblerait que Chouette en ait terminé, de son côté.

— Allons passer les nouveaux arrivants en revue dans le hall. Ensuite, direction la soirée des Terrington. Tous ceux qui ne sont pas ici seront là-bas... Mais que vois-je ? Cummings murmure quelque chose à l'oreille de Liverpool, et ils se tournent vers nous...

— Y a-t-il eu un malentendu susceptible d'avoir irrité Liverpool, ces derniers temps ? s'enquit Hawker.

— Pas à ma connaissance.

— Ah... je vois Reams qui approche, sans saluer toutes les rombières qui gloussent sur son passage. Les militaires, tout de même...

Le colonel Reams était en uniforme rouge, sabre d'apparat au côté. Il n'aurait pas aimé que l'on parle de lui comme d'un messager, mais c'était pourtant le rôle qu'on lui faisait jouer ce soir.

— Liverpool veut vous parler, Hawkhurst, annonça-t-il, triomphant.

Cummings avait une idée derrière la tête.

Intéressant.

Tout ceci sentait le complot et la machination.

Hawker fit signe à Pax de se rapprocher de Chouette.

— Garde un œil sur elles, dit-il à Doyle.

— Je vais plutôt garder un œil sur toi, répondit ce dernier en se plaçant à côté de lui, un pouce dans son gousset.

Reams lui bloqua le passage.

— On m'a demandé de ramener Hawkhurst, pas vous.

Doyle resta impassible. Et l'imposant et tranquille gentleman qui prenait un peu de bon temps devint lord William Doyle Markham, vicomte Markham, héritier du comte de Dunmott, cousin, à un degré ou un autre, de tous les gens importants présents dans la salle, et époux d'une aristocrate héritière de l'une des plus grandes familles d'Europe.

— Poussez-vous de là, lâcha-t-il, méprisant, à l'intention de Reams.

Et ils passèrent devant cet imbécile en uniforme comme s'il n'existait pas.

Liverpool leur fit signe en les voyant approcher, les invitant à le rejoindre.

— Hawkhurst. Markham. Navré d'interrompre votre soirée.

— Monsieur.

Le chef du service de renseignements rencontrait assez souvent le Premier ministre. Jusque-là, tout s'était toujours bien passé. Liverpool aimait qu'on lui explique les choses et poser des questions.

Les autres hommes présents saluèrent. Hawker les connaissait tous.

Le Premier ministre était un homme aimable en privé, têtu comme une mule en politique, et n'aimait pas qu'on se paie sa tête. En l'occurrence, il n'était pas content, ce qui était mauvais signe pour tout le monde.

— Parlez-moi de ces deux Français assassinés, demanda-t-il en fronçant les sourcils, qu'il avait broussailleux.

Aussitôt, Cummings fit un geste d'apaisement.

— Je ne mets pas Hawkhurst en cause. Je suis tout à fait convaincu de son intégrité. Je pose simplement la question : doit-il temporairement se retirer en attendant que l'on…

— J'aimerais entendre son point de vue, l'interrompit Liverpool. Alors, Hawkhurst ?

Cummings posa sa canne sur le sol en marbre, les mains sur le pommeau, jubilant en silence.

Bien, bien, bien. C'était donc un duel. Les armes étaient sorties. L'enjeu était de taille.

Hawker se redressa brusquement, offensé.

— Que voulez-vous dire, « me retirer » ?

Cummings inclina sa canne.

— Au vu de certaines allégations qui ont été faites, peut-être serait-il plus sage pour le gouvernement de vous remplacer par quelqu'un qui n'appartient pas à votre...

— Parlez-moi de ces deux hommes, dit Liverpool.

Bon, songea Hawker. Liverpool n'était pas du côté de Cummings. Pas forcément de son côté non plus, mais pas contre lui.

— Poignardés. Oui. Nous en savons déjà pas mal sur les circonstances de ces deux meurtres.

Autour d'eux, le cercle se resserra, attentif. Rien de tel qu'un bon fait divers pour distraire la noblesse.

— Que voulez-vous dire ? demanda Castlereagh.

Être ministre des Affaires étrangères ne l'empêchait pas d'avoir un penchant pour les détails croustillants.

— Dans les deux cas, la méthode utilisée est la même. Un coup en plein cœur, dit Hawker en mimant le geste. Cela demande du savoir-faire et, je le crains, beaucoup d'entraînement. Nous avons affaire à un expert.

— Où va le monde, si l'on commet des meurtres aussi atroces à Londres ?

Des êtres meurent dans des circonstances bien pires chaque jour, dans les quartiers de Whitechapel ou de Saint Giles, songea Hawker.

— Bow Street a fait appel à nous parce que les victimes étaient françaises. Nous avons découvert que ces hommes avaient été membres de la police secrète française. Ils avaient quitté la France durant la Révolution, avaient changé de nom, pour s'établir à Londres comme commerçants.

Reams, qui traînait autour du cercle, glissa une épaule entre deux hommes.

— On aurait dû les pendre le jour de leur arrivée. Il y a beaucoup trop de Français en Angleterre, de toute façon. La guerre est finie, mais ce sont encore des fauteurs de troubles.

Quelqu'un haussa les sourcils. Liverpool parut agacé. Quel imbécile, ce Reams. Ignorait-il que, parmi les hommes présents, presque tous avaient des liens avec la France ? Liens de sang ou d'amitié.

Hawker reprit :

— Nous pensons que le meurtrier est français également, à cause de la méthode employée. Les couteaux utilisés…

— … sont les vôtres, ne put s'empêcher d'intervenir Reams. Ils portent vos initiales, bon sang ! *A* et *H*. Vous n'espérez tout de même pas que l'on va passer là-dessus ?

Un aristocrate naît avec le pouvoir de crucifier l'impertinence. Hawker, quant à lui, avait dû apprendre.

— Je vous demande pardon ?

— Vos couteaux. Je les ai vus, espèce d'assassin…

— Ça suffit ! lâcha Hawker d'un ton glacial. Je ne vous permets pas. Silence !

Reams n'osa pas répliquer.

— Une ressemblance superficielle a été effectivement constatée avec des couteaux utilisés pour des opérations à l'étranger il y a une dizaine d'années. Si vous aviez été soldat, sur le terrain, précisa-t-il en posant un regard méprisant sur l'uniforme de Reams, ou si vous aviez pris deux minutes pour examiner ces couteaux, ce qui les différencie vous aurait sauté aux yeux.

— Que Dieu m'en soit témoin…

— Ça suffit, colonel. Si l'un de mes hommes se conduisait comme vous, je le rétrograderais dans la minute. Vous avez de la chance de ne pas être sous mes ordres.

Hawker tourna le dos à Reams pour ne plus s'adresser qu'au groupe, qui était tout ouïe.

— Les lames sont estampillées Atelier de Paris, ce qui accrédite la thèse d'une origine française. L'acier est français, en tout cas. Pas anglais, ajouta-t-il à l'intention de Reams.

Celui-ci n'était pas en position de le contredire. Il n'aurait pas fait la différence entre de l'acier français et un saucisson italien.

— Une querelle entre Français, alors ? suggéra Liverpool.

— Ce n'est malheureusement pas aussi simple que ça. Les couteaux sont gravés sur le manche, certes. Mais il ne s'agit pas d'un *A* et d'un *H*. Il s'agit des lettres *N* et *B*...

Castlereagh comprit immédiatement.

— Nom d'un petit bonhomme...

— C'est le cas de le dire. *NB*, pour Napoléon Bonaparte. Les couteaux ont été délibérément laissés sur les lieux des crimes, comme une sorte de mise en garde. Ces meurtres sont politiques, indubitablement. Nous avons affaire à des groupes révolutionnaires français qui opèrent à Londres. Il reste des fanatiques dans la nature.

Autour de lui, un murmure général sembla approuver ce qui venait d'être dit. On se regarda, on hocha la tête. Napoléon était peut-être un vieil homme aigri et malade, exilé quelque part en plein milieu de l'Atlantique, mais son nom demeurait redoutable. Tous les lords qui se trouvaient là, si puissants fussent-ils, avaient craint la Grande Armée.

Cummings comprit qu'il avait été manipulé. Ce qu'il avait vu parmi les pièces à conviction à Bow Street n'existait plus. Blême, la bouche figée dans un sourire crispé, il contint sa fureur.

Finissons-en avant qu'il retombe sur ses pattes, songea Hawker.

— J'ai envoyé un message à notre bureau parisien. Nous espérons qu'il s'agit juste d'une vengeance contre ces deux hommes, toutefois nous devons envisager l'éventualité d'une conspiration à plus grande échelle. L'enquête est en cours.

Une nouvelle fois, ses interlocuteurs hochèrent la tête. Avant l'aube, la moitié de la bonne société saurait qu'un complot s'organisait pour faire s'évader Napoléon de Sainte-Hélène.

— Bon sang, je sais ce que j'ai vu ! fulmina Reams.

Cummings savait que l'heure de la retraite avait sonné.

— Cela suffit, colonel, grommela-t-il. De toute évidence, vous vous êtes trompé.

Les choses auraient pu tourner autrement, se dit Hawker. Il aurait pu être celui qu'on humiliait. Il aurait même pu perdre son poste à la tête du Service. Aussi vite, aussi facilement que cela. Celui qui cherchait à ruiner la carrière d'Adrian Hawkhurst avait trouvé un excellent allié chez lord Cummings.

— Donnez-moi une minute, sir Adrian, dit Liverpool en regardant autour de lui.

Le groupe se sépara. Doyle s'entretint avec Melbourne, avec qui il avait étudié à Cambridge. Reams s'éloigna en marmonnant son mépris pour « ce parvenu, probablement à moitié hindou » jusqu'à ce que Cummings le fasse taire.

La grand-mère de Liverpool était indienne. Melbourne était le fils bâtard d'Egremont. Tout cela était de notoriété publique ; personne, apparemment, n'en avait informé le colonel.

— Je n'aime pas beaucoup semer la discorde entre mes services de renseignements, dit Liverpool à Hawker lorsqu'ils furent seuls – une mise en garde, mais une façon de le soutenir, aussi. J'ignore ce que vous avez fait de ces couteaux, et je ne veux pas le savoir. Le gouvernement sera-t-il mis en cause dans les journaux ?

— Non, monsieur.

— Cummings me dit qu'une Française habite chez vous. Il sous-entend que c'est une espionne et qu'elle a joué un rôle dans ces meurtres.

Hawker s'autorisa un sourire en coin.

— Une espionne ? Quelle drôle d'idée ! Séverine, la fille adoptive de Markham, s'est installée avec nous pour la durée de son séjour à Londres. Nous hébergeons aussi sa sœur, Mlle Justine de Cabrillac. Elle se fait appeler Justine du Motier.

— De Cabrillac... ?

— Ce sont les filles du défunt comte de Cabrillac.

— Ah. Exécuté pendant la Révolution, n'est-ce pas ? Quelle histoire terrible. Je connais l'héritier du titre. Du Motier, ce doit être du côté de la mère. Un lointain cousin de Lafayette, je crois.

C'était bien l'aristocratie, ça. Un nom, et l'on vous débitait tout un arbre généalogique.

— Quant au fait qu'elles pourraient être espionnes... reprit Hawker. Je vais vous demander de garder le secret là-dessus, mais ces deux-là ont mis la main sur beaucoup d'informations en France, pendant la guerre.

Il ne s'éloignait pas vraiment de la vérité. Préciser pour qui avait travaillé Justine n'était pas nécessaire.

— Admirable, fit Liverpool en balayant la pièce du regard – il connaissait tout le monde, notait qui parlait avec qui. On m'a demandé, il y a quelque temps, si vous apparteniez à la famille Hawkhurst, du Kent. Personne ne savait. Vous êtes quelqu'un d'assez mystérieux, vous savez.

— C'est bien malgré moi. Je suis juste un peu... secret.

— C'est le moins que l'on puisse dire. Cela étant, dans votre situation, c'est naturel. Markham a pris sous son aile deux ou trois de ces orphelins français, à l'époque de la Terreur, je me trompe ? Séverine de Cabrillac et l'un des Villard – l'héritier du duc. Vous-même êtes l'un de ses protégés, je crois. Un autre de ces orphelins français, peut-être ? demanda Liverpool avec tact.

— Je connais lord Markham depuis très longtemps. Savez-vous que les sœurs Cabrillac sont ici ce soir ? Là-bas, au fond…

— Cet afflux d'émigrés sur notre territoire a été important. Des cousins français au troisième degré dont nous n'avions, pour la plupart, jamais entendu parler. Certains ont apporté beaucoup à notre pays. Je suppose que Markham vous a naturellement orienté vers son domaine de prédilection ?

— D'une certaine manière.

Doyle avait été très persuasif à l'époque où, encore enfant, il lui avait demandé de choisir le Service. Il n'avait pas cherché à lui cacher le sort qui lui serait réservé dans l'éventualité où il aurait refusé.

Liverpool hocha la tête.

— Vous savez que bien des rumeurs circulent sur vos origines. On raconte notamment que Hawkhurst serait une traduction de « Habsbourg » en anglais.

Si j'avais pu imaginer une chose pareille quand j'ai inventé mon nom… songea Hawker en réprimant un sourire.

— C'est une fable. Pour en revenir aux émigrés français, les deux sœurs Cabrillac sont des femmes fascinantes, vous savez. Très indépendantes. L'aînée a ouvert une boutique sur Exeter Street…

47

Dans l'entrée, Cummings récupérait son manteau. Un valet l'aida à l'enfiler puis lui tendit sa canne et son chapeau, avant d'aller débarrasser trois hommes qui venaient d'arriver.

Hawker ne regarda pas dans sa direction. Il avait humilié cet homme en public. Tout échange avec lui serait aussi dangereux que de tendre un os à un chien enragé. Dans une semaine, dans un mois, il lui faudrait de nouveau collaborer avec le Renseignement militaire.

Ou peut-être pas. Cummings et ses sbires avaient été rapatriés en Angleterre pour faire régner l'ordre au sein de la populace. Les journaux qualifiaient déjà ce service de « police secrète du royaume ». Ici et là, on réclamait la dissolution définitive du Renseignement militaire.

À petits coups secs, Cummings tira ses poignets de chemise hors des manches de son manteau. Raide, distingué, hautain, il était tout ce qu'un gentleman important devait être. Jamais on n'aurait deviné qu'il venait de perdre la face devant Liverpool. Reams, lui, avait disparu.

Cummings se dirigea vers lui, visiblement dans l'intention de lui parler. Peut-être avait-il pris son échec avec philosophie ? Après tout, c'était un ancien militaire.

— Je dois vous féliciter, dit-il sur le même ton que s'il avait dit « Je dois vous écorcher vif ».

— Merci.
— Vous avez échangé les couteaux, à Bow Street.
— Cela aurait été intelligent de ma part.
— Nous savons tous les deux que c'est ce qui s'est produit.
— La vérité est à géométrie variable. D'ici une heure, on ne parlera plus que du complot bonapartiste. Comment contredire ce dont le monde est persuadé ?
— Ne me défiez pas, Hawkhurst. Être mon ennemi n'est pas une sinécure, répondit Cummings avant de tourner les talons et de s'éloigner, ses bottes claquant sur le marbre.

Il s'arrêta un peu plus loin pour échanger quelques mots avec Castlereagh.
— C'est une ancienne tradition, murmura une voix derrière Hawker. Les chefs des différents services de renseignements se haïssent.

Chouette était enveloppée dans un châle en dentelle qui dissimulait son bras blessé. Elle se fondait tout à fait dans cette assemblée, on aurait dit une grande dame. Digne. Au port altier. Mais plus jolie que les autres, tout de même.
— Je l'ai entendu dire, en effet.
— Ils se croient obligés de tester les autres. Et s'ils ne sortent pas victorieux d'un affrontement entre collègues, comment pourront-ils déjouer leurs ennemis ? Si ma mémoire est bonne, on utilise la même méthode pour entraîner les coqs de combat.
— Maintenant, je suis le coq en chef. Es-tu fatiguée ? Doyle peut te raccompagner.
— Je suis un peu lasse, bien sûr. Me promener dans une foule en dévisageant toutes les femmes, et comparer leur visage à celui d'une gamine que ma mémoire a presque effacé, cela finit par être usant. Je ne sais pas si je la reconnaîtrais. C'est triste, parfois, de voir ce que la vie fait des jolies jeunes filles.

— Je t'aimais bien quand tu étais une jolie jeune fille. J'aime plus encore la femme que tu es devenue. J'aime l'histoire que tu as écrite sur ton visage.

Il ne regardait qu'elle au milieu des invités qui allaient et venaient.

— Je ne parlerai pas de flatterie, je me contenterai de souligner le fait que tu dis exactement ce que j'avais envie d'entendre, répliqua-t-elle malicieusement.

— La vérité. Tu entends la vérité.

Il ne pouvait pas la toucher, aussi laissa-t-il son imagination vagabonder sur elle, notant les endroits où il l'embrasserait, plus tard dans la soirée. Il aimait sa beauté. Alors il commencerait par embrasser sa beauté, puis il embrasserait l'intrépidité et les idéaux dans les petites rides au coin de ses yeux, avant de passer à la passion et au sens pratique qui encadraient sa bouche. Chouette n'était pas une femme sans histoire. Pas une femme ordinaire.

— Il y aura encore plus de monde et encore plus de bruit à l'autre soirée, dit-il.

— Je ne suis pas fragile.

— Je sais. Et je pense que nous devons essayer de la trouver ce soir, avant qu'elle comprenne que nous sommes à sa recherche.

— Je le pense aussi.

Elle repéra Fletcher et lui fit un petit signe de la tête. Celui-ci les rejoignit aussitôt, traversant un groupe de jeunes filles tellement pomponnées qu'elles se ressemblaient toutes. Il avait avec lui une jeune servante aux yeux brillants.

— Voici Mary, la bonne de lady McLean, dit-il avant de se tourner vers la jeune fille. Vas-y, dis-leur.

Il avait fait le tour des écuries et des cuisines avec le portrait dessiné par Pax.

— J'ai déjà vu cette femme, annonça la bonne avec une pointe d'accent écossais. Deux fois. La première, devant une boutique sur Oxford Street. La deuxième à Portman Square, elle regardait un comédien de rue.

Le West End. C'était grand.

— Te souviens-tu de quelque chose d'autre ? Elle était accompagnée ? Comment était-elle habillée ?

— Elle était seule, les deux fois. Pas de bonne en vue. C'est pour ça que je l'ai remarquée, parce qu'une femme habillée comme elle aurait dû avoir sa bonne avec elle. Elle portait une robe de Mme Élise.

— La couturière, précisa Chouette.

— C'était une robe de jour en popeline de coton, la première fois. Avec du galon en satin et une pèlerine festonnée, dit-elle en faisant des gestes pour illustrer sa description. La deuxième fois, à Portman Square, elle avait une robe de voyage en soie à pois. D'une très jolie couleur. Ambre.

Chouette se pencha vers Hawker.

— Ça pourrait bien être elle.

— On va essayer du côté de la couturière. Doyle et toi, vous venez avec moi, et j'envoie les autres à la soirée des Terrington.

— La couturière vit probablement près de sa boutique. Avec un peu de chance, elle travaille tard le soir. Donne-moi encore trois minutes et j'arrive.

Chouette posa la main sur le bras de la bonne et l'entraîna un peu à l'écart.

— Dites-m'en un peu plus sur les robes. Satin et galon sur celle en popeline ? De quelle couleur était le galon ?

Lorsqu'ils sortirent, Cummings s'en allait aussi. Il regarda leur voiture s'éloigner d'un air sombre.

48

Il leur fallut des heures pour trouver la couturière, Élise, dans un autre lit que le sien. Obtenir l'adresse de sa cliente nécessita ensuite une combinaison subtile d'argent et de menaces. L'aube pointait lorsqu'ils arrivèrent à Percy Street.

Jane Cardiff, une demi-mondaine, vivait au-dessus de la boutique d'une modiste. C'était, songea Justine, exactement le genre d'endroit qu'elle avait choisi lorsqu'elle avait cessé d'être une espionne. La rue était tranquille, et les voisins suffisamment occupés par leurs affaires pour ne pas s'intéresser aux siennes.

Dans la vitrine de la boutique, cinq chapeaux étaient disposés sur un présentoir, telles des fleurs au bout d'une tige. Au-dessus, les fenêtres de l'appartement étaient éteintes et le silence régnait, ce qui était normal à cette heure. À droite de la vitrine se trouvait la porte menant à l'étage. Elle laissa Hawker s'en occuper. Doyle avait fait le tour pour passer par-derrière, voir de quoi il retournait dans l'allée et le petit jardin, et se préparer à l'éventualité d'une fuite dans cette direction.

Elle surveilla la rue, les autres boutiques et toutes les fenêtres. Jane Cardiff avait tendance à tirer sur les gens : il n'était pas question de l'encourager dans cette voie par un manque d'attention.

Tout autour, elle entendait le souffle de la ville qui s'éveillait. Un grondement sourd mêlant volets qui s'ouvraient, piaillements d'hirondelles, livreurs échangeant des amabilités, laitiers tirant leur charrette sur les pavés. C'était le moment idéal pour entrer par effraction dans une maison.

Hawker inséra son premier crochet dans la serrure et le remua. Puis, sourcils froncés, il tourna la poignée.

— Ce n'est pas fermé.

— On entre par effraction dans la seule maison de Londres qui n'est pas fermée à clé. Voilà qui est inattendu.

— Effectivement.

— C'est certainement un piège. On nous attire jusqu'en haut de l'escalier, on nous tire dessus, et Mlle Jane Cardiff enjambe nos corps et s'enfuit. Ou alors, pendant qu'on est là à discuter, elle vise depuis une fenêtre d'en face et arrive au même résultat.

Il rangea ses crochets dans leur étui, glissa celui-ci dans sa poche et ouvrit la porte.

— C'est malin ! Je suis à cran, maintenant, avec tes histoires. Reste derrière moi. À plusieurs marches de distance.

— Certainement. Nous allons laisser Mlle Cardiff attenter à ta vie plutôt qu'à la mienne. Ça changera.

Déjà, il montait sans faire de bruit. Laissant la porte entrebâillée, elle sortit son pistolet et le suivit à distance, assurant leurs arrières.

Quelques instants plus tard, elle entendit une porte s'ouvrir en haut. Il avait fait vite. Une autre porte avait donc aimablement été laissée ouverte…

Hawker entra dans l'appartement. Il marchait avec la grâce d'un chat sur une corniche. S'imprégnait de ce qui l'entourait, notait tout, se préparait à tout. L'entrée de l'appartement était sens dessus dessous. Les consoles avaient été renversées, un vase bleu de Sèvres était en morceaux, les roses qu'il avait contenues étaient piétinées.

L'appartement avait été mis à sac. Les coussins du canapé étaient éventrés, il y avait des plumes partout. Tous les livres avaient été retirés de la bibliothèque et jetés à terre. Une vitrine en marqueterie était renversée. Partout, des morceaux de porcelaine blanche craquaient sous les pas. Un tisonnier gisait de l'autre côté de la pièce, au pied de la marque noire laissée sur le mur contre lequel on l'avait lancé.

— Quelqu'un était très en colère, on dirait. Cet appartement n'a pas été simplement fouillé : il a été saccagé.

— Vite et mal, maugréa Hawker en tournant dans la pièce. Si l'on met de côté les dégâts, la fouille a été faite n'importe comment.

De grandes portes-fenêtres laissaient entrer la lumière de l'aube. Dehors, on entrevoyait un balcon sur lequel poussaient des fleurs. Tous les pots avaient été retournés. Chouette sortit. En dessous, le jardin était encore dans l'obscurité. Doyle s'y trouvait peut-être.

— Je me demande pourquoi les gens vérifient toujours les pots de fleurs, dit Hawker en la rejoignant. Je n'ai jamais rien trouvé dans un pot de fleurs.

— Je ne vois pas Doyle.

— Il ne va pas tarder.

De l'entrée, une porte entrouverte laissait deviner que la cuisine avait elle aussi été dévastée. Il fallait être désespéré ou idiot pour chercher des secrets dans une cuisine, quand les bonnes en connaissaient le moindre recoin. Là aussi, de la vaisselle cassée était éparpillée sur le sol, et de la farine avait été répandue partout. Des empreintes de bottes y apparaissaient.

— La cuisine a été fouillée après le salon. Il n'y a pas de farine là-bas. Je pense qu'ils ont commencé par l'entrée, ensuite ils sont passés au salon, à la cuisine, et enfin à la chambre.

Elle se baissa, son pistolet toujours en main, et effleura une empreinte.

— C'était un homme. Seul, je pense.

— S'il était seul, il lui a fallu une heure. Deux seraient allés un peu plus vite, mais pas deux fois plus vite parce qu'ils se seraient gênés.

Hawker avait toujours été doué pour estimer précisément le temps nécessaire à un cambriolage.

Chouette acquiesça d'un mouvement de tête.

— Et c'est récent. Les roses, dans l'entrée, ne sont pas fanées.

— Une heure ou deux, je dirais.

— On l'a manqué de peu.

— Il est venu chercher quelque chose de plus petit que ça, dit Hawker en poussant du bout de sa botte les morceaux de la boîte à sel. Moins de vingt centimètres de long.

— Quelque chose d'important, qui appartient à Jane Cardiff.

Ni l'un ni l'autre ne posa la question qui occupait leur esprit : Où était Jane Cardiff ?

Ils avancèrent jusqu'à la chambre. Une lanterne encore allumée était posée sur un petit secrétaire. Le dessus-de-lit brodé, les coussins de velours rouge et le matelas avaient été jetés sur le sol et éventrés. Les tiroirs de la commode avaient été retournés. Robes, manteaux, bonnets gisaient en tas sur le tapis.

— Et ça continue ici, dit Hawker. Donc, il n'a pas trouvé ce qu'il cherchait.

La chambre était la dernière pièce à avoir été « visitée » – l'homme avait laissé sa lampe. Et là encore, pas un seul recoin n'était intact.

— Peut-être que Jane Cardiff a eu le temps de prendre ce qu'il cherchait et de fuir. Peut-être qu'il est arrivé trop tard.

Justine plaça son arme sur le secrétaire, à côté de la lampe. Tous les tiroirs du petit meuble avaient été arrachés. Le tiroir secret – ces meubles en avaient toujours un – avait été vidé. Sur le sous-main, six boîtes couvertes de tissu, typiques de celles qu'utilisaient les bijoutiers, étaient ouvertes et vides. Séverine saurait sans doute de quelles boutiques elles venaient.

— Il a quand même volé quelque chose. Mais en dernier ressort.

— Les gens qui ne sont pas attirés par les objets de valeur, je m'en méfie toujours.

Des papiers jonchaient le parquet. Hawker les ramassa et tenta d'en comprendre le sens.

— Ils ont été froissés l'un après l'autre.

— Et ces livres ont tous été ouverts avant d'être jetés par terre. Tu vois comment ils sont tombés ? C'était pareil dans le salon. Tous les livres ont été fouillés.

Certaines couvertures comportaient des dessins coquins. La bergère avec les jupes relevées. Le berger avec le pantalon sur les chevilles. Ces livres avaient été lancés en direction de la cheminée.

— Il cherchait un papier, ou un livre, c'est certain.

— Garder des documents secrets dans sa chambre, c'est stupide.

— Un agent secret digne de ce nom n'en garde nulle part.

— Tout le monde n'est, hélas, pas aussi précautionneux que toi et moi.

Il fit le tour de la pièce, sans rien toucher, sans rien négliger non plus.

— Disons que Jane Cardiff a des secrets à cacher. Après tout, c'est une femme dont l'existence semble bien remplie, et intéressante. Où une femme cache-t-elle ses secrets, Chouette ?

— Toutes les femmes ne pensent pas de la même façon, mon cher. Ce n'est pas parce que j'en suis une que je la comprends.

— Cependant tu es maligne. T'ai-je déjà dit que j'admirais beaucoup cela chez toi ? Commençons par éliminer les cachettes les plus évidentes, c'est-à-dire les tiroirs, les étagères. Si ça ne marche pas, j'enverrai des hommes passer cet endroit au peigne fin.

Justine n'avait pas envie d'attendre. Hawker non plus.

— Elle n'a rien d'une gentille petite fille qui confierait son journal intime au tiroir secret de son bureau.

Elle ramassa le livre à la quatrième de couverture obscène.

— L'homme qui a fait cela était sans doute l'un de ses amants, dit-elle.

— Et ensuite ? fit Hawker, attentif.

— Il a passé du temps dans chaque pièce en fonction de ce qu'il en connaissait. Dans le salon, elle le recevait. Dans cette chambre, elle pratiquait son art avec lui, si je puis dire. Ces pièces sont importantes pour lui, donc il pense qu'elles le sont aussi pour elle.

— Et tout ce qu'il fouille, il le détruit.

— Ses vêtements, cette jolie coiffeuse, le canapé dans le salon. Cet ouvrage vulgaire. Il détruit tous les attributs d'une fille de joie. Et il reprend les bijoux qu'il lui a offerts.

— Il fouille les endroits qui lui sont familiers, où il se sent chez lui. Son territoire.

— Mais Jane Cardiff avait une autre existence dans cet appartement. Ce lit, ce velours rouge, c'est la scène sur laquelle elle jouait son rôle. Le pouvoir qu'elle en tirait ne lui plaisait pas. Cette pièce… je vais te dire. J'en ai connu, des chambres comme celle-ci.

— Tu n'es pas obligée d'en parler.

— Je vais t'en parler quand même. J'ai joué à des jeux terribles sur le même genre de lit. Il y a bien longtemps de ça. Je comprends cette pièce.

— Tu n'es pas Jane Cardiff, Chouette…

— C'est la même chose.

— Arrête ! C'est faux, et tu le sais.

Il se dirigea vers la fenêtre et regarda dans le jardin. Elle l'avait mis en colère.

— Moi aussi, j'ai été une putain.

— Ne dis pas ça !

Il était en colère pour elle – pas contre elle. Depuis toujours. Elle le savait. Peut-être avait-elle guéri parce qu'elle savait que cette colère brûlait chez lui en permanence.

— Et parce que j'en ai été une, je la comprends, ajouta Justine. Elle ne dort pas dans cet horrible lit. Regarde.

Elle ouvrit une porte donnant sur une petite pièce et leva la lampe. C'était minuscule, il y avait à peine de la place pour eux deux, mais le désordre était moindre. Il n'y avait qu'un lit étroit, avec des draps et des couvertures en laine – le linge que l'on donnerait à une bonne. Sur une petite table étaient posées une lampe à huile et une boîte en chêne carrée, de trente centimètres de côté environ. Les rideaux blancs étaient tirés, une chaise paillée était installée près de la fenêtre.

— Ça, c'est chez elle.

— Tu crois qu'elle dormait ici ?

— Quand elle était seule, oui. Cet endroit n'était qu'à elle. Si elle a un secret, c'est ici qu'il est caché.

Faute de meubles à tiroirs, il restait le parquet. Hawker ne sauta pas de joie. Retirer les lattes, à quatre pattes, était fastidieux. Il commença donc par examiner la boîte, sur la table.

— Éclaire-moi, s'il te plaît, dit-il soudain.

— Tu as trouvé quelque chose ?

— Je crois…

Il passa le doigt le long de la charnière, à l'endroit où la boîte avait été forcée, et l'approcha de la lampe.

— Là, dit-il en retirant quelque chose entre le pouce et l'index.

C'était un petit triangle de métal d'un peu plus d'une dizaine de millimètres. Il le posa au creux de sa paume.

— La pointe d'un couteau, dit-elle.

— Acier de piètre qualité. Une pointe de dague. Quelqu'un a fait preuve d'impatience. Je n'arrête pas de dire aux gens qu'un couteau est un objet fragile, pas un pied-de-biche.

Il sortit un mouchoir de sa poche, enveloppa le morceau de lame avec.

— Il existe donc à Londres un couteau qui a perdu sa pointe, commenta-t-il. L'image de l'aiguille dans la botte de foin me vient aussitôt à l'esprit, va savoir pourquoi...

— Son propriétaire cherchera peut-être à te poignarder avec dans un futur proche.

— Je vais tâcher de ne pas oublier cette perspective réjouissante.

— Il n'a pas trouvé ce qu'il cherchait dans la boîte, et il n'y a rien d'autre dans cette pièce. Je pense qu'il faut chercher en hauteur. Quand elle a besoin de ce qu'elle cache, elle monte sur la table et tend la main.

Elle tira la chaise, grimpa sur la table. D'où elle se trouva alors, il devint évident qu'une portion de la corniche en plâtre avait été manipulée de nombreuses fois. Elle appuya, le ressort céda. Le panneau glissa sur le côté.

Elle plongea la main dans la cavité, en sortit un petit carnet relié de cuir noir. Les mains de Hawker se refermèrent sur sa taille. Il la souleva et la déposa en douceur sur le sol.

Ils sortirent sur la terrasse.

— Tout est codé, dit Justine en feuilletant le carnet.

Hawker lisait par-dessus son épaule.

— C'est un code français. Un vieux. Je crois bien que c'est le premier de vos codes que j'ai appris, à l'époque.

— Et tu le comprends probablement mieux que moi. Mais il n'est plus utilisé depuis des années. Si elle travaillait pour la police secrète, elle aurait dû passer à un code plus récent. Regarde, dit-elle en continuant à feuilleter le carnet. S'il n'y a aucune date, on voit bien que l'encre a pâli sur les premières pages. Il y a là des années d'écriture.

— Voyons les dernières pages...

Ils examinèrent les dernières notes de Jane Cardiff.

— Elle ne se sert pas seulement des vieux symboles, murmura Hawker. Elle en a ajouté de nouveaux. Et là, c'est en anglais. « J'ai échoué dans ma... » Je n'arrive pas à tout déchiffrer. « ... ma mission une fois de plus.

Le fusil n'était pas précis. Le Maître va m'en vouloir. » Je crois qu'on y est, Chouette. Tout est dans ce carnet !

— Sa mission, son Maître. Elle travaillait pour quelqu'un.

— « J'ai été repérée. Je dois attendre que les soupçons... »

En bas, dans le jardin, on entendit un sifflement. Le début d'une chanson.

Hawker se pencha et regarda l'homme qui venait d'entrer dans le jardin. Celui-ci lui fit un signe ; il répondit par un autre, puis un autre encore.

— On descend, dit-il en quittant la terrasse pour se diriger vers la porte de l'appartement.

— Que se passe-t-il ? Explique-moi.

Elle ne suivait jamais personne aveuglément.

— Il y a un cadavre dans l'allée, derrière la maison. Une femme. Je crois que nous avons trouvé Jane Cardiff.

49

Justine tira les rideaux de la voiture. La maison de Jane Cardiff n'était sans doute pas surveillée, mais mieux valait rester discret là où un meurtre venait d'être commis.

Elle n'avait pas été choquée par le décès auquel elle venait d'être confrontée. Elle avait vu mourir beaucoup de gens, hommes et femmes. Cependant, le regard fixe de Jane Cardiff avait eu quelque chose d'accusateur, avant que la grande main de Doyle ne lui ferme les yeux.

Elle était assise à côté de Hawker. Elle pensait à la même chose depuis tout à l'heure.

— J'aurais pu être cette femme.

— Tu n'es pas Jane Cardiff.

— Si les choses avaient été différentes...

— Jamais.

— On ne peut pas savoir.

— Moi, je sais. Tu te serais réveillée un matin et tu aurais poignardé ce salaud. J'en suis certain.

— Je l'espère.

— Nous allons nous occuper de lui maintenant, toi et moi.

Il la prit contre lui en faisant attention à son bras. Il était toujours très attentionné avec elle, quel que soit le moment ou l'endroit.

— Je sais comment je vais m'y prendre, ajouta-t-il. Le reste n'est qu'une question de détails.

— Il arrive que le plus petit détail soit ce qui nous fait tomber.

— Je briserai l'homme qui a envoyé une tueuse à tes trousses.

Ils étaient encore en tenue de soirée. Lui en manteau noir et cravate amidonnée, elle en soie lilas. Quelques heures plus tôt, elle avait regardé sir Adrian Hawkhurst évoluer avec aisance parmi les femmes les plus charmantes, les plus séduisantes de la bonne société. Elles l'avaient dévoré des yeux, admiratives, pleines d'espoir. Pas une seule n'avait vu ce qui se cachait derrière les apparences. En cet instant, celui qui les avait tant séduites mettait au point un stratagème dont la seule issue devait être la mort d'un homme.

— Tu es perdue dans tes pensées. Parle-moi, dit-il.

— Je pense à ce que nous sommes devenus, toi et moi.

— Le chef d'un obscur département du gouvernement. Une commerçante. Des gens ordinaires.

Il posa la main sur la soie lilas de sa manche, apprécia l'étoffe. Elle vit le sourire dans ses yeux avant qu'il ne gagne ses lèvres.

— Laisse-moi te prendre dans mes bras, commerçante.

— C'est une bonne idée, chef obscur.

Il l'enlaça et la souleva pour la faire glisser sur ses genoux. Presque aussitôt, il lui caressa les seins. Le grognement qui monta de sa gorge indiqua qu'il y prenait beaucoup de plaisir.

— Cette soie n'a pas seulement la couleur d'une fleur, elle provoque les mêmes sensations. J'ai l'impression de caresser un pétale, avec toi à l'intérieur.

Elle éprouva un sentiment de bien-être indescriptible à être caressée de la sorte.

Elle posa la joue contre son manteau et ferma les yeux pour savourer l'instant. Les moments comme celui-ci avaient été rares dans son existence.

— Tu n'es pas un être de tout repos, Adrian Hawkhurst. Et pourtant, je me sens paisible avec toi. C'est incompréhensible.

— Un des mystères de la vie.

Il passa le pouce sur son téton, provoquant un frémissement qui la parcourut tout entière. À travers la soie et le coton de sa chemise, la pointe de ses seins durcit, impatiente.

— Mmm, c'est bon, ça, dit-il.

Il l'embrassa sur le front, elle frémit de plus belle. Un vrai feu d'artifice. Sa peau exigeait ses caresses. Affamée.

— C'est bon, oui. J'aime quand tu me caresses.

— Je pourrais continuer jusqu'à la fin des temps. As-tu un peu réfléchi à ma demande en mariage ? Avec tout ce qui s'est passé, cela t'est peut-être sorti de l'esprit.

— Pas du tout. Je n'ai pas oublié ta proposition. Et j'ai décidé de laisser les choses telles qu'elles sont.

— Je suppose que tu as de bonnes raisons, dit-il simplement.

Puis il l'embrassa partout sur le front, sur le visage, jusqu'à l'oreille. Elle entendit son souffle, et ses mots d'amour.

— Ma petite Chouette. Ma mignonne. Mon adorée. *Ti amo*.

La voiture qui traversait Londres était leur univers, un petit monde où retenir ses désirs et ses sentiments était inutile. S'abandonner était le maître mot.

Elle posa la main sur son épaule pour prendre sa bouche. D'un baiser profond, plein d'inventivité.

— C'est idiot de nous exciter de la sorte, dit-elle. On ferait mieux d'arrêter.

— Tu as tout à fait raison, mon amour.

Et il glissa la main sous sa jupe pour remonter entre ses cuisses. Entre les vibrations de la route et l'agilité de ses doigts, la vague de plaisir fut bientôt insupportable.

Quand elle se mit à onduler sur lui, il ferma les yeux et grogna doucement.

— Nous serons bientôt à Meeks Street, murmura-t-elle.

La main de Hawker s'immobilisa, mais les palpitations du plaisir ne cessèrent pas. Ils restèrent face à face dix, vingt secondes, le souffle court.

— Tu le sens, n'est-ce pas ? murmura Hawker.

— Le désir ? Je ne sens que sa brûlure et sa folie. J'ai tellement envie de toi...

Il secoua la tête, impatient.

— Je ne parle pas de ça.

Brusquement, il prit sa tête entre ses mains, enfouit les doigts dans ses boucles et la tint ainsi, comme on tiendrait quelque chose d'infiniment précieux. Il l'embrassa à la commissure des lèvres.

— Le désir qu'il y a entre nous est immense. C'est rare. C'est bien. C'est bon. Je te veux plus que tout ce que j'ai pu désirer dans ce monde.

S'il ne l'avait pas tenue aussi fermement, elle aurait détourné le regard. Quand un homme aussi solide, aussi dur, aussi secret ouvre son cœur, on ne peut que lui répondre avec franchise.

— Je n'ai jamais désiré personne d'autre.

— Mais il n'y a pas que du désir, n'est-ce pas ? Depuis le début, il y a autre chose. Tout le reste. Toi et moi, nous sommes faits l'un pour l'autre. Épouse-moi.

Trop d'années nous séparent, songea-t-elle. Des années sombres pendant lesquelles j'ai fait des choix difficiles qu'il me faut assumer aujourd'hui.

— Je ne suis plus celle que j'étais à vingt ans.

— Je ne suis pas le même non plus. Et il n'y a jamais eu personne d'autre, ni de ton côté, ni du mien. Cela ne changera pas.

— Tu ne me connais pas.

— Je te connais sur le bout du doigt. Tout ce temps, en Italie et en Autriche, partout, nous savions toujours ce que l'autre allait faire. Nous étions si proches, nous aurions pu être assis comme maintenant.

Sa nuque, ses épaules nues, son dos sous la soie... Il laissa courir sa main sur elle.

— Je te connais par cœur.

— Je ne vois aucune raison de...

Un doigt posé sur ses lèvres l'arrêta.

— Je t'aime, bon sang, murmura-t-il.

— Je ne suis pas facile à vivre.

— Je suis impossible à vivre.

Trouver les mots pour exprimer ce qu'elle voulait dire était si difficile. Les avait-elle seulement en elle ? Et puis, sans qu'elle sache comment, elle trouva.

— Il n'y a jamais eu que toi.

— Épouse-moi.

— D'accord.

Ce n'était pas suffisant. Sombre, déterminé, il insista :

— Pourquoi ? Pourquoi allons-nous nous marier, Chouette ?

Elle prononça alors les mots qu'il avait besoin d'entendre.

— Je t'aime.

50

Hawker ne leva pas la tête quand Felicity entra. Debout dans le bureau à Meeks Street, le couteau entre les mains, il attendait. C'était le couteau qui avait blessé Chouette. Il y avait encore du poison sur la lame, et du sang, aussi.

— Il n'est pas venu seul, annonça Felicity. Il est accompagné de cette espèce de chien baveux qu'est Reams. Je suppose que je dois débarrasser ? ajouta-t-elle en indiquant d'un regard toutes les tasses abandonnées au hasard dans la pièce.

— Ce serait gentil, oui.

— C'est vrai que c'est très prenant, de rester debout à regarder le papier peint, grommela-t-elle avant de prendre un plateau et de s'exécuter dans un fracas de porcelaine.

— Sais-tu que certains domestiques, à Londres, sont capables de ramasser la vaisselle dans un silence absolu ? On ne s'aperçoit même pas de leur présence.

— Des fantômes, quoi.

— Tu es vraiment une fille insupportable. Où as-tu installé Cummings et son chien baveux ?

— Dans le petit salon.

— Très bon choix.

Sur le bureau, il y avait une épaisse liasse de feuillets et un carnet relié de cuir noir. Il posa le couteau juste à côté, la pointe face à lui, initiales visibles.

— J'ai besoin de Justine. Trouve-la-moi.

— Je vais voir ce que je peux faire.

— Elle n'est pas partie pour les Hébrides, que je sache. Essaie la bibliothèque. Envoie-moi Doyle et Pax, aussi. Et Fletcher. Il est en bas, dans l'atelier. Et Sévie. Dis-leur que c'est l'heure.

Felicity haussa les épaules, empila quelques tasses de plus et sortit, claquant la porte derrière elle.

D'un tiroir, il sortit une enveloppe, l'ouvrit et fit glisser dans sa paume la pointe de lame trouvée chez Jane Cardiff. Un petit triangle de métal brillant. La preuve qu'il ne fallait jamais tenter d'ouvrir une boîte avec un couteau trop fin. Il plaça l'enveloppe sur le bureau et le morceau de lame dessus. Voilà, il était presque prêt.

Restait à disperser les feuillets pour que tout le monde les voie bien. Mise en scène. Démonstration de pouvoir. Bien. Une partie sur le guéridon, à côté du canapé. Une pile pas trop nette, pour donner l'impression que quelqu'un vient de les lire. Quelques-uns sur la chaise de bureau. Une autre pile sur le rebord de la fenêtre. Parfait. Le décor était planté. Des hommes avaient été dérangés en plein travail. Felicity avait oublié quelques tasses, touche finale de ce tableau suggérant une certaine effervescence.

Il hésitait entre laisser le petit carnet sur le bureau et le mettre sur la cheminée, quand Chouette entra.

— Tu as l'air songeur, dit-elle. Je n'aime pas te voir comme ça. J'ai l'impression que tout est compliqué, soudain. C'est l'heure ?

— Cummings est ici. Et je me demande où poser ça. Je veux qu'il le voie, mais pas qu'il le touche.

Ce n'était pas le carnet de Jane Cardiff, mais un vieux carnet de Sévie, noirci d'une écriture ordinaire.

— À l'extrémité du bureau, dit Chouette en prenant le carnet pour l'y mettre elle-même.

— Voilà, là. Légèrement de travers, visiblement important. Jamais aucun carnet ne m'a semblé plus important.

— Je pourrais rajouter des marque-pages.

— N'en faisons pas trop non plus. Restons dans la simplicité. Tu tenteras d'empêcher le colonel Reams de le jeter au feu. Il est toujours pour les solutions radicales, et Séverine serait fâchée si on abîmait son carnet.

Voyant le couteau, elle s'assombrit.

— Cette idée ne me plaît pas du tout. Tu es sûr de ne pas vouloir tenter autre chose ? Tu prends un gros risque, ce couteau est vraiment dangereux.

— Je le suis plus encore. Il nous reste une minute. Profites-en pour m'embrasser.

— Mais Doyle peut entrer d'un instant à l'autre. Pax aussi, et…

— Embrasse-moi donc, au lieu de faire la liste de tous ceux qui pourraient nous surprendre…

Un baiser rapide. Les lèvres qui s'effleurent, mais il y mit tout son savoir-faire.

— Mmm, c'était bien, approuva Chouette.

— Voilà pourquoi les époux s'embrassent souvent. Parce que c'est bien. Tu verras. À force d'entraînement, nous finirons par être très performants.

— Il faut d'abord que je m'habitue à l'idée de devenir une épouse. J'ignore tout du genre de baisers que l'on est en droit d'attendre, dans ces conditions.

— Tu le sauras bientôt. Dire que toi et moi nous allons bientôt sombrer dans l'abîme de la respectabilité…

Ils s'embrassèrent encore. Un baiser intense, comme tout ce qu'ils faisaient, tout ce qu'ils disaient. Ce n'était plus seulement une question de plaisir – et Dieu sait qu'il y en avait.

C'était le baiser de sa femme.

Il l'enlaça, sentit qu'elle répondait à son baiser par un autre, fébrile.

— Ce n'est pas franchement le moment, dit-elle en s'écartant malgré tout. Je ne suis pas d'humeur à batifoler, je me sens d'humeur vengeresse. Je satisferai mon envie de toi plus tard.

Merveilleuse Chouette.

— J'ai soif de vengeance, moi aussi, acquiesça-t-il.

Doyle entra. Pax l'accompagnait. Fletcher arriva sur leurs talons. Le froufrou que l'on entendait derrière eux devait être Sévie.

Personne ne posa de question. Doyle parcourut la pièce du regard, s'arrêta sur le couteau.

— Et Cummings ?

— Il attend dans le petit salon.

Sévie s'installa dans le grand fauteuil à côté de la cheminée, aussi digne qu'un juge, et croisa les mains sur ses genoux. Elle avait fait l'essentiel du travail sur le carnet de Jane Cardiff, car elle déchiffrait presque aussi vite qu'elle écrivait. Pax, Fletcher et Doyle restèrent debout près du bureau. Ils n'interviendraient pas dans la scène qui allait se jouer.

La porte s'ouvrit. Cummings entra, suivi d'un Reams visiblement prêt à en découdre.

— De quoi diable s'agit-il, Hawkhurst ? lança Cummings. Je n'aime pas du tout cette façon péremptoire de me convoquer.

— Ce ne sera pas long.

Balayant la pièce d'un regard, lord Cummings évalua son auditoire et opta pour un ton plus conciliant :

— J'ai tout de même mieux à faire que de traverser la ville sur un ordre de votre part.

Il était rasé de près. Ses cheveux étaient lissés et bien coupés, sa tenue, impeccable. Presque un peu trop habillée pour la décontraction qui régnait à Meeks Street. Son chapeau et son manteau avaient été laissés dans l'entrée, mais il avait gardé sa canne.

Parfait.

Reams s'approcha de lui et murmura quelque chose à son oreille.

— ... couteaux... Bow Street...

Cummings l'ignora. Car il avait repéré le carnet noir sur le bureau.

Hawker se plaça entre le bureau et le chef du Renseignement militaire et se tourna vers Chouette.

— Lord Cummings et le colonel Reams sont venus s'enquérir de ta santé, après ton agression. Quand était-ce, déjà ? Il y a cinq jours ?

— Plus longtemps que cela. Une semaine, je crois. J'ai perdu la notion du temps, nous avons été tellement occupés.

Elle avança dans sa direction d'un pas tranquille, laissant courir la main sur le dossier de chaque chaise, sur le rebord de chaque console.

— Depuis que je suis sur pied, il ne se passe pas une minute sans que nous fassions de nouvelles rencontres, sans que nous découvrions de nouveaux secrets. C'est tout juste si nous avons eu le temps de respirer.

Elle s'arrêta près du canapé, effleura les feuillets que Hawker avait disposés sur le guéridon.

— Et puis, j'ai été fort occupée par la transcription d'un texte rédigé dans un vieux code français. Un travail très méticuleux.

Elle pencha la tête, comme si elle relisait le premier feuillet.

— Bien merci, nous avons terminé aujourd'hui. Ce petit carnet promet de fasciner bien des gens. Sa lecture est très instructive.

Le regard de Cummings allait et venait entre les feuillets et le carnet. Reams, lui, n'avait pas cessé de lui murmurer à l'oreille.

— ... fourrer leur nez... Ces scélérats ont réussi à s'introduire à Bow Street, allez savoir comment. Nous pouvons le prouver. Le couteau, là, sur le bureau, c'est forcément celui de...

— Pas maintenant, colonel, l'interrompit Cummings. Hawkhurst, je ne suis pas venu pour m'amuser. De quoi s'agit-il ?

— De trahison. De cupidité. De meurtres. Des broutilles de ce genre. Et du cadavre d'une femme découvert dans une allée, près de Percy Street. Mais vous savez tout cela.

Cummings savait. Son visage était fermé, verrouillé à double tour. Ne restait que le mépris.

— C'était un meurtre particulièrement lâche, intervint Chouette. Elle connaissait son assassin. Il l'a tuée en la regardant dans les yeux.

— Tout cela est tout à fait regrettable, dit Cummings, plein d'arrogance. En revanche, ce n'est pas du ressort du service de renseignements britannique, que je sache. À moins que vous n'ayez par mégarde marché sur le cadavre, Hawkhurst. Auquel cas, je vous préviens : Bow Street va finir par se demander pourquoi des femmes se font poignarder quand vous êtes dans les parages.

Hawker laissa à Cummings le temps de se rendre compte qu'il en avait trop dit.

— Ai-je mentionné qu'elle avait été poignardée ?

Dans la pièce, personne n'avait bougé. Sévie et les trois autres témoins présents restaient impassibles, silencieux. Même Reams en avait eu la chique coupée.

Cummings serra les dents.

— Simple supposition de ma part. Elle est peut-être morte de la petite vérole ou a roulé sous une voiture. Je me fiche de savoir comment cette putain a trouvé la mort.

— Je n'ai pas dit que c'était une putain non plus. Son appartement a été fouillé, saccagé. Je n'avais jamais vu du travail aussi bâclé.

— Je n'ai pas votre expérience. J'ignore de quelle façon on fouille ce genre d'endroit.

Reams s'était approché du guéridon et examinait les feuillets qui s'y trouvaient.

— Qu'est-ce que c'est que ça ? « R.T. fera ce qu'on lui dit de faire. Il est pris au piège. Le Maître est très content de moi. » Qu'est-ce que ça veut dire ?

— C'est la transcription de ce que contenait le journal intime d'une demi-mondaine, expliqua Sévie. Pendant des années, elle a fait chanter les hommes avec qui elle couchait. Elle ne demandait pas d'argent, mais des petits services dans le monde politique. Des voix.

De l'influence. Le Maître était son patron. C'est lui qui donnait les ordres.

Hawker observait le visage de Cummings. Le château de cartes s'effondrait.

— Plusieurs dizaines d'hommes ont ainsi été victimes de ce chantage, dit-il. Nous avons certains noms. Nous découvrirons les autres, c'est l'affaire de quelques jours. Tout est dans le carnet.

— Ce n'était pas seulement du chantage, reprit Sévie. Elle tuait également, quand le Maître lui en donnait l'ordre. Là aussi, nous avons des noms.

Reams n'écoutait pas. Il était plongé dans la lecture des feuillets, qu'il froissait les uns après les autres pour les jeter.

— « Il était allongé, nu. J'ai appliqué l'onguent sur ses… » Bon Dieu, c'est pas vrai ! Il est écrit « sur ses parties génitales » ! C'est quoi, ces obscénités ? Quel genre de carnet avez-vous découvert ?

Chouette, glaciale, se tourna vers lui.

— Comme nous le disions, il s'agit d'un journal intime. Saviez-vous que les demi-mondaines en rédigent souvent ? C'est même une véritable passion, chez certaines. Elles notent en détail tout ce qu'elles font. C'est l'une des raisons pour lesquelles un homme sage ne devrait jamais partager ses secrets avec une prostituée.

Reams déchira un feuillet.

— Écoutez-moi ça. « … la petite canne laisse moins de traces. Je ne tiens pas à être couverte de bleus quand G.R. me rendra visite. Je dois le convaincre de trahir une fois de plus le Foreign Office, or ces derniers temps, il semble s'être acheté une conscience. Je lui ferai… » C'est infâme. Répugnant !

D'un geste, Reams envoya promener le reste des feuillets.

— C'est une infamie qui va éclabousser beaucoup de gens, admit Sévie. G.R., c'est George Reynolds. Un peu plus loin, elle explique comment elle l'a assassiné.

Hawker avait besoin de l'attention de Cummings. Il voulait qu'il s'approche.

— Tout est là, dit-il en prenant le carnet sur le bureau. L'homme qui l'a tuée ne l'a pas trouvé.

Cummings fit un pas en avant.

— Dites ce que vous avez à dire, qu'on en finisse.

— Je vais faire mieux. Regardez vous-même.

Il jeta le carnet à Cummings. Celui-ci lâcha sa canne pour l'attraper. Hawker s'en saisit avant qu'elle ne tombe à terre et en dévissa le pommeau d'un seul geste. La garde hexagonale, en or, se sépara de la tige.

Tout le monde, à Meeks Street, connaissait cette canne. Cummings ne s'en défaisait jamais. En revanche, personne n'avait jamais vu la dague qu'elle cachait. Une lame fine, d'une vingtaine de centimètres de long, dont il manquait la pointe.

Sur son bureau, le petit morceau de métal découvert chez Jane Cardiff brillait. Hawker posa la dague juste à côté. La lame avait retrouvé sa pointe.

C'était la preuve absolue. La preuve que Cummings était l'assassin de Jane Cardiff. Et le commanditaire de l'agression de Chouette.

Cummings, encombré par le carnet, le feuilleta en froissant les pages, bredouillant d'indignation.

— Mais... Mais... ce n'est pas son carnet, lâcha-t-il d'une voix rauque. C'est un carnet d'écolière, bourré de sottises sans intérêt !

Hawker fit glisser le morceau de métal dans son enveloppe et le plaça, avec la dague de Cummings, dans l'un des tiroirs du bureau, qu'il ferma à clé.

— Le vrai journal est en lieu sûr. Nous l'avons tous lu. Nous savons tout. J'ai prévu de le donner à Liverpool.

Livide, au comble de la fureur, Cummings jeta le carnet de Sévie à travers la pièce.

— Je vous détruirai !

Il s'était approché du bureau et lui faisait face. Entre eux se trouvait le couteau noir, empoisonné.

Hawker se pencha en avant.

— Il y a bien longtemps, le Service a fait savoir qu'il recherchait les Cachés. Vous vous êtes lancé sur leur piste. Mais vous ne les avez pas ramenés aux autorités. Vous les avez gardés pour votre propre usage. Vous avez acheté Jane Cardiff à Gravois et Patelin. Elle avait douze ans. Même dans les bas-fonds de Whitechapel, on crache sur les hommes qui s'en prennent aux enfants.

— Je ne vois là qu'un stupide cahier d'écolière que n'importe qui aurait pu écrire. Vous n'avez aucune preuve. Gravois et Patelin ne témoigneront pas.

Les morts ne sont jamais très bavards, c'est vrai.

— Vous l'avez achetée. Vous l'avez battue, vous avez abusé d'elle. Peu à peu, vous avez fait d'elle une esclave, qui vous obéissait au doigt et à l'œil.

— C'était une espionne française et une putain. Personne ne s'inquiétera de savoir ce que je lui ai fait. Et ce n'est pas la seule putain française encore en Angleterre, ajouta Cummings avec un regard en direction de Chouette. Liverpool sait-il que vous couchez avec celle-ci ?

Sévie se retint de bondir, Chouette eut un sourire triste. Doyle, adossé à la bibliothèque, les bras croisés, avait l'air complètement ailleurs.

— Liverpool sait que la guerre est terminée depuis longtemps. Le cousin de Mlle du Motier est ministre dans le nouveau gouvernement français. Personne ne s'intéresse à ce que les Français ont fait sous le régime précédent.

La canne de Cummings, même sans la dague, restait lourde. Hawker ne put s'empêcher de penser qu'il s'en était servi sur une gamine.

— Vous ne saviez pas pour le journal, je me trompe ? questionna-t-il. Elle a dû vous en parler au moment de mourir. Et vous ne l'avez pas trouvé.

Un éclair, dans le regard de Cummings, lui souffla qu'il avait vu juste.

Chouette s'installa sur l'accoudoir du canapé, croisa les mains devant elle.

— Ironie du sort, n'est-ce pas ? Vous avez détruit Jane Cardiff et aujourd'hui, c'est elle qui vous détruit.

— Elle ne peut rien contre moi. Personne ne peut rien contre moi, lâcha Cummings avec un sourire méchant à l'intention de Hawker. J'étais en fonction avant même que vous ne voyiez le jour. Je connais tous les hommes d'influence à Londres. J'ai des secrets sur tout le monde. Si j'affirme que ce journal est un faux, on me croira.

Cummings avait aussi en sa faveur des siècles de respectabilité incontestée et une aristocratie qui, depuis toujours, évitait la prison à ses pairs.

— Essayez de vous servir de ces délires contre moi, Hawkhurst, et je vous fais jeter en prison pour meurtre, conclut-il.

Froidement, calmement, il posa le regard sur tous ceux qui l'entouraient avant de reprendre :

— Et vos amis, je les détruirai. J'y passerai le restant de mes jours, s'il le faut. Ce sera mon grand œuvre.

— Vous avez raison sur ce point, je vous l'accorde. C'est un détail qui m'avait échappé, au départ.

Personne ne cilla. Hawker se mit à aller et venir devant Cummings.

— J'aime les énigmes, reprit-il au bout d'un moment. Cependant, celle-ci a failli me rendre fou. Pourquoi se donner tant de peine, juste pour me faire tomber en disgrâce ? Il est plus facile d'armer un fusil, de viser et de tirer. Tuer est la chose la plus facile du monde. Vous êtes d'accord avec moi sur ce point, n'est-ce pas, Cummings ?

Cummings garda le silence. À n'en pas douter, en cet instant précis, c'était le sort qu'il souhaitait de tout son être à Adrian Hawkhurst.

La mort planait dans ce bureau. Mais Cummings n'était pas celui qui distribuait les cartes.

— Quand j'ai découvert que vous étiez derrière tout cela… Au fait, savez-vous comment ?

— Il n'a pas l'air, dit Chouette d'un ton rieur. Laisse-moi le lui expliquer. Monseigneur, il ne faut jamais tuer quelqu'un avec une dague trop élégante. Surtout quand la garde laisse une marque aussi distinctive sur le cadavre. MM. Doyle et Hawkhurst n'ont eu aucune difficulté à la reconnaître.

Reams leva les yeux des feuillets dans lesquels il était toujours plongé.

— Elle vous accuse de tellement de…

— Taisez-vous, ordonna Cummings. Je m'en occupe.

— Une fois que j'ai compris qui était derrière tout cela, j'ai su pourquoi, enchaîna Hawker. Le Renseignement militaire vit ses derniers instants, nous le savons tous. Vous vouliez prendre ma place à la tête des services secrets, et me tuer ne vous garantissait pas d'y arriver. Il vous fallait un bon scandale bien embarrassant au sein du Service pour que Liverpool décide de nommer quelqu'un de l'extérieur qui fasse le ménage. Vous étiez sûr que ce serait vous.

Chouette arrangea ses jupes autour d'elle, à la manière d'une grande dame qui reçoit dans son salon, intouchable.

— Tout ceci n'est qu'une histoire d'ambition, ce qui est tout à fait méprisable. Les whigs ont demandé la dissolution du Renseignement militaire, parce qu'ils n'aiment pas l'idée d'une police secrète qui épie les Anglais. Pendant des années, pour garantir votre avancement, vous avez ordonné la mort de gens innocents. Vous en avez fait chanter et ruiné des dizaines d'autres. En vengeant Jane Cardiff, nous les vengeons tous aussi.

Arrogant, sûr de lui, Cummings secoua la tête.

Finissons-en, songea Hawker.

Il jeta un œil en direction de Doyle, puis de Sévie, déterminée, et de Pax, à l'indifférence feinte. De Chouette, enfin, qui hocha la tête.

La voix grave et posée de Doyle s'éleva.

— Si nous donnons le carnet et sa transcription à Liverpool, tout se saura. Vous tomberez. Et tous les hommes dont il est fait mention tomberont avec vous. Vous faites la honte du Renseignement militaire. Des hommes bien ont travaillé pour vous pendant la guerre. Ils ne méritent pas cela.

— Nous y voilà. La grande scène !

L'air de rien, Cummings s'approcha du bureau.

— Votre mère est encore en vie. Vous avez deux fils, des petits-enfants. Une épouse. Quand la vérité sera révélée, la honte s'abattra sur eux aussi.

Doyle se tut. Ils attendirent tous. C'était au chef du Service de terminer.

Hawker retourna derrière le bureau, y posa les mains à plat et se pencha vers lord Cummings.

— C'est à ce moment-là qu'un homme d'honneur rentre chez lui et a un accident en nettoyant son arme. Vous avez jusqu'à demain midi.

Cummings éclata de rire.

— Vous bluffez, Hawkhurst ! Vous bluffez sans arrêt, je vous connais. Je vous observe depuis des années. Vous êtes incapable de détruire autant de gens pour m'atteindre. Vous ne montrerez ce carnet à personne.

Il baissa les yeux sur le bureau.

Maintenant ! Il va le faire…

Du coin de l'œil, Hawker vit Cummings se saisir du couteau noir, le lever et le planter là où sa main était posée.

Il s'écarta au dernier moment, prit le bras de Cummings et lui fit lâcher le couteau, qu'il attrapa au vol. Puis, d'un geste rapide, il en fit glisser la lame sur la paume de Cummings puis le long de son avant-bras. Une longue entaille, peu profonde, mais qui saigna immédiatement.

Il lâcha le couteau. Il n'en avait plus besoin. Juge. Juré. Bourreau.

— Scélérat !

Les yeux exorbités, Cummings considéra la blessure et le sang qui coulait.

— Il faut faire plus attention, monsieur, dit Reams en accourant pour tamponner l'estafilade avec son mouchoir. Ce n'est pas profond, ça ne devrait pas saigner longtemps.

Cummings s'écarta en tremblant.

— Emmenez-moi hors d'ici ! Et vite !

— Laissez-moi arrêter le saignement d'abord, insista Reams. Bon sang, aidez-moi, vous autres ! ajouta-t-il à l'intention de tous ceux qui les regardaient sans bouger.

Hawker sortit son mouchoir et le lui tendit.

— Tenez.

Cummings recula en se tenant la main.

— Ils ont vu ce qui s'est passé, s'écria-t-il. Tout le monde a vu ce que vous avez fait !

— Ils ont vu que vous pointiez un couteau dans la mauvaise direction, maladroit que vous êtes.

— On vous pendra pour ça ! J'en fais le serment ! Et lâchez-moi, idiot ! ajouta Cummings à l'intention de Reams. Ça ne sert à rien. Je suis empoisonné. Empoisonné ! Il m'a tué !

Il était aussi pâle que la mort lorsqu'il quitta le bureau en titubant. Mais son agonie serait longue.

51

Hawker la trouva dans son appartement, au-dessus de la boutique. Thompson indiqua l'escalier en expliquant que mademoiselle l'attendait et que la porte, en haut, était ouverte.

Chouette était assise à sa table de travail, devant trente flacons de verre bleu dans lesquels elle faisait glisser de la poudre à l'aide d'une feuille de papier pliée. Il la regarda faire un moment. Toutes les cinq bouteilles environ, elle se redressait, se penchait vers la cheminée pour y prendre la bouilloire et remplir les bouteilles d'eau chaude.

— Ne devrais-tu pas laisser ce genre de préparation à un apothicaire ? demanda-t-il.

— Je pourrais. Mais je préfère faire moi-même mes mélanges.

Il y eut un silence, puis Chouette demanda :

— Il est mort, alors ?

— Dans la nuit, vers deux heures du matin. J'ai attendu devant chez lui jusqu'à ce que ce soit confirmé.

— Et ses accusations contre toi ?

— J'ai soudoyé le valet, qui m'a donné la lettre. Ce qu'il a dit passera pour les délires d'un homme agonisant.

Un mortier, sur la table, contenait une poignée de poudre verte. Elle le prit, le posa sur ses genoux et broya ce qui restait de résidus solides.

— Bon débarras. Je suis soulagée que toute cette histoire soit terminée.

Il s'assit en face d'elle et sentit la poudre qu'elle mettait dans les flacons.

— À une époque, j'aurais pu tuer des salauds comme Cummings le matin, y trouver du plaisir et passer une excellente journée. Là, je n'ai éprouvé aucune satisfaction. Je vieillis.

— Ne renifle pas ce flacon de trop près.

Il le reposa.

— C'est du poison ?

— Non. Nous avons un peu abusé de poison, ces derniers temps. Cela te fera éternuer, rien de plus. Cela dit c'est un excellent antiseptique, très utile dans les bagages d'un voyageur. J'espère que sa femme n'était pas auprès de lui.

— Elle a pris ses distances il y a déjà plusieurs années.

Il hésita, puis se décida :

— Son agonie a duré plusieurs heures. Ses fils ne sont pas venus.

— C'est la mort qu'il me réservait. Cet homme était une ordure. Dès le départ, dès que tu as su que j'avais été empoisonnée, tu avais prévu d'en finir de cette façon. C'est pour cela que tu n'as pas nettoyé le couteau.

— Oui.

Elle semblait perdue dans ses pensées, aussi se tourna-t-il vers les petits tas de poudre déjà préparés, qu'il fit tomber dans les flacons vides.

— Aurait-il réellement échappé à la justice ? demanda-t-elle.

— Nous ne pouvions montrer le carnet à personne. Trop de gens étaient impliqués.

— Donc, il avait raison en disant qu'il ne pouvait pas lui arriver grand-chose. Qu'on ne pouvait pas l'atteindre.

— Mais il est mort. Il n'avait donc pas complètement raison.

Il prit la bouilloire et remplit les bouteilles.

— Le monde a besoin de gens comme nous pour éliminer les méchants, dit-elle. Et, pour ce faire, il faut des êtres qui ne soient pas absolument bons.

— Des gens comme nous, en résumé.

— C'est exactement ce que je me disais.

N'ayant plus de poudre à mettre en bouteille, il se leva pour aller et venir dans la pièce. Justine y avait exposé une partie de sa collection de couteaux. Le criss était joli, quoique probablement inutile lorsqu'il s'agissait d'atteindre une cible avec.

Être ici avec elle, la regarder travailler l'apaisait beaucoup. Quelques mèches folles tombaient sur son visage. Elle ne cessait de les écarter, mais elles revenaient. Même ses cheveux étaient têtus.

Dire à quel point il aimait cette femme était difficile. Il avait le sentiment de l'avoir attendue toute sa vie.

Il s'assit par terre devant la cheminée où pétillait un bon feu, s'adossa à la chaise de Chouette et contempla les flammes.

Au bout de quelques instants, il sentit la main de la jeune femme sur sa tête, dans ses cheveux.

— Je vais venir habiter avec toi, dans ta vaste et belle demeure. Je redeviendrai une Cabrillac. Je vais secouer cette grande baraque comme un vieux chiffon et j'en ferai un endroit agréable à vivre.

— C'est drôle, j'étais justement en train de me dire que j'allais venir m'installer ici avec toi, au-dessus de la boutique. À pied, ce n'est pas si loin de Meeks Street.

— Le directeur du service de renseignements britannique se doit de vivre dans un endroit un peu plus prestigieux que ce minuscule appartement. Mais nous pourrions venir ici de temps en temps.

Elle inspira profondément, avant d'ajouter :

— Je veux t'épouser, Hawker. Je t'aime depuis très, très longtemps.

— Bon. Alors c'est parfait.

Il tourna la tête pour que sa joue repose sur sa cuisse. Sous la robe qu'elle portait, Chouette n'était qu'énergie et force. Comment résister ?

Ils se trouvèrent à mi-chemin. Il s'était redressé pour l'embrasser, elle avait baissé la tête pour prendre ses lèvres.

Doucement, il la fit descendre de sa chaise. Elle avait sur lui l'effet de l'eau : elle le rafraîchissait et s'immisçait en lui partout à la fois. Son visage était enchanteur, infini dans ses secrets.

Être habillés ne leur posa pas de problème. Ils avaient fait l'amour à la va-vite dans des lieux plus malcommodes. Ici, dans le silence et la quiétude, dans l'intimité, devant un feu crépitant, le tapis les accueillit tandis qu'ils se caressaient.

Tout allait bien. Tout était simple. Le Faucon avait trouvé son nid.

Remerciements

À Wendy McCurdy, mon éditrice chez Berkley, et à Pam Hopkins, mon agent chez Hopkins Literary Associates. Vous avez toujours cru en moi. Merci.

Toute ma reconnaissance à mes premiers lecteurs pour leur patience : Leo Bourne, Mary Ann Clark, Laura Watkins, Madeline Iva et Wendy Rome. Je dois beaucoup au soutien et à l'amitié des membres géniaux de Compuserve Books and Writers Community : Diana Gabaldon, Denz Bevan, Jen Hendren, Jenny Meyers, Donna Rubino, Beth Shope et bien d'autres, trop nombreux pour être cités. Le Beau Monde, un groupe spécialisé au sein de Romance Writers of America, a été une source d'information précieuse pour tout ce qui a trait au XIXe siècle. Si ce que je raconte est vrai, c'est grâce à ces gens formidables. S'il y a des erreurs, elles sont de mon fait.

J'AI LU
POUR elle

Si vous souhaitez être informée en avant-première
de nos parutions et tout savoir sur vos autrices préférées,
retrouvez-nous ici :

www.jailu.com

Abonnez-vous à notre newsletter
et rejoignez-nous sur Facebook !

12572

Composition
FACOMPO

Achevé d'imprimer en Italie
par GRAFICA VENETA
le 3 juin 2024

Dépôt légal : juillet 2024
EAN 9782290399538
OTP L21EPSN002612-621520

ÉDITIONS J'AI LU
82, rue Saint-Lazare, 75009 Paris

Diffusion France et étranger : Flammarion